热血医生

镜子

著

人民日报出版社
北京

图书在版编目（CIP）数据

热血医生 / 镜子著. —— 北京：人民日报出版社，2021.11
ISBN 978-7-5115-7165-6

Ⅰ.①热… Ⅱ.①镜… Ⅲ.①长篇小说－中国－当代 Ⅳ.① I247.5

中国版本图书馆 CIP 数据核字（2021）第 226606 号

书　　名：	热血医生
	REXUE YISHENG
作　　者：	镜子
出 版 人：	刘华新
选题策划：	刘　建　唐肖敏　鹿柴文化
特约编辑：	李　安
责任编辑：	张炜煜　贾若莹
封面设计：	白砚川
出版发行：	人民日报出版社
社　　址：	北京金台西路 2 号
邮政编码：	100733
发行热线：	（010）65369509　65369512　65369527　65369846
邮购热线：	（010）65369530　65363527
编辑热线：	（010）65369514
网　　址：	www.peopledailypress.com
经　　销：	新华书店
印　　刷：	三河市华润印刷有限公司
法律顾问：	北京科宇律师事务所　010-83622312
开　　本：	710mm×1000mm　1/16
字　　数：	332 千字
印　　张：	18.25
版次印次：	2021 年 11 月第 1 版　2021 年 11 月第 1 次印刷
书　　号：	ISBN 978-7-5115-7165-6
定　　价：	52.00 元

声明：书中全部故事均由真实事件改编，为确保相关人物隐私，文中涉及人名（包括主角）均为化名，故事情节、确切年龄、病情具体进展，甚至个别人物性别均已进行模糊处理，尽量在真实性和隐私性之间做出合理平衡。疾病繁多，病人更多，每个故事的每个病人，都只是一群人的缩影，如有相似经历，多属巧合。

目录

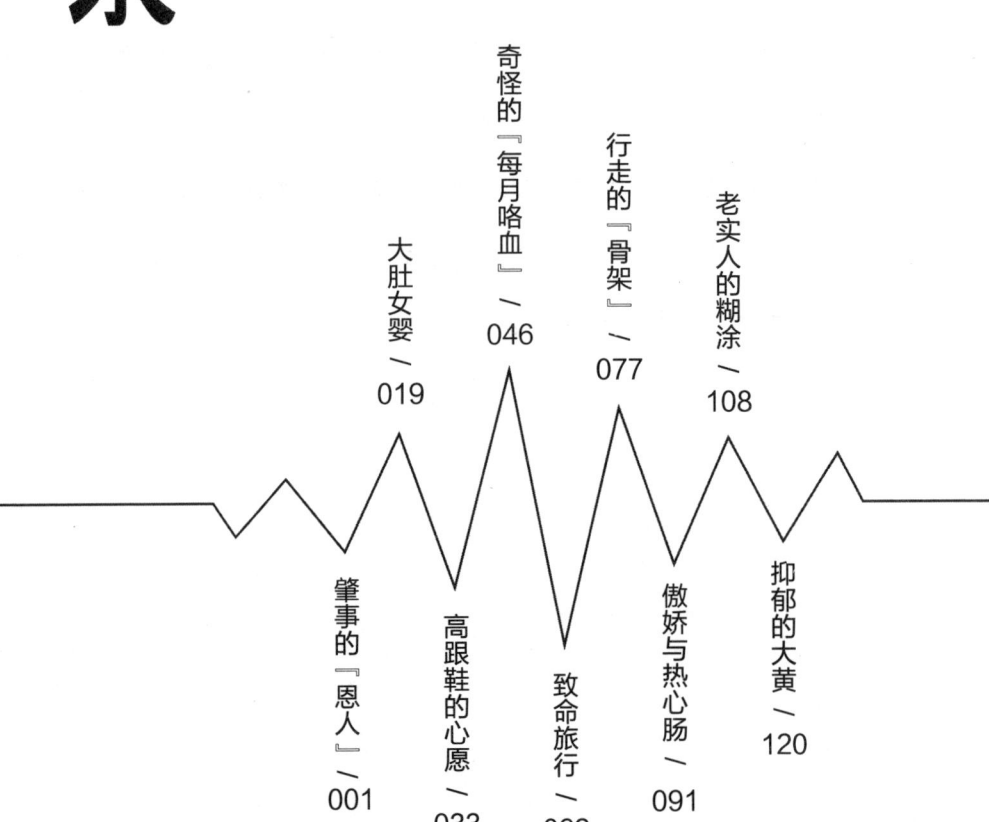

- 肇事的「恩人」/ 001
- 大肚女婴 / 019
- 高跟鞋的心愿 / 033
- 奇怪的「每月咯血」/ 046
- 致命旅行 / 062
- 行走的「骨架」/ 077
- 傲娇与热心肠 / 091
- 老实人的糊涂 / 108
- 抑郁的大黄 / 120

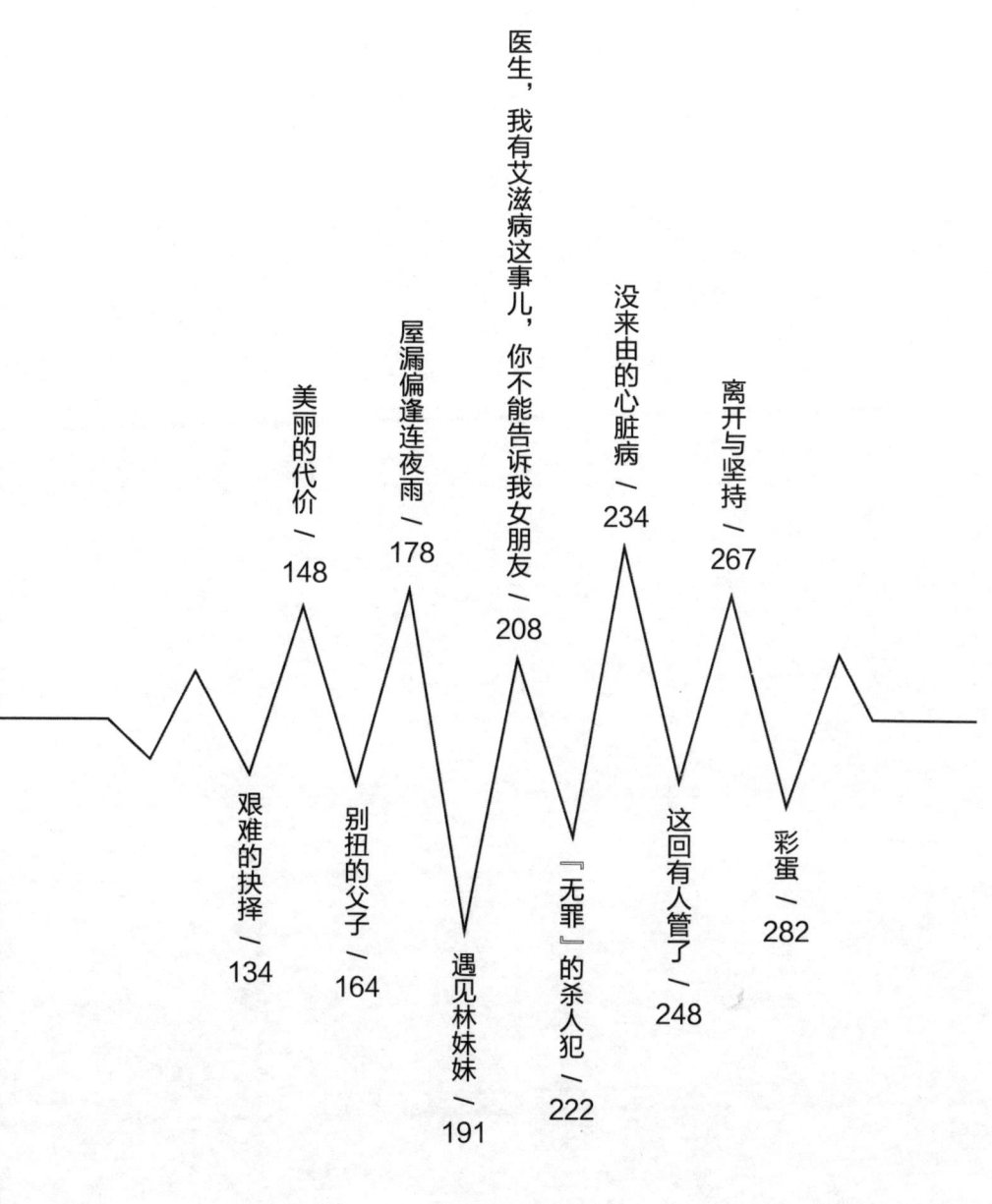

- 美丽的代价 / 148
- 屋漏偏逢连夜雨 / 178
- 医生，我有艾滋病这事儿，你不能告诉我女朋友 / 208
- 没来由的心脏病 / 234
- 离开与坚持 / 267
- 艰难的抉择 / 134
- 别扭的父子 / 164
- 遇见林妹妹 / 191
- 『无罪』的杀人犯 / 222
- 这回有人管了 / 248
- 彩蛋 / 282

肇事的"恩人"

一

今天是实习生小王和小张第一天上班的日子。

小王就是我，我叫王婧，外号镜子。

小张同学十分紧张，把新发的胸牌擦了又擦，小心翼翼地挂在"御赐"的白大褂上，对着寝室的穿衣镜左三圈右三圈，激动之情溢于言表："医院的白大褂真板正，你看我像不像主任？"

我欣赏着张悦搔首弄姿的模样，十分配合地点头："像，再秃点就更像了。"

张悦一个大白眼飞过来，把最后一块饼干塞进嘴里，含含糊糊道："别吃啦，走走走，头一天上班可不敢踩点到。"

我只好把剩下的八宝粥一口气倒进嘴里，跟在张悦后头出门："谁叫你还要卷个头发才出门嘞。"

"懂什么，这叫仪式感！仪式感！"

仪式感我大概是没有的，可紧张倒是一点儿没少。医院宿舍楼离上班的地方不远，没多大一会儿我们就晃到了儿外科病区门口。我看着门里医生、护士来去匆匆的身影，一想到这就是自己职业生涯迈出天才第一步的地方，就不由得悄悄对着玻璃整了整衣襟。

张悦清了清嗓子，深吸一口气，按下了门铃。

玻璃大门里有人停下脚步，望了一眼我和张悦的穿着，还没开口询问就直接刷开了门禁。滑动门打开，这位看上去有些年纪的老师神色很和蔼，指着走廊尽头的一扇门道："新来的实习同学吧？快进来，教秘在里面等你们呢。"

按师兄师姐传授的经验，每个科室都会有一名医生担任教学秘书，从进修生到实习生统一由教秘管辖，是否能顺利出科全看教秘一句话——总之就是我们的顶头上司。

听到顶头上司已经来了，我和张悦一阵紧张，赶紧顺着老师指的方向奔过去，只见一间写着"医生办公室"的门半开着，偷瞧一眼却没看见人。我壮着胆子敲了敲门，听见一声带着疲惫的"进"之后，便拉着张悦往屋里跨去。

一整排办公桌都空着，只有最里面那台电脑前坐了人，那人穿着一件半旧的白大褂，背影消瘦，但看上去很高。听见我们进来的声音，那人便转过头来。

他这一转脸，我已经挤到嗓子眼儿的一声"老师好"又赶紧憋了回去，马上改口："师兄好。"

【老师】实习生大多称主治级别以上的医生为"老师"，称住院医、研究生为"师兄／师姐"，称有一定年资的护士为"教员"，同年资护士的话，一般是称"同学"，下同。

不能怪我临时改口。尽管教秘大都是科里的有为青年，但眼前这位怎么看都不像是能当教秘的年纪。我暗自揣测着，这莫非是哪位老师门下的研究生？

那人对这个称呼不置可否，只笑了笑，问道："新来的实习生？"

我们赶紧点头。张悦环顾四周，慎重地确认屋里没有其他人之后，便很礼貌地开口："是这样的师兄，我们今天第一天报到，想先找教秘老师签字，请问您知道老师在哪个房间吗？"

"我就是，本子给我吧。"

我和张悦俱是一愣，互相看着对方，又看了看眼前的教秘，八面玲珑的老张立刻开始挽救场面："哇，老师您看着真年轻！"

"是啊是啊！"我赶紧附和，一边把两个人的本子从包里掏出来，递过去，"看着就跟刚毕业似的！"

这真的不是彩虹屁，眼前这人面容清秀得很，瞧着也就 20 出头，戴着一副黑框眼镜，眼睛里满是熬夜熬出来的红血丝，恐怕脱了白大褂往图书馆里一扎，和期末前的本科生根本没差别。

他笑着接过本子，随后翻开，熟练地在入科报到栏签字盖章，一边道："也算是刚毕业吧，我去年才读完博。"

我接过本子，将其塞回书包里，一边偷偷掰着指头数——18 岁上大学，5 年本 3 年硕 3 年博，18+5+3+3 得……得几？

张悦数学很靠谱，已经很顺畅地接过话头："哇，老师你 30 岁不到就当教秘了，真厉害！"

过于年轻的教秘大概是听多了这种话，又或许是因为疲惫，反应也相对平淡："过奖了。"

他掀起眼镜，用力揉了揉眼睛，简单收拾了桌上的几样东西，顺手指指门侧的柜子："外套和书包都可以放在那边，柜子没上锁，贵重物品最好随身带着，快交班了，一块儿过去见见主任吧。"

我和张悦赶快放下东西跟在他身后，一路左拐右拐地来到会议室。离交班还剩五分钟，医护们已经整齐地分列在房间两侧。教秘熟门熟路地走到医生队伍里。我悄悄打量一圈，见刚刚在门口给我们指路的那位老师正站在靠前的位置，年轻些的医生都站在后面，我和张悦对视一眼，很自觉地凑到队伍最末站好。

儿外科是小科室，医生队伍不算很长，最前头那位也很好认——病区门口就挂着他的大照片，旁边是一段一看就很大佬的履历和头衔，自然是传说中的孙主任。他个子很高，比之前见到的年轻教秘似乎还要高一些，明明是快退休的年纪，脸上却不露老态，声音更是洪亮："人齐了？"

护士队伍里打头的一位环视一圈，点头回答："齐了，实习生也到了。"

屋里轻微的交谈声又放低了些，大家都朝角落里看过来。我和张悦瞬间紧张起来，马上挺直腰杆原地立正，就差当场给大家敬个礼。

大主任的眼光也转过来，在我们身上停了停，随后颇满意地点头："好，好！有年轻人加入，很好！"

一连串的"好"字下来，我紧张到汗毛都开始排排站，努力甩掉残余的困意，拿出些年轻人的精神面貌；张悦更是夸张，站得比军训时还板正，活像领导检阅一样昂首挺胸地回答："谢谢老师！我一定特别努力！"一边说一边还偷偷捏了我一把。我只好被迫营业："我……我也一样！"

一屋子人都笑起来，放我们进门的那位老师笑得尤其高兴："这俩孩子，有意思！"

孙主任看上去心情也不错，原本颇为严肃的面容上挂满了笑意："挺好，有决心是好事。那老庞你就带一个吧，另一个去跟小顾。"

那位姓庞的老师点点头，站在不远处的年轻教秘也应了一声"好"。孙主任把手机放回口袋里，大家似乎感觉到他身上的气场变化，不等他开口，周围低声私语的声音便马上消弭无形。

"好了，开始交班吧。"

头一天入科，交班内容我们自然听不出个所以然来。趁着大家聚精会神的工夫，张悦悄悄和我咬耳朵："你跟哪个？"

我正努力憋着哈欠，听了张悦这句，稍微掂量一下就明白这货想干什么，便问："你想跟长得挺帅的那个？"

张悦脸上挂满谄媚的笑容，我淡定地翻翻白眼："一瓶肥宅水。"

"爱你！"张悦高高兴兴地把脑袋转回去，继续偷偷摸摸地往队伍前面瞄。我看着初春窗外还没来得及抽芽的树枝，内心无限感慨。

啊，是春天的气息。

二

儿外科内部又分为儿普外和儿骨科两个病区，教秘顾老师是骨科组的人，带我的庞老师却恰好是普外的副主任，于是小张同学开开心心地跟我道了个别，便头也不回地跟着新出炉的带教跑了。

我的新老师看上去很温和，一举一动都不紧不慢，说话时也总是带着点类似哄孩子似的语气："我姓庞，叫我庞老师就好。小同学，你叫什么名字？读的什么方向？"

听着这样的语气，我有些紧绷的心似乎也跟着放松下来："庞老师好，我叫王婧，临床5年制大类，还没选方向呢。"

"好，好，那得考研吧？以后上班认真些，科里的活儿忙完了你就早点回去，下班多去自习室待一待，上班要是有空了也多看看书……"

他语气和缓地絮叨着，从侧面看去，他的鬓发发根已经微微冒出些白色，看上去比孙主任显老一点儿，不过气质更平易近人。我心下有些感动，伴随着刚上班正熊熊燃烧的斗志，认真干活的信念更加坚定："好的老师，那平时我大概需要做些什么？用不用提前准备之类的？"

"平时主要的工作就是手术和出门诊，病历系统你应该还不会用，不着急，慢慢学就是。我今天上午出门诊，下午有两台手术，你跟着我走一天，大概就都熟悉了。走，我们去门诊楼，去穿上外套，过楼外的时候可冷呢！"

"好嘞！"

等我找齐纸笔、穿好衣服出来时，庞老师已经等在病区门口了。

去门诊这一路上的心情很奇妙，就像小时候头一次去看3D电影，站在门外一边期待着全新的体验，一边又害怕自己不懂规矩闹出笑话。庞老师到底是过来人，见我不知是兴奋还是紧张地搓着手，便和蔼地笑道："不用紧张，先坐在旁边看看流程，熟悉了再给我帮帮忙。"我端着本子连连点头。

眼看诊区就在眼前，早来的患者已经把椅子坐满，庞老师加快了脚步，大步转过最后一个拐角，推开了 2 号诊室的门。

一个上午过后，我眼神呆滞地坐在休息室里扒饭。

张悦满面春风地推门进来，端着带教请的酸菜鱼一屁股挤到旁边坐下："腾个地儿，让我品味一下带教刚送的温暖……你怎么这副半死不活的样子？怎么啦？"

我直着眼睛开始掰指头："不完全统计，一上午看了 25 个病人，14 个来割包皮，9 个鞘膜积液，2 个鞘膜积液复诊……儿外的生活就是这样朴实无华且枯燥？"

"咳，这才哪到哪儿？时间长着呢，有特点的东西慢慢就见着了。"老张兴奋地嚼着酸菜，含糊不清地念叨，"骨折的基本都去挂急诊了，我们今天看来看去也就那几种病。不过……有比病好看的人呀，嘿嘿。"

我脸上恶寒的同时，心里也顿生一阵感慨。其实我完全能理解老张——刚半只脚迈出大学校门，接触的适龄青年都是同学，谁不知道谁呀，该有主的早就有主了，选择空间实在不大。所以换了新环境后，空窗许久的小张同学内心明显开始躁动，偏巧这次刚进医院就遇上品貌可堪又事业小成的青年才俊，自然躁动得越发厉害。可惜说实在的，我其实并不看好老张的打算，年龄问题暂且不论，单说顾问这个公事公办的态度，就不像有意愿搞办公室恋情的。

没错，顾问——我问了三遍才确定这个称呼不是外号，这位顾先生大名就叫顾问，也难得有这么拉风的名字写在胸牌上，一出场就自带高人效果。

张悦性子活泛，与人相处也落落大方，在快速和教员们打成一片后，一中午就顺利套出了顾医生马上 30 还没对象的情报，整个人顿时就激动了，很有行动力地勒紧了裤腰带，捧着酸菜鱼只吃酸菜，肉和米饭一口都不肯碰。

我不置可否，只把她一股脑塞给我的鱼肉再夹回她的碗里："你好歹吃点有营养的，你们组下午手术，你要是低血糖晕台了，人家可真要对你终生难忘了。"

张悦严词拒绝："不！为了爱情！我可以！"

我彻底放弃和"恋爱脑"交流，低头专心干饭。吃得正开心之际，手机忽然一响，掏出来一看，是庞老师的消息："新入多发伤，来学学清创。"

我一激动，差点被噎个半死，赶忙喝了一大口汤后问老张："多发伤哎，你要来看看吗？"

"要！"

也难得我吃得快，她吃得少，这会儿餐盒都刚好见底，俩人抹抹嘴就往外科楼奔去。

然而情况甚是不巧，此刻一层的大厅里挤满了人，电梯更是被围得水泄不通。好在楼里还有专门给医护人员赶时间用的手术梯，打个电话就有专人操作。我们叫了手术梯，一路穿过拥挤的人群，走过去就见手术梯里面还有一组医护和一张转运床，大概是正要去接病人的手术室教员。最靠近门口的那位教员正伸长了胳膊，帮我们挡住电梯门。

我们挤上电梯后连忙致谢。那教员点点头，缩回了手。就在门关上的前一刻，一个女人忽然迅速地挤了进来。

我打量了她一眼，这女人看上去至多不过30岁，妆容精致，保养良好，一头咖啡色的长波浪卷发，暗红色闪着光的上衣配撞色短裙，亮丽的色彩在其他人的白大褂手术衣和大口罩中间显得格格不入。瞄了瞄她尖细的鞋跟，我不由自主地把脚挪远了些。

还没等其他人开口，站稳的女人便不满地瞟了最后进门的我一眼："就不知道给我摁着点儿？"

我抬眼看着她趾高气扬的模样，面无表情地指了指墙上"医护人员专用电梯"的字样："手术梯。"

那女人不屑地嗤了一声，挑衅似的往里挤了挤，把站在床另一头的护士妹妹挤得顶到墙上，发出咚的一声闷响，接着又斜了我一眼，看到我的实习胸牌后，眼底的不屑无遮无拦："一个小大夫牛什么？什么东西，还搞专用梯？我凭什么不能坐？我就坐了，你能把我怎么样啊？"

张悦眼睛一瞪就要开怼。我淡定地按住她，伸手把床往外拽了拽，依然面无表情："不能怎么样啊，这不刚送了个甲流嘛，您不在意，当然没关系啊。"

那女人脸色骤变，迅速捂住口鼻去按开门键，门却早就合拢了，她赶快按下即将到达的楼层，门开的一瞬间，迅速以比来时快一倍的速度挤了出去。众人都忍着笑，一直等到电梯门关上，张悦才大笑出声："你太坏了，哈哈哈！甲流怎么会送外科楼！"

我嘻嘻一笑，跟张悦匆匆下了电梯。

谁知还没进病区，我就看见刚才那个女人从楼梯口走出来。那人遇上我们俩也是一愣，随即便面带惊慌地迅速躲远了些。

我懒得理她，回手刷开大门，快步走进处置间。和正在忙碌的庞老师打了声招呼，我将目光转向一旁，随即便倒吸一口凉气。

操作床上躺着一个幼小的男孩，看上去只有两三岁的样子，脸上从右侧脸颊到鼻梁，接近小半张脸直接没了一层皮，此刻正呜咽着，身上小小的布衫沾了血，凌乱地翻起来，露出的小肚皮上也有清晰的擦痕。

孩子的妈妈坐在床边红着眼轻声哄着孩子；孩子的爸爸站在一旁，双手不安地搓动着，眼神空洞而焦急。夫妇俩衣着显得有些粗陋，连同孩子身上的衣服也有些不合身，两人脸上、身上还有未净的尘土，不过墙边的椅子上坐着一个打扮十分精致的年轻女人，此刻正安闲地滑动着手机屏幕，旁边的景象和焦灼的气氛仿佛完全没有影响到她。

我心下疑惑这女人的身份，但还顾不上细想，庞老师的指令就已经下达，我赶忙洗手准备物品。张悦正要去取无菌盘，门外教员的呼唤声响起，她应了一句，对我道："我去一趟，过会儿再来。"

我点点头示意她先去，自己端着无菌盘跟在庞老师身后查看孩子的情况，越看越觉得揪心。

孩子右侧脸颊的伤口从眼睑一直覆盖到下颌，创面沾着没有清理的血和土，混合成泥糊在伤口上，令人看着就觉得心里发颤。而左侧额头上，一道纵向的伤口从发际线里延伸出来，一头乱发被凝固的血沾在伤口上，整张脸上布满了或轻或重的擦伤，连一边的睫毛都被血糊住了。

庞老师显然已经极力放轻动作，但刚刚接触到伤口，孩子便凄厉地哭叫起来。孩子的妈妈慌了神，没有按住男童的手，孩子啪的一下打掉了纱布。我按住孩子的那条胳膊，却发现他只用一只手乱挥，另一条胳膊几乎纹丝不动，下肢也没有大力挣扎。

我虽然没见过，但是也在书本上学过，看样子孩子闭合性骨折的可能性不小。但无论确诊结果怎样，目前这会儿我们能做的，就是先尽量给孩子面部这些开放性伤口做一些简单的处理。

孩子闹得厉害，庞老师很快就冒了汗，年轻的妈妈手忙脚乱地配合着，旁边年轻的爸爸张着手原地挪着步子，一副不知所措的模样，而那年轻女人自从孩子开始尖声哭叫，便立刻皱着眉起身离开了处置间。

折腾了半天，清创总算告一段落。男孩儿也哭累了，孩子的妈妈把孩子抱起来。我看着她豪放的动作暗叫不好。果然她一动，孩子又大声哭起来。我连忙嘱咐她："孩子不知道有没有骨折，轻点抱。"

她愣愣地看着我，操着一口浓重的乡音问："骨折？"

庞老师点点头："有可能，而且或许还有其他问题，要等各种检查结果出来才能确认。"我忽然想起那个跑出去的女人，心下疑惑，便插嘴问道："刚才那个人也是家属？"

孩子妈妈的脸上显出一种难以名状的神情，她低头看着孩子："不是，是她撞的宏宏……"

我吃惊不小。车祸伤还算意料之中，但肇事司机就是刚才那个气定神闲的女人？

不管是哪一方的责任，撞了人都很难这么淡定吧？

"交警呢？谁的责任？你们全责吗？"

"不不不……没报警，那个人说她出钱给宏宏看伤。"

我心下了然，大概是双方准备私了。

肇事方肯多花点钱让伤者家属不要报警，这种情况也很常见，无论如何，虽然看着有些叫人生气，但只要不耽误治疗，我们完全没有理由干涉。

三

交代好各种事项，我送夫妇俩带着孩子出去等候，正遇上张悦回来，便一起往办公室走。儿科的午休时间还没过，走廊里静悄悄的，没有点灯，四周本来是极静的，然而我们转过拐角，还没走进办公室，就听见一阵突兀的笑声。

我一面嘀咕是哪个家属这么没素质，一面循着声音的来源望去。借着窗外微弱的灯光，可以看见椅子上有两个女人的轮廓，其中一人正是刚刚那个肇事女子，另一人……

我不由得叹一句"冤家路窄"，电梯里外都遇见过的那个女人，居然在这儿又碰上了。

她们此刻正举着手机看一段搞笑视频，声音外放得异常吵闹，两人笑得前仰后合，尖细的声音也在寂静的走廊里回荡，带着点空旷而诡异的回音，让人听了胸臆间一阵不适。

我和张悦对视一眼，都从彼此眼神里读出了鄙夷，正想上前阻止，就听见护士站传来嘀的一声开门声。

我俩同时淡定地收脚，果然，下一秒一声中气十足的女中音传了过来："吵什么！"

那两人被吓了一跳，不待开口，就被抵达战场的护士长一顿教育，"这是医院！整层楼的大宝们都在午睡，你们是哪床家长？这么没素质！"

"21床的，"我走过来，一边把交接单子递给护士长，一边指指两个女人中年轻些的那个，"不过这两位不是家长，是肇事方。"

护士长一听，脸拉得更长，语气也更加强硬："病人正在午休，请你们出去。"

年轻女子听罢，噌地起身上前，一副要跟护士长吵一架的样子，却被旁边年长些的女人一把拉住。那人看向我，眼神中的警惕和嫌恶无遮无拦，不由分说将那明显想闹一通的年轻女人拽走，一边跟她嘀咕着什么，一边快步向门口走去。

我忍不住要笑，转头看了看走廊另一头的那对父母和孩子，心情又沉重了起来。

四

我和张悦挤在电脑旁。

庞老师被夹在中间，用鼠标拖着滚动条，将这个叫张柱宏的孩子所有的报告全部翻了一遍后，又拖回去重新看了一遍，一边喃喃道："啧……神奇。"

末了，他关闭页面，转头盯着墙上的CT片子，又仔细端详了一遍，随即颇为欣喜地开口："肱骨髁上骨折，骨盆骨折，头皮裂伤，伤后又没叫救护车，转运过程很不专业，本来我还担心脏器情况，但现在，这孩子肝肾脾脑居然都看不出有什么问题。"

捧着片子啧啧称奇的张悦做出总结性发言："天选之子！"

我也又是惊奇又是欣慰，孩子头部应该主要是擦伤而不是撞击，所以只是头皮裂伤，脑组织没有受损也可以理解；但骨盆骨折代表受到了强烈的外力作用，非常容易并发实质性脏器损伤，但这孩子的各项报告我们看了又看，愣是没发现一点问题，这让一屋子人都大大松了口气。

【实质性脏器】指心、肝、脾、肾、胰腺等实心的器官，胃肠道等则属于与之相对的空腔脏器。

庞老师一边心情轻松地收拾着片子，一边对我笑道："只有骨折，就没咱普外什么事儿了，都交给小顾他们处理就好。你有兴趣的话，到时候就跟着悦悦一块儿去学学怎么做内固定。好了，再歇会儿就回手术室等我吧。"

我连忙点头应下，正准备喝口水下楼，忽然想起那对父母来——几个钟头前他们就去办手续了，怎么好像到现在还没回来？

我疑惑地出门去找，很快就找到了宏宏的妈妈，此刻她正陪着孩子，而宏宏的爸爸几小时前就出发了，到现在还没有回来。妻子焦急又脱不开身，打了电话过去，丈夫却连自己在哪里都讲不清楚。

无奈之下，我只好叫他先回来，把地点和程序又重新讲了一遍，然而再怎么解释，他都始终是一副什么都不明白的表情。

我看着呆滞状的男人，无奈地把眼光转向孩子妈妈。孩子刚刚在她怀里睡着，擦洗干净后，孩子的肌肤显出一种幼儿独有的细腻，不过并不怎么白皙，看上去总像是风吹日晒的样子，睡梦中嘴唇也微微噘着，一张小脸虽算不上精致，却也让人顿生怜爱。

孩子妈妈犹豫着，想伸手把孩子交给丈夫，那男子手足无措地张开胳膊，我看着他那几乎要掐住孩子脖子的手，无奈地制止了两人的动作："孩子妈妈还是留下来吧，找个人带着孩子爸爸去。"

这话说完，我自己也是一阵无语——说得轻巧，找谁？

就在这时，又一阵女人的喧哗声从饮水间传来，听到这声音我先是一阵烦躁，忽然念头一转，直奔饮水间过去，果然又是那对张扬的姐妹花。

我才走到门口，就见那年轻的女子正拦住一位护工，年长的那个也在一旁，此处光线明亮，两人这样站在一起，眉目确实有五六分相似，大抵真是一对姐妹了。年轻的妹妹此刻正质问那位护工："你们这儿怎么连喝的都没有？"

护工阿姨显然已经恼了："都说了这儿只有温开水，病区里没有卖饮料的地方，最近的要出楼左拐。"

"那你去给我买两瓶来，要冰的××饮料，不要绿瓶的。"

护工阿姨用看傻子的眼神看了她一眼："赶紧起开，我得看孩子，谁给你买。"

那女子切了一声，从钱包里拿出一张整百的纸币："看见没？剩的给你当跑腿钱，赶紧去，渴死了。"

阿姨的节操显然不是一百块能收买的，她看都不看那张毛爷爷，抬腿就要走。那女子的姐姐见状也过来拉扯："你这老娘子怎么不识抬举！"

我实在看不下去，上前制止道："有钱你点外卖不就行了？干吗非叫人家给你买？"

"关你什么事？"姐姐不耐烦地转头，仔细一看是我，立刻后退几步，还拿出个不知道从哪儿找来的口罩戴上，这才接着开口："谁让你们这儿外卖不给送上楼？大热天的谁下楼拿去？"

我无心跟她们扯淡，直截了当地说："肇事方是吧？现在要办个住院手续，孩子爸爸搞不定，需要你们协助处理。"

妹妹打量了我一眼，神色稍微严肃了一点，语气却还是不甚客气："他家看病的钱都是我包的，怎么着，还想使唤我？"话没说完，却被姐姐拽住了胳膊。两人低语几声，那姐姐便拉着妹妹径直去找宏宏的爸爸了，我长长地松了口气。

不得不说，这对姐妹虽然风格张扬，但是办事很靠谱，很快，姐姐就带着宏宏的爸爸办妥了手续，缴纳了费用后回到病房。

五

手术很快就排上日程。忙完全部的事情，我坐回办公室，打开系统整理病案。翻到宏宏的信息时，我忍不住停下来仔细读了读：患者张柱宏，2岁7个月，籍贯H省农村。联想孩子父母的穿着打扮，大抵看得出他们是来本市打工的民工夫妇。只是既然父母就在身边，这么小的孩子怎么会自己出行，然后又被车辆撞伤呢？

收好打印的材料，我在心里把庞老师刚刚教的谈话要点又全部默背一遍，给自己打了打气，十分郑重地准备找宏宏的父母进行术前谈话。

进入走廊，只见那肇事的年轻女人正坐在走廊的长椅上，一边喝着饮料，一边举着手机拍视频，背景乐回荡在走廊里，引得路过的家属和孩子频频投来打量的目光。

路过她身边时，一股浓郁的香气与病房特有的药味混合在一起，闻起来有种似呛非呛的不适感。我转过弯，她正笑得前仰后合，动作间将身旁的女士挎包打翻，不少物品撒落出来，她连忙去捡，匆忙间，一串钥匙滑到我脚边。我把钥匙拾起来放到椅子上，她迅速伸手把钥匙抓到手里，提着包坐回椅子上，手指钩着钥匙的环扣，一把镶着宝马LOGO的车钥匙在她手里甩来甩去。

"谢了啊，我看你挺闲的啊，又来看这一家子夯货？"

我看着她抬高的下巴和快要再次甩飞出去的钥匙，原地默念了三遍"淡定"，把怼人的话咽下去，转身进去找宏宏的父母。

这一进不要紧，只见好大一个被窝卷堆在地上，各种杂物散放在四周，原本宽敞的病房立时拥挤起来。这也就罢了，孩子换下来的尿布居然也直接丢在地上，当爸的正坐在旁边的椅子上发呆，当妈的盘腿坐在床尾，正与站在一旁的肇事者姐姐交谈着。待走近了我才看清，那女子正在展示如何点外卖。

下单成功后，宏宏的妈妈连声道谢。那女子被谢得舒坦，一脸皇恩浩荡地道："没事儿，教会你我刚好就少管一档子事，一来一回也扯平了，不用谢。"

扯平了？

我一阵牙痒。那女子这时才转头，见我进来，目光一闪，立刻转身离开了病房。她离开后，我才看见宏宏正睡在床头，床上和地上到处散落着用过的卫生纸和包装纸，看得我有些头疼。

无奈我现在还顾不上帮他们整理，我轻轻招手，示意宏宏的爸爸跟我出来。他先是愣了半晌，直到妻子出声提醒，才梦醒般地跟出门来。

门外那对姐妹依然吵闹，我努力忽略她们的干扰，把庞老师交代的话一字一句地跟家属交代清楚："目前孩子的脏器没有发现什么问题，手术的主要目的是进行骨盆骨折的内固定，以及处理肱骨骨折，顺便对头皮的裂伤进行缝合。"

我已经尽可能避免使用术语，但眼前这个年轻的爸爸依然表情呆滞，只一直木然地点头。无奈之下，我只好拿出签字单，尽量仔细地再解释一遍，然后示意他签字。

男人仍然一副迷惑的样子，好像对我的话并不理解，茫然地举着那张签字单，目光散乱地飘了一阵，最后转向旁边正在玩手机的姐姐身上："大姐……"

那女子掀起眼皮看看他，目光又回到手机屏幕上，不耐烦地开口："干吗？你就在那上面签字就行了。"

那男人仍旧一脸疑惑，举着签字单愣了一会儿，小心翼翼地要将手里的纸笔递到那女子面前。我无语至极，伸手拦住他："这是你儿子的手术同意书，必须要亲人来签，你还想让别人来签？"

何况对方还是肇事者！

男人黝黑的脸上神情惶然，伸到半空的手僵硬地缩回来。我看着他不知所措的样子，无奈地叹口气，本来应该尽量跟家属解释清楚手术的方案和各种问题，但现在他这副说什么都听不懂的样子，我只好直接指了指右下角的空白："在这里，写上你的名字就可以了。"

他哦了一声，伏在墙上慢吞吞地写下名字。我拿回签字单："给孩子收拾一下，术前准备的要求护士会来告诉你，到时候会有人来接孩子去手术室。"

我转身要走，那父亲却没有回病房，反而一路跟在我身后，惶急地想要问些什么。我疑惑地转头。他见我停下，表情更加紧张，结结巴巴地开口："那个……大夫，我儿子这个手术要怎么做？"

我无语望天，刚刚真的是他在听我说话吗？

"就是我刚刚跟你说的那些。"我看了看表，压制情绪，尽量不表现出不耐烦，不管他能不能听懂，又简短地解释了一遍，并且再次嘱咐他——费用已经缴完了，手术时间也确定了，他们只要照顾好孩子，按照护士说的要求做好术前准备，等手术室的人来接宏宏就好。

他忙不迭地应着："是，是，那这手术多少钱？"

我一边翻找着病历本一边问他："孩子是什么医保？"

对方挠了挠头，没说话。他个头本就高，这一挠头配上那副呆木的表情，简直就是现实版的丈二和尚——摸不着头脑，挠了半天他才开口："我们是外地的，这东西没有哇。"

我叹了口气，道："那就会贵一些。"可转念一想，又赶快问道，"那个年轻女人不是说私了她负全责吗？费用她没有全缴吗？"

宏宏的爸爸保持着一贯的懵懂表情："不知道啊，手续都是那大姐办的。那大姐比我们都弄得明白，住院办手续都是她给弄的，真是多亏了她……"语气中充满了感激。

我简直难以置信，看着他这副感激涕零的样子，实在忍不住要问："你儿子不是被她妹妹撞的吗？她们要求私了，不许你们报警，你……你有必要这么感激她？"

想着病区里浑身是伤的孩子和那对恣意嬉笑的姐妹，再看看眼前这位糊里糊涂的爸爸，我真是气得头发都要竖起来："孩子到底是怎么出的事？你们两口子，怎么会让这么小的孩子自己出了车祸？"

提起这事，男人神色有些拘谨，嗫嚅道："我在工地干活儿，我媳妇儿是给工地做饭的，宏宏平时就放在工地，他蹲在地上玩，那车开过来就把他撞了。"

我心下有了猜测。既然是这样，肇事方主动承认全责但拒绝报警，要么是真的全责，想拿钱平事，要么便可能是糊涂官司。肇事女子看起来有钱，不想留案底、扣驾照分数，便多出点钱，想糊弄过去。看这对年轻夫妇的糊涂样，无论是哪一种原因，对她来说，想摆平都很轻松加愉快。

走廊那头，姐妹俩的喧哗声又传了过来，我已然无语到麻木了。怪不得这姐妹俩作为肇事方，走在医院里都跟逛商场似的，丝毫没有心理负担。再看着眼前孩子爸爸这副迟钝又茫然的样子，我气也不是，骂也不是，正要转身离开，那父亲拽住了我，这次开口却带上了乞求的语气："大夫，你一定要帮帮忙……"

我点头应着，匆忙想走。

"我都没过一个孩子了，老大也是5岁那会儿车祸没的，不能再……"

我愣在原地，愕然回头看着他。土里土气的男人眼里写满无助，高壮的身形有些佝偻着，沉在病房灯光的余影里，神情空洞得什么都读不出，只有眼底的疼痛，沉重而真实。

我看着他的眼睛，叹了一声："会的。我们一定尽力。"

六

手术很快就准备妥当，我跟着张悦换了手术服，在手术区门口等待交接。

孩子并不吵闹，只小声啜泣着，眼睛肿得像小核桃一样。之前清创时孩子哭闹得厉害，术前要禁食水，从受伤到现在折腾了这么长的时间，孩子的体力早已消磨殆尽，便是想闹也没有力气。

作为儿科病人，宏宏的陪同阵容比多数孩子都逊色些，只有父母跟随，充其量再算上那姐妹俩。宏宏的妈妈伏在床边，小声安抚着孩子，她看起来比我大不了几岁，手掌却十分粗糙，肤色暗沉，掌面和关节上都长着微黄的茧。

她也不敢用力触碰孩子的肌肤，只在耳侧轻轻摩挲着幼子微黄的柔发。孩子的爸爸还是那副惶惑的表情，空洞的眼睛一会儿看看孩子，一会儿看看妻子，一会儿看向手术室的门，似乎想问些什么又不敢开口，只站在原地不停地搓动着手指。

姐妹俩一如既往地吵闹不堪，一会儿站在一个硕大的"静"字旁边大声打电话，一会儿又嘻嘻哈哈地拍抖音。穿着吊带、打扮得花枝招展的妹妹，还不断跟旁边忙着的男教员搭讪，吊着人家肩膀笑嘻嘻地问："小哥哥我这腿有点外八哎，你们这儿能做吗？"

她姐姐也在一旁搭腔："这大医院什么不能做，你这身条儿，做好了肯定是模特的料！"

接着便是一阵高声大笑。

值班教员的眼刀丝毫不能影响她们谈天说地的兴致，直到家属区一位花臂大哥无声地站起，在两人面前晃了一圈儿，两人才稍微消停了些。

张悦和我一前一后守着床，离她三步开外，我都好像能听见她磨牙的声音。终于等到交接完成，我们总算推着宏宏走进了手术室。伴随着关门的声音，张悦恶狠狠地对着门外比了个中指。

我噗的一声笑出来，拍拍她的肩膀，推着孩子往手术室里走。张悦一路上持续骂骂咧咧："娃娃还躺着！脑袋上顶着大口子，骨头都被她撞折了几根，她俩还能在旁边笑出声来！"

她越说越气，想到谁就开始怼谁："你再瞅瞅那家长！像样吗？屁都不敢放！当爸的就知道搓着手在旁边傻站着，缴个费糊里糊涂的，孩子差点排不上今天最后一台手术，耽误了怎么办！当妈的也照顾不明白，两口子给那姐俩玩得团团转，还当大恩人似的谢谢人家！"

张悦这番话句句说到我心坎里，我看着扁着嘴眼泪汪汪地躺在床上的小宏宏，也清晰地听见了自己磨牙的声音，一肚子火压不住地往上蹿。

等到我们推着孩子进门，主刀的顾问已经坐在手术室里等着了。见了他，张悦的脸色总算好看了些，不过依然一副不高兴的模样。顾问见了先是一愣，随即哭笑不得地问："怎么都黑着脸，谁惹你们了？"

顾问并不了解这一家子的家长里短，张悦正憋了一肚子气话没地方倒，便一股脑儿地开始跟他讲这个病人的奇葩事。已经跟她熟络的台上教员也饶有兴致地伸头过来听八卦，听到一半愕然道："这什么态度？这两个女人真的同意负全责了？"

我点点头，说了那姐姐带着孩子爸爸缴费的事。张悦讲完了也不解气，恨恨地把床板子挠得咯吱响，末了嘴里还忍不住嘟囔："看着她们一脸拿钱砸人理直气壮的样子，就想直接给交警队打电话，就该吊销她驾照……"

顾问却没马上说话，只坐在电脑前摇了摇头。教员听完也无奈地笑笑："可别。如果孩子爸妈真是你说的那副样子，这事要是报了警，恐怕别说公道，医药费他们都拿不到了。"

一阵沉默。

确实，以这对父母目前表现出来的社交能力和文化水平，若他们真到了交警队，又如何能从这姐俩手底下讨到好？搞不好因为报警惹恼了对方，局面会更糟。

说到底，也正是这对夫妇的无知和无能，才给了肇事者这么强大的底气，以至于在这个时候，她们依然气定神闲，一副全局在胸的样子。

顾问把填写信息的板子递给张悦，对教员的话表示赞同："是这个道理。所以倒不如像现在这样，孩子需要治疗，她们想私了平事儿，各取所需，最起码没耽误孩子。"

可能是见张悦还一副没消气的样子，他再次摇摇头，语气又放缓了些，道："你们还小，医院里这种事情太多了，除了干生气，还不是有伤治伤、有病治病，哪有我们说话的份儿。你俩有火在咱自己人这儿牢骚几句就算了，出去可别多说什么。"

我低声称是。大约是男神的话不好反驳，张悦噘着嘴摆弄手指头，半响也低低应了一声，算是回答。教员见她的样子好玩，笑着催道："别光顾着生气了，去准备吧，马上开麻了。"

张悦继续磨着牙出门了。我握着宏宏插着留置针的手端详着，之前脏兮兮的小手已经尽量擦洗过，但过长的指甲里还是留着黑黢黢的泥。教员看着孩子的头，一边调着三通管一边皱眉："这父母也真是，你看这头发长成这样都不给孩子理理。"

我想起病房里，孩子躺在一床卫生纸中间，尿布扔了一地的场面，对她的话表示由衷的赞同，再想起那父亲口中"5岁时车祸没了的老大"，心里的无奈和气愤又再次烧起来。

看着宏宏比寻常孩子要黑一个度的脸颊，我实在不能想象这个家庭过去经历过什么,而未来,幼小的孩子又会以怎样的形式成长。

七

内固定术切口不算很大,但术程并不短,3岁以内的孩子又不能进苏醒室,我们只能自己在手术室盯着。等孩子醒过来时,我满脑子只剩休息室的盒饭在招手的画面。

好不容易把孩子推回病区并安顿好,我拽着张悦要去吃饭。张悦却死活不肯走,左顾右盼地找着什么,随后疑惑道:"怎么只见孩子父母,那俩女的呢?"

我继续把她往吃饭的方向拖:"估计吃饭去啦!我们也去吧,再不去就没啦!"

奈何这货在减肥,对姐俩的去向显然比对盒饭更感兴趣,不依不饶地把我往回拽,站在门口冲依然傻站在床边看妻子哄孩子的孩子爸爸挥手。那男人呆了几秒钟,随后快步迎出来。

张悦开门见山:"那俩肇事的呢?"

那男人又呆了几秒钟,随即答:"走了呀。"

张悦一愣,赶忙问:"回去了?那说什么时候再来没有?后续费用她们全给你们承担吗?留好联系方式了吗?有没有押个身份凭证啥的……"

孩子爸爸果然还是那副"我是谁?我在哪?"的茫然神情,交流了半天,一个问题也回答不明白。提及那两人时,他对撞人的妹妹算是没有什么明显的感情色彩,倒是提起那个姐姐时,他的脸上又浮现出了那种近乎感激涕零的表情。

"我们啥也不懂,弄不明白的都是那大姐弄的,临走前还留了两千块钱,又给孩子买了东西……"

丑态百出的肇事方,在这家人眼里俨然是救世主的形态,我实在听不下去,匆匆结束谈话,拉着在暴走边缘的张悦就往护士站跑。

护士站的老教员自然是靠谱的,提起那姐俩也是一肚子气:"孩子刚送手术区没多大一会儿,两人买了点奶粉、尿不湿回来,搁这儿就走了。好像给那小夫妻俩留了点钱,我们要留个电话,人家死也不给,家属也不表态,我们也不好硬逼。"老教员往病房的方向看了一眼,摇头叹气,"也不知道给了多少,够不够后面用的,看这当爸的傻样儿,指不定连人家姓什么都没搞清楚……"

我心里堵得更甚,吃饭的兴致都没了一半。张悦一副难以接受的样子:"就这么走了?还会回来吗?"

"我倒希望她们只要把医药费给够了,就千万别再回来了,我可再也不想看见她俩了。"老教员把单子捋好,然后夹进病历,不再开口,起身走进配药室。

张悦一整晚的祈祷看来没什么效果。第二天,她伸着脖子盯着病区大门,也没等到那对出场高调的姐妹花,倒是宏宏的家长又搞出了新状况。

这对家长显然没有任何护理意识,甚至也没有什么正确的育儿观念——饿了就喂,拉了就擦,制造的垃圾也从来不知道要收,全科室的护士都拿他们没办法,值班教员跟在后面帮忙收拾孩子,也赶不上家长搞乱环境的速度。周围其他年轻家长都对这家人很包容,但当孩子妈妈把擦了粪便的纸巾和尿不湿直接丢到地上的时候,隔壁床孩子的家长终于忍不住去找了护士长。

护士长也早就一个头两个大,这对家长态度倒是良好,但是实在难以交流,盛夏的天气,孩子打着石膏和外固定支具本来就异常难受,家长又不会照顾,科室人手紧张,也没办法时刻都盯着他们。孩子哭闹时,孩子妈妈还勉强知道哄一哄,至于孩子爸爸,会做的就只有三件事:买饭、交钱、叫护士,时不时愣愣地抓住路过的护士,又愣愣地说不清问题,而剩下的时间,便始终是看着孩子,然后手足无措式地旁观。

好在孩子本身很争气,恢复速度很快,家长的情绪也稳定下来。第四天早上我来换药时,孩子爸爸不在,孩子妈妈正在嗑坚果,见我进来,还热情地往我白大褂的兜里塞了一把。

夫妇两人看上去都比我大不了几岁,却曾有一个至少5岁的孩子,结合他们之前说的经历,大概是很早就结婚,然后来大城市打工的民工。我一边收拾换药的东西,一边问她:"你们两口子出来挣钱,带着孩子多不方便,考虑过把孩子放老家吗?"

那女人憨厚地一笑,答道:"不放心嘛,在老家我们又照顾不到。"

带在身边也没见你们照顾好啊!这回要不是孩子命大,以这两口子当时的转运手法和速度,天晓得孩子被送到医院会是什么样。

腹诽完毕,我继续问:"孩子以后打算在哪儿上学?是想送回老家吗?"

她茫然地看着我,似乎想了想,半晌还是摇头:"不知道,到时候再说吧。"

见她这副有些无所谓的神情,我不禁开口:"上学很有必要的,得早做打算啊,要是耽误了,孩子没好好上学,以后哪有出路啊?"

她继续低头嗑着坚果,显然对这个话题没有兴趣:"嗐,我们这样的,哪有什么出路不出路的。"

气氛一阵沉默。半晌,她又问我:"大夫,娃娃以后走路有问题吗?"

我夹着棉球擦拭切口,嘴里自动流出标准答案:"预后要看具体情况,定期复查,后期也需要进行专业的康复锻炼，恢复应该还是可以的。"抬头看到她茫然的眼神，我又补上一句："就是每隔一段时间就回医院查查，看看骨头长得怎么样，用不用再治一治。"

看着她终于恍然大悟的表情，我不禁问了一句："撞孩子的那个女人，手术做完以后联系过你们吗？"

她摇头。

我想了想，还是问了出来："你不恨她吗？"

她没点头也没摇头，脸上带着一种描述不清的表情。她不再说话，又低下头，继续嗑她的坚果。

我望着床上因为闷热的石膏而正哼哼唧唧地哭着的幼小男孩，心里忽然一阵茫然。

生活水准限制了他们接受更好的教育，而缺乏教育带来的愚昧和无知，使得他们不知道如何在这个与他们早就脱节的大城市里立足，不懂得怎样求助，不懂得维护权利，甚至对于自己拥有怎样的权利，作为公民应当拥有什么待遇，都没有任何概念，来自肇事者的一点小小补偿，在他们眼里甚至是一种高贵的施舍。

他们在这里生存，却并不懂得如何在这个城市生活下去。他们很年轻，自己尚且浑噩时就急忙制造出新的生命"传宗接代"。

用来接代的下一代，会怎么长大？

这个死循环一样的问题，怎样补救？怎样改变？没有答案。

孩子恢复得很快，3周左右就已经可以出院了。临走前，顾问领着张悦一路跟在手忙脚乱的夫妻俩身后，一遍遍叮嘱抱孩子的姿势要求和回家以后的注意事项，又嘱咐了数次一定要回来复查。妻子憨憨地应着，动作豪迈地一把把孩子抱在肩头上，另一只手拎起硕大的编织袋，丈夫扛起行李卷跟在后面，一家三口快步走出了病区大门。

对我们而言，这场闹剧终于结束。

可对孩子来说，他人生的闹剧或许才刚刚开始。

大肚女婴

一

张悦最近受命回学校忙比赛的事情，好说歹说从实习点请了一周的假，因此我只好从相依为命转为孤军奋战，下班后依然战斗在码病历的一线战场。

"大夫眼里是没有按时下班这个概念的。"庞老师活动着脖子，把圈改过的病历递给我。

我苦笑着点头。理想很丰满，但现实是就算庞老师有心放我早点回去看书，可在连他自己都很少能按时下班的前提下，留我一起加班也是没有办法的事情。

我认命地打开病案管理界面，改着改着，病区大门忽然嘀了一声，随即一对夫妇抱着孩子快步走进来。

我心底咯噔一下，想着这个时间来，莫不是阑尾炎或者骨折的急诊手术："也不知道是哪位老师的急诊……"

庞老师笑了笑："我的，倒不是急诊，今天下午出门诊刚收的。"

"不是急诊？"我望着门外，疑惑道，"那什么问题这么急着来住院？"

庞老师脸上的笑意淡了，取而代之的是凝重和隐隐的担忧。半晌，他转过身面对着窗外浓重的夜色："自己去看看吧，顺便给孩子查个体。"

"好。"我关掉病历起身，望了一眼庞老师的背影，轻轻合上办公室的门。

就着病房里苍白的灯光，我看清了这对夫妇的面貌。两人看起来都是40多岁的模样，丈夫穿着款式简单的夹克，正忙着把手里的大包小包放置妥当；妻子穿着一件灰色的羊绒衫坐在床边，正把孩子抱在怀里轻声哄着。见我进来，那位妈妈马上要起身，我赶忙阻止："不急，你们先忙着，我只是看看情况。"

她应声坐下，轻轻地将孩子放在床上。乍暖还寒的天气，小小的孩子被包在厚厚的被子里，包裹物一层层打开的时候，有种在拆蛋糕盒子的感觉。

小宝贝躺在被子中间，一张巴掌大的小脸确实白得跟蛋糕上的奶油一样，从妈妈怀里被放到床上，看上去颇有些不情愿，抿着嘴一副要哭不哭的样子，短短的小腿也不安分地蹬着，着实可爱得紧。

我打量着孩子，第一时间并没察觉出什么异样。可究竟是什么样的问题，会让庞老师流露出那样的神情？

我一边想着，一边掀开孩子的衣服准备查体。幼小的女婴乱挥着小手。我抓住她软软的手掌，轻轻捏了一下，觉得那手腕有些细，这个年龄的孩子营养状况普遍很好，手臂都是像藕节一样的浑圆。我撸起她的袖子，摸了摸她的手臂，小胳膊虽也不算细瘦，却并没有呈现出我预想中的饱满肉感。

我不禁用余光再次打量了一下孩子的家长。这样家庭的孩子，不该有营养问题才是。

松开孩子的手，我继续掀开她的上衣。衣服掀起的一刻，我隐约有些明白庞老师为何会那样担心——四肢消瘦，腹部却明显膨隆，虽然也不算特别严重，但对比四肢的营养状况，这圆鼓得过头的小肚子，大概就不是脂肪在作怪了。

而但凡是别的，对这么小的孩子来说，都将是一场劫难。

按流程听过了呼吸音、肠鸣音，我并没发现什么异常，于是便摸着她的小肚皮开始触诊和叩诊。孩子当然不肯配合，可哭声听起来有气无力，挣扎的动作也比普通孩子要轻缓。

检查过了整个腹部，我有些迟疑，不断怀疑着自己的结论，又不死心地重新做了一遍。

是……是这样吗？

我原以为腹水的可能性会大一些，但从查体的触感和叩诊音来看，肿大的更像是什么实质性的东西。

【叩诊音】腹部叩诊可通过叩诊音的差别（实音、鼓音、浊音等）来大致区分实质性脏器与空腔脏器。一般情况下，肿瘤也属于实质性组织。

孩子看起来至多不过1岁，如果真是实质性器官长到这么大，这肿物就算从娘胎里开始长，现在的体积也已经大得离谱了，这样的生长速度，能是什么好东西？

我把孩子的衣服盖好，对家属点头示意结束。妈妈走上来抱起孩子，明显憔悴的脸上神情疲惫，但依然对我客气地笑了笑："辛苦了。"

我摇摇头，却实在笑不出来，对上那位妈妈询问的目光，有种近乎想落荒而逃的心情，什么也没敢说就收拾了东西离开病房。

然而没走几步，孩子的爸爸就跟了出来。他生得很高，但对话时并不给人以压迫感："您好，医生，我想问一下，这么小的孩子，做CT会不会有问题？"

"CT的确是有辐射的，但是剂量并不大，一般在身体能够承受的范围内，而且只做一次，问题不会太大，想要确诊也必须借助这些辅助检查。"

这对夫妻看起来已经不甚年轻，起码有40岁往上，两人却都难得的气质温文，没有丝毫油腻感。听了我的解释，他静默半晌，随即语气小心地开口："那要是结果不好，麻烦您先别告诉我爱人。我一直在这里守着，有什么问题您先找我。"

我一时颇为感慨，因为眼前这位好爸爸、好丈夫，也因为我清楚，即便再真挚的爱与关怀，也无法左右噩运的脚步。

如果真是恶性肿瘤……

我打了个寒战，脑海里闪过那孩子细腻的皮肤和乌溜溜的眼睛，感觉心沉得简直要坠到胃里，含混地应了那父亲的请求，便回到了办公室。

庞老师见我一副失魂落魄的样子，安慰似的拍拍我的肩膀："是什么东西还不一定，先等等检查结果。"说着把我拎到电脑前面，笑得十分慈祥，"病历写完了再难受。"

我哭笑不得，也确实被转移了注意力。待保存了文档，我关掉页面，回到科室系统主页。新收病人的窗格里，一行不起眼的小字写在最后面：

"冯玥潇，女，10个月，初步诊断：肝脏巨大肿物？"

【？】病历中拟诊一栏，暂时无法做出确切诊断的项目会附带问号。

二

冯玥潇的入院记录是庞老师自己写的。第二天上班之后，我仔细翻看了一遍，才发现她之前的诊治经历很是曲折。首先是几个月前因为食欲下降，体重减轻，在当地医院就诊后按贫血进行治疗，用了一个月的铁镁锌片之后情况没有改善，孩子的肚子却一天天鼓起来。家长心急之下，将孩子转送到上级医院，那家三甲医院的医生看了情况之后，甚至都没有收入院，直接劝家长把孩子转到条件更好的医院。

我见到这一家人的那天，他们上午刚离开那家医院，就一路直奔我们院来，庞老师下班前给加了号，才赶在当天看了这个孩子。

而此刻，我正站在拐角处望着小女孩的家人，手里捏着她的报告。寥寥几张片子，重得像是能浸出水来。

虽然已经不是第一次做家属谈话，但这一次庞老师交给我的任务不像是谈话，更像是一场宣判。

我还是没想到情况会这么差。

确诊结果跟拟诊一样，的确是肝脏肿物，而且大概率是肝母细胞瘤，肿物的体积已经大到惊人。我按庞老师教的方法，用CT片计算出了残肝体积，结果只有176毫升——并且就连这不到200毫升的肝组织也已经是病肝，能保留多少生理功能还不清楚，孩子之前的营养不良症状，恐怕也是因为肿瘤迅速生长带来的巨大消耗引起的肿瘤晚期恶病质。

恶性程度这样高的肿瘤，孩子又这样小，对放化疗或者肝切除术的耐受度都很差，也就是说，不管开刀还是保守治疗，她的生存希望都无限渺茫。

10个月，才刚刚10个月。

命运甚至连抗争的机会都没给她，就宣布了结局。

冯玥潇的父母正在门口打电话，看见我便立刻快步向我走来。我的手攥得更紧，有一瞬间几乎想转身钻进办公室，咬了咬牙才抑制住落荒而逃的冲动，尽量以平静的神情迎上他们的眼神，礼貌地打了声招呼。

孩子的妈妈大概刚刚赶到，初春的天气，额头上却渗出了细细的汗珠，此刻顾不上把气喘匀，便神情急切地问："您可算来了，孩子的情况怎么样？"

我看了一眼跟在她身边的孩子爸爸，不着痕迹地把片子掩在身后："还要等等，庞主任刚刚出去，等会儿我问一问再跟您谈。"接着转向孩子爸爸，看着他的眼睛道，"只是有几张单子要签字，来一个人跟我进来吧。"

男人会意，不待妻子开口便上前跟着我进门，回身对妻子道："我去签吧，你赶快去看看宝宝。"

女人愣了一下，随即点头，转身匆匆往病房的方向去了。

关上办公室的门，我把片子和报告放在桌子上，抬头迎上对方的眼睛，不禁微微顿了顿，可还是不得不开口："CT结果显示肝脏巨大肿物占位，已经占据了肝体积的五分之三，检验结果也支持恶性肿瘤诊断，很大可能是……肝母细胞瘤。"

被我单独叫进来时，男人就明显已经有了心理准备，此刻听到我的回答，他先是愣愣地看了我半响，接着无措地转身，胡乱地翻了翻桌上的片子，随即再次转头看着我，神情看上去仿佛还没有理解我的意思，但眼眶却在迅速地发红。

"我知道，我知道的，是不是还能救？还有救的对吧？"他紧紧攥住桌上的几张报告，声音开始发抖，"我们能救的，什么治疗手段我们都能配合，多少钱我们都能承担，你们不要顾虑，多少钱的药都没关系，不是有那种特别厉害的靶向药吗？我们刚刚就已经准备了钱，给孩子用多久都行，我们会一直供得起的，手术也行……"

我实在无法面对他的目光，坐到电脑前假装看着屏幕，尽量回避着他的视线。那种绝望中寻求希望的眼神深深刺痛着我，但作为医方，即使再不忍心，我也必须尽量客观地阐述事实。

"靶向药物是针对某些特定的基因使用的，肝母细胞瘤的发病率极低，研究进展有限，现在还没有可以应用的靶向药物，目前可供选择的方案只有姑息性治疗和手术切除。但孩子年龄太小，对化疗的耐受能力很低，手术的风险更是难以预估，术中出现大出血甚至空气栓塞的可能性都很大，这么大面积的肝切除预后也难以预料。多学科会诊的意见是倾向保守治疗，手术风险太大，预后也不是很好，孩子下不了手术台都很有可能。"

这些话都是庞老师反复交代过的。然而我心里也明白，无论是化疗还是手术，几乎都是死路。

二者的区别，无外乎是拖一天是一天或者冒险一搏——保守治疗意味着带瘤生存，使用一切可能的非手术治疗方案，直到孩子被肿瘤耗尽最后一点生命力，或者被化疗的副作用折磨到死，这个过程可能是几个月，也可能是数年；手术治疗则意味着巨大的风险，说是九死一生也不夸张，整个过程里孩子也会承受巨大的痛苦。但肝脏是再生能力最强的内脏器官之一，如果真的能支撑到残余肝组织开始增殖，孩子或许真的有存活的可能。

只是这样的可能性，太小太小了。

且不说对不到1岁的孩子而言，从麻醉到手术过程以及围术期的感染和出血都是巨大的关隘，即便是熬过了手术，少得可怜的肝组织是否足够支撑生存也是未知，更何况之后还有复发转移的可能。

我努力整理语言，希望以最温和的方式让他了解情况并做出选择。面前的父亲眼神中的恐慌肉眼可见地增加，他依旧是之前的姿势，却像是突然没了精神一样，无力地倚在桌边。我被这样的气氛压得近乎窒息，忍不住开口："尽快做决定吧，这不是小事，您还是……跟孩子妈妈商量一下吧。"

他木然地点头，便是这样也不忘跟我道谢："辛苦您了，我回去考虑。"出门前他再次回头，眼神近乎乞求一样地盯着我："如果保守治疗就是等死，那要是手术，孩子有多大可能活下来？"

我低头避开他的眼神，无法回答患者这种坚持要听百分比类数值的问题，斟酌之后勉强回答："只能说成功的可能性不大，危险程度太高。您想一想，需要那么多坎儿都熬过来，概率可能……跟中奖差不多。"

送走了他，我再次拿起桌子上的报告。纸页被攥出了深深的褶皱，我努力抚平着，看着纸面上高高低低的箭头，忍不住再次叹了口气。

三

孩子的情形每况愈下，每次查房，孩子的妈妈都抱着她坐在床边，用小勺或者奶瓶试图喂她一些汤水和药。孩子呜呜咽咽地抗拒着，越来越细瘦的小胳膊有气无力地挥来挥去，脸上的婴儿肥明显又褪去了些，乌黑的眼睛显得比之前更大，里面的神采却一天天黯淡下来。一家人夹在其他轻症孩子家属中间，被别家的团圆围绕着，更显出一种令人心碎的安静来。

我不知道孩子的爸爸是怎样跟妻子交代了孩子的病情，只能从她抱着女儿的轻柔动作和不时含泪的眼里，感受着属于母亲的痛苦和执着。

手术并不急在一时，所有人都清楚，面对这样的死局，即使经历再漫长的考虑，他们都很可能会用更漫长的余生来后悔。时间和生命正在孩子身上以肉眼可见的速度流逝，每次医患谈话，沉默的时间也越来越长，谁都没有出言催促，所有人都静静地等待他们的抉择。

晚上下了手术，我赶回办公室收拾书包，还没进门，就听见黑洞洞的走廊拐角有颤抖的女声传出来：

"试试吧，就试一次……孩儿还那么小，那么大的瘤子，不做她能活多久？她那么小……"

"我女儿！我盼了那么多年，好不容易盼来的……

"我的宝贝，不能啊，我怎么都不能睁着眼看着她死啊！"

最后一句话带着颤抖的哭音，在空寂的黑暗里撞击。我靠在门口，感觉心都被挤压出钝钝的痛来，有意不去听这段字里行间都渗着疼的对话，却无论如何都迈不进办公室的门。

半响，中年男人沙哑的声音响起："我托姐夫在他们那儿打听，他说连医生都不愿意做，太危险……可能连手术台都下不来。"

"不做就肯定完了！"那妈妈已几乎崩溃，情绪激动地提高了声音，"你就舍得吗？保守治她能活多久？就算10年，10年！她才10岁！10年后我就得眼睁睁地看着我的宝宝一点点病死！"

我攥着门把手，想发出点声音，却终究没能动弹。

说难听些，10年……太乐观了。按目前这种情况，能维持三五年就算很有造化了。

"我当然舍不得！我舍不得！"男人的声音沙哑得仿佛声带都要摩擦出血，"可就算死，不也得让孩子好好走！我们保守治，能坚持多久就坚持多久，用最好的药，我们把库里能出手的都卖了，多筹点钱，等潇潇再大一点儿，她想要什么都给她买，想去哪儿就带她去哪儿……要是开了刀，肚子上切个大口子，孩子得遭多少罪！"

这段话简直说到我心坎儿里。这样的病情，开刀九死一生不说，就算成功，之后复发转移的危险也很大，一道鬼门关过去，还有第二道、第三道，每一道都要承担巨大的痛苦和风险。每个冒险一搏的家庭都在期待着奇迹发生，可能电视剧看多了，大家终究忘了，奇迹之所以被称为奇迹，就意味着和中彩票一样，对绝大多数人来说，都是只能在新闻上看见的事情。而现实世界里的大多数人，都会在等待中被层层叠叠的痛苦磨去希望，剥夺尊严，靠插满全身的管道一次次从死亡线上被拽回来，最后千疮百孔地结束抵抗。

可希望就是希望。希望是那么强大的东西，只要有一星半点儿，就让人狠不下心来放弃努力。对死亡边缘的人来说，一个简简单单的"活"字，就能让病人和家属燃起无限的渴望和勇气。

果然，我听见妻子呜咽的声音："试一次，就给她试一次……万一活了呢？万一能捡条命呢？做了还有希望，就试一试……"

我再也忍不住，逃也似的关门进屋，再不敢旁听这段绝望的争论。

在张悦还没回来之前，我也接到了自己团队老师的通知，只好也请了几天假回校，刚好和张悦同一天销假。赶回来的第一天，去交班室的路上，我们路过庞老师的办公室，门没有关严，我刚想进去打个招呼，就听见孙主任的声音从屋里传出来。

我略有些诧异。孙主任是科里的大主任，并不和庞老师在同一个办公室，平时也很少进其他人的房间，今天怎么特地来庞老师屋里谈话了？

不过好奇归好奇，小喽啰的求生欲提醒我，不管大佬之间有什么事情，我们都少听为好。我拖着想听八卦的张悦正要离开，庞老师却已经从半掩的门缝里看见了我，直接出声招呼道："进来，把交班病历替我带过去。"

我硬着头皮推开门，跟老师们问了好，进门拿了病历后抬腿就跑，却再次被叫住："坐那儿，等我一会儿，等下和我一起过去。"

我无可奈何，只好听话地坐到沙发上。张悦在门外的死角后看着我，一时进也不是，走也不是。我悄悄打了个手势，她点点头，便先奔着交班的房间去了。我暗自叹口气,心想要是耳朵能跟眼睛一样闭上该多好。

孙主任声音并不大,语调里的火气却不小:"这种你也敢做?那孩子都啥样了,你有啥把握?有多容易出事你不知道?到时候要是手术做了,孩子没活下来,家属没处撒气,硬要找你麻烦,你赔钱吃官司都不是不可能!"

这就不难猜了,看来那家人最后是妻子说服了丈夫。我心里一时有些堵得慌,却又觉得轻松。

但眼前的状况令我有些诧异。想起孩子的爸爸之前说其他地方的医生不愿意做这个手术,我才意识到,我的确还没从医生的角度想过。

所以这样一场手术对主刀而言,是怎样的处境呢?

想到以前见习的时候在科室里碰见的一伙人——家属不满意术后效果,带了一群人来科室门口闹事、堵主刀,最后闹到警察来了,依然是一笔糊涂账。那件事给我没见过世面的幼小心灵留下了深深的阴影,我也因此理解了孙主任的顾虑。

无论什么样的医生来主刀,这都注定是一场失败率极高的手术。肝脏血供丰富,肿瘤组织更是如此,何况孩子体型小,内脏体积和血管粗细都远小于成人,手术难度和风险更是成倍增加,即便步步小心,也难免在术中出现组织损伤,分离过程中很容易大量出血,甚至导致空气栓塞,迅速让孩子死亡。虽然这是手术意料之中的风险,但如果真的出现,且不说家属会不会闹事,单是传出去,也对主刀的名声有影响。

医生面临的情况往往很现实,即便拼尽全力救治,家属要看的往往也只是结果。一句"我们尽力了"永远无法成为避免指责的理由。救治成功了,有的家属会觉得是孩子福大命大、老天慈心保佑;但救治失败了,医生绝对要背锅——不管医生是否真的有问题,在除却老天无人可怨的情况下,医生必然成为家属唯一的情绪落点。

对于这场不仅失败了会自砸招牌并且极可能惹祸上身的糊涂官司,从医生自身的利益出发,与其冒风险陪家属做这一场豪赌,不如想理由拒绝,让患者要么找别人做,要么转内科保守治疗。

孙主任的来意大概就是如此。

庞老师收起了平日里温和的笑容,并不急着反驳他的话,而是拿起平板,打开了一个程序,调出一个可以拖动旋转的 3D 图像,然后将其递到孙主任手上:"我联系了一个公司,他们开发的软件可以做相关器官的 3D 建模,我看了,效果还不错,能提前了解得更清楚。"

孙主任脸色稍霁,却仍是硬邦邦地开口:"我知道你心软!但你好歹替自己琢磨着点儿,亏没吃够?不行就说条件有限,劝他们转儿童医院吧。"

庞老师从衣架上取下白大褂穿好，把领子理得端正："我们已经是最好的医院了，还能把患者送到哪儿去？"

孙主任被噎得说不出话，半晌撂下一句"你自己上心吧"，便拎起文件气哼哼地走了。

我差点没憋住，庞老师也忍不住一乐，收好东西叫我一起出门："他也是好心，就是个别扭的人，怕我脑子一热又接了个烫手山芋。"

我点点头，之前就听说两位老师是多年的交情，早年似乎还当过战友，如今孙主任也是担心他才赶过来提醒。

只是庞老师虽然看起来很领情，但并不像要听劝的样子。

"老师，那您这样真的没问题吗？万一……"

"这对父母看起来不像容易闹的样子。两口子也都年纪不小了，儿子都十几岁了，就盼来这么个闺女，生下来就是心肝宝贝，现在家属强烈要求手术……"他一边关门一边叹气，"实在没法给顶回去。看着不忍心哪，挺讨人喜欢的孩子……万一活了呢？"

我脑海中闪过第一眼见到孩子的场景：白白嫩嫩的小宝贝，戴着粉色的小帽子窝在妈妈怀里，黑亮的瞳仁骨碌碌地转着，像满地乱滚的黑色水银。

希望也真是一种神奇的东西。

是啊，万一。万一救活了，那该多好？

四

确定手术方案之后，就是一系列的忙碌。庞老师忙着跟其他主任交流手术方案，我便忙着整理各种材料，再时不时去病房转一圈，关注一下孩子的一般情况。

有一次我还没进门，就听见病房里隐隐有争执的声音，我在门口等候，没有立刻进去。半晌，一个穿着校服的少年从里面大步走出来，脸上隐有不悦，见我杵在门外，眼睛一亮，回头见身后没人跟出来，便一把拽住我的袖子，嗖的一下就往旁边的楼梯间里蹿。

我差点被这小子拽得栽个跟头，莫名其妙地被拖了好几步才反应过来，赶紧站稳："你要干什么？你哪床家属？"

这少年看上去十五六岁，长得瘦瘦小小的，穿着一身蓝白的校服，头发却剃得很时髦,校服的裤腿也是改过的,脚上穿了双豆豆鞋,站定时手还插在裤兜里,从头到脚都有点精神小伙的意思。不过小伙此刻明显有点紧张,眼神不停地往病房门口瞟,好像生怕有人跟出来。

"我12床的,冯玥潇她哥,你是她的医生吗?"

我一怔,答:"算是吧,你有事吗?"

"那太好了,我想问你,她得的是肝癌,是不是换肝能救活?"

我被这个问题问得一愣,还没想好从哪里开始否定,那少年便连珠炮一样地接着说:"我打算好了,等用肝的时候别用我爸妈的,用我的,我的肯定比他俩的好。"少年自顾自地说着,还时不时伸头注意外面有没有人,"到时候你就跟我爸妈说,他俩配型都不合适,得再找别的亲属,然后告诉他们只有我合适,只能用我的,要不然他们肯定不让……"

眼前的少年自顾自地说了一大堆,我张着嘴听着,却无论如何都不忍心告诉他,电视里的情节在他妹妹身上行不通,即便他把肝全都捐给妹妹,也依然帮不了她。

他讲完自己的严密计划,又拍着胸脯跟我保证:"行吗?你就帮我瞒着他们,也不犯法,你啥也不用担心,真出事儿了我担着。"

我试图委婉地跟他解释:"你妹妹暂时还不需要肝移植,这次手术是为了把肿瘤切掉,剩下的肝组织还是好的,暂时不需要移植新肝。"

小伙听完,露出一副不太相信的样子:"切掉了肯定会少啊!她那么小,哪能够用?我身体特好,这么大人了不差那一点儿的,你不用顾虑那么多,需要多少尽管给她移多少。"

这个电视剧看多了的小兄弟实在让我有点头疼,却又觉得温暖,那双黑亮的眼睛在光线昏暗的楼道里闪着希冀的光,明明轮廓不尽相同,却与那小女孩的眼睛显出一种血脉相连的神似来。

我露出与他一样的中二表情,拍着他的肩膀称赞:"好,像个男人,真要用肝的话,我第一个找你。"

不请自来的精神小伙这下心满意足地走了,临走还不忘盯着我存下他的电话。看着那个与冯玥潇一看就很兄妹俩的名字,我再次真切地感觉到她不是一个人,她有为她殚精竭虑的父母,有个虽然天真中二却随时准备为她两肋插刀的哥哥。

从那扇紧闭的病房门里,我似乎能感觉到一阵骨肉亲情的热意在源源不断地透出来。

时间过得很快,转眼就到了手术当天。由于病情的严重程度,科室很重视这个孩子，很多小手术都为她让路，给她开了绿灯。因此，她的手术时间被安排在当天第一台。

早上刚刚交了班，我就赶着去取预先申请的术中用血。最近北京血荒很严重，我们医院的O型血几乎告罄，幸而孩子用量不算大，庞老师跟配血室的人磨了很久，才申请到了需要的成分血。

我拎着取血箱赶回来，正赶上手术室的护士来接病人。

孩子还睡着，父母一路把孩子抱到手术区门口，随后轻轻地交到我怀里。离开妈妈的怀抱，孩子轻声哼唧着，一副要哭的样子。女人柔声安慰着，孩子又确实精神不佳，也便渐渐息声，闭上眼又睡了过去。

略显衰老痕迹的妈妈摸着女儿消瘦下去的脸颊，扭过头，目光含泪地盯着孩子看了一会儿，最后恳切地望向我，几近哀求地开口："交给您了，求你们一定救救她，我好不容易才有了她……"

我感觉心像是被那颤抖的泪光灼了一下，感同身受般地疼痛起来。科里跟来的年轻护士也红着眼圈转头。我抱紧了孩子，郑重点头："我们会尽力的，祝孩子好运。"

长长的手术室走廊里，我几乎能感受到那母亲满含不舍和疼痛的目光正追随着我们的背影。小家伙呼吸匀和，睡颜安详，并不知晓自己即将面临一场横跨生死的考验，小小软软的身体乖巧地窝在我怀里，体温混合着淡淡的奶香，温温软软的，一路漫到心底。

今天的麻醉老师是麻醉科的老前辈，技术熟稔，动作老练，从事先建立的静脉通道给药后，孩子很快便彻底陷入沉睡。

由于手术的难度极高，风险又大，我这次没有跟庞老师上台，只在台下打打下手。取代一助位置的是科室里普外组所有主治里手术做得最好的宋医生，待我们完成消毒和铺单，两人正好刷手进门。

教员看着一旁的取血箱，再一次拿出几袋血进行核对。取出不久的冷藏血还是有些凉意，她环视一圈，没有找到预热装置。的确，按理来说，输血1升到2升之内可以不用预热，大概是因为这次的输血量没有那么大，所以手术室也没有提前准备。

教员颠了颠那几袋血，递了一袋到我手里："没办法了，人工暖暖吧。"

我点头，接过那袋红细胞坐到一旁的凳子上，一边把血揣进怀里焐着，一边关注着手术的进程。手术有条不紊地进行，L形切口打开腹腔，血液开始涌出。前期的分离很顺利，老师们小心翼翼地避开蜿蜒走行的血管，庞老师的额头沁出细密的汗珠，任何微小的动作都不敢大意。眼看时间快要接近午后，终于就快分离出切除的部分。

就在这时，台上教员低叫一声，术野开始有血液涌出，下腔静脉破了。

止血操作很及时，术区内的血很快被吸干止住，我松了口气，转身坐回凳子上。

然而没过多久，麻醉呼吸机突然报警，我眼睁睁看着二氧化碳分压迅速掉下来，接着是氧分压和心率血压全面下降，重度窒息直到心脏骤停。宋医生反应极快，立刻开始胸外按压。庞老师转头厉声喊道："准备抢救，马上呼心外科到场！"

我立刻冲出去叫人，巡回教员抄起内线给心外科打电话，隔壁正在趁间歇备药的几个麻醉老师二话不说冲进器械室拖出仪器，其他人也拿了抢救药品迅速冲进手术室。一批一批的人赶到，宽敞的手术室很快就挨挨挤挤。抢救紧张有序地进行，药物一支一支地从静脉通道推进去。庞老师已经打开膈肌，直接进行胸内按压。我站在麻醉老师身后，从人缝儿里看到头单下孩子的皮肤已经呈现出严重发绀的青紫色。很快，心外科主任就刷手上台。我死死盯着监护仪上的数字，一种深深的无力感和恐慌席卷着我。

挺过来，一定要挺过来！

半小时后，仪器上的心电渐渐恢复节律，血压、血氧也回升到了正常值以上，我注意着孩子的皮肤，发绀的青紫也渐渐消退。

复苏成功，孩子救活了。

所有人都长舒一口气，我悬着的心终于放下，一时间感动得几乎热泪盈眶。参与抢救的人员收拾着器械各自归位，我也再次坐回一旁，看着手术继续进行。

快到晚饭时间，手术终于完成，掀开层层叠叠的单子，孩子的身体露了出来，肤色苍白如纸，小小的胸膛随着呼吸机的节律缓慢起伏。几个人小心翼翼地把孩子挪到转运床上，换上球囊，一边按压一边把孩子推出手术室。

计划中的路线应当是原路返回，把孩子交回父母手里，而现在她的去向，是重症监护室。

这只是熬过了第一关。

五

转送重症监护室就等于转出儿科，我们无法再从系统上直接查到她的最新病案，便只能抽空去重症监护室查看孩子的情况。第二天手术排得很满，送完最后一台的病人后，天已经彻底黑了，一下班，我便拖着张悦匆匆赶去监护室。

监护室和抢救间一样，不允许家属陪护，只能定时探视。我们在监护室门口遇见了冯玥潇的家属，她的父母和哥哥都在，即使现在不是探视时间，一家人也寸步不离地守在外面。夫妻俩坐在走廊的椅子上，妻子手上挂着一串佛珠，看着像是在念经文。之前有过一面之缘的精神小伙此刻正在走廊里烦躁地走来走去，时不时试图从开合的门往里面张望。

我简单问候了他们，张悦拿着借来的卡刷开门禁进屋。这里的病人大都是成人，我们甚至不需要问床号，环顾一圈就找到了孩子的位置。昨天抱在怀里馨香温软的小身体，现在被一条粉色的小被子盖着，露出的部分扎满了管子，嘴里插着呼吸机，胸廓费力地起伏着，平日里忽闪忽闪的眼睛紧闭着，皮肤白得近乎透明，像瓷雕的洋娃娃。

张悦少见地没有开口，我转过头，看见她怔怔地盯着那孩子，眼圈已经红了。

我对着监护仪上波动的数字又看了半晌，轻轻握了握她的小手，抑制住那股涌上来的无力感，转身离开了监护室。

第三天一早，我比平常来得早了些。

和张悦分头走进办公室，我刚一开门便闻到一股浓重的烟味，不由得一愣。只见庞老师靠在椅子上，一手夹着烟，一手拿着一份报告，目光却并不落在纸上，而是盯着前方发呆。桌上的塑料盒里积满了烟蒂，地面上也有散落的烟灰。

跟庞老师共事的这些日子里，我从不知道他会抽烟——他从不在科室里抽，更从不在学生面前抽烟，身上和办公室里也从来闻不到烟味。果然，此刻见我进来，他有些不好意思，马上把手里的烟掐灭："不好意思搞这么呛，你等会儿，我放一放。"

他一边说着，一边转身打开窗户。初春的早上，晨风依然凉意刺骨，吹得人心里也直打哆嗦。我终究没有问出口，但从他的神情里，也不难猜出孩子的情况。

果然，整理好材料后，刚走进交班室，我就听见旁边几位护士在议论那孩子的最新病情。

原来昨晚我们离开没几个小时，孩子就再次出现危象，心率一度掉到20多，血压几乎测不出，一番抢救之后总算再次脱险，各项指标现在都维持在非常勉强的状态，谁也不知道还能撑多久。

我心里一堵，不由得看向坐在对面的庞老师。自从那台手术结束之后，他没有离开过医院半步，头一天在监护室守了大半夜，之后除开上手术的时间外，都等在办公室，以便随时沟通情况。此刻他依旧穿着洗手衣，外面罩着半旧的白大褂，眼里满是血丝，脸上冒出了些灰白的胡茬，正低头自顾自地看着手里的文件。

整个交班过程，他都没有开口。

我终是忍不住，不等晚上下班，也没叫上张悦，趁着午饭的空当跑去监护室，想再看看情况。

刚到监护室的楼层，我就远远看到监护室的医生正在门口跟冯玥潇的父母谈话。我放慢脚步在附近站定，只听主任正在做病情介绍："刚刚心率又掉下来了，我们再次实施抢救，现在心率勉强维持在40，血压也远低于正常值，各项状况都很差，我们只能继续拖着。"

丈夫一手搀着妻子，一手捏着一张单子。短短几周时间，他鬓角的发根已经隐隐冒出了白色。妻子直勾勾地盯着那张纸，突然抢到手里，看了一会儿之后，低头捂住脸，失声痛哭。丈夫努力揽住委顿在地上的妻子，一边嘶哑地开口："大夫，真的一点儿希望都没有了吗？"

监护室医生缓缓点头："已经没什么有效的治疗手段了，抢救以后心率一次比一次低，现在已经是休克晚期。孩子真的太小了，实在救不活。"

男人背对着我，我看不到他脸上的表情，只含混地听见他说："我们……出院吧。"

"不行！还没死呢！还有气儿，有气儿就能救，你们再试试吧！再试试啊！"最后半句话已经变成撕心裂肺的哭喊，那妈妈直接就要跪到地上。那医生也有些慌神，赶快上去扶住她。孩子的爸爸也用力架住妻子，把她扶到附近的座椅上。

我忘记过了多久，那对父母再次起身，按响了监护室的门铃。刚才那位医生走出来，同他们交谈几句之后又走进去，半晌拿出一张签字单，两人默默签了字，把单子递回他手里。

我怔怔地站在楼梯口，目送那对夫妇进了病区。过了一会儿，夫妇俩走出大门，妻子怀里紧紧抱着一个包袱。这次他们看见了我，不过并没有像之前那样打招呼，只是安静地走过去。那具幼小的身体和我第一次见到她时一样，被被子层层裹着，她缩在妈妈怀里，乖巧而安静。

像是怕惊扰她，妈妈的步伐迈得极轻，她把脸紧紧贴在孩子身上，混了灰的鬓发散落在孩子的脸颊上。

高跟鞋的心愿

一

自上次的手术之后，一直到我和张悦出科，庞老师都很沉默。

其实庞老师平常话就不多，只有开启教学模式的时候会比较絮叨，但那之后的一段时间他明显很消沉，交班的时候总是抱着胳膊半低着头，不说话，也不理人。

我和张悦这个月都已经去了骨科，但由于某些可知原因，她还是成天往儿外跑。这天站在手术室外穿铅衣的时候，她拽着我的胳膊贼兮兮地问："哎，我中午回儿外转了一圈，庞老师看着还没缓过来呢？还是因为上回那孩子的事？"

我点头："大概是吧。这都多久了，我上周回去签字，他也不怎么爱说话。"

老张摸摸下巴，远远望着庞老师沉默的背影，道："看不出庞老师这么大岁数了，脾性还这么拗啊！"

"打击肯定不小，别说他了，我现在想起那孩子都……幸亏最后也没出什么乱子。"

老张摇头，安慰似地拍拍我的肩膀："哎呀，好人有好报，庞老师这么厚道的人，老天都不忍心找他麻烦的啦……哎呀，这铅衣沉死了！"

我套着全套的铅衣、铅帽、铅围脖，一时间感觉腿都被压短了一截儿。果然，骨科医生需要的不仅是海纳百川的膀胱，还有坚韧如铁的身板。

"试问哪个学医的女生没做过骨科梦呢？"这是老张进科第一天放下的豪言壮语。可现实终究这样骨感，此刻老张正生无可恋地看着我们俩的新带教单手握钳子，嘎嘣一声就剪断了毛衣针粗的克氏针——那一刻我仿佛听到了她梦碎的声音。

我悄悄换只脚站好，忍住脚跟和腰部的麻痛，一脸认真（啥都不明白）地盯着仪器显示屏上的 X 线图像，脑子里飘着休息室的小馄饨，一心一意地盼着老师快点钉完。

女生天生体力受限，这一点我们俩上个月在儿科就已经领教过了。而且儿科的活儿大都是微缩版——单说挪动病人这一条，如果是七八岁的娃娃，两个人轻轻松松就能把他挪到平车上，但要换成百来斤甚至 200 多斤的成人，就是我和张悦加起来乘以三也不够用。至于骨科特色的扛大腿、穿铅衣，就更别提了。真这么一天干下来，估计下班后连筷子都拿不住了。

【穿铅衣/扛大腿】骨科很多手术术中需要使用 X 线，长期下来辐射量很大，因此骨科医生在术中一般会穿戴灌有铅液的衣服、帽子和围脖，尽量减少对重要部位的辐射，孕期或半年内有备孕计划的女性医护人员也会回避此类手术；"扛大腿"则指腿部手术前的消毒过程，该过程需要全程把病人的整条腿悬空举高，因此体力消耗非常大。

上不了手术在外科科室就是半个废人，于是从入骨科起，我们的工作就是这样的朴实无华且枯燥——查房，写病历，偶尔实在人手紧张，就凑数上手术，其余时间就坐在办公室里脸对脸发呆。

结束在儿科忙得分身乏术的一个来月，突然进入现在这种无所事事的状态，我俩闲得几乎内分泌失调，除了勉强上几个小手术，剩下的时间便眼巴巴地盼着跟老师出门诊，这样好歹能见见世面。

总算下了手术台，脱掉完全不透气的铅衣，里面的洗手衣已经湿得能拧出水来。张悦嫌弃地闻了闻衣服上的汗味，一溜烟儿跑去换衣服了。

吃饭的首要性毋庸置疑，我果断和老张分道扬镳，一马当先冲到休息室吃饭。刚撂下碗的工夫，就遇上了本病区的主任："吃饱了？正好缺个打字的，跟我出个门诊不？"

我受宠若惊，抹抹嘴赶紧跟上去，对还端着饭盆子挤在人堆里的张悦露出了胜利的挑衅。

机会，是留给先吃饱的人的。

下午挂号的人不少，候诊区挨挨挤挤排了一大片，有限的座位也早就被占满。我扎在诊室的电脑前，按照主任的口述噼里啪啦地打着病历，一时没注意，门就被人推开了，有两个人影从外面小心翼翼地挪进来。

屋里的女病人正半褪着裤子展示上次手术的疤痕，见有人进来，顿时怒道："后面的怎么不排号？赶快出去！"

主任的眉头也皱起来："叫号再进，前面的还没看完，急什么！"

门口传来嗫嚅的应声，我忙里偷闲地抬头，瞄见一个娇小的背影正歪歪扭扭地努力朝外面挪动，伴随着一阵奇怪的嘎吱声，很快便被合上的小门隔绝。

手头的活儿很快完成，主任利索地交代完手头患者恢复期的注意事项，顺手示意我叫下一号。我起身把头伸出门外，瞅着显示屏大声喊道："27 号……梅花！"

这名字起得实在有些玄妙，我努力忍住没笑，大厅里却已经隐隐有笑声传来。听到我的招呼声，角落里的地上立马站起一个穿着深色上衣的男人，他的身旁，一个矮小的女孩儿正架着一副拐，一步一步地朝我的方向挪过来。

骨科病人拄拐的自然不罕见，但她拄的这副拐却吸引了我的目光。这拐并不是其他病人使用的那种可以用螺丝调节长度的不锈钢拐杖，而是木制的，而且做工是肉眼可见的粗糙。随着她的移动，那拐也不断发出嘎吱嘎吱的响声，听上去危危险险的，引得附近人的目光不断聚过来。

她走得歪歪扭扭，一路收到周围人审视的目光，却并不见神色有异，只是微微埋着头。旁边微微伛偻的男人一直挡在她身侧，一步步伴着她向诊室门口走来。

我缩头坐回电脑前，继续奋力打字，把上个病历收尾。很快，看起来父女模样的两人就小心地敲了敲门，然后规规矩矩地走进了诊室。

这下距离拉近，我也抽出空来仔细打量他们的模样。

女孩儿看起来20岁上下，穿着一件廉价T恤衫，虽然身形矮小，肤色也有些暗沉，但眉眼很端正，一张脸小小的，细细端详起来，是有种梅花般的秀气。女孩儿身旁的男人看上去50来岁的样子，身量也不高，黝黑的脸上沟壑纵横，整个人老态毕露，他一直抄着的手伸出来，将诊疗卡递给我。我暗自惊了一下——这只手上，只有拇指和小指是完整的，其余三根指头都只剩下一小节。

我忍住不去瞄他的另一只手，微笑着接过诊疗卡，打开了女孩儿的信息页，开始录入：

梅花，女，20岁，河北人。

小姑娘腼腆地低着头，先开口道歉："大夫，刚才对不起……"

主任摆摆手，态度也温和下来，伸手示意她坐下："什么问题？说说看。"

女孩儿的爸爸扶着她坐下，把拐接在手里。那拐虽然简陋，但架在腋下的位置还是用厚布包裹了，总算掩去了粗粝的木制棱角。

女孩儿眼神不着痕迹地划过四周，在我身上略停了停，头更低了一点，眼神只落在桌角上："从小走路左腿就瘸，找正骨师傅正过，没好，长大以后越瘸越严重，不拄拐就走不了了。"

她调整着左腿的姿势，试图把两腿并齐伸开："小时候还不怎么觉得，越往后越觉得这条坏腿比好腿短了一截，走路也是歪着的。"

"近几年这个位置一走就疼得厉害，拄拐也走不了太远。" 她一边说着，一边在腰间和腿根处比画，之后又仔细补充了些时间上的细节。

我在心里啧啧称赞，便是有文化、口才好的病人，谈起自己病情的时候也很难分得清详略，时间线和重点都不是那么清晰，难得她说得清晰又流畅，简直像背了稿子一样。我顺着她的描述，不用主任再多询问，便顺利地写好了主诉。主任也满意地点头："躺下，让我看看腿。"

我起身，和女孩的爸爸一起扶着她往旁边的检查床挪过去。床上罩着刚换好的一次性床单，那姑娘却没有直接坐上去，而是先伸出手，小心翼翼地把粉色的无纺布掀起一角后才准备坐下去。我赶忙按住："别掀，给你新铺的，直接躺上去就好啦。"

女孩又连连道歉。我笑着摇头，把床单抻平，扶她躺好。

几项查体下来，主任摘下手套，坐回桌前，脸上看不出波澜。那父女俩紧张地看着我们。主任没说别的，只是先问："方便住院吗？"

前辈们说话确实很艺术啊！

对于这样一眼就看得出家境困顿的病人，首先要确定他们是否做好了手术的准备，是凑足了手术的钱，还是只想开点药缓解一下紧迫的疼痛问题。

这很残忍，但经济能力确实直接决定她能接受的治疗水平。

旁边一直没开口的男人忙不迭地应着，他的声音粗哑，仿佛粗糙的砂轮在摩擦一样："方便，方便，这次我们准备好了来的，预备着这次给闺女彻底看好，钱我们已经凑好了，这就交，这就交。"说着便开始掏口袋。

我连忙拦住他。主任也笑着摇头："你们先不用紧张，查体只能大致确认孩子的情况，具体要怎么治、怎么手术还要检查一下，不用立刻就住院的，等检查结果出来再说。我先开检查，你先带姑娘去做，出了结果再来找我。"

"唉，唉。"他忙不迭地应着，手忙脚乱地揣好各种单据，然后把女孩儿搀起来，让她拄好拐。父女俩一边道谢，一边再次一步一挪地走出门去。

我看着病历里"先天性髋关节脱位"几个字，目送下一位被妈妈抱在怀里的小病人进门，无声地摇了摇头。

二

先天性髋关节脱位，属于先天结构畸形中的一种。

其实在成人骨科，这还真不算非常常见的问题，但在儿外的病历系统里，这种病却遍地都是——先髋作为最常见的先天性畸形之一，中国六大城市的新生儿调查显示其发病率高达3.9%，但好在症状不算隐匿，到了该学站学走的年纪，孩子基本都开始表现出各种姿势异常，家长很容易就会发现，进而主动就诊。只要这个阶段及时手术，孩子几乎不会留下任何后遗症。

可问题就是，一旦错过最佳治疗时期，那么随着年龄越大，并发问题就越多，治疗效果就越差。

我挤在人堆最后，伸长脖子从人缝里去看墙上的片子，一边听着大主任的教学："这姑娘就是典型的拖得太久，当初手法复位失败，髋关节长期不在正常的解剖位置，现在已经导致股骨头坏死，所以才有明显疼痛……"

张悦挤在我旁边小声惊叹："按说这手术也不大，技术也挺成熟，儿外那边三两天就有一个，做得多顺溜啊，怎么还能拖到这么大？再说就算两三岁的时候不治，这姑娘家家的一直瘸着，家长也都不当回事的吗？"

"也不是谁家都有条件……"我回忆起那天父女俩的穿着，还有那副明显手工制作的粗糙拐杖，正想跟张悦解释，大主任的教学已经继续："她这种情况比早期单纯的髋关节脱位要复杂不少，想完全解决，估计不像儿科处理的常规术式那么简单，得做全髋置换了。"

我心里一提，全髋关节置换治疗，这并不是一个年轻患者常见的术式。

与幼年时期的髋脱位治疗不同，全髋置换已经明显不是一个概念。前者是彻底恢复原髋关节的所有生理功能，从此和正常人一般无二；而后者通俗地说，就是原来的髋关节已经没救了，干脆换个人工的进去，可既然是人工的，肯定就不像原装的那么耐用，而是有明确的使用寿命的，并且根据活动的磨损情况和材料质量不同，长的能支撑个几十年，短的搞不好十年就报废——这姑娘今年才20岁，不管这次换什么样的人工关节、换得成不成功，后半生起码要再上一次手术台。

而且髋关节置换虽然理论上不限次数，但实际上每次置换都多多少少会对骨质产生一点损伤，次数越多，问题就越大，一旦次数多了又上了年纪之后，患者不能再耐受手术时，后果可想而知。而需要髋关节置换的年龄越早、使用的每个人工关节寿命越短，这一天到来的可能就越早。

最重要的是，人工关节的使用寿命和材质直接挂钩，而材质和价格直接挂钩。

我叹了口气。

梅花妹妹住院了。

这名字除了初听时有些尴尬，其实跟她本人还是很配的——清清秀秀的女孩子，年华正好，虽然黄瘦了些，笑起来依然可爱，一开始还不太敢说话，却架不住我和张悦两个半闲的话痨一左一右地搭茬，没半天工夫就熟络起来。

我和张悦倚在梅花妹妹的床头，三个人说说笑笑聊得很开心。小姑娘打量着张悦，真诚地赞道:"姐姐你真好看。"

自古苏杭出美女,张悦丝毫没给江苏人丢脸,五官秀美,腰细腿长。小姑娘眼神发亮地盯着张悦匀称的腿,眼里的羡慕几乎要溢出来。

张悦被看得老脸一红,连忙笑道:"嘿嘿,哪有哪有!你比较好看!"

我也点点头:"手术做完以后,你好好做康复,好了以后腿肯定比她还长!"

小姑娘听完,顿时笑了:"只要俩腿能一样长,五五分我都没意见!"

明明是打趣的话,我和张悦却谁也笑不出来,只觉得有些心酸。小姑娘自己倒不在意,继续一脸神往地说着:"休学之前,有几个小子总欺负我,等以后我能跑了,一定连他们裤腰带都抽走!"

我和张悦笑得不行:"哈哈哈,这得多大仇!"

小姑娘笑嘻嘻地描述:"那几个浑蛋小子,仗着我追不上他们,成天抢我书包、拿我本子。有一次快放学前,他们趁我不注意,把我的拐抢走了,我下不去楼,等到最后全校人都走光了,我才爬着出去找我爸的。"她脸上依然在笑着,像是在说同学间弄丢一块橡皮的小事一样,"等能跑起来,先追着他们打一顿再说!"

我和张悦敛了笑容。穿着校服的残疾女孩,被同学恶作剧之后,拖着疼痛的腿,在楼梯间一步一步往下爬,个中羞辱和痛苦,她如何才能这样轻松地讲出来?我语气不自觉地小心起来,问道:"你刚才说休学,你是从哪个年级开始休学的?休学多久了?"

"我上学本来就晚,高三开学前休的学,到现在一年多了。"她打量着我的神情,半晌笑道,"没那么难受的,你不用这样,早都过去的事儿了。也得亏我休学这一年多,我爸也不用成天惦记着接我、送我、给我做饭,我在家闲着也是闲着,除了看书,还能做点活儿,要不然就凭我们爷俩,看腿的钱还攒不了这么快呢。"

我勉强笑笑,心里想着大主任口中她的病情,又是一阵难过。假使能再早几年,说不定也不会到需要全髋置换的地步吧?

救场王张悦一见气氛沉闷,立马开始接茬:"哎,那治了腿以后,除了削那几个臭小子一顿,你还想干点儿什么?"

女孩儿眼里晶亮的光彩又开始闪动起来,掰着指头数着:"那可多了去了,放风筝、跳大绳、跟我爸去逛市场,继续念书考个城里的大学,然后挣大钱带我爸吃香喝辣……"

一脸憧憬地说到这儿,她忽然有些不好意思,脸上泛了点红,抿抿嘴说:"还……还想穿高跟鞋,和那种可多层的大裙子……"

张悦愣了一下，随即笑出声来："这有什么不好意思的？大家都穿过，等恢复期过了，你喜欢什么就穿什么，想怎么穿就怎么穿！"

女孩眼里隐隐闪烁着期待，却故作出一点成熟的样子："才没有那么急呢，等我以后挣多多的钱，给我爸买套西装，我穿着高跟鞋……"

说曹操曹操到，梅花妹妹的爸爸推开门走了进来，肘窝上挂着一只鼓鼓的布袋。女孩儿一见他进来，马上脆生生地喊了声："爸！"

梅大叔笑着应了，提着袋子走过来，见我和张悦也在，连忙打招呼："您好您好，谢谢你们对梅花儿这么上心，辛苦了辛苦了！"说着便在袋子里掏出两袋面包，献宝一般塞到我们手里。

我看到他残缺的手指，心头一紧，连忙摆手："我们就随便聊了聊，哪就辛苦了，快留给孩子吃！"

梅大叔塞得坚决，小姑娘也笑着附和："什么孩子，你俩能大我几岁？再说我哪吃得完这么多，我爸买了这么大一兜呢，你们就收了吧。"

我们只好道了谢，把面包接过来。梅大叔把剩余的东西放在床头，来回在床上检查了半天，确认女儿靠得舒服了，才稍微放了心，转过身和我们说起了话："我闺女这个腿……能完全治好吗？"

我秒切工作状态，按照主任之前的描述，大致跟他介绍了目前的情况："按梅花现在的情形，应该要考虑全髋关节置换术，具体手术方案，之后主任他们来决定，安排好以后会来和你们谈的。"

想起之前关于人工关节问题的考量，我斟酌了一下，决定事先探一探他们的意见："如果要做髋关节置换，用什么样的关节需要你们自己决定。一般来说，陶瓷关节不容易有后遗症，质量好一些，磨损慢，使用年限更长，最长可以达到30年甚至更久；廉价一些的金属关节，相比之下使用年限就会短很多，根据运动磨损情况不同，一般能使用10年到15年，你们可以预先考虑一下，之后手术要用什么样的关节。"

听到这里，梅大叔脸上的神情从期盼转为忐忑："用……用好的，要多少钱？"

"进口的陶瓷全关节一般4万起步，贵的六七万也有，金属关节的价格就要低很多了，最便宜的也就1万多块。当然，如果孩子有医保的话，有可能可以……"

"没……没有医保。"

看到他瞬间灰败的脸色，我心里也一紧，只能安慰道："我不太清楚你们的具体承受能力，便宜的关节也不是不能用，只是使用年限短，二次置换时间会提前。患者年纪小，建议尽量在能力范围内用最好的关节。"

"能力范围……"梅大叔嘴角向下耷拉着,脸上的皱纹更深了些,"我这当爸的没用,先等几天,等几天,我再去筹一筹钱。"

床上一直安静听我们对话的女孩忽然出声了:"不用再凑钱了。"

没等我和张悦反应,梅大叔马上转头道:"小孩子家懂什么!这后半辈子的事儿,咋也得用上好的,不能凑合了!"

女孩儿迎上父亲的视线:"什么贵的便宜的,我都多大的人了,只要够让我正常走个十年八年的,多少钱咱们挣不来?到时候再换好的也不迟。"

"怎么不迟!"梅大叔有些激动,音量不自觉地提高了些,"你小时候就该早给你治,大夫都说了,你现在这样全都是拖的,不管咋样,咱都不能再委屈了,听爸的,爸去想办法……"

"别借了。"女孩儿忽然打断他的话,将目光移开,落在窗外一方天空上。

"别再借了,也借不到的。"

气氛凝固得连空气都黏稠起来,我和张悦努力降低着存在感,出声也不是,出门也不是,直到梅大叔再次拎起空袋子出门,我们俩才敢大口喘气。

床上的女孩儿不再笑了,嘴角微微耷拉着,眼眶也有些微红。她看着自己的左腿,又看看我们,半晌艰难地笑笑:"别笑话我。"

这个笑容看得我心都缩成一团,想了半天,也没想好怎么安慰她,只能勉强道:"你爸也是心疼你……"

"我当然知道,这世上就剩他疼我了。"

她看着我,神情有些飘忽:"我知道你们想问什么,我妈没的时候我叫人都不利索,那会儿为了给我妈治病,我爸连高利贷都借了,但我妈还是没了。这么多年我爸又当爹又当妈,没给我治病我真的不怪他,最难的时候连活路都没了,谁还顾得上腿?就算这样,他都一定让我上学。我也明白,我这个样子要是再不读书,这辈子可就真没指望了。"

可她还是没能熬到高考,就因病休学了。

我大致想得到这段话背后的故事,却无法切身体会那样的苦楚。先天残疾,丧母,相依为命,债台高筑。来到这里,已经是父女俩倾尽全力的一搏,却依然只能用下策。做父亲的再不甘心,又有什么办法呢?

一句"给她最好的",对普通人来说是爱意和承诺,对这位父亲而言,却拼尽所有也无法达成。

张悦的表情也很难过,但看得出还是没有死心:"其实要是能先借到钱,填上这部分，就算之后慢慢还也值了，毕竟好的关节说不定你能一直用到50岁呢。"

"这次来看病，能借的不能借的早全借过一遍了，欠条摞起来能钉个本儿，凑这些早就是极限了。其实够换最便宜的那种，我都已经谢天谢地了，但凡有办法，我怎么会不想用好的？可总得现实点儿吧。"她自嘲地笑笑，顺手从床头拿起一袋梅大叔刚才带进来的面包。她翻了翻其余的，鼻翼轻轻翕动了一下，喃喃道："买了这么多，他肯定没睡招待所。"

我低头看了看手里的面包，是楼下内部超市里最便宜的一种，临期食品的标签贴得牢牢的，像贫穷一样撕也撕不脱。

三

我和张悦一起坐在顾问的办公桌对面。

其实自打从儿科出科之后，我一向认为眼前这种机会给张悦独享最好，但张悦坚称"不能太司马昭之心"，于是每次老张都打着各种旗号——比如"帮忙上手术""咨询高深的学术问题"乃至"家里寄了特产，给老师们尝尝"这种借口回儿科，我都被冠以"顺路旁听""帮忙拎兜""闲得无聊来贡献劳动力"等五花八门的理由在旁陪衬，为姐妹的幸福发光发热。

不过唯独今天这次回来，我和老张是真的有正事要问。

关于我们提出的"如何给用不起好关节的病人用上好关节"这个问题，高冷的顾问大佬沉默半响，表示提得很好："卫健委和扶贫办肯定也一直在琢磨这个，你们可以找人家交流交流。"

张悦急了，指甲在桌子上挠得咯吱响："大佬，我们真没跟你开玩笑！你看人家里都穷成那样了，咱们有没有什么办法，比如有没有特殊政策能照顾一下贫困户？"

顾问喝着我们孝敬的奶茶，敲敲桌面，示意张悦不许挠桌子："有医保吗？或者其他的？"

"啥也没有，爷俩这方面啥都不懂，估计懂也没钱交。"

"那我还能有什么办法，化缘？"

"你要能做得来也不是不可以……"话到一半，顾问掀起眼皮看了张悦一眼，张悦立马噤声。顾问揉揉太阳穴，起身道："等会儿还有台手术，就不跟你俩绕弯子了。办法我没有，机会倒是知道一个。"

我们立刻竖起耳朵，只见顾问从身后的书架上拿出一本小册子，翻到其中一页，然后递给我们："先天性结构畸形救助项目培训班。据说他们在推广一个基金会的某个项目，应该是专门救助结构畸形的，我们科有一个名额，你们想去吗？"

"想！想！什么时候？"

"你们俩来得也是够巧，就这周三，地点有点远，不过有安排住宿，想去听听的话，这个公差就给你们了。"

"想！想！太好了，您就是梅花妹妹的福音！"张悦攥着册子乐得合不拢嘴，一手揪着我的袖子，一边对顾问大佬鞠躬，"大佬你挽救了一个花季少女！"

顾问哭笑不得："八字儿还没一撇呢，你们赶紧忙自己的去吧。"

捧着册子翻了翻，我觉得手中仿佛触摸着一个人崭新的未来。

先将重大喜讯告知梅花妹妹，又经过一番商讨后，张悦踌躇满志地去了会场，我留在科室，继续在上手术剩下的时间里和梅花妹妹聊天。

梅花妹妹也很爱笑，但和张悦那种天性活泼、万事不愁的爱笑不同，她的笑总是浅浅的，一直习惯性地挂在脸上，从始至终都带着点拘谨。梅大叔再次露面的时候，手里正举着一部老旧的诺基亚窝在墙角里打电话，我和梅花聊天的时候，他一直坐在病房角落的凳子上，打出去的电话有时没有接听，有时刚说几句就被挂断，有时连声赔着笑，最后还是失望地放下手机。

时间久了，他也不再打电话，只坐在那把椅子上，默不作声地给女儿削苹果。

会议流程是前一天晚上报到并在宾馆住宿，第二天会议直接在宾馆举行。张悦刚刚落脚，就从资料袋里的全套宣传手册上扒出了基金会的全称——中国出生缺陷干预救助基金会，项目名称叫作"先天性结构畸形救助项目"，符合救助条件的对象，补助金额最高可达到3万元。

八字总算有了一撇，张悦深受鼓舞，截图给我之后，就迫不及待地去找工作人员咨询具体救助要求了。

我等了半小时，张悦依然没有回消息。我内心有些忐忑，实在忍不住，就一个电话打了过去。

电话通了，张悦却半天没说话，我急得跳脚："到底咋样了，你说呀！"

"救助基金是针对未成年人的，"过了老半天张悦才开口，"梅花妹妹已经20岁了。"

八字的另一撇戛然而止，我吊着的一口气卡在半路，现在回忆起来，着实形容不出当时的感受究竟是生气还是不甘，一时间实在不肯罢休，近乎强词夺理地反驳：

"那，那这病也是从小就得了的呀！年龄也没超太多，不能通融一下吗？她高中还没念完呢！"

"我也问了，但他们有明确的补助标准，也没法为难工作人员，基金项目有自己特定的援助对象。"张悦叹口气，连声音都难过得不行，"镜子，你知道吗？这项目2017年就有了，要是当时梅花妹妹有机会知道的话，正好能赶上补助年龄。"

我不记得是怎么和张悦挂了电话的，只记得那个晚上，我第一次体会到希望的大门在眼前突然合拢是什么滋味。

就算申请补助的事情落空了，张悦好歹还是公差人员，会议流程还是要老实参加，于是把失败的消息告知梅花妹妹的任务，便自然而然地落在我的身上。

此时我无比后悔，刚刚知道有基金会这回事的时候，为什么要急着告诉她，现在希望的大门，又要在她面前合拢一次了。

我轻轻推开病房门，便见小姑娘正略有点慌乱地把什么东西塞到枕头下，再带上惯常的笑容看着我。她手边是几本厚重的书，从封面风格来看，大概是×年高考×年模拟之类的东西。她靠回枕头上，继续翻动着书页，我掏出两个橘子递过去，问她："学习呢？功课怎么样，落下的多不多？"

"高三哪还讲多少新东西，本来就是复习为主，别小看我，我这一年多就算在家也没偷懒呢。这些题你现在还会吗？"

我顺手翻了翻床头的化学卷子，要不是现在依旧在受生物化学的摧残，我恐怕连反应式怎么配平都不记得了，只好连忙讨饶："忘光了忘光了，还是你厉害。"

小姑娘得意地一仰头："那当然。我想争取到时候直接到高三插班，直接参加应届高考，早考上一年就早毕业一年。"

她似乎一点儿都不急着问补助的事情，我绕了半天弯子，也只好自己主动交代："补助的事情……落空了，那个基金只针对未成年人。"

她似乎愣了一下，眼神忽然变得空空的，然后便摇摇头道："命定的吧。"

她转头正想说什么，看见我的神情，又是一怔，随即笑着说："我还没丧气呢，你难过什么呀？"

"我……"

"只要能正常走路，维持个十年八年的，对我来说就已经脱胎换骨了。说不定那时候科技发达了，做出来的关节可以直接用一辈子呢，对吧？"

她还是那样笑着，眼睛里却闪着光："无论结果怎么样，我永远都很感谢你们的。"

这句谢，即便如今想来，我仍旧觉得受之有愧。

四

手术日很快就到了。送她进手术室前，我问她："怕吗？"

"不怕。"

可惜嘴上说不怕，身体却很诚实，隔着被子，我都能看见她的身体在微微发抖。梅大叔紧紧握着女儿的手："乖女儿不怕，爸在外头守着你，咱们肯定能行的。"说着转头向我，半期待半恳求地问，"是吧？能行的吧？"

从前庞老师再三叮嘱过"不要做出百分之百保证"的告诫在脑海里打转儿，我迎着那样的眼神，却终是没忍住，肯定地点点头："会好的。"

万幸这次没有食言。

从关节置换过程，到相关肌群的松解，再到缝皮的每一针，一切都很完美。苏醒后的疼痛也不算剧烈，头一晚甚至连止痛药都没太用上。第二天查房后，我们便鼓励她坐起来活动，她的忐忑几乎全写在脸上，起得比早上起床还费劲，但总算是活动正常，没有不良反应。

终于，盼星星盼月亮，梅花妹妹盼到了可以下地的日子。

小姑娘之前还摩拳擦掌，现在却十分紧张，术后疼痛都没出一声的人，此时额头上却出了一层薄薄的汗，脚搭在地面上酝酿了好半天，硬是不敢站起来。我和张悦便一左一右轻轻架着她，梅大叔站在她对面，眼神希冀地望着她。

我们一起把她扶起来，让她扶好习步架，然后一起慢慢放手。小姑娘眼睛一眨不眨地盯着地面，左腿稳稳地向前迈出了一步。

她抬头看向父亲，苍老的男人红着眼眶，对她不断点头。虽然扶着习步架，但她的姿势不再歪向一侧，步伐虽慢，步态却端正了许多。

手术成功了。

出院的日子很快就到了。她依然架着来时那副粗糙的拐，不过步伐却稳定了许多。小姑娘难得扭捏了半天，最后从布兜的隔层里掏出两副精巧的针织手套来。

一副手背上是兔子，花纹配色很温柔；另一副手背上的小黄猫，和我手机壳上的图案一模一样。我摸着柔软的毛线手套，想着那天小姑娘慌乱地把钩针藏到枕头下的动作，心里一阵温暖。

好巧的一双手，好可爱的一个姑娘。

幸亏我和张悦也准备了礼物。张悦变魔术似的从身后掏出一个鞋盒，喜滋滋地在她面前打开："我们俩手笨，不会做鞋，只好买一双了。唉，一下就被你比下去喽！"

大家都笑起来，我把那双小高跟鞋收好，一边交到梅大叔手里，一边转过头对她说："跟你爸打听的码数，希望你穿着合适。"

她伸手轻轻摸着盒子，笑得比以前更加明亮。

这是她实现的第一个愿望。

她的愿望，以后会排着队变成现实。

奇怪的"每月咯血"

一

今天的科室也很和平。

眼看就要平安下班,正想给张悦发语音,喊她去囤货时,我忽然收到了一条新消息。

刘菲:"镜子,晚上有空吗?想找你吃顿饭,就在你们医院附近。"

看见消息我不禁一愣,忽然找我吃饭做什么?

她似乎猜出了我的疑惑,随即发了一行字:"有个好消息想跟你分享一下。时间你定,我等你。"

她定的见面地点是广场里的一家小餐厅。一路上我都在兴奋地猜测,是她怀上了,或者台里终于给她升职了,还是……

走进餐厅,她似是已经在落地窗旁的桌子前坐了很久,见我进门,很热情地跟我打了招呼,拉我坐下。

然后她对我说:"镜子,我自由了。"

我认识刘菲大约是半年前,在我和张悦刚刚轮转到急诊的时候。轮转到急诊前,我和张悦已经做足了心理建设——全院最忙的是急诊,急诊最忙的是抢救间,然而越是忙累,就越是缺人手,所以实习生分到急诊,最可能的去处就是这个闻名全院的抢救间。

抢救间,顾名思义,收治的患者非急即重,收进来主要也只做些紧急的抢救处理,可以理解为只"救命"不"治病",待病人情况稳定之后,再等着对应科室的医生来把该收的病人收走,去做相应的专科治疗。作为急危重症患者的"紧急处理中心"和"分流中转站",抢救间责任重大,但人员明显紧张,一共只有四组人镇守,每组只有一到两位带组老师,其余则大都是研究生、规培生、实习生,大都没有处方权。全组的医嘱都靠老师一个人下,管床医生只负责执行医嘱和与家属进行一些基础的病情告知,遇到重要的救治选择或是明显棘手的家属,老师才会亲自出马摆平。

很遗憾,我和张悦依然被分到了两个不同的组,从此不仅不能有饭同吃,甚至即便住在同一间寝室里,互相都见不到对方——不同于其他科室的不同组同时上下班,急诊24小时都要有人高度紧张地值守,因此各组上班实行轮换制,老张下班补觉的时候,我还奋斗在第一线。

我分到的小组,算我在内一共10人,带组老大一位,姓周;年轻副手一位,姓黄。作为其余8人中唯一的实习生,我年龄最小、资历最浅,初入门时很是受师兄师姐的提点,尤其是被安排来带我的小师姐程瑷,她性子最是温和,平常也对我照顾有加。唯一遗憾的是周老大是出了名的暴脾气——张悦最初很懊恼没和我分到一起,不过在某次交班时间,她有幸见识到我们组某位师兄犯错被老大暴锤的场景后,满腔遗憾瞬间化为满心庆幸,对我表示了满怀同情的嘲笑之后,便一溜烟儿地奔回自家老师身后躲着去了。

急诊的日子忙碌而惊心动魄,我就是在这里第一次见到刘菲的。最初我就对她印象深刻,大概是因为她初次见面就喷了我的书。

平日里我们遇见的病人,十个里有九个要用床或者轮椅推进来,但刘菲却是自己走进来的。我跟在程瑷后面,从人群里伸头出来,正听见她在跟老大描述病情,她身旁的男人把手里拎着的一只大塑料袋放在柜台上,里面是一堆放得整整齐齐的病历资料。

我打量着她。这个看起来30岁上下的女人,除了面色不太好之外,并没有什么太明显的异样。她身边跟着一位身材高大的同龄男性,看起来大概是一对夫妻。我随手从袋子里抽出一张报告,病人姓名一栏写着"刘菲",抬头是个没太听过的医院名字,诊断一栏写着"支气管扩张"。

见了这个词,我瞬间兴奋,把手里的教材随手撂在台子上,到那个资料袋里扒拉着找片子,想看看能不能找到传说中支扩典型的"双轨征"和"卷发状阴影"。可对光认了半天,我也没找到像书上一样典型的影像,只得悻悻地放下片子,心里记着回去要好好翻翻影像课本。

"我这个支扩已经很久了,时不时就……"她忽然弯下身子,猛烈地咳嗽起来,尽管她躲闪及时,还是有一点血点子从指缝里喷出来落在台子上,我随手撂在台子上的书刚巧被殃及了一些。

她苍白的脸咳得涨红,却还是伸出另一只手慌忙地找纸巾,似乎想说什么。我赶忙一边说没事,一边伸手去扶她。这下周老大也顾不上慢慢问她病史了,赶紧让教员带她进去处理,只把家属留在外面做简单的问诊。

把她安排好,我这才想起挂了彩的书,说起来也不严重,只糊掉几个不太重要的地方,擦擦就好了。

"这病人还算讲究,知道惦记你的书。"程瑷一边帮我擦书,一边嘀咕着。我用胳膊肘碰了她一下,她这才想起家属还在旁边,赶快收声,不好意思地笑了笑。

那男人听了,却并没有什么反应,只把一沓病历从袋子里掏出来递给老大,开始熟稔地介绍患者的情况:"她时不时会咯血,喏,就像刚才那样,每次的量也不多,但反应挺大的。我们家那边儿家医院都看过了,每次住院治儿天就好了,不过没多久就会再犯。这次咯得比之前严重了些,就想着来更权威的医院看一看。"

这话流利得像打过草稿一样,看起来他对病人的情况算是颇为了解,但不知怎的,我看着他说话的神情和语气,总觉得哪儿怪怪的。

倒不是违和感,只是他淡定得似乎有些过头,并不像真的十分在意的样子,一点惊慌焦急之色都没有——难道说并不是夫妻,而是什么关系不亲近的亲戚朋友?

老大一目十行地看过了基层医院的报告,接着问道:"平时有咳痰吗?"

"不咳,只是咯血的时候会咳嗽,来之前咳得挺厉害的,本来这会儿没动静了,没想到……"他略带歉疚地看着我和我手里的书,"不好意思。"

我连忙表示没关系,心思却并不在这上面。

这个时候的我在院时间还不长,还没轮转过呼吸科,见的呼吸科病人比较少,对支气管扩张的印象还停留在内科学课本上——"双轨征"和"卷发状阴影"是支扩的典型影像表现,咳痰甚至咳脓臭痰也是支扩的常见体征,可现下头次遇到支扩病人,这几样典型表现却一个都没见着。

又问了一些细节之后,老大把单子开好,一边让家属去办住院手续,一边示意我跟去轻症的 B 区看看情况。

处理刘菲的时候,她的体征已经稳定下来,涨红的脸色勉强恢复了平静,正靠在床边缓着精神。这会儿仔细端详起来,她的面容很普通,也没有着意打扮,加上气色不好的缘故,外貌上并没有可圈可点的地方,看上去着实普通得让人记不住。

可这种普通的印象,很快便在她开口的时候被扭转了。她见我过来,赶忙坐直身子,歉疚地道:"对不起,真的不好意思……"声音还带着猛烈咳嗽后的沙哑,但音质本身很好听,很有做声优的潜质。

不过就一页纸的事儿,总是道歉也好没意思,我干脆板起脸,故意凶巴巴地道:"真的不要紧,你赶紧躺好再说!"

她这才再次躺下。我开始简单查看她的情况。她也不说话,只一双眼睛骨碌碌地转着打量我,我手到哪儿她的视线就转到哪儿。我被她盯得发毛,低头看了看她还空荡荡的床底，才想起来还没交代家属去买必需品，赶忙给她盖好被子："等会儿家属把前面的手续都办妥了，我再过来问你情况。你有啥东西要、要……"我想了想，没直接称外面那位为她丈夫，只道，"有啥东西要陪你来的那个人给你带进来吗？"

"我老公。"她忽然笑了，脸上洋溢着一种奇异的神情，似是自豪，可眼神里微微闪动着的，却不单纯只有幸福感。

我愣了愣，随即笑道："这样啊，那你想让你老公给你买点儿啥进来？"

刘菲回过神，翻了翻手边的手提包，有些不好意思地说："姨、姨妈巾，夜用的……"

我点点头，又叮嘱了她一些注意事项，便转身奔着谈话区去了。

二

刘菲的丈夫看起来很斯文。我出去的时候，他正捏着几张住院单，施施然地站在谈话区外等着签字。

我属于纯粹的声控，相比之下对脸倒不怎么感兴趣，但就算如此，我也不得不承认，刘菲的丈夫和她本人比起来，外貌上确实不在一个档次——他光是站在那儿，就有路过的小姑娘不停地偷看他，路过的女孩子总会不自觉地放慢些脚步。他本人的气质也很清爽，有一瞬间，我几乎有种他不是在抢救间门口给妻子签字，而是站在吧台外等电影开场的错觉。

我喊了刘菲的名字，他便走到窗口前，顺手把手里的单据递过来。

我摇头："这是给前台的，我是想告诉你要给病人准备些什么物品，顺带签一下这几张同意书。"

他应了一声，仔细地记好了要买哪些物品，却并没有仔细看同意书的内容，几乎是闭着眼就把几张同意书签完了。这几天习惯了家属对同意书内容的十万个为什么，眼下面对这样的情况，我反倒有些不适应，不禁开口提醒他："有什么问题都可以问。"

他愣了愣，似乎也觉得不问点什么不合适，但又像是确实没什么想说的，我们对着吃了半天风，好一会儿他才问出一句来，不过并不是我想象中的"她情况怎么样""她的病能治好吗"之类的问题，而是："她得住多久？"

"这不好说。目前病人虽然体征还算平稳，但CT什么的还没做，不能确认是什么情况，也就不好判断之后会不会再次咯血以及要怎么治疗，我们会呼叫呼吸科会诊，到时候酌情决定要不要收进呼吸科住院。"

他淡淡地嗯了一声，很礼貌地道了句谢，便收好窗台上的票据离开了。这回的单子签得异常顺利，顺利到让我有些恍惚，总觉得这个老公看起来不太像那么回事。

可刘菲的眼神，却实实在在是闪着光的。

我拿好小本子，准备去找刘菲问详细的病史。

似是没想到我这么快就回来了，刘菲立刻又要坐直，我马上把脸拉长："你不许老动，咱躺着唠就行。现在还有哪儿不舒服吗？"

她摇头，靠在床头上轻轻抚着胸口："还好，这会儿不那么难受了。"

想到她老公之前说的"不咳痰"，我又问了一次："你从来没觉得痰多吗？也没有发烧过？"

她肯定地点头："对，我有时候会感冒，主要是流鼻涕，但不怎么有痰，也不怎么咳嗽，发烧就更少了。就是咳血总是犯，每次发病其实都还挺重视的，去住几天院，打几天点滴就好了，可过一阵子就又犯了。想着总是这样反复拖着也不好，住医院像住宾馆似的，这次犯了病，就赶忙跑到这里来了。"

通俗地说，支气管扩张就是一种因为呼吸道反复感染化脓，导致支气管壁结构破坏，从而引起支气管持续性扩张的肺部疾病。由于是气管化脓性炎症，所以主要症状就是持续或反复地咳嗽、咳痰或咳脓痰，甚至出现咯血。如果感染的是厌氧菌种，咳出来的脓痰还会有很明显的臭味。

可是在她身上，别说我很想见识一下的脓臭痰了，就是连咳嗽也不常有，或许这就是内科讲过的以反复咯血为唯一症状的干性支扩？可刚才看既往的片子也并不像啊，那为什么会被诊断为支扩呢？只因为有咯血？

我照例给她查了体，听诊也没发现肺部有啰音出现，保险起见，我把程瑷也找过来听了一遍，并且悄咪咪地问了一下刚才的疑惑。

程瑷没说话，先听了一遍呼吸音，放下听诊器时也道："没听出什么，病人也不咳痰，不像有分泌物的样子。"她想了想，继续问道："以前有没有过肺部感染史？肺炎、百日咳、麻疹什么的都算。"

刘菲连忙点头："有过的，我妈说我小时候得过百日咳，治了很久才好。"

我恍然大悟。原来支扩的诊断是从这里来的——支气管扩张一般都有呼吸道感染史，百日咳、麻疹、流感嗜血杆菌等呼吸道感染史，都是支扩的常见诱发因素。刚才问既往史的时候，我恰恰忘了着重问一问呼吸道感染史，才忽略了这项重要的诊断依据。

程瑷听罢，轻轻拧了我一下，细声细气地吓唬道："让你不仔细，既往史忘问了吧！幸亏外院有诊断了，不然因为漏了这一条而误了事，看老大不扒了你的皮！"

我点头如捣蒜，赶紧给她赔罪："感谢大佬救我狗命，下次我一定把族谱都查一遍！"

这下连靠在床上的刘菲都笑出了声。程瑗敲了敲我的本子，头也不回地顺走了我刚刚那支笔："少贫了，赶紧干活！"

三

程瑗是地道的广东人，个子小巧，性格也温暾，她难得端出一次师姐的架子来，我自然十分受教。之后的问病过程问得事无巨细，恨不得连八字都给刘菲搞出来算算，笔记整整记了两页纸。程瑗进来时，正看见我端着密密麻麻的本子对着电脑写病历。

她在一旁的电脑前坐下，伸头看了看我的本子，顿时哭笑不得："堂叔5年前脑血栓……你写病历还是查户口啊？"

我露出憨憨的笑容，举着那几页纸晃了晃："多问点儿嘛，有备无患。"

程瑗无奈地坐回椅子上，笑道："得，你不嫌累就行。"

我笑嘻嘻地继续打字，在自己的狗爬字里找下一句的关键词："生育史……"老大的声音忽然从门外传进来："兔崽子快出来，呼吸科会诊！"

全科的师兄师姐都有名有姓，单是兔崽子只我一个。我条件反射地一惊，险些把键盘推下去："啊？来这么快？我病历还没整完呢！"

程瑗赶快拎起我往门外塞："会诊要紧，电脑给你占着，快去吧快去吧！"

我只好先跟了出去。来会诊的是呼吸科一位姓吴的老师，问过一些重要问题之后，他也仔仔细细地听了一遍呼吸音，又认真地叩了一遍。我伸长脖子等着，老师却没马上说话，只举着刚出来的片子又看了一遍，嘴里喃喃道："不像啊，这支扩体征也不是很明显……"

我在一旁狂点头——比起教科书上支扩的典型体征，这片子上基本找不到什么有特征的地方，只能找到些阴影，可以说，如果不是程瑗问出来的那条幼年期百日咳病史，并没有什么内容能引得人往支扩上想了。

"老吴！16床大咯血，你赶紧过来看一眼！"老大的声音在重症A区中央传过来。以前收的那个咯血病人又不好了，吴老师赶紧过去帮忙，临走前匆匆下了会诊意见："先这样吧，抗感染观察几天再说，我科随诊。"

我点点头，无奈地目送他离开，把这几句惜字如金的会诊意见记下来，有点歉意地看着刘菲："没办法，你也看到了，这里大都是重症病人……"

她正探着头往人挤人的 A 区那边看，闻言点了点头，脸上并无不悦，一边继续看热闹，一边问我："我知道，这儿的病人应该都比我重。所以我奇怪我为什么还要住这儿，不能住呼吸科呢？"

这个问题问得我们全员膝盖中箭。

按理说像她这样明确是呼吸系统问题的病人，是肯定可以收进呼吸科的，可据说床位紧张度位居第二的消化科，等床病人都已经排到 800 位开外，更不要说高居榜首的呼吸科了。

可这样的病人，不收吧，在家肯定熬不得；收吧，科里再挤就成上下铺了。如此情形下，病人就只能先搁在抢救间。这种"寄存"的病人里，第一种是在等本院床位周转出空当后收进相关科室，第二种是在等家属联系了其他有床位的医院后转去住院，第三种就是病情突然恶化，以至于要送到条件更好、费用也更高的 ICU 住着。

刘菲属于下级医院转诊上来做进一步治疗的，自然没有再回下级医院住院的道理，所以属于第一种；而刚才那个突然大咯血的病人，如果这次抢救成功，能够活下来的话，大概率就会成为第三种，要赶紧拉去 ICU 熬着了。

我跟刘菲解释了个中缘由，她听罢也了然："啊，原来如此，你们这里是'中转站'。"

这个比喻很恰当，我点头表示赞赏，收拾好东西准备离开，临走前再给她吃颗定心丸："我们会多跟呼吸科沟通的，一有空床位就马上把你送过去。"

她笑着谢我，声音有种播音员一样的醇美音质，让人听起来很舒服。

重新坐到电脑前，我继续努力辨认着刚刚记下的生育史："孕 1 产 0，4 年前曾人流一次，之后未再妊娠……"

录下这段之后，我又接着找月经史，最后总算在两行字的缝隙里找见："平素月经不规律，目前正在经期，上次月经具体时间不详，大概是上个月初……嗯？"

我忽然觉得这个时间有点儿熟悉，想了想，仔细往上翻了翻病历，果然："4 月 2 日咯血发作，就诊于 ×× 医院，抗生素治疗四日后症状缓解出院。"

"好巧哦。"我嘟囔着。程瑷从隔壁座位伸过头来："什么好巧？"

"你看，就刚才那个病人，上次咯血赶上大姨妈，这次咯血又赶上大姨妈。"

"是哦，这么巧。"程瑷也来了兴致，开始给我讲起一个耳鼻喉科的病例，"咯血的我没见过，不过倒见过一个流鼻血总赶上大姨妈的，我带教的病人，那小姑娘是子宫内膜异位症，偏巧子宫内膜长到鼻腔里了，一来大姨妈就流鼻血……嗯？"

程瑗停住话头，我们俩互相看了半天。

鼻腔内会有子宫内膜异位症，那肺里会不会也有？

本科期间学的多是些常见病，这些比较奇葩的问题别说是我，就是已经在读研的程瑗也不能完全说得清楚。我们俩先掏出手机查了查，发现确实有文献报道过一种叫"肺内子宫内膜异位症"的病。

子宫内膜异位症在临床上很常见，顾名思义，就是本来该长在子宫里的子宫内膜长错了地方，一到月经期间，长了子宫内膜的地方就会出现剥脱出血，所以异位到哪儿，哪儿就跟着倒霉。常见位置一般在卵巢、输卵管或者宫颈，肺内已经算很少见了，临床上一般只有个案报道，但其实还有异位到屁股上的案例——周期性屁股痛，检查后发现是子宫内膜长屁股上了。

我连忙举着那张笔记纸，一路拐进门奔到老大跟前："老大，中午收进来那个9床，我们发现她的咯血发作时间好像和经期挺接近的……"

老大一愣，随即把纸抽过来，努力从一堆狗爬字里找出我说的那几个关键词。我继续道："她之前也说，每次发作都不会很重，住几天院就好了，过段时间还会再犯，我问她更多的月经史和发作史，她也不记得了，但我们猜会不会是……"

老大没说话，拧着眉毛瞅着那张鬼画符一样的草稿纸，我这会儿才后知后觉地怂起来，生怕说得不对，眼前这位大佬脾气一上来先削我一顿。正琢磨着要不要先悄声地退两步的时候，老大忽然把纸一撂，咧开嘴笑道："好！表扬！"

我被突如其来的大声表扬震得呆了呆，就见老大很高兴地从兜儿里抽出一支红笔，一边在那张草稿纸上的几个时间点上圈圈画画，一边道："兔崽子不错啊，知道动脑子了。那我再考考你，咯血病人经期与咯血发作关联，应该优先考虑哪个病？"

得亏我有备而来，刚刚和程瑗先查了资料，于是便壮了壮胆，试探性地回答："肺内子宫内膜异位症？"

"好！挺好！知道得不少！"老大高高兴兴地把笔帽一合，毫不嫌弃地把我那张烂纸折了几折，随即揣进兜里，"干活挺仔细的！而且这病你们内科书、妇产书可能都没提过，能想到这儿，不错，不错！"

我赶紧把真正的大功臣带上："程师姐提到鼻腔内异症的时候我们才想到的，那老大，现在这个病人要怎么办？"

老大难得心情很好地拎起内线电话拨号："光靠这一条还不能确定，只是存在这种可能。先呼妇产科会诊，让他们来看看再说。"

四

妇产科会诊要排一会儿,我便打算进去看看刘菲的情况。

她安安静静地躺在床上,眼神在四周飘啊飘,一副闲得发慌的样子,一见我过来,脸上马上就挂上了笑,带着点狡黠的讨好:"医生,您来了!"

这种类似小孩想偷糖吃的表情,放在病人身上,那大概就是想干些坏坏的事情了。比如——

"那个……医生,能把手机给我吗?"

我努力避免自己笑场,拉着个脸继续装威严:"不成。"

她伸出手拽住我白大褂的袖子,恳求似的晃荡,之前声音里的沙哑劲儿已经过了,现在语调听起来更加婉转柔和:"求你了,我就打个电话,就一个,我要问问我们台调任有没有信儿……"

"你们台?"

"是呀,我是做广播的,这几天工作上有件挺重要的事儿,你得让我打听打听呀……"

抢救间里的病人别说玩手机了,就连报纸也是不让看的。不过规矩是死的,人是活的,她情况还算稳定,如果只是打个电话,也没什么不可以的。

我打开她头顶的柜子,从间层里拿出她的包:"在这里?"

"对!对!"她欣喜得不行,赶忙接过包,从包里掏出一部套着粉壳的手机,急匆匆地拨了个电话出去。

电话那边很久才接通,我无意打探这段对话的内容,所以退远了些,可还没说上几句,只见她的笑容渐渐凝固,半晌的愣怔之后,取而代之的是气愤和恼怒:"我才刚请假,你们这是什么意思?"

虽然知道不是插嘴的好时机,我也只得赶快上前示意她低声些。她抬头看了看我,努力收了收声音,眼圈却已经红了:"我平时也没得罪过你吧,这种事你也干得出来?特意把约见时间排在今天,我前脚走,你们后脚就定人选,你敢说你不是故意的……"

等电话挂掉时,她已经哭得眼睛通红。我只好先把手机和包收回柜子里,正不知该如何安慰她时,好巧不巧,妇产科会诊到了。

加上老大和来视察的大主任,这一个下午已经是第五拨人来问她的情况了。刘菲眼泪还没擦干，表情有些诧异。我解释道："这是妇产科的老师，来看看你的情况。"

"妇产？"果然，我解释完，她更诧异了，吸着鼻子问，"还赠送看不孕不育？"

隔着口罩，我都感觉妇产科老师的脸在抽搐，忙继续解释："想啥呢？只是我们感觉你的咯血症状似乎和经期有关联，要考虑子宫内膜异位症的可能。"

妇产科老师也点头："没错，这个问题其实活检是金标准，但你现在的情况活检是杀鸡用牛刀，我们建议你等经期过后复查，看看病灶有没有自行缩减消失，然后观察下次月经的时候是不是会再次在这个部位出现病灶。如果能证明这种关联，那就可以基本确定是肺内的子宫内膜异位症。"

刘菲听得云里雾里，情绪也还没从刚才那通电话里走出来，声音有些闷闷的："子宫内膜异位症？我不是支气管扩张吗，怎么变成妇科病了？"

妇产科老师指指她的片子："还不能确定。你的肺部征象其实看着本来就不像支扩，也没有什么支扩的典型体征，之前的医院应该是觉得排除了其他诊断，才联系病史诊断为支气管扩张的。他们应该是没留意发病跟月经史的关联，所以没往这上面想。"

我翻着复印的外院病历，也赞同道："对，你之前每次去住院，都是点几天抗生素就好了，但也不排除是经期过去出血灶自愈，却被误认为是抗生素起效的可能。换句话说，就是即便你啥药都没用，这个咯血症状也会像来月经一样，过几天自己就止住了。"

刘菲听得发愣，半晌道："那我这几年都白治了？那么多次院白住了？"

我点头，又摇摇头："也不算吧，毕竟咯血还是挺危险的，虽然现在还没有因为肺内的内异症出现致死性咯血的案例，但万一哪次量忽然增大也不好处理。"

妇产科老师也补充道："并且我们现在也还没有确定你是不是内异症，一切起码要等你下次月经才有定论。"

刘菲怔怔点头，妇产科老师刚要离开，刘菲忽然拽住了她的胳膊："医生，如果是这样的话，我这病是怎么得的？"

妇产科老师皱了皱眉："说不准，内异症的具体病因，临床上到现在也没有定论，假说有很多。你之前有生育史吗？"

说起生育史，刘菲又僵了一下，脸色白了白，没有马上说话。我想起之前问过的内容，替她点头道："孕1产0，4年前人流过一次。"

"可能跟人流有关吧。医源性导致内异症是有可能的，不过也大多在腹腔内，至于肺内的内异症，既然时间上对得上，也就不排除有人流过程中顺着血液播散到肺内的可能。你同时还有不孕的情况，至于是否和人流有关——这种可能性是不小的，一来说不定是人流过程中造成了其他地方发生了会影响受孕的内异症，二来人流本来就损伤很大，因此导致不孕也不稀奇。"

刘菲的脸更白了些，拽紧了妇产科老师的袖子问道："那就是说，我现在的病，以及我现在怀不上孩子，都是因为那次人流？"

"说不好，只是很有可能。确诊之前，这些都是猜测，等结果出来再说不迟。"

妇产科老师留下这句话，便匆匆去看下一位患者了，只剩我和刘菲一站一躺，相视无言。

只要跟人流沾上关系的病人，背后大多有一段不太愉快的故事。这下好了，事业不顺，情感受挫，全赶上了。既然不知内情不好宽慰，那也只好让她自己慢慢消化这两个消息了。

我正想识趣地离开，刘菲却忽然叫住我："医生，我老公在外面吗？"

在我印象里，那个存在感很高的男人自从买东西回来之后，就一直安静地坐在外面的排椅上，几乎连位置都没动过。我点头，问："找他？"

刘菲咬着嘴唇，沉默半晌，最后道："罢了……"

她放平垫子，平平整整地躺下去，翻身对着里面的墙，再也没有出声。

我前脚刚回到谈话间，在程瑗身边坐下，后脚老大的吆喝声就从大厅传进来，我们俩像听到下课铃一样精神一振——交班对医生来说，意义和放学预备铃也差不多。

我们收拾好交班材料，挤在交班人群里一点一点地挪动，等终于晃回刘菲床旁的时候，老大忽然在人堆中央问："兔……呃，王婧在哪儿？我要表扬表扬她！"

这下大伙的目光都往我藏身的旮旯里聚过来，我瞬间紧张起来，缩着脖子被推到床边。老大笑眯眯地从兜里掏出我做记录的纸，展开后把正面亮出来，指着纸缝里一小行乱七八糟的字，扬眉吐气般地对接班的带组老师说道："看看我们组实习小同学写病历的认真劲儿……你别管记的有用没用，事无巨细地全给问出来了！还知道把月经史和咯血时间做比较，敢于推翻外院的确诊结果，多用心一孩子，是不！这回还立一功！"

老大一阵用力过猛的赞赏，夸得我城墙般的脸皮也红了红，不禁把头压低了点，这一低，就遇上了刘菲的眼神。

她苍白的脸上血色浅淡，刚刚哭过的眼眶依旧发红，却还是对我笑了一下，眼神里含着浅浅的感激。周围的环境有些嘈杂，她似乎说了一句什么，可惜我没听清，眼下的场合又不好来一句"Pardon"。

尽管有这小小的遗憾，但是一直到交班结束，我整个人都依然飘在半空。获赞的感觉，爽啊！

五

我们遵照了妇产科的建议，没有使用抗感染药物，只是严格观察病人的一般情况，并且把新出的片子与之前的进行对比。果不其然，之后的两天病人依旧有少量咯血，但到了第三天，随着月经量的减少，咯血症状出现了明显的好转，片子上的病灶也缩减了不少。等到月经完全结束，她的咯血症状也消失了。

这样的结果初步印证了我们的猜测，于是我们安排她出院回家观察一阵，等下次月经来潮或是咯血，抑或是两者同时发生的时候再回来复诊——不过到时候就可以直接去妇产科了。

我把刘菲可以先出院的消息告诉她老公。他既没有表现出很明显的情绪，也没有问后续要如何治疗，只是不紧不慢地结算了费用，然后很淡定地站在外面等妻子出来。

刘菲收拾着东西，脸上隐有愁容，见了我却还是笑了笑："这几天辛苦你啦。"

被老大当着她的面夸了个面红耳赤之后，我也绷不住继续装相了，几天下来我们早已经混熟，听了这话我便笑呵呵地说："不辛苦不辛苦，本职工作，出去有什么情况要尽快来复诊啊！"

她点点头，忽然问道："加个微信？"

或许因为还挺投缘，我并不抵触这个提议，于是便欣然答应，并马上去她朋友圈逛了一圈，发现她的确是一家广播电台的主持人。

怪不得人家声音这么好听，正经起来说话的时候，还带着一种播音时独有的腔调。

她东西不多，很快便收拾妥当，拎着袋子往门口走去。她老公斜靠在大门外的墙上，正低头刷着手机，见她出来也并不说话，只微微点了下头，接过她一只手里的袋子，两个人并排往出口的方向去了。

程瑷坐在前台后面的转椅上，嗑着一根阿尔卑斯，对着两人离开的方向看了一会儿，慢悠悠地说："说起来这个老公也不算很不好，义务都尽到了，签字、缴费、在外陪护没有一样拖拉过，只不过怎么看都像打卡上班一样，事事不落，但事事都像事不关己。"

她这比喻形象得简直让我想拍大腿。抢救间最常见的就是哭声和眼泪，亲近的人住院，家属就算不追着问病情，也多少会流露出焦灼之意，可刘菲这老公从头到尾都是一副公事公办的态度，更像是在"扮演"一个丈夫的角色。

日子过得很快，一个多月之后，刘菲发消息告诉我，她今天月经来了，明天就来我们医院复诊。

我赶忙问她："那有症状了吗？"

"暂时没有，所以我才更急着要来看看。"

我的脑子顿时一团乱，各种情况开始在脑海里打转。如果真的只是巧合，如果之前的猜测都是错的，如果她根本就是个普通的支扩病人，如果……

一大堆"如果"在我脑子里吵个不停，让我一整晚翻来覆去，比值夜班都精神。

我匆匆调了个白班，第二天一大早就赶去妇产门诊外蹲着，总算一眼就在人堆里看见了刘菲。

刘菲依旧和她老公走在一起，只是并不像周围其他的情侣或者夫妻一样挽着胳膊搂着腰，两人各自站得笔直。见了我，刘菲的老公依然礼貌地打了个招呼，刘菲则嗒嗒嗒地迎上来，拉着我在一旁的空位上坐下。

一个多月不见，她的气色依旧是老样子，只是眼下的青黑更重了点，一张鹅蛋脸比之前更加消瘦，颧骨下方都凹陷了些。我暗幸她是做广播的，不算靠脸吃饭，要是做电视主持人，现在这副模样，恐怕事业上更麻烦。

在我胡思乱想的空当，刘菲从手机里调出一张图片，略微凑到我跟前说："这是昨天后半夜，还没睡着的时候忽然就咳出来了，和上次差不多，我记着你说要记清楚这些的，就干脆拍下来了。"

照片里是一张带血的纸巾，画面有点冲击力，但我心里的石头却瞬间落了地。

横竖已经换了班，现在回去也无事可做，我索性就坐下来跟她聊了起来。她老公依然站在刚才的位置，见我们在说话，似乎又有意挪开了一段距离。见此，我便也放心地问出了心中的问题："姐妹儿，你和你老公……闹啥别扭了吗？"

她脸上的笑僵了一下，随即微微颔首，又摇头道："也不算是闹别扭吧，反正从结婚到现在，他一直都这样。"

"呃……新婚的时候也是？谈恋爱也是？"

"不聊他了。我想问问你，如果确实是这个子宫内膜异位的病，需要怎么治？吃药还是开刀？"

早在怀疑她是内异症的时候，我就已经仔细查阅了内异症的治疗方案，此刻提起总算不至于露怯："你情况不严重，最可能的还是药物治疗，现在临床上最常用的是假孕治疗或者假绝经,比如口服避孕药 6—9 个月,以此达到人工闭经的效果,这段时间里异位的子宫内膜就很有可能会萎缩,等停药之后就不会再出现咯血了。"

"绝经?!"

"说了是假绝经嘛。这种方案在临床上是提供给有生育需求的女性的,一般来说是不会真绝经的。停药之后,月经该来还是会来,生孩子也不至于受影响。"

听我说完,她才松了口气。但我没有说出口的是,对她而言,与其担心治疗内异症对受孕的影响,不如关注一下有没有其他的生殖系统问题。单是做过人流这一条,就有太多种可能会造成不孕了。

屏幕上很快就显示了刘菲的号,她起身后又回头看着我,眼神带着询问:"你要一起进去吗?"

我不好意思地挠头:"妇科我不熟,进去也帮不上啥忙,我先回去干活了,回头微信联系。"

她点点头,挥手道:"那你赶快忙去吧,有结果了我微信告诉你。"

她看向不远处丈夫站立的方向,两人都没说话,男人却会了意,三两步赶上去,站到她身边属于丈夫的位置上,一起进了诊室大门。

之后的几天里,刘菲具体经历了什么,我无从得知。她告知我结果是在很多天后,第一条勉强算是个好消息:"大夫说确实是子宫内膜异位,现在已经开始治疗了。"

就在我打出一长串的话打算鼓励她坚持治疗的时候,对话框里又弹出一条消息:"生殖方面的问题也查完了,我很难再有孩子了。"

我呆呆地盯着屏幕,把这几句话又仔仔细细看了一遍。

不管那是一次怎样的意外,这个代价对一个女人来说,都实在太大了。我想不出能安慰到她的话,憋了半响,只能说出一句:"相信技术发展,以后可能还有机会。"

饼画得很苍白,但她还是回了一句:"也许吧,借你吉言。"

六

时隔半年,现在坐在我对面的女人,却与之前近乎判若两人。

之前病弱忧愁的样子早已不见踪影,消瘦下去的脸颊已经渐渐丰腴起来,面色也隐隐红润了些,一双白皙的手交叠着放在桌上,指甲做得很精致,柔和的底色衬得那双手越发好看。

只是，左手上那枚细巧的戒指不见了。我记得那戒指的样子，因为刘菲以前的微信头像，是两只戴戒指的手钩在一起的照片。

"我原本以为会特别难受，没想到比之前轻松了很多很多。"

她轻轻搅动着勺子，音色优美一如从前，但那双眸子比以前更亮，带动得一张容貌普通的脸都有了精气神。

"我记得你之前问过我，我们俩关系怎么会这样，其实从刚结婚开始，就差不多是现在这个状态了。打掉孩子那会儿是婚前，对他来说，我怀孕算个意外，但对我来说不是。"

我一愣，就听见她继续道："是我自己特意找机会怀孕的。我很怕他要分手，那时候满心想的都是怎么留住他，怎么嫁给他。虽然后来打掉了孩子，但他最终还是娶了我，即便没少遭罪，我那时候还是感觉志得意满。"

"你可能觉得现在离婚是因为我恨他，其实算不上恨，怀孕是我自己想怀的，甚至连打胎我都有心理准备。那时候我一直觉得，只要他永远是我的，付出什么代价都没关系。"

说到这里，她自嘲地笑了起来："年轻人脑子一热，觉得为了爱什么都值得，但现在才想清楚，要是他早不爱我了，或者压根儿就没真对我上过心，我那点儿自以为是的深情撑不了多久的，后悔是迟早的事。"她摊开手，露出一点无奈的笑容，"你看，我如今再后悔，有些东西也拿不回来了。"

"结婚前他跟我说'我会对你负责的'，他确实做到了，每天他都尽职尽责。但你应该也看出来了，他的心思一点儿也没放在我身上，一点儿都没有。"

回忆起当时她老公在抢救间外悠闲的样子，我默默点头。她继续道："我得了病，他送我去医院，请假来陪护，从没缺席过一天，但他永远没什么反应。我咳血他叫医生，我痛了他半夜去买药，但从不会关心我一句——我当初高喊着'嫁给爱情'，结果就只是签了份过日子的合同而已。"

"知道自己生不了孩子的时候，我差点疯掉，甚至想过寻死。我那时候问过他，如果我死了，你会怎么样？他的回答是'和离婚差不了多少吧'。挺绝情的，但我并没觉得心寒，反而是释然，就好像最后一点儿不切实际的幻想破碎了，现实忽然对我敞开了一样。"

我默默听着，对她最终走出来的结果感到很是欣慰，但对这整段经历，却生不出多少同情。

情出自愿，事过无悔。她前夫的做法虽然不算高尚，但从他的角度来讲，至少也算得上无可指摘。如今的这场分离，于双方而言，或许都是最好的解脱。

"我希望你能过得好点儿，不要一辈子都陷在以前犯的错里。"

"那是自然。"她抚着指甲，指腹无意识地在无名指的第一指节上摩擦，"以前我满脑子都是怎么让他喜欢我，怎么再给他生个孩子，有了孩子他就会在意家，关系早晚都能缓和，这些想法已经变成执念了。等我再注意到自己的时候，才发现自己又丑又无聊，还是个病秧子，之前那个挺好的调动机会也没赶上，身边的人也早都玩不到一起了。甚至现在我离婚了，想找人说说这些东西，权当跟过去做个了断的时候——除了你，我也没想到有其他合适的人。"

"舔狗舔狗，舔到最后一无所有。但现在不一样了。"

她轻轻笑起来，眼神中隐约露出一点少女般的期待，掰着指头细细算着："我想干脆换份工作，换个环境，不再北漂了，也去别的城市看看；把我妈从老家接出来，先做一遍全面体检，然后带她去昆明玩；还有健身计划，已经坚持了半个多月了，希望这样身体能慢慢好起来……"

我听她数了好一会儿，见她脸上兴奋的神情，心下也暖了起来，调侃道："是不是猛然发现单身很爽？"

她愣了一下，随即笑出了声："但我还是相信爱情。或许还是有机会遇到的。"

这是我们最后一次会面。那天晚上回去，我在她的签名栏里看到了一句话：

"悟已往之不谏，知来者之可追。"

致命旅行

一

周末真是好日子。当然，前提是不上班的话。

看着屋里大丰收一般的病人，我不禁想起前几天入科时的场面，老大叉着腰站在门口，以赛过机关枪的气势欢迎我们："欢迎各位来到抢救间，我科无值班补贴，无年节福利，365天节假日不休，不得请假、不得旷工、不得迟到早退，否则扔回训练处接受总带教再教育——有人有意见吗？"

现如今老大的气场一如初见时威武，手里的一大摞材料在门框上拍得啪啪直响："一大早都别耷拉着脑袋！干活去！干活去！"

老大当初的下马威毫不夸张，急诊这种地方不存在任何法定节假日，别说没有周末，就是大年三十，轮到值班的组也得一个不落地蹲在岗上。刚下夜班的这组人运气很硬，可以回去欢度周末，而现在刚上白班的我们这一组，不仅今天要打一天仗，明天晚上还要再战一整宿，未来几天没一天好歇。

刚下班的夜班带组老师从老大身边挤出门，回身拍拍老大的肩膀："哎呀老周，这时候值班娃娃们肯定惦记着放假，没动力多正常呀。"

语气真诚，言之有理，如果不是笑得实在太欠揍，我大概就信了。

老大盯着对方见牙不见眼的脸，矜持地挥着材料把他打出了门。眼看老大周遭气压肉眼可见地降低，旁人不免要遭池鱼之殃，我赶紧拖着还在原地傻兮兮看热闹的程瑷逃离现场。

程瑷程师姐，资格老、能力强，搞科研堪称一方大佬，干起活来毫不含糊，奈何是个天然呆，反应总是慢半拍。

我刚收了个车祸病人，抢到电脑坐下来，急吼吼地先打了一堆输血的单子，对着话筒扯着嗓子喊了半天，家属却不知去向。我急得原地跳脚，程瑷捧着键盘噼里啪啦地打字，足足敲完半页纸，才跟刚睡醒一样转头："哦，你是喊车祸那个吗？我之前瞧见他家属都往收费处那边去了哎。"

我哭笑不得地谢了她，卷起一摞签字单赶快去追家属。谁知刚跑出10米，还没到收费处就被人拉住了衣角。我低头，只见一个刚有我一半高的小孩儿拦在我身前，肉滚滚的小手使劲拽着我的白大褂，还不忘冲身后高喊："在这儿！在这儿！"

不等我缓过神来，前面的走廊拐角噌地转出来一个男人，准确来说是两个人——背上还有一个。

男人中等身材，弯腰背着人正好和我差不多高度，背上的女人靠在他肩头，半长的头发遮着脸，看不见长相，只从四肢上看得出身形微胖。见我错愕的样子，男人神色间露出窘迫，面上却是难以掩饰的焦灼，他把女人往上颠了颠，腾不出手擦头上的汗，急忙开口问我："您好您好，请问在哪儿挂号？"

我一时间也看不出这女人是什么毛病，便不多说什么，赶紧指着走廊那一头道："那儿，拐弯儿就是。"

小孩头顶两个揪揪一晃，撒开我的衣服一马当先地冲出去。背着媳妇儿的大哥一边跑，一边还不忘扭头露出半张脸："谢谢，谢谢啊！"

我挥挥手，正看见车祸伤的家属从前面过去，立时将这家人暂时抛到脑后，先追上去搞定取血单。

签字的事搞定，我总算松了口气，正边走边猜刚才那个女人是什么问题、是走专科急诊还是直接进抢救间的时候，工作群"叮"的一响。

"老大：@1组王婧 赶紧回来收病人！"

我匆忙塞回手机，快步穿过走廊，透过大门的玻璃，正好看见刚才那一家人。妻子已经被临时安置在床上，丈夫正忙不迭地在兜里掏着什么，小女孩并不闹，乖乖拽着爸爸的衣襟，一双黑黝黝的眼睛骨碌碌地转着，正趴着台边往里面的床上瞅。

我一进门，那男人也一愣，随即礼貌地笑了笑。我点头致意，看样子老大已经问过了病史。我从老大手里接过刚打好的床头单，正要挂上去，眼睛瞟见上面的信息，忽然心头一慌：

宋芳，女，34岁，拟诊：肺栓塞。

二

嘱咐家属去买住院用品之后，我仔细去看了一遍患者的情况，又跟着老大听了一遍诊断思路。患者因突发胸痛、呼吸困难入院，没有叫救护车，丈夫直接打了车，一路把她背到我们医院。患者平素体弱，时常乏力，但并没有相关的就诊资料可以参考。

趁家属去买东西的空当，我打好了所有签字单，刚刚完工就看见一大一小两个人影正一起大包小裹地往谈话窗口跑过来。

初夏节气里，大人和孩子都是一头汗。那大哥把手里的几个袋子和孩子拎着的小塑料袋一块交给我："辛苦您了，麻烦您帮忙带进去……"

我一手接过沉甸甸的袋子，一手把签字单递过去："客气了，您先签着，不明白的地方等会儿我给您解释。"

大哥忙不迭地点头，不知道从哪儿掏出一袋巧克力豆，闺女一个、自己一个地塞进嘴里，开始仔细研究起签字单上的内容。

我拎着东西进了抢救间。

抢救间分为A、B、F三个区。A区收治的大都是情况紧急、随时可能需要抢救的病人。B区则主要收治病情较为稳定或者A区里已经好转的病人。至于F区——这里只有唯一的一张床，且大部分时间是没有人的，因此也没有固定的医生负责这里。可一旦有人，就意味着今天科里说不定要出一份死亡证明。

今天这个病人收在了A区。我奔着A区过去，路过F区的门口，想到肺栓塞三个字，我轻轻哆嗦了一下。

肺栓塞，是常见的三大致死性心血管疾病之一，多表现为突发的胸痛、呼吸困难、晕厥等症状，各项检查缺乏特异性表现，致死速度快，致死率高。临床上肺栓塞进行危险度分级时，常见的参考指标之一就是右心功能，而这个病人——别的不说，单看那张心影明显扩大的胸片，就可以猜到右心功能肯定不怎么样了。

门外那对含着巧克力豆的父女，此刻应该还没有意识到，这个诊断是随时可能把妈妈送进这个叫作F区的地方的。

我没心情关注袋子里装了些什么，只一股脑儿把东西交给教员，就快步返回谈话区。年轻的爸爸已经麻利地把所有要签字的空格都签好了，见了我便马上递过来："签好了大夫，您看看漏没漏什么，有的我看不太懂就先签上了，反正能用的都给她用上，都用最好的。"

听到这儿，我心里先松了口气，随即心里又是一紧。

尽管家人愿意给她最好的治疗，但是肺栓塞本身绝不是个好相与的病，遇到情况不好的，就算冒险开刀切肺都不一定能活得下来，何况她并不是肺血栓栓塞的高发年龄，是不是有什么严重的原发病也说不准。

我收好签字单，将其夹进病例，一边等里面开押金单，一边进行病史采集："病人是什么情况下出现症状的?"

"在火车站,我攒了假带媳妇儿和闺女旅游去了,今天正好回来,想去看老人,结果我媳妇儿刚下火车就说难受,路都走不了了,我背着她出火车站就奔医院来了。"他有点不好意思地挠挠头,"一着急,行李都忘那儿了……"

我马上想起他背着妻子在走廊里狂奔的场面,旁边等人的家属听了也笑:"亏你没把孩子落那儿!"

小家伙个子矮,站直了也只能在谈话窗口露个脑瓜顶出来,只见小脑袋上两个羊角辫一扬:"我跑得快,不用爸爸带我!"

男人手在女儿头上撸了一把,继续道:"我媳妇儿本来就不壮实,平时总没劲儿,早就把工作辞了,在家养身体,这几年好不容易养得白白胖胖了,我怕她在家憋久了不舒坦,就想领她出去玩一圈儿,谁承想又给折腾病了……"

他的眼里满是懊丧和自责。我忽然想起什么,问他:"去哪儿玩?远吗?"

"云南,挺远的吧,买的高铁也10来个小时才到。"

果然。

久坐本来就容易出现深静脉血栓,如果患者本身再有些基础因素,在高铁上坐久了,下肢深静脉有血栓形成,下车的时候起身活动导致血栓脱落,就可以解释突发症状的原因了。

病史越是支持肺栓塞诊断,我的心就越是下沉,正问着既往史,程瑗走进来递给我一张押金单:"2床的,交钱吧。"

我接过单子,直接递给眼前的2床家属。大哥一瞧上面端端正正的"押金2万"的字样就是一愣,脸有些红了,问:"一次全交吗?"

看到他的犹豫,我心里咯噔一下,瞬间脑补出若干种"无良老公道貌岸然、说一套做一套、明里喊口号实际上一毛不拔"的家庭伦理剧狗血情节,看向他的目光瞬间变得冷飕飕。

"对,抢救间花销比较大,押金2万,多退少补,支持微信、支付宝、信用卡、储蓄卡、现金等一切支付手段。"

他瞅了女儿两眼,又瞅了我两眼,又瞅了旁边刚才插话的男家属两眼。

最终,大哥咽了口唾沫,艰难地对我开口:"大夫,您借一步说话……"我很痛快地点头,一转身的工夫,已经很专业地在肚子里做好了劝解拒绝缴费家属的 Plan A、B、C。

没人的角落里,满头是汗的大哥拽着女儿,声音压得孩子估计都听不清:"我身上就200多块钱,我得进去找我媳妇儿说一声……"

弯拐得太急,我一时没憋住,噗地笑出声来。大哥这下连耳朵根都红了。我赶忙憋住笑,点了点头,端庄而不失礼貌地微笑:"好的好的,没问题,我这就去跟我们老大说。"

三

得了老大的圣旨,在我和程瑷的陪同下,大哥进了抢救间。

教员正在整理刚刚送进来的物品,湿巾、卫生纸、便盆等,一样样清点后放进床底下的储物架上。2床病人靠在床上,脸上扣着呼吸面罩,眉头微微蹙起,比起之前,脸上痛苦之色稍减,看到丈夫过来,连忙伸出手朝我们这边摆了摆。

我打量着她,年轻的妈妈身材微微丰腴,不过好在还算匀称,虽然气色并不好,但皮肤白皙、五官柔和,隔着面罩也觉得温和可亲。

趁着两人交流的工夫,我和程瑷也帮教员整理着袋子,越收拾教员的脸色越奇怪,直到最后拎出个花花绿绿的塑料袋,程瑷终于疑惑出声:"咋这么多呢,里头都是啥?"说着打开了袋口。

我伸过脖子一看,里面却是各种各样的零食,蛋黄酥、威化饼、百奇棒,甚至还有一排酸奶和一大排养乐多。

我看了看还扣着呼吸面罩的患者,再看看这一大兜跟小朋友开运动会一样的物资,顿时哭笑不得:"大哥,不用买这么多零食的,患者也不方便吃,抢救间里有定时送餐的。"

大哥正俯身和媳妇儿交流,闻言愣了愣,抬起头,有些不好意思地回答:"我也不知道,都是她爱吃的,我们怕她无聊……"

我还没接话,教员难以置信的声音就从床底下传过来:"你买的这是个啥?你媳妇儿能用这个?"

几人闻言望去,教员从袋子里掏出一只尿壶,隔壁床正在干活的护工大妈瞥见了,没忍住先笑出了声。

鉴于生理构造差异,女性病人卧床时大小便都只能用便盆解决,这个形状的尿壶,动动脑子也知道不能用啊……

大哥这回连脖子都红了,头皮差点挠秃:"我……我我我不知道啊,我在纸上记了买便器,到那儿看见有的就都买回来了……"

众人善意地笑着,教员把东西递给他:"等会儿去退了吧,有话赶快说,中午探视时间还能进来呢。"

大哥连连点头,俯过身去和妻子不知道说了些什么。妻子轻轻嗔了他一声,要来放在床头柜子里的手提包,在里面翻了翻,递了张卡给他,顺手拿了张纸巾,一脸嫌弃地把丈夫额头上的汗仔细擦干净,又轻轻揪着他的耳朵,两个人头碰头嘀咕了几句,妻子才目送丈夫和孩子一步一回头地出了门。

程瑗看着夫妻俩的样儿,难得有兴致打趣人一回:"你还挺疼你媳妇儿的,工资卡都交了。"大哥回头又瞅了一眼里面,虽然神色依然有些不好意思,但是眼里有隐隐的骄傲和得意:"那肯定的,费老大劲儿娶回来的,我不疼谁疼啊?"

一系列的手续很快办妥,送完病人检查回来,新的报告也很快就在系统里刷新。我把几个页面看了看,写了一份病情介绍,然后打印出来,在手里攥了半天,想了想,还是嘱咐大哥在原地等着,自己拿着材料进了里面。

程瑗伸头扫了几眼我手里的病历,拿过病情介绍看了看,半响还到我手中:"我建议你请老大来谈。"

我自然明白她的意思。

这个病人的实际情况,绝不像她看起来那样稳定。她现在已经不只是肺栓塞的问题,别的不说,单就 X 线来看,心胸比已经明显超过 1/2,这意味着患者很有可能合并肺动脉高压或者右心功能不全,情况恶化很可能是分分钟的事情。

科室里的医生包括一二三线,三线一般是大主任,等闲情况下不需要出面,大都只在交班时来指导工作;二线就是像老大这样的带组老师,责任最大,任务最重,从早到晚统管全科的病人;一线队伍则最为庞大,由各种来轮转的进修生、研究生、规培生、实习生组成,负责直接与患者和家属对接的工作,包括一些常规的临床操作和普通谈话。

这些天我也给濒死患者家属谈过话,但对于年轻的危重病人,家属的情绪很可能失控,需要医生具备老到的谈话技巧,并且在谈话过程中也不允许有一点点的不严谨。这样的情况,已经不适合一线独自处理。

我找到老大,老大也正在研究宋芳的片子,听到我的请求马上点头,麻利地拿过我手里的一堆东西,转到谈话间里去了。

男人还站在刚才的位置,孩子已经换了一位老太太替他领着,三个人正一齐伸头往里看,焦急地等待医生来做病情交代。一看见先我一步进门的老大,男人似乎也感觉到情况不妙,眼里的焦灼更甚一层。

老大看着老人和孩子,抿着嘴没说话,只扫了我一眼。我会意,掏出一张单子,然后递过去:"这个要交到门诊二楼办手续,这边留个签字的人就行。"

男人点头,把东西接过来递给老人:"妈,你帮我去一趟吧。"

老人正要走,我见那孩子的手还紧紧拽着爸爸的手,便咳了一声,轻轻看了一眼孩子。那男人反应也快,马上加上半句话:"顺便帮我看着宝贝儿,我留在这儿签字就行。"

眼见着老人领着孩子走远,老大马上抓紧机会开门见山:"病人情况很危重,随时有上抢救的可能,肺栓塞存在致死可能性,并且病人还合并了其他一些严重的问题,家属要做好心理准备。"

男人瞪大了眼,扒在窗沿上的手指随即开始打战,上下的牙齿不协调地磕在一起,像冻着了一样打了个寒噤,难以置信地开口:"怎么会这样?肺栓塞这么严重吗?!"

"肺栓塞本身已经很危险了,病人现在的问题还不止这一个,"老大把手里的报告举起来,一处一处地给他指着,"能上的内科治疗已经在用了,最好是内科治疗有效,如果不行,之后还要介入。"他翻了一遍已经签过的单子,发现没有介入同意,马上转头吩咐我,"兔崽子,快去把介入同意打出来!"

我连声应着,赶快去翻文件夹。男人依旧处在震惊状态,眼里的焦灼和恐慌纠缠在一起。我看了一眼就赶快低下头,快速把签字单搞定,递给老大。

老大在主诊医师一栏龙飞凤舞地签了名,然后把单子递给家属看,正想仔细解释介入治疗的内容,男人就马上从老大手里抽过了笔。

"用,能用的都用,多少钱都没关系,给她用最好的,真有什么后遗症也没关系,能保命怎么都行……"那签字比起前几张单子,笔画有些肉眼可见的颤抖,勉强认得出是同一个人,但他的声音已经不再发颤,只红着眼睛看着我们,吐字清晰而坚定,"怎么样都好,我一定要她活着!"

"我们会尽力的,你们要时刻留一个家属在这里,我们持续监测,有问题随时喊你们。"确认了家属治疗态度积极,老大满意地点头,嘱咐了两句,便又风一样地出门去忙了。

中午很快就到了。

按规定,探视时间每床只发一张探视卡,但在2床大哥的苦苦哀求和小娃娃噘着小嘴的强烈攻势下,我又爱心泛滥了,只好硬着头皮找教员商量,最后额外塞了一张卡到小姑娘手里。

小家伙嘴甜得很，一口一个"谢谢姐姐"，小胖手将两块威化饼干塞给我，不要都不行。

2床的位置很巧，正好对着家属探视进出的铁门。探视时间就快开始，家属已经把门口围得水泄不通。我正对比着新一组的数据，眼光扫过病人，只见她的眼神一直盯着前方，脸上扣着面罩，眼角却带着笑意。

我顺着她的目光看过去，就见开了半扇的铁门外，她的丈夫挤在人堆里努力踮着脚，女儿骑在爸爸的脖子上，一大一小两个人影叠在一起，正使劲儿地朝里面挥手。

她维持着半坐的姿势，抬手朝外面摆了摆。半晌，父女两个一同进来，丈夫先把女儿拢到碰不到仪器的地方，随即拢了拢妻子躺得微乱的头发，手指又在面罩上轻轻敲了敲："这罪遭的，等回家时脸上不得勒出个圈儿？"

妻子佯怒，手指拧上他的胳膊，又爱怜地抚着女儿头上的两个犄角，细弱的声音从面罩里传出来，听上去闷闷的："看着奶奶了没？跟奶奶说节日快乐了吗？"

小丫头进门不跑不跳，也不大声吵嚷，此刻还是抑制不住天性，在妈妈手底下窜了窜。

"见着啦！我给奶奶唱歌了，奶奶给我大月饼了！"说着拧着身子从小背包里掏出一个个头不小的月饼来，"我跟妈妈一人一个蛋黄！"

当爹的听闻此话，立刻伸手把月饼截下来，二话不说将月饼往口袋里一揣："没我份儿？那行，老爸给你收着，等回家了给你妈切着吃。"

父女俩叽叽喳喳闹成一团，妻子看着一直低头在纸上认真写写画画的我，忙不迭地示意孩子安静，又朝我不好意思地笑笑。我看到她的笑容，隔着口罩对她弯了弯眼睛，赶忙又低下头去，继续在纸上画第5只小王八。

我不敢多与他们交流，生怕自己一个不小心，就会碰碎这个男人苦心在妻儿面前筑起的最后一道水晶墙。

半小时过得很快，眼看保安大叔要开始清场，男人的手虚虚握着妻子扎着留置针的手背，语气平缓地道："妈买了土鸡，等你出院，让妈把咱带回来的蘑菇干一起炖了，肯定大补。"

女人点头，再次伸手拽了拽丈夫的耳垂，神态娇弱、语气温柔地嘱咐道："把我闺女看好了，少一两肉我弄死你。"

大哥笑嘻嘻地应了，拖着一步三回头的女儿，脚步平稳地往出口走去。

四

第二天下午 5 点，我拎着家当来上夜班，刚抢到电脑，就看见表格里 2 床位置上熟悉的名字。

负责过的老病人再交班时如果还在科里，大多还是由上次的医生负责，因此我可能要接手熟人了。

我找出过去 24 小时的病情介绍，很遗憾地发现数值一次比一次差。读完交班医生写的最后一篇病情介绍，我猜着今晚可能有硬仗要打，于是赶快去请示老大。

进门的时候，老大也正一脑门子官司，听到我的请示之后，对着 2 床的页面盯了半天，眼见着眉毛都揪在一起。

"这个女的眼看着不好了，会诊科室等一下我全都再呼一次，你跟着人家事无巨细地全记一遍，一个字都不许漏。"

老大扯过最新一张单子，签了个字后塞到我手里："我等会儿再跟家属谈一回，人现在意识还算清醒。你手里剩下的病人都换给别人，今晚只看着她一个，给我盯好了，眼都不许眨，各项指标都勤看着点儿，尤其关注一般状态，一旦有变化赶紧叫我，听见没有？"

我赶紧小鸡啄米一般地点头，忙不迭地去准备签字单了。

谈话窗外，2 床的三个家属整整齐齐地坐成一排，不论人大人小，都目光灼灼地盯着里面。

男人穿着昨天那件条纹 T 恤，坐姿依然端正，神色却明显比昨天憔悴了一些。一见我和老大露面，没等我们出声，他便站起身，把手里的包递给老人，示意老人坐在原地，孩子便也听话地坐了回去。我悄悄舒了口气，刚才还在纠结这次该用什么理由替他把老人和孩子支走，现下倒是不用操心了。

老大简短陈述了一遍情况的进展——从最新的结果来看，到目前为止抗凝溶栓的效果并不怎么好，但患者意识还很清醒，对话流利，也能正常进食，其间，会诊科室又来调整过几次方案，总体来说比昨天更不乐观一些，希望家属做好心理准备，我们会全力救治云云。

男人疲惫的眼里依然写着焦虑，却并没有表现得像昨天那样激动，只是揪着老大的袖子，说着不惜代价全力救治、辛苦医生这类和昨天差不多的话。老大点着头又交代了一些注意事项，便又呼啦啦领着一帮人去忙了。

时间已经不早了,且不说大人的憔悴样子,明显回过家换过衣服的小朋友此刻也已经开始迷糊地点着头。男人转身扶住孩子,弯下腰对女儿道:"先和奶奶回家吧。"

小姑娘晃晃脑袋,扬起头上的小揪揪,使劲揉着眼睛:"我不回家,我等妈妈。"

"爸爸在这儿陪妈妈,可是没人陪奶奶。奶奶太累了,你陪奶奶回家睡一觉,明天再一起过来好不好?"

小姑娘揪着书包带子嘟了嘟嘴,同意得勉勉强强:"好吧,那妈妈什么时候回家?"

男人稍微停顿了一下,从背影上看得出是深深吸了口气,随即声音平缓轻和地开口:"乖,等一等,妈妈好了就回来。"

我捧着打印好的资料,进屋看患者的情况。

只一天一夜的工夫,她的检查检验报告以及各种签字单、病情介绍就摞了厚厚一沓,我把东西一股脑夹进病历夹里,靠在床旁的柱子上,一边翻着报告,一边关注着显示屏上变动的数字。

2床的病人依然靠在床头上——这个姿势对她来说呼吸最舒适,这会儿看见我,便隔着面罩露出一个模糊的笑容,低声道:"又是你啊。"

我也笑着回答:"是啊,真巧,今天我值夜班。"我替她把露出来的腿盖好,"今天不忙,不舒服的话马上叫我就行。"

她点点头,随即问:"我老公呢?"

"在外头,自个儿在谈话区等着呢,有事找他吗?"

"不是,不是,"她连连摇头,"就是想让您帮忙带个话,叫他别等着了,回家睡一觉,把孩子看好了。"

我笑了,把本子放到一旁:"抢救间必须有家属24小时陪着呢,老人已经回家了,总不好再把老人叫回来留着吧。"

"不不,那还是叫他留着吧,"她讲话有些困难,我有心叫她休息,她却一定要说完,"那有陪护床吗?能不能让他歇歇……"

我刚想解释,看看她的样子,又默默把话咽了回去,点头微笑:"好,我等会儿找人帮忙。"

"辛苦您了,辛苦您了大夫……"

我这个阶段,还没过喜欢听人叫大夫的时期,心里小小高兴了一下,可攥了攥手里的病情介绍,又觉得自己距离当得起"大夫"这两个字还差得远。

横竖今晚只有一个病人,我干脆拖了板凳坐到患者旁边,没旁的事便哪儿也不去,和宋芳打了几句招呼后,就大眼瞪小眼地干坐着。

前半夜就这样平平静静地过去了。

我抱着砖一样的内科书坐在板凳上，一边翻，一边时不时盯一眼监护仪，抬眼扫到指在12点的挂钟，再次确认监护仪上的数字还算平稳之后，我转身走进茶水间。

每晚的后半夜三四点是最难熬的阶段——离早饭还远，最是又困又饿且没盼头的时候，值夜班的人大多会选择提前喝点咖啡调整状态，以防疲劳时搞出乱子来。

我伸头看了看状态恹恹的病人，默默干了三包黑咖啡，苦得脑瓜子嗡嗡响，总算是稍微清醒了些。

我继续坐回去盯着病人。抢救间没有窗户，白天和夜里一样明亮而吵闹。她大概是白天睡得多了，现下也并不休息，只是枯坐着发呆。我回到原处时她也没有太大的反应，眼神依旧呆呆地望着前面的床挡。

鉴于她的状态，前半夜我并不多与她说话，只是时不时询问她是否有不适，每次她都微笑着摇头，呼出的湿气喷在面罩上，凝出一层淡白的雾。

我在心里暗自祈祷着：这一夜，就这样安稳地过去吧。

困劲儿又慢慢爬上来，我不敢再坐得舒服，只好站起来继续靠着柱子翻书。谁知没过多久，我眼角余光瞥见她动弹，猛一抬头，就见上一秒还半坐在床上的人，这会儿已经靠在了身后的枕头上，眼还睁着，正看着我，神情却不对劲，眉毛紧紧地蹙在一起，呼吸频率也明显开始加快，很快就显出呼吸困难的样子。我立刻知道不好，瞬间跳起来，慌乱之间先大叫一声："老大！不对劲！"

老大的身影几乎是瞬间就从前台后面蹿出来，随后从谈话区冲进来的是程瑷，便是这么一两步的工夫，患者已经有些意识不清。老大赶到床头，扫了一眼患者的状态，视线马上落到监护仪的显示屏上快速浏览一遍，然后道："不好，赶紧把LUCAS弄过来！"

【LUCAS】一种自动心肺复苏仪器。

我一听见这个名字脑子里就是一蒙——突然要上心肺复苏，这意味着什么不言而喻。我二话不说就要往仪器室跑，结果被老大一把拽回来："程瑷去！你有劲儿，快上！"

心肺复苏是个体力活，即便是再经验丰富，90斤的软妹也不是好人选。于是刚露头的程瑷立刻领命去找仪器，老大奔回前台开始安排抢救事宜以及告知家属等一系列问题，我也赶快扑了上去。

床有些高，我伸不直胳膊，幸而床边还有空间，我赶忙放平床板蹿上去，跪到床面上，掀了被子就开始按。

虽说大学期间心肺复苏一直是各种操作考试和培训的常客，每个人都在模型上练习过无数次按压步骤，但在病床上第一次按下去的时候，我才后知后觉地意识到活人和模型手感确实不一样。微微的体温像电流一般从手心一直传到身上，激得我后背发麻。

我用力吸着气，努力保持着标准的按压频率和深度，尽量冷静地查着数，还没数到第四组，程瑷就和一个教员带着仪器跑过来。那仪器很好接，跨过患者的胸廓，调试结束，开关一按，就马上接替了我的动作。

总算坚持到上机器，我从床上爬下来，在地上站定。后续的抢救有序进行，老大绕回来，上下打量我一眼，点点头："头一次上，没怯场，不错。"

程瑷也赞许似的拍拍我的肩膀，小声道："还不赖嘛！"

我没吱声，努力不让人看出自己腿软的德行，默默把抖成鸡爪的手藏进口袋里，深吸一口气，稳住飙升的心跳，眼光再次看向显示器。

经过一阵猛按，刚刚飞速掉下去的心率总算爬上来一点，可血压已经低到测不出，没等我仔细关注剩下的指标，老大就把我拎了过去："大主任来了，他亲自谈，快去搞谈话的东西。"

五

事态果然严峻，老大的老大都被叫过来了。

抢救要做的记录不少，在老大的督办下，我总算搞定了一应事务，端好了东西跟在后头，走进谈话区。现在已是后半夜，等待的家属都各自找地方休息了，白天挨挨挤挤的窗口，此刻只剩下宋芳的丈夫。

虽然家属只有一个，谈话的阵仗却已经提升到最高级别，连老大都不随意开口。大主任拿过我手里那份老大帮了忙才加紧写出来的抢救记录，扫了一眼，用尽量通俗的说法对男人转述了一遍，末了简要总结："眼看血氧已经不行了，肺是完了，能用的之前都用过了，除了 ECMO 没别的办法了。"

ECMO 的中文名称是体外膜氧合，通俗地理解就是"体外人工肺"，属于一种能短期替代患者心肺功能的机器，在体外维持呼吸和循环，但凡考虑使用它的，都是心肺严重衰竭、万不得已的情形，国内能配备它的医院并不算多。不过据说曾经有心电图已经是一条直线的患者，在 ECMO 支持下居然还能保持意识清醒的例子——听起来非常神奇，但它其实只能替代心肺功能，而不能修复心肺功能，如果原发病治不好，停止 ECMO 的一刻，就是患者真正的死期。

趁着大主任在说事，我偷偷掏出手机，在搜索引擎上搜索相关内容，匆忙间只在一篇文献中扫到了这样一句描述："本研究高危肺栓塞患者应用 ECMO 治疗的院内死亡率仍高达 61.6%，复杂肺栓塞患者有效治疗措施有限。"

现在的情形也差不多就是这样——不用马上就会死，用了也不一定活。

大主任也秉着丑话说在前头的原则，一上来就摊了牌："ECMO 能短时间替代患者的心肺功能，现在这种情况要么放弃，要么上 ECMO 拖一拖试试，能不能活谁也说不准，而且价格高，耗材开了就得 6 万。"大主任把同意书放在窗台上，"用不用，家属做个决定吧。"

作为唯一在场的家属，宋芳的丈夫自从刚才听到"肺完了"之后，从脖子到身体都开始抑制不住地颤抖，待话说到后面却已经冷静下来，呼吸有些加快，手却一秒钟的迟疑都没有，直接捡起单子找地方签字，头低着，声音却十分清晰："用，快用上！几万都行，瘫了残了我都接受，人能活就行。"

他胡乱签了字，再胡乱把单子往大主任手里一塞："快给她用上，我这就去取钱，我闺女才 8 岁，求求你们！！"

大主任终归是见惯了生死的，收过的临危病人恐怕比剩下的头发还多，没有表现出太多动容的架势，只是肯定地点点头，把单子递给老大。老大转手塞进我手里，低声嘱咐："去吧，把人挪到 F 床。"

F 区是个不大的小房间，现在挤着几台仪器，就更没了下脚的地方。大家挨挨挤挤地忙活完，屋里再次只剩下我和病人，只是这次，她再不能笑着与我搭话了。

ECMO 已经运转了一段时间，她的肤色看起来很奇异，浮肿的脚底上青白的皮肤呈现出大理石一样的纹路，嘴里插着管子，把面部撑成一种不太舒适的形状。我在床头的挂本上写好 F 区的使用记录，又往前翻了翻。

距离上一条记录的时间，才过去不到一周。

这回，老大和老大的老大算是真的使出浑身解数了，能用的手段全都招呼上了，我反而不需要像前半夜那样目不转睛地盯着看——因为就算真的再出什么情况，我们也再没什么备用的保留节目了。

我看着她，心里没来由地发空，急切地想找点事情做，于是就想提前写写病情介绍，便大步回到谈话区。

临近凌晨 4 点，除了 F 床，没什么重症家属需要留守谈话，所以谈话间里空无一人。我进去坐下，隔着谈话窗，再次看见了宋芳的丈夫。他低头坐在那条排椅上，看不清表情，怀里拢着之前那只零食袋子，旅行包散乱地敞在地上。

我尽量坐矮些，企图降低存在感，甚至打字的声音都努力放轻。

良久，空荡寂寥的走廊里，压抑的哭声断断续续地从窗外传进来。我不敢抬头，无声地躲在显示器后面敲键盘，听着那啜泣声渐渐变成呜咽，最后，终于爆发出一阵撕心裂肺的哀号。

我写出来的故事，经常没有一个让人满意的结局。可就像读者都希望我能写个好结局一样，其实我也成天盼着，老天能让我来一次喜剧收场，做一场让家属喜极而泣的谈话。

可医院终归是医院，所以我又来找他谈话了。不同的是，这次是我独立谈话。

饶是程瑷生性迟钝，见我身边没有大佬们压阵，一时间也把病人的情况猜了个七七八八——情况明确的病人，谈话一般不需要大佬们出手。

"明确"一般分两种情况，明确不会死和明确会死。吊着ECMO的病人，明显不太可能属于前者。

但谈话区坐着的人显然不懂这些弯弯绕。他一见我出来，便满眼紧张和希冀地迎上来，我对上他那双短短几天就密布血丝的眼，脊背不觉颤了颤。

"怎么样了？"他的手扒在窗沿上，几乎半个身子探进窗口里。程瑷虽然呆萌，经验却老到，见着家属这个架势，很有先见之明地悄悄对一旁同组的聂师兄打了个手势。聂师兄会意，不动声色地挪到我身后。

我暗咬着牙，吸足了气才把话说出来："ECMO只能短期替代心肺功能，患者本身的心肺功能已经……已经不太行了，之后就是……时间问题。"

什么时候撤ECMO，什么时候就是她的死期。妻子生命最后的悬念，只是一个死亡的具体时间，由捏在我手里的这张纸什么时候签上字来决定。

我还没来得及表达出这最后一句的意思，本能就控制着我后退了半步——他的嘴唇开始发抖，眼睛泛红，额角的血管肉眼可见地暴出来，突然间狠狠地把那张纸甩出去，手磕在窗框上"咚"的一响，嘴里发出含混的吼声，架势骇人，飞出的纸边缘被窗沿刮破，受力之下拐了个弯，险些直接拍到我脸上。

聂师兄眼疾手快地把我往后一拽，一个箭步上前，先把那男人连身子带手推出窗口，然后哗啦一声把宽大的推拉窗拉下来，手法利落地扣死了锁。程瑷谨慎地拉着我，又往后退到更安全的距离。

我看着男人颇有些骇人的样子，却奇异地不感到可怕，只感到一种似痛似怜的心酸。

坚固的塑钢窗外,他撑住窗沿盯着屋里,额头顶在玻璃上,眼睛死死地瞪着那扇通往病区的门。半响,他终于慢慢地靠着墙蹲下去,身影消失在窗沿下。我再看不到他的身影,只听见凄厉的号啕声从窗外刺进来。

我安静地坐下,重新打了一份通知单,轻轻叩了下窗户:"想好了,再来找我吧。"

我不记得他后来是怎样签的字,只记得那张纸被捏得皱巴巴的,夹在整洁的病历最后一页,嘲讽着一段虎头蛇尾的结局。

盖着单子的床从侧门推出来,等在外面的男人走上前来。他伸出手,却并不掀开单子,只把散在外面的一点头发往里面拢了拢,屈起指节在床头轻轻敲了几下。

他拒绝别人帮忙,一个人推着床慢而吃力地前进着,在拐角消失了。

F床再一次空了。

行走的"骨架"

一

早上6点,我靠在谈话区的椅子上,抱着一摞整理好的病历,心满意足地伸懒腰。没收新病人的夜班,爽啊!

正掰着指头数今天周几,早饭有没有炸馒头片时,老大字正腔圆的河北口音从前台后面响起:"兔崽子!过来收病人!"

我打了个抖,哈欠卡在半截,只能摸着饿了一宿的肚子,在程瑗的同情和聂师兄的"哈哈哈哈"中含泪离开谈话区,一出门就碰上从抢救间正门推进来的折叠床。

老大已经在看片子,患者家属正在挂号,一切井井有条。床从宽大的滑动门中间被缓缓推入,夹在两位高壮的救护车工作人员中间,更显得窄小到躺不下人。

我有点眼花,一眼看过去,床上好像只堆了条棕色的毯子,并没有人。我快步迎上去,刚想问病人在哪儿的时候,床上的毯子突然动了。

在我将跳未跳的时候,毯子顶部忽然转过来一张脸。

我自认胆大,并且由于所学专业画风生猛,之前也常在死人比活人多的解剖室里加班,所以即便是刚见到各种血淋淋的多发伤,一般也都能保持冷静,但此刻毫无心理准备地面对这张脸,我差点惊呼出声。

没有伤口,也没有血,但实在不像活人。

干枯稀疏的短发下盖着一张灰白的脸,眼眶深深地凹陷进去,眼周青黑,两腮下完全没有任何肌肉填充,不用摸,都能感觉到薄白如纸的脸皮几乎直接贴着两侧的牙齿,下颌角因为完全没有脂肪和肌肉的视觉缓冲,直接显出嶙峋的骨质边缘。由于肌肉萎缩,病人的嘴唇甚至遮不住牙齿,一截没有血色的牙床因为长久的裸露,显示出一种更加没有生机的苍白,面部因此呈现出一种似笑非笑的诡异表情,看上去演鬼片都不用化装。

顺着细得看起来根本支不住头的脖子往下看过去,我才明白怪不得我刚刚以为床上没人——如果挡住上面的脑袋,毯子下的隆起程度,根本看不出是人形。

不过就算是这副模样,她依旧画了眉毛、抹了口红,从眉形选择上,我才大致判断出她是个女人。

我深吸一口气,好不容易稳定了表情,正准备问诊时,惨白的"骷髅头"却忽然睁开眼。那眼闭着时,眼眶凹得几乎像没有眼球一样,然而一睁开,却显得一对黑黝黝的眼珠格外的大,仿佛浸在峡谷深处的黑暗里,明明无神,却诡异逼人。

被这样一双眼睛盯住,我感觉一股凉意顺着后背爬上来,心下又厌了几分,难得虚声弱气地开口:"哪里不舒服?"

我一边问话一边掀开毯子查看身体。来抢救间的病人,并不是每个都能神志清醒地跟医生沟通,这位病人一般状况看起来很差,我本没有指望她能回答我,只是例行公事地一问,没想到她居然立刻清楚地回答我:"吃不下饭,没力气。"

嘶哑的声音混杂在抢救间嘈杂的机器声和人声中,仿佛大雨里细弱的蝉鸣一样难以捕捉,我不得不俯身凑得更近些:"什么时候开始的?"

"两年前。"

"当时有原因吗?"

"出了事情……"

"医生!医生!快治治我闺女!"带着强大穿透力的尖锐喊声传入大门,我一抬头,刚才还远在挂号窗口的家属已经到达我身边。那女家属看上去50岁上下,一双厚实的手握住我的胳膊,我还没来得及听到后半句,人已经被她拖走,心下正有些恼,然而一对上她的眼神,到嘴边的话便咽了回去。

这样的眼神,这段日子我几乎天天见到。

每个年轻患者的父母签字时眼中的焦急都是真真切切的,背后大抵也都是相似的疼痛,痛得让人很难完全无动于衷。不过,老练的医生已经能波澜不惊地稳定情绪,不让它影响自己的判断,有条不紊地完成该做的事。

我却还远远不是这样的人选。

那样的目光,那样的语气神态,我无法抗拒。所以我没有推开她的手回到患者的身边——问家属也一样嘛。

"两年前出什么事了?"我一边安抚她的情绪一边开口。谁知患者的妈妈听到这句话先是一愣,随即立刻回头看了患者一眼。

从我离开床边后,那患者一直看着我们这边,此刻从我的角度,看不见她妈妈的神情,却能清楚地察觉到患者枯槁的身体瑟缩了一下,紧接着把头转过去,再也不向这边张望。

我还没来得及疑惑，患者妈妈便又转过头来。这时我才正式打量她：天朝大妈特有的鲜艳穿衣风格，红润的胖脸与女儿的外形形成鲜明的对比，此刻脸上依旧是那种焦灼恳切的目光，神情里却有一点隐约的惊慌。

"哪有，这孩子瞎说，两年前我俩好得很呢，你看看，"她一边说着一边掏腰间的挎包，"这孩子以前可水灵呢，结果当时发了次高烧，烧了7天，那之后就一直吃不下饭，还拼命吃冷饮，饭一天吃不进一碗，冰激凌却一口气能吃六七盒……"

"没事儿？"我只是顺着话头问了一句，她的神情却肉眼可见地慌乱起来，一迭声地否认："没事儿，没事儿，啥都没有，这孩子在大学里也一直跟我住在一起，我们娘俩住学校附近，我天天看着她的，能有什么事儿……"

说话的工夫，她已从挎包里翻出一小叠照片："你看，这是她两年多以前过生日拍的艺术照，没化妆呢，就在家楼下拍的。"

关于当妈的说"我闺女特漂亮"这种说法，我本来只以为是亲生滤镜效果，但面对这些照片，我也觉得这姑娘的长相绝对在平均值以上——朱唇皓齿、明眸善睐，看得出拍摄的技术和搭配的服饰背景都很一般，但仍然衬得她气质温雅，身材秾纤合度。

我余光不禁再次扫向床上的人，患者已经闭上眼睛，平躺在窄小的床上，比床更窄的肩骨露出毯子，把单薄的碎花上衣撑出锋利的棱角，看着不像人，更像干尸。

但即便已经是这副人不人鬼不鬼的模样，仔细端详五官，依旧能辨出昔日明艳容颜残留的痕迹，和照片上明媚可人的形象隐约重合。

"严重低钾血症，食欲低下，肢体无力，原因待查，"老大放下外院的检查结果，挥手招呼刚进门来的聂师兄，让他帮我一起把人推进去，"初步考虑神经性厌食和Ca，请消化科、营养科、心理科和神内肿瘤内会诊。"

【Ca】为英文cancer的缩写，临床上作为癌症的非正式说法，类似此处考虑癌症可能但尚无确诊依据时，为避免患者产生恐慌情绪，不称"癌"而以"Ca"指代。

"没有没有，不可能的，精神肯定没问题，我们去好多大医院看了，好多大主任都给看过，不用查不用查。"

我跟聂师兄对瞅一眼，啥也没说，一起低头。

老大纵横急诊十多年，对学生一向雷厉风行，带过的弟子皆称其一声老大，对患者倒是一向言笑晏晏，让人如沐春风——但要是你比他还有主意，那就不一定了。

果然，老大瞬间黑脸："哪个大主任说的？"

越是有水平有自信的医生，怀揣几十年苦读苦干攒来的学问，往往越有自己的骄傲。因此，越是表现欲强、主意正的家属，反倒越是讨不了好。

大妈面露尴尬,但显然这不妨碍她接着搞事:"就我们家那大主任,可厉害了,她就是脾胃不和……"

这回老大干脆把手里的东西全搁下了:"脾胃不和?你脾胃不和瘦成这样给我看看?自家闺女你就这么敷衍着?"

"哎呀,反正她没事儿,就是总低钾,给她补补钾就行了。"

"没事儿你送我这里来?你治还是我治?"

我偷偷看了病人一眼,瞧着那姑娘几无人形的样子,终于开始感觉到这家属的诡异。这……是亲妈吗?这副模样是个人都不会觉得没事儿吧?

"没,没有没有,我不是这个意思,大夫你们说了算,我们听大夫的,是吧?"她扑到床边,握着女儿的胳膊一阵猛摇,一边晃一边继续问,"是吧?"晃得我几乎担心那条细得跟芦棒梗一样的胳膊分分钟断给她看。

姑娘睁开了眼睛,干涸的双眼无神地直直望着天花板,并不看她妈妈,只在嘴里小声嗫嚅,如果不是正低头推床,我根本听不见那点细微的声音:"是,都听你的。"

老大哼了一声,脖子扭回去继续整理交班材料。聂师兄帮我把床推到指定位置,拍拍我的肩膀宽慰道:"放心,给你留饭。"

老大的脑袋侧过来,眼睛仍然斜盯着屏幕,只把嘴对我们这边大声道:"甭管她,给她多留个酸奶她就屁颠屁颠地干活去了。"

想着食堂的自制酸奶,我心情瞬间好了一大截儿,笑呵呵地谢了声,转身屁颠屁颠地干活去了。

二

酸奶毕竟不是鸡血,兴奋作用有限。

我顶着大妈的唾沫星子,在谈话间一边敲键盘,一边使劲揉了揉太阳穴。

病人28岁,某知名211硕士学历,应该称得上高级知识分子。按理来说这样文化水平的家庭,沟通起来一般不会很困难,可这位妈妈不仅一口不明方言让人听得云里雾里,还出乎意料的难缠。

通常年轻病人进了抢救间,家属都会一口答应所有的检查措施和抢救措施,恨不能把能用的全都签一遍(已故的宋芳就是最好的例子)。可这位妈妈别说治疗了,根本查都不同意查,一张外出做CT的检查同意书都左挡右推地不愿意签字,几张简单的知情同意拖了半个多小时也没签完，问病史就更别提了——从诗词歌赋谈到人生哲学，就是不肯正面回答任何关于病程的问题。

眼看时间一分一秒地拖过去，病历里的问诊内容还空空如也，手里其他病人的检查还没腾出手看，我摁住脑门上跳动的青筋，站起来深吸一口气后和她对视："我再问一遍，你闺女两年前发的病，发病前究竟怎么了？"

"没有，没有，哪有的事儿，她就是脾胃不和……"

我彻底弃疗，低头保存了除了基本信息以外一字未多的病历文档，收起签字单转身就走："得了，我直接问你闺女去吧。"

大妈眼疾手快，伸手穿过窗户一把拉住我，神情紧张地看了我半天，最后总算小心翼翼地开口："其实也没什么，只不过我们租的那个房子楼道防盗门不好，有一次她遇上一个喝醉的人，那人就拽了她一把。"

"然后呢？"

"没……没了。"

"就拽了一把？"

"对，对，就拽了一把，别的啥也没有，所以我说没啥嘛……"

"你在场吗？"

"在……哦，不在，我那天不在家。"

就像老大之前的初步诊断中罗列的一样，患者消瘦的可能原因很多，多到要把一大串的科室一起叫过来会诊。而这种暂时没有证据表明有器质性病变的患者，发病前的特殊事件自然是重要的参考内容，对医生来说，会很大程度上影响到拟诊的判断方向。

病人那没说完的半句话，我本来没怎么放在心上，可家属这个遮遮掩掩的态度，却实在让人没法不多想。

我示意她去谈话间附近的休息区等待，打算等会儿去找患者本人再问问看。临走前，我忽然想起一个问题："你之前说病人发过高烧，那她高烧七天、遇到流氓，还有开始吃不下饭，这三件事的先后顺序你还记得吗？"

"嗯……先遇见流氓，然后发烧，发完烧就吃不下饭了……"

"好。"终于应付完了这位大妈，我夹起病历回到病区。看着围在病区里交班的一大批人，我眼前一阵发昏，努力扒了扒快要粘上的眼皮，打起精神往拐角的12床走去。心理科和消化科交班以后应该就会过来会诊，在那之前，我需要整理出尽可能多的信息供会诊科室参考。

抢救间和 ICU 规矩差不多，其中有一条就是不许家属陪护，每天只有中午 11 点到 11 点半可以让家属进来探视，所以从刚刚在抢救间门口询问到现在，大妈还没有任何机会接触病人。

没有大妈打岔，对她和我来说，这都是一个很理想的时机。

刚转进病区，我就看见管床护士正跟那患者争执着——细瘦如柴的姑娘，伸着同样细瘦的胳膊，正努力想抢走护士手里的矿泉水。

走到近前，护士正苦口婆心地跟患者解释："你刚刚才吐过一次，之后说不定还要考虑胃肠减压，水不能喝这么多的……"

那姑娘并不看我，也不看着护士，只直勾勾地盯着那水，黑洞洞的眼里闪烁着渴望的光，嘴里也直嚷嚷——说是嚷嚷都夸大了她的力气："没事儿，没事儿的，让我再喝一口，就一口，快给我……"

我眼神示意管床护士赶快带着水撤离现场，自己戴上手套，轻轻掀开姑娘身上的被子开始查体。姑娘伸着脖子盯着护士离开的背影，"哎哎哎"了半天，终究无可奈何地躺了回来。

之前看着是一回事，现在亲手触到她的身体，又是另外一种感受。

如果说之前她盖着被子的时候，就像武侠小说里被吸走精元的人干，那么被子下面遮盖的身体，则像是干尸。我着意比了比，我骨架已经不算大了，可她的大腿却差不多只有我的手腕粗。第二性征的毛发已经基本消失，怕是停经也得有一年半载了。

补电解质不能操之过急，现在她口周的肌肉依然时不时抽搐着，下肢肌肉也有些僵直，腱反射检查做得很困难，其他的查体大部分也都无法正常进行。她的腹部已经全部凹进去，腹部触诊时，稍一用力就几乎能摸到骨盆，连压痛点都不好定位。

把能做的都尽量做一遍，我开始尝试问她问题。不幸中的万幸，患者的状态虽然看着吓人，神志却还清醒，回答问题逻辑清晰，甚至措辞都很礼貌。

我松了口气，把现病史七要素问了个全，欢天喜地地记了好几页纸，最后便开始尝试问她其他问题："为什么吃那么多冷饮？"

"不喜欢热的，饭也只吃凉的，吃热的就恶心。"

"恶心？"想起刚刚在外面忙着跟大妈扯皮的时候，管床护士也过来说"患者吐了很多黄色水样物"，我便问她，"平时经常呕吐吗？"

"有时会。"

"什么时候会？多久吐一次？"

"吃了不舒服就会，不一定多久。"

"你刚才在门口跟我说两年前出了事儿,是什么事儿?"

那女子突然扭过头,嘴里不答话,无神的眼睛却望向四周。这个时间点,抢救间里除了横着的以外都是医护人员,我大致猜到她在顾虑什么,便轻轻拍拍她枯枝一样的手:"不用怕,没别人。"

她抬起眼看着我,看了足足有半分钟,之后挪开眼睛:"什么都没有。"

这样的抵抗是意料之中的。"你妈妈说你当时遇见流氓了。"

她细瘦的手腕在我手底抖了一下,嘴唇抽动得更厉害了,枯井一样的眼睛里隐隐闪动着戒备,看上去幽幽的瘆人。

"你妈妈就说了这一点儿。但她说她不在场,所以我希望在心理科来会诊之前,你能把情况大概说一说,我们不会透露给不相干的人。"

她干涸的眼睛打量着我,仿佛在猜测我究竟了解了多少。我看着离这边还有段距离的交班队伍,干脆拖过一张凳子坐下,准备打场持久战。

"我没被强奸,真没有。"

回答的尺度跨越如此之大,我也愣了一下,只见她晃动着脑袋,细弱干瘦的脖子让人担心仿佛随时会折断:"我知道你们怎么想的,但就是没有,真没有,什么都没有。"

我张了张嘴,想不出该说些什么,她却转过头直勾勾地盯着我,瘦骨嶙峋的脸上居然露出了一点笑容。这一笑,本来就合不上的嘴唇又打开了一点,整齐却没有光泽的牙齿裸露着,虽是笑,可配上青黑深陷的眼窝和眼睛里闪动的诡异神采,却让我结结实实打了个哆嗦。

我努力控制着握住她手腕的手,丝毫没有移动或者避开,她就这样咧着嘴盯了我半晌,随即道:"你别不相信,我一点儿都不在乎,当初都过去了,你看。"

她的双上肢肌力只有 2 级(正常人为 5 级),一只手费力地抬起,抚摸着自己凹陷的脸颊:"我现在好得很呢。"

我傻眼半响,只能努力露出一点僵硬的笑容,在本子上记了几笔,换个问题继续问:"是这件事之后才开始发烧的吗?"

"跟这事没有关系,我早就开始发烧了,这就是件小事,我现在心里敞亮得很。"她呵呵地笑起来。我不由得抱紧了怀里的病历夹,手心里沁出汗来,努力绷住脸上的神色,心里却一阵发毛。

"那你是说,你是先开始发烧,然后遇见那件事,最后才开始吃不下饭的?"

"是。"

"可你妈跟你说的不一样,她说你是遇见那件事之后才开始发烧、吃不下的。"

她愣了一下，随即道："无论我妈说什么，她说的都是对的。"

她放在颊边的手上移一点，轻轻攥住枯黄稀疏的短发，终于错开了始终盯住我的眼神，转而盯着天花板："我那时候脑子不清醒，要是有跟我妈说的不一样的地方，你就都当是我记错了。"

我垂眼看着地面，在纸上胡乱写了几行。看样子，我大概再也问不出什么了。

交班人群终于移动到附近的床位，我收起纸笔看了看她："好好休息。"

她合了眼，想翻身但明显没有力气，于是又平躺下去，恢复成第一眼看她时的样子。我正准备起身，那女子忽然抬手，有气无力的手指拽住我的胳膊。天气很热，我穿了件短袖白大褂，她凉而干瘦的手毫无预兆地贴上我上臂的皮肤，我不由自主地起了一身鸡皮疙瘩。

我有些慌乱地回头，却见她似有所求地看着我。我俯身去听，她把我拉得更近一些，明明她没有力气，我却觉得她的手指攥得那么紧："我想见我爸。"

"你爸不在外面，你妈在谈话区等着，你有话要对她说吗？"

"我知道，但我想见我爸。"

抢救间的病人都是不能穿裤子的。也不知道她从哪儿掏出一张皱巴巴的字条，上面写着一串电话号码。她把字条塞到我手里，眼里的乞求几乎溢出来："帮我叫他来，一定叫他来！"

三

交班结束，全组的人都开始收拾下班。我嘬着剩下的酸奶，一边回血一边坐在谈话间补病历，写到既往史一栏，想着那句"我妈说的都是对的"不禁想笑，笑到一半，想到口袋里那张字条，又觉得心里堵得慌。

抢救间不允许患者使用手机。至于为什么她明明这么想见她爸，进来之前却不自己打电话的原因，大概只有她自己知道了。

我拨通了号码，用肩膀夹着手机继续打字，富有年代气息的彩铃响了一阵后，一个同样带着口音的沙哑男声接起了电话。那边的声音听上去似乎有些忙乱，我简要说明了身份和来意，告知了医院信息和患者的大概情况，电话那头静了几秒钟才开口："已经抢救了？"

这是常有的误会，我赶快解释："暂时还没有，只是住进了抢救间，但是病人一般情况很差，严重营养不良导致了很多问题，血钾只有 1.3（正常值为 3.5—5.5），已经是严重危急值，刚下了病危通知，我们会随时做好抢救准备。"

电话那边安静了一些，我尽量斟酌着措辞："患者现在情绪比较低落，治疗压力也比较大，她很想见您，您方便来探视吗？我们……"

"不方便。"

没料到对方会拒绝得如此干脆，我准备好的话卡在半截，不由得再次强调："病人体重不到正常成年人的一半，长期严重营养不良，到现在都不能正常进食，随时有器官衰竭的风险，心理状况也不是很乐观，她很想见您才拜托我联系您，如果有条件的话，希望您一定要来看看她。"

又是一段沉默。

"孩子一直跟她妈在一起，有什么事让她妈做主就行了。"他似是并不想再继续这段谈话，说完转眼就想挂断。我只得换个话题："病人两年前曾经出过事，您知道是什么事吗？"

"应该是遇见过坏人，当时没报警，人也没抓到。"他的回答依旧简略。

我忍不住问："为什么不报警？"

"她妈不同意，而且报了警后，邻里和学校一传，她还怎么做人？"

我被噎得差点没夹住手机，再三告诫自己不要争论，控制着语气再次问他："那她现在病危了，说很想见您，您不来看她一眼吗？"

"不好意思，我确实不方便过去。"说着就又要挂断。

我一急，声音又高了一度："您就算不来，好歹跟她说句话行吗？就打个电话！"

"行。"

我仿佛得了令箭一样，从椅子上蹿起来，攥着手机直奔 12 床，扒在她床头把手机塞在她手里："你爸的电话，你要不要接？"

她合着的眼睛瞬间睁大，一直恹恹的表情瞬间一扫而光，干瘪的嘴唇咧开，像鸡爪一样枯瘦的手指抓起手机。我扶住她颤巍巍的手把手机送到她耳边，等待着这段来之不易的通话。

她眼里闪烁着难得的神采，一点泪意从眼眶深处浸出来，声音也是颤颤的："爸……"

我心里一酸，虽然听不到电话那边的回应，但大概是一段难得的温情对话，我转身走远几步，不想搅这场父女之间难得的重逢。然而没几句话的工夫，她脸上的笑容就逐渐消失，神色开始紧张，进而显出恼怒之色。

"你来不来？你不来就别管那么多！"

我愕然回头，她扎着输液针的另一只手狠狠撞击着床挡，我连忙摁住她，实在不明白好容易给她通上话，怎么会突然变成这样。幸好她几乎没有力气，我一下手，她几乎就没有反抗之力。忙乱中我瞟了一眼监护仪，看着开始上升的数字暗叫不好，立刻伸手去抢手机。她一边扭着身子躲我，一边继续朝电话里喊："你自己来再说话！怎么回事你都知道！没别人在我就听她的！"

附近的护工见状立刻过来帮忙，手机被抢下来，但患者依旧没有平静，反而情绪越来越激动，肌肉也开始出现明显的僵直，眼看心率已经飙到130，在严重低钾的情况下，这样的状态很容易出现心衰。白班组的带组老师立刻赶过来，查看之后马上下了镇静药物，还用上了约束带。

或许是镇静药物起了作用，她渐渐安静下来，我才想起放在一边的手机。

通话不知道什么时候起已经挂断了，只剩下一段不到10分钟的通话记录，而仅有那触发她应急状态的最后一分钟，属于他们自己。

手里的其他病人早就交接妥当，唯独这个夜班最后收的12床，必须把完整的材料和手续办好才能交给白班的同事，忙完抢救，我已经饿得两眼发黑。白班组的大师姐夹着一摞资料进来，把检查单和押金票递给我："怎么还没下班？这12床的，让家属交上，再叫白班的赶紧带去做检查。"说着另一只手塞给我一袋小面包，"先塞一口，一会儿大佬们出来了。"

我感激地接过押金票和单子，冒着被噎死的风险把面包整个塞嘴里，起身走进病区。

时间已近中午，探视时间到了，家属都已经守在病区里。一转过拐角，我就看见了那对母女，母亲俯身在床头，伸手拢着女儿枯涩的头发，另一只手拽着女儿的手腕。接手她的白班管床从我手里接过票据："你大夜班忙到现在？太惨了吧，赶紧回去歇着，后面的我来。"

我点点头，白班老哥收好票据转脸看着病人，打量了一会儿，开始摸了摸自己的啤酒肚感慨："可怜见的，一米六八的身高25千克的体重，看得真想分点肉给人家……"

我憋着不敢笑，拽着他往旁边退了两步，低声嘱咐："这家家属难沟通，就来了一个人，也问不出什么靠谱的内容，抢救间四联一个都不肯签。"

【抢救间四联】抢救间收治的四张最基础的签字单，包括授权委托书、急诊抢救间告知书、病危病重通知书、外出检查治疗（手术）同意书。

眼见白班老哥眼中流露出"怪不得你现在都没下班"的了然神情，我苦笑一下，接着给他打预防针："别的就算了，这是严重营养不良、低钾的病人，电解质紊乱是肯定的，要是家属死活不让抽血化验，那就麻烦了……"

白班老哥眼里的同情肉眼可见地变成惊恐，这次换成我拍着他的肩膀安慰道："加油谈吧，我下班啦，哈哈哈哈哈！"

四

昏天黑地地睡了一觉，我总算缓过精神，再睁眼时，周围已经漆黑一片。舍友们大概都在上夜班或者泡自习室，房间里没有开灯，只有手机在不断亮起，弹出新消息。

正考虑要不要干脆屏蔽科室总群时，又一条新消息弹出来，我点开扫了一遍，果然满屏都是 12 床的信息。事实证明我担心得非常有道理——白班老哥劝了整整一天，当值二线也找家属进行了 N 次友好洽谈，患者母亲的意见依然和之前一样："除了监测补钾以外，不同意做任何检查和治疗。"我翻着白班管床不断发给上级的请示信息，隔着屏幕都能感觉到他已经急得跳脚。

仔细翻阅他传上来的会诊结果，我整颗心沉了又沉。消化科、营养科、心理科、神经内科甚至肿瘤科都来会诊过了，但除了几项全部标着下箭头的血检指标和查体记录，再没有能参考的信息了——连张能看的片子都没有，建议做的检查也一项都没法实施，不同意下胃管，所以胃肠减压也做不了。可以说，目前除了低钾以外，包括感染、误吸、心衰甚至多脏衰在内的一大堆风险，每个都可能马上要她的命，然而按白班老哥的描述，家属的态度是"人送进来的时候还挺好的，哪就危险了呢？我这么大岁数，别总吓唬我，给她补补钾就行了"。

我刚才做梦都满脑子是那姑娘形销骨立的身体，实在不能理解人送进来的时候哪儿看起来"挺好的"。

白班老哥的情绪已经肉眼可见地暴躁起来："病人她妈的态度像是人活着就行，但现在什么检查结果都没有，我哪知道能不能活？？？"

作为风险最高的地方，抢救间的规定非常严格，别说家属不付费根本约不了检查，哪怕小到推床出趟门，都必须有人签字后才能实施。唯一在场的家属明确表示反对，病人说是在住院，实际上真的出了问题，连心肺复苏都进行不了。既然这样，那送到急诊来做什么？就为了测个血钾？送到大夫眼前，再告诉你什么都不许做，让我们眼睁睁地看着病人去死？！

我气得磨牙，恨恨地关掉屏幕，半响又不死心地打开，找出了上午那通话记录。

急救医学老师的谆谆教诲在脑海里打转儿，无数前人的经验教训在告诫我少管闲事，再想想上午那段不到一分钟就让患者情绪激动到肌僵直的通话，过了好半天，我也没能按下拨号键。我躺回去，试图再度入眠。

可是一闭上眼，我就感觉那姑娘的骨头架子在眼前晃来晃去，不由得想起她递给我字条时乞求的眼神，我打了个寒战，眼眶却微微地热起来。

至少有人能替她签个字吧……

夜班下班之后的36小时都是休班时间，所以第二天早上，当我跟正要下夜班的张悦在谈话间门口相遇时，张悦现补的眉毛都在表达着"就没见过上班连工资都没有，加班还加得这么积极的傻鸟"。

我自然还没伟岸到休息日无偿加班的境界，一大跑过来，只是想趁交班时间看看12床的近况，顺便从夜班管床那儿听来点儿一手信息。

其实我也说不清楚自己究竟出于怎样的想法去关注她，或许有一些对病程的好奇，或许更多的是那一点儿无能为力的惋惜。

她遇到的每个人，其实都已经尽力了。"拒绝治疗，后果自负"的同意书签下的那一刻，医生的义务已经完全尽到，一再交代病情危重程度、苦口婆心地劝说家属，大家无一不是真心为了她好，不忍看她涉险。可惜，最终的决定权，依旧在患方自己手里。

我明明已经没有愧疚的理由，但每每想起她的眼神，再想想拒绝治疗同意书上那一大串随时可能致命的风险，想到再这样下去，这姑娘三更不死也留不到五更，就依然不甘心这样松手，让其顺其自然。

我跟在张悦身后，找了个不起眼的角落跟在交班队伍后面。队伍挪动半响，终于走到了12床跟前。

患者还在睡着，抢救间的环境一贯嘈杂，人群移动到近旁，她却还没有醒过来。用来捆住手脚的约束带从被子一角露出来，留置针已经换了一只手扎。张悦组的带组老师打量着她贴着敷料的另一只手，顺手翻着手里的交班病历。

"昨晚没少折腾，本来消停些了，神志也很清醒，自己要求撤了约束带，谁知道后半夜突然不声不响地开始撕留置针，又不肯吃不肯喝，补钾液体一口也喂不进去，只能全走静脉，一打针刺激到了就肌僵直，血管条件又差得要命，重新扎半天都没扎进去，找护士长弄了好一会儿才摆平。"

夜班管床连连点头,补充道:"好歹血钾算是补上来一些了,早上刚报的数据是 2.4,昨儿进来的时候只有 1.3,分分钟要心衰的节奏……"

那姑娘的病历被管床医生捧在手里,和二线手里其他病人夹满检查报告的病历夹比起来,单薄得近乎寒酸。二线伸手捏了捏我昨天好不容易凑出来的可怜兮兮的几页病案,闻言翻了个白眼:"啥检查、啥治疗都不肯做,满脑子就惦记着补钾、补钾、补钾,一天一宿除了补钾啥都没干,这要再补不上来,还送我们这儿干啥?"

大家都低着头没出声。张悦组的这位老师本来脾气挺好,偏生家属油盐不进,眼看病人随时可能有生命危险,我们却什么检查都开不出来,也难怪她一肚子火。

交班很快结束,我一路跟在 12 床的另一任管床医生后面进了谈话间。她打开广播叫了家属,不多时,着装鲜艳的大妈就出现在谈话区窗口。

抢救间的病人情况瞬息万变,所以经常要在一些时间节点给家属签一张病情告知,意在让家属对病人的最新情况有所了解。新管床是个姓胡的进修医生,据说是个很厉害的学霸,只是此刻眼神疲惫,一手按着太阳穴,一手把打出来的单子递过去:"昨天一天都只做了监测补钾,今天早上新出的数据显示血钾有所回升……"

大妈保持着一贯的抢话风格,迅速截断了她的阐述:"血钾这不是 2.4 了吗?挺好了呀,那不就没事儿了吗?"

"不是,血钾的正常最低值是 3.5,病人现在这个状态依旧是危急值,只是比之前好一点……"

"那不妨事儿!她之前血钾 1.8 的时候还能跟我逛大厦呢!时间长了,她早就习惯啦,没事儿的,既然已经补上来了,那就给她出院吧!"

我听得一愣一愣的,还没来得及理解"习惯了低钾"这种说法,就被最后一句话惊住。管床医生显然也一时没有反应过来,愕然道:"出院?"

"对对,出院,现在能给办吧?你们先办着,我进去帮她收拾收拾……"

"等等,您先等等,患者现在不仅血钾还没脱离危险值,其他指标也都低得一塌糊涂,一般状况极差,昨天夜里已经三次出现肌僵直,又吐过一次,差点误吸,随时可能出现严重感染、快速性心律失常、心衰,还有多脏器衰竭……"

"哎哟,你们这些医院哪,每次都是用这些话来吓唬我,可这么多次了不也啥事儿都没有?她什么样我还能不知道?肯定没事儿了。血钾补上来就行,回家给她歇两天就好,后头我还有得忙活呢。帮帮忙,赶紧帮我闺女办个出院。"

家属已经说到这个份儿上,于情于理我们都没有办法阻拦。答复了患者妈妈让她到附近等着办手续,胡医生便一言不发地坐下来打单子。可我终是忍不住,便气愤道:

"真是什么人都有，之前送进来那会儿的着急劲儿，看着也不像是不在乎闺女死活的，怎么就死活不肯信医院呢？"

胡医生闻言先是一愣，随即笑道："是啊，确实什么人都有。"说完这话，她似乎忽然想起些什么，转头看向我，"你不是周老师组的吗？怎么今天也来上班？"

"我上个夜班收的她，昨天看群里说了一晚上，就想着过来看看，谁知道赶上她妈想出院。"我气不打一处来，想着屋里半死不活的病人就要被抬走，心中更是焦躁。

"你还真是命犯操心。"胡医生笑笑，眼底的青黑从口罩边缘露出来，把打出来的单子收好，转身去叫家属签字。临走前，她又回头看了我一眼，开口道："小同学，尽量少操点心，尤其不要管患者的闲事。"

我默然，半响点了点头："谢谢师姐。"

待她走出去，我翻出手机，找出通话记录，按下了拨出。

怀旧的彩铃响了半响，随后是拒接的提示音。

我尽力了。

一天前，我迎着她从那扇门进来；一天后，我再次目送她从那扇门出去。

严重营养不良、体重不到正常成年人一半的年轻姑娘，被微胖的母亲架着胳膊，一步一步地挪动着前行。从背影看去，她就像一把裹着淡粉色衣裳的柴棍挂在别人身上。

我再也没有见过她。

傲娇与热心肠

一

张悦最近经常串组。用她的话来说，原因大抵是"有利于跟各组同志们交流感情，另外也替别人救救急"。

果然，一大早老大看见她和我一起进门，已经见怪不怪，只随口问道："又把我这儿谁给换走了？"

张悦勤快地给旁边路过的教员搭手，一边笑嘻嘻地回着老大的话："嘿嘿，大黄师兄请假，跟我换了个白班。"

老大眉毛一拧，发际线瞬间上移两厘米："又换班？这小子又想干吗？"

虽说名字听起来很衰，但这位大黄师兄绝对是我们组的中流砥柱——他基本上算是半个二线。用普通一线把大黄换走一天，难怪老大要黑脸了。

不过换句话说，除了张悦这样的普通一线之外，也没有其他和他对等的人能跟他随便换班了，若不先斩后奏，一旦老大知道，他这假八成请不下来。

眼见老大心情不好，我赶紧打个哈哈，拖着张悦钻进办公室，一边打印名单一边嘱咐她："今天尽量少在老大眼前晃，免得他看见你就想起这回事，回头大黄要倒霉。"

"晓得晓得！大黄之前嘱咐我来着，"张悦手脚勤快，转眼工夫就收拾好了要拿出去的东西，"我刚还没说呢，大黄说他媳妇儿出差，孩子没人管，他就想换个班凑两天假，好把孩子送老家去。"

窗外的天色阴沉沉的，雨不大不小地下着，我莫名有些烦躁，一边刷着工作群看交班时间的新收情况，一边继续听张悦碎碎念："你们老大这脾气确实吓人哩。不过说起来他也真不容易，你们1组人手比我们组还紧张，得用的人都拖家带口，咱们这样的又只能打打杂，也难怪他火气总比我们老师大。"

我抓起一半还没校对的病历堆到她怀里："行啦，小张杂役，趁没收病人这会儿赶快弄完，不然等会儿有咱俩忙的。"

张悦还没来得及发表任何意见，老大振聋发聩的吆喝声就穿透门板："兔崽子们跑哪儿去了！"

我十分高兴，总算这回兔崽子不止我一个了，推着还没反应过来在喊谁的张悦赶紧出门。谁承想刚一开门，我就听见张悦一声震惊的"卧槽"。

我赶忙从她身后伸长脖子往外看，这一看不要紧，只见门口停着一张折叠床，上面隐约有一个不大的人影，即便隔着十几米的距离，也看得到那人身上满是血和泥，关键是尽管衣服沾满脏污，但依然不难看得出是校服样式。

未成年，多发伤，学生——简直是标红、加粗、下划线的"高危"。

我下意识地低头看了一眼收病人的轮换顺序表，赫然发现我的名字就在下一个，立时心里一慌。

我努力稳住心态，奔过去，往停在门里的折叠床上细看，忍不住倒吸一口气。

这孩子说是伤得面目全非也不为过。躺在床上的女孩身量娇小，看上去最多不过一米四，医护人员正用纱布给她的头部按压止血，我看不见伤处的具体情况，只知道血出得不少。短短的头发被凝固的血浸得粘在一起，整张脸被血渍和泥土糊得辨不出眉目。身上的伤口更是触目惊心，绿白两色的校服险些辨不出原色，几处被蹭破的地方露出血肉模糊的皮肤，更关键的是，右下肢已经呈现明显的反常活动。老大此刻正抄着话筒嚷嚷："对，对，刚进来的，半大小孩儿，多发伤髋脱位，还没拍片，不确定有没有骨折，你们先来个人……"

咔嚓一声撂下电话，老大马上扭头朝我下达指令："这个该你收了，快干活！"

我登时感觉全身的汗毛都立了起来——不是恐惧，我并不是第一次见多发伤，坠楼、刀刺、割喉之类更惨烈的外伤，这几天都轮番见识过了，给师兄师姐打下手时清创缝合也是常事，但自己直接管严重的多发伤患者，感觉就像只去过游泳池的人头一次下河，心都在嗓子眼儿里突突地跳。

老大一眼看穿我的心思，三根抬头纹一挤，不等我缩脖子，手里的病案纸就卷成卷拍到我头上："尿什么！该教你的教过没有？"

"教了。"

"清创缝合做过没有？"老大手下不停，纸卷继续落在我头皮上。

"做过。"

"流程熟不熟？"

"熟。"

"那还磨叽！赶紧上！总有这么一回，搞不定的直接来找我！"

忐忑的情绪被老大三两下拍得一点儿不剩，我赶快戴上手套，跑到床边去查看。

女孩看起来神志不甚清醒，嘴里不时含糊地呻吟几声，饶是身上伤重，却依然躁动得厉害，没受伤的双手一直在挣动，救护车的工作人员正费力地按着，还要抽出手按住她头顶的纱布，我赶紧上前搭手。

张悦也赶过来，一边按住女孩的另一条胳膊，一边嘀咕道："哐……这出血量，要是 O 型血就麻烦了……"

如果不是沾了一手泥，我险些想堵上她的乌鸦嘴——这阵子 O 型血缺到手术配血都供不上，但凡有输血要求的非急症病人，基本都只能劝转院，否则就只能另想办法。要真被她说中，这孩子可就麻烦了。

老大的效率依然高，一边跟会诊科室扯着嗓子沟通，一边还能一心二用，把连手续在内的一应事务通通打点妥当，两分钟不到的工夫，就开始张罗着把患者往最靠门口的那张床位上挪。

我和张悦把头压得更低了些，心下都明白，老大刚才虽然敲了我一顿，却到底放心不下，有些责任重大的事，他还是没放心全给我一个人顶着，而是自己亲自负责。如果大黄师兄在，他必不会像现在这样左支右绌。

小姑娘身量小又体型细瘦，搬动起来并不很重。我抬着中间的一侧，戴着检查手套的手刚摸到身下，就感到有一股液态状的热意，心下又沉了沉。

跟来的救护车工作人员是个 40 来岁的大姐，挪动孩子的时候连连嘱咐大家"轻点轻点"，隔着口罩也看得出她眼中满是心疼："多大点儿一个孩子，家长可要心疼死了。"

我深以为然，然后顺口问了句："家长呢？在外头吗？"

"来了，刚好跟救护车一起到的，肇事方打的 120，也联系家属了。你是没看刚在门口的时候，当妈的哭得嘞……"

大姐收拾好单据就离开了，老大也搞定了一大摊子事，终于抽出空赶过来安排我们："这个事情多，你们俩一起弄。先清创，头发碍事的地方剃掉，伤得太烂不好缝的，就喊程瑗过来。检查我开好了，刚给急诊 CT 室打完电话，说好等会儿去了直接插队，现在来不及，等会诊的都看完了再去。押金单子已经给家属了，留意一下押金交过了没有，顺便把四联签好。病史也简单问一下，拎个病历出来，具体诊断那儿先空着，等会诊科室来看看有没有漏的。取血单等会儿我开好，搁在前台左手篮子里，赶紧送去，尽快把血输上。"

这一大堆指令下来，我们俩听得眼珠子打旋。老大一见，顿时气不打一处来："还愣着干啥！先把衣服全脱了，身上所有东西都交给家属，一定要当面点清，确认没问题,脖子上那个带棱角的链子也拿下来。这啥玩意儿啊,小姑娘家家的戴个骷髅头干啥……"

我恨不能把每句话都记下来贴脑门上,蒙了一秒之后赶快捅捅还在发蒙的老张,准备先给孩子脱衣服清创。可无奈孩子虽然意识不清,但躁动严重,每个动作都非常不配合,我们俩折腾了半天,才把该卸下来的行头都卸掉。

清创缝合需要一定时间,我果断把程瑗抓过来帮忙,自己趁着她们处理的工夫,收拾了孩子随身的东西,准备去找家属。清点东西时,我注意到了刚才那条被老大吐槽的项链——造型很朋克,中间的骷髅也挺精致,可惜张牙舞爪的造型怎么看怎么跟这个岁数的小姑娘不搭调。

拎着清点好的东西,我从窄小的侧门出来,朝着等待区的人堆问:"李钰涵家属在吗?"

人堆里立刻挤出一个女人,急切地喊着:"在!在!"

她扑过来的势头很猛,我本能地后退半步,她才堪堪在我身前站定:"我是她妈妈!她怎么样了!"

我一肚子事要跟家属交代,却一时不知该先提哪件,想了想,便先把袋子递过去:"现在正在清创,等一下要输血,具体情况要会诊科室来才有结论,您先看看随身物品是不是都在这儿了。"

眼前的女人看起来至多不过40岁,半湿的衣服上沾着大片的血迹,半干以后被雨水泅开,斑驳得令人心酸。

她接过袋子,把东西从袋子里面一样一样地掏出来。琐碎的随身物品多少都沾了血,银亮的手机壳被染红了一半,解锁界面上清晰地印出几个凌乱的血指印。她把女儿的手机放进包里,和女儿一样细瘦的双手颤抖着,从袋子里拽出那件校服。

叠好的衣服散开,斑驳的血迹和泥渍摊在她的手里,一时间连四周嘈杂的人群都安静了些。她嘴角下拉,下唇不断抖动着,突然搂着那件衣服蹲到地上,发出一声凄厉的号啕。

我立马慌了神,不知应当直接交代后面的事情,还是抽时间先安抚她的情绪,想到里面亟待收拾的烂摊子,只能狠了狠心,直接伸手把她从地上架起来:"先别急着哭,收好东西后赶快先签了知情同意,我还有很多事情要问你……"

附近的提示器忽然"嘀"的一响,大门缓缓滑动着打开,两个教员推着一张床出来,我赶忙架着那妈妈往远处避让。她并不健壮,我没费多大力气就把她带到旁边。大门合拢前有短暂的延迟,我松开她的胳膊,转身走进谈话区,却听见门里突然传出一声尖厉的叫喊。

"妈——"

我顿觉不妙,虽然没反应过来是谁,却已经本能地转身。果然,那妈妈已经从地上蹿起来,手里的东西全都丢在一边,像发狂的母豹一般往还没合拢的门扑过去。

"妈在!妈妈在!!"眼看迟钝的滑动门才开始不紧不慢地合拢,我赶快冲上去截住她。她身形比我还矮上一些,我一伸手就扳住了她的肩膀。谁知那冲劲比我想象中大许多,我生生被撞退几步,脚跟滑到门槛上卡了个趔趄,左肩胛结结实实地撞在门框上,磕得我脑子一空。眼见门马上就能关上,我干脆一矮身,直接抄住她的腰,脚蹬在门槛上狠命将她顶出几步,附近反应过来的几个男家属也赶上来帮忙。

总算听到身后的门彻底关严,我长舒一口气,松开了她。

只这一眨眼的工夫,她已是双眼通红,脖子上的血管都鼓了出来,见门已然关死,她不再往门口挣扎,半软着腿瘫在地上,口里含糊地叫着:"让我进去!我女儿在里面!"

她的模样让人看着便心里一痛,很难不对她产生同情。可这一下着实把我撞得不轻,后面还有一堆事等着料理,我此刻实在端不出多少耐心来,忍着恼火勉强好言相劝:"等你情绪平稳了,到探视时间会让你进去的!现在里面还在清创,会诊医生都挤在里面看病人,排的床旁检查也刚到,更别说还有其他重症病人,你这么进去,不怕耽误孩子吗?"

女人停下哭喊,一口气吸到半截,抽噎声听起来像是被卡住了一样,脸上的神情半是焦急半是恐慌。我又开始不忍心,语气便再放缓了一些:"你要是不赶快签字,孩子连血都输不上,里面还等着救命呢!"

几个男家属正把她从地上架起来,这回她没再往地上瘫,踩着中跟鞋抖抖索索地站起来,一边忙着捡散落在地上的东西,一边努力点头:"明白了,我明白,我这就去……"说着慌不择路地就要往采血窗口跑。

我忙不迭地拦住她,哭笑不得:"干啥去?在这里边!"

二

好一番折腾后,李钰涵同学的妈妈终于稳当地站在了谈话窗口。

我先把四联和输血同意都打出来递给她,趁她签字的时候,再见缝插针地问孩子的病史。刚把左手放到键盘上，肩背处就一阵疼痛，我不禁龇了龇牙。女人看着我，面上不禁露出一点歉疚的神情："对不起啊大夫，我刚才太激动了……"

我摆了摆右手，示意没关系，叮嘱她把所有的单子一股脑签完。她的手放在窗沿上，紧张的样子似乎能把手机捏碎。

一长串的文件她都签得很流畅，被问及治疗态度时，她简直一副恨不能把自己的腿给孩子装上的样子。我绝对相信，别说这是肇事方全责，大概就算要自己负担费用，她也会把能用的手段都签一遍——经历过上次那位奇葩大妈之后，但凡遇到这样态度积极、配合顺畅的家属，我都想唱一遍《感恩的心》。

不过不省心的事儿很快就来了。

张悦举着输血单进门的一刻，我看着她讪讪的脸色，就晓得她之前那一口毒奶八成是应验了。

"O型？"

"是，刚跑了趟输血科，没血，真没了，O型血的手术全停了。"张悦跑得喘不上气，一屁股挤在我身边坐下，白净的脸涨得通红，后半句话则是转向家属说的，"老大说让家属想想办法。"

这话说得很玄妙，非内行人不能理解。

眼前这位妈妈显然并不内行，听到孩子没血用，她的第一反应非常符合电视剧人设："大夫！抽我的！我也O型血，抽多少都行，我挺得住！"

我按着太阳穴，实在没时间仔细给她讲什么是移植物抗宿主病——输血时血液成分中残留着活性淋巴细胞，在正常人之间输血时，这些细胞很快就会被受血者体内的免疫系统识别清除，因此不会造成什么问题；但如果两人之间有血缘关系，那么这些淋巴细胞表面的抗原就会很相似，血缘越近，相似度就越高，越不容易被认出来，因而能躲过免疫系统的侦察。这些漏网的淋巴细胞一旦在体内增殖，形成一定规模后，就会对受血者发起全方位的免疫进攻，导致严重的全身并发症，虽然发病率不算很高，可一旦出现问题，死亡率将高达90%。

说人话就是——电视里撸起袖子抽血救活亲人，然后全家抱头痛哭的情节通通都是骗人的。越是亲人越不能输血，直系亲属尤其不行。

老大的暗示我们听得出。这个"想办法"，最好的路子当然是互助献血——既然我不能给我女儿输，你也不能给你儿子输，那换过来便好，去血站献一定量的血，等有同样需求的家庭献了血时，就能等量换血用，你好我好大家好，两家皆大欢喜。

但这样好的事儿不是人人都凑得到的，能不能遇到各方面都符合条件的家庭是要看运气的。如果既不能直接亲属献血,又不能互助献血,那么,就只剩某些灰色渠道了。

"亲属不能献血,尤其是直系亲属,出现免疫反应是要出人命的。反过来说,只要没血缘关系,血型配得上的就能用。你先试试有没有能互助献血的,如果实在没有……"我实在不便言明,但又急着要血救人,必得提醒她还有这么条路可走,憋了半晌才隐晦地暗示道,"要不然你去献血车附近转转?"

"好,好,我这就去!"

不确定她有没有领会到我的暗示,张悦不放心地把脖子伸出窗外,对着她光速消失的背影高声嘱咐:"能有互助的最好,实在没有的话,就看看附近有没有什么奇怪的人……"

我哭笑不得地把张悦喊回来,结果这家伙把头缩回来时不小心碰在低矮的窗框上,顿时疼得龇牙咧嘴:"可惜我不是 O 型血,要不然去献点也好啊!"

"是也白搭,你忘了咱俩上个月刚献过?赶紧干活吧。"

不管李钰涵的妈妈究竟用的什么方法,血的问题总算解决了。

我看着挂在吊钩上不紧不慢地往下流的血袋,长长地松了一口气。会诊科室已经跟赶集似的来了几拨人,拟诊内容排了长长一溜儿。在张悦和程瑗的共同努力下,孩子的伤口也已经做了基本的处理,这会儿我总算有空去急诊 CT 室行使老大争取到的插队权力。

离开抢救间做检查,必须有家属在场陪同。我早早告知孩子妈妈在侧门外等候,果然门刚一打开,中年母亲那张汗泪交加的脸立刻就出现在床的另一头。

我把床整个推出门。看到女儿全貌的一刻,她嘴里发出一声压抑的呜咽,随即用一只手死死地捂住嘴。

女孩儿神志依旧不清醒,但总算不再躁动,眼睛半睁不闭,也不知有没有认出眼前的亲人。

她身上盖着被子,露在外面的皮肤已经擦拭过,破损严重的地方也盖了敷料,但也藏不住一处接一处的细小擦伤。头上的短发剃掉了一部分,缝合后的头皮用纱布贴着,青色的头发茬从剩余的头发中间露出来。

床一刻不停地前进,孩子躺在床上发出细微的呻吟。她妈妈快步跟在旁边,一只手几乎神经质地伸出又缩回去,绕着遍体的伤口打转,似乎在极力寻找一个能够拍抚孩子给她安慰的位置。

"不能碰,"我有点担心她忍不住,"已经清理过了,该缝合的地方也缝过了,后续细致的修复还要去相关科室做。"

她不住地点头,眼泪不断滑落到指缝里,和呜咽声一起吞进去。

三

"失血性休克,右侧髋臼骨折,右髋关节后脱位,左耻骨上下支骨折……"

我按照老大和会诊科室商量出的诊断,一行一行地往病历上添字。张悦伸头看过来,光念了几条就打了个哆嗦:"左骶髂关节分离,结肠破裂,尿道断裂……妈耶,看着就痛死了,这预后能好吗?"

"那倒也说不准。肯定要先解决急的,老大说髋脱位能复位就先复位,那一大堆骨折估计要后续科室去慢慢伤脑筋了。"我放下键盘,见她白大褂前襟和袖口上蹭得黑一块红一块,裤脚上都沾了血迹,掏出纸巾帮她使劲儿擦了擦,"弄成这样了,也不赶快换件干净白大褂再来蹦跶。"

"你不懂,这叫浴血奋战的战袍!"中二发作的小张战士小手一挥,继续穿着革命的战衣出门忙去了。我不禁失笑,思路回到病历上,心情又重了重。

听会诊科室的意见,结肠、膀胱估计都得造瘘——通俗地说就是临时从体表开两个口,分别把肠道和膀胱接通到体外,借此暂时缓解结肠、尿道破裂带来的问题。虽然口子早晚是要封上的,但病人遭罪程度不言而喻,并且之后还有一大堆骨折、脱位等问题在等着她,腿脚上会不会落毛病,现在也说不准。

刚刚 12 岁……

不过无论如何,命肯定是保住了,这在抢救间就已经算是件大喜事。不过这么多严重问题,她在抢救间估计也待不了多久了,等情况稍微平稳,应该就会被送去做结肠、膀胱造瘘。

活动着隐隐作痛的肩胛,回想起那妈妈发疯似的架势,我的心情便更复杂了。萍水相逢一场,希望她们之后能顺利一点。

急诊的床位周转速度一贯惊人,病人们流水一样地进了又出,出来后多半便不再回来,是以,我一贯认为病人离科的一刻,就是我们缘尽之时。

直到休班日我在儿科遇到了熟人。

至于我为什么会跑回儿科……问老张去。

顾问年轻有为——大主任的关门弟子,刚 30 岁就已经在骨科组里独当一面,形貌又正是张悦喜欢的那一挂。总之该男一切都很完美，唯一的问题在于，这位明显对20出头的丫头片子没啥兴趣，任凭张悦辛辛苦苦地刷了几个月的存在感，人家硬是只教学问，别的嗑一概不唠。

张悦平时看着蹦蹦跶跶的不着调，可只有熟悉的人才明白，这家伙其实执着得吓人，认定的事不做成决不罢休——就比如这货当初在学校的时候英语不好，六级连着挂了三次，但为了争取一个心仪的交流名额，硬是半年内备考雅思拿了7分，最后总算欢欢喜喜地出国交流去了。

如今到了感情问题上，老张同学依然有当初那股不服输的劲儿，秉持着"山不来就我，我来就山"的原则不懈努力，并在我第八次劝她放弃的时候，谄媚地以带半个月早饭为交换条件，要求我继续去当电灯泡。

我只好放弃休班日的懒觉，继续跟着她凑热闹。平常倒也能顺便去庞老师那儿搭把手，不过最近庞老师出差，我便直接跟着张悦在骨科组驻扎了。

顾问为人不解风情，但专业水准真的是没话说，最直观的证据就是李钰涵小朋友的这台麻烦的手术，大主任看过转科病例后，直接就点名让他接手。

骨科组查房查到李钰涵的床位时，小姑娘正哼唧着嚷疼，不过整体状态已经好太多了。纱布沿盖住了她的眼角，也不妨碍那一双眼滴溜溜地转，看人时颇显出几分乖张。她妈妈倚在床头的靠背椅上，才不过几天工夫，她人竟消瘦了一圈儿，本来就不甚丰腴的身材更加羸弱，两颊都凹陷出浅浅的坑来。

为了避免跟孙主任发生眼神接触而被即兴提问，我和张悦老老实实地缩在顾问身后。可惜顾问够高但不够壮，我们俩各露了半边在外头，正争相往后挤时，便恰巧迎上了孩子妈妈的视线。

小姑娘自是认不出我们的，但她妈显然对我印象深刻，一见我就立马起身，热情而微含歉意地跟我打了个招呼："是你啊，你肩膀怎么样了？真是太对不住了……"

我欲哭无泪，肩膀早就没问题了，但我马上就有问题了。

果然，沉浸在教学模式的孙大主任马上就回了头，目光直接落在我脑门上："那就你来答吧，腔镜阑尾炎常见的术后并发症，说不够5个，中午吃麻辣香锅不带你。"

事实证明，吃字当头的时候，王婧同学的发挥一向是稳定而超常的。

我难得秀了一波，正跟张悦暗中相互吹捧时，主任的脚步已经挪到小姑娘的床边，仔细地问起了一般情况。小姑娘表情怏怏的，连对她妈也有点爱搭不理，最后主任的问题，句句都是妈妈在回答。

眼看查房结束，大队人马就要离开这个病房，一直仰在床上拿鼻孔看人的小姑娘突然伸长脖子，朝着主任的方向哎了一声。大家停住脚步，再次看向床上一直不肯吱声的主角。

主角看样子很是下了一番决心才开口："我瘸了吗？"

我还在思忖着要怎么回答，才能既不吓坏小朋友又不至于让家属的想法太不切实际，大主任已经切换成哄孩子模式，一点儿都没带上刚刚提问学生的威严架势，拍着顾问的肩膀笑眯眯地开口："还没给你治呢，着急啥？看不起我们小顾哥哥呀？"

顾问挨夸，张悦一副与有荣焉的样子，躲在后头笑得一脸荡漾。小姑娘倒是一僵，不过接着便隐隐看得出有些放松下来，半响又低声嘟囔一句："反正不瘸就行。"说罢，脑袋便稳稳放回枕头上，又恢复成鼻孔看人的角度。

这已经是最后一间病房，查完出门，大家便各自去忙了。不过孙主任还没走，主刀的顾问也站在门口，作为主刀的跟班和跟班的跟班，我和张悦自然也留在原地。家属果然很上道儿，没用人进去叫，一转眼的工夫就从屋里跟了出来，还顺手带上了门。

不再面对孩子，孙主任把脸上的笑容收了起来，神情严肃起来："之前造瘘术挺成功的，髋脱位当时也处理过，到目前为止都没有出什么问题。我们打算在之后修复骨折的手术中顺带把造瘘口关上，排便功能就逐渐恢复正常了。之后的髋臼重建这些东西，我们都会尽最大努力，但以后髋关节功能究竟能恢复到什么程度，要依据后续情况来评估。"

这话说得十分艺术，该提的啥都提了，但有不确定性的东西一句都没说死，大抵等于啥也没保证。

孩子妈妈听了，神情顿时紧张起来，不安地拽住主任的袖子摇晃着："大夫，大夫您一定帮帮我闺女，她还这么小，可千万不能残疾啊！我女儿残了就是要我的命啊！"

"我们会尽力的。具体的手术时间和方案，还要根据先期手术的情况决定，我们会请专科医生全面会诊的。"

总算哄好家属，把人送回去之后，顾问转身往办公室走去，张悦紧随其后。我正想跟上，却被孙主任一把揪住领子给拽了回来："往哪儿跑？她说你肩膀是怎么回事？"

我一愣，实在没想到孙主任连这都留了心，赶紧答："啊，没啥没啥，家属往抢救间里冲的时候我上去拉来着，不小心磕了一下。"

见他脸色越来越黑，我赶忙打着哈哈补充："家属也确实不是故意的，我绊了脚才磕了一下，好几天了，早就好啦。"

一个栗暴敲在我头上，孙主任一张脸拉得老长，把我拎到一边的拐角处，用提问时都没有的严厉语气训斥道："好了？我看你是好了伤疤忘了疼！磕歪点儿磕个脑震荡你找谁哭去！自己还是半大孩子，逞什么能！"

时年22的我瞅了瞅自己，觉得自己实在是没脸往孩子的行列里挤，当下就想反驳，偏孙主任平素严厉、不苟言笑，现下训起人来语气更是吓人，硬生生把我唬了回去。

"再说，如果是家属想闹事碰瓷呢？自己不知道长心眼儿，傻乎乎的不防人，出了事儿有你哭的时候！"

我把脖子缩到最短，顶着孙主任愤怒飞扬的唾沫星子，弱弱地开口："那当妈的看着挺有礼貌一人，后来还总跟我道歉来着，也是挺可怜的一家子……"

孙主任顿了顿，眼神依然盯着我，火气似乎消了些，面孔却依然板得死紧："送你们那儿的，哪个不可怜？你才多点儿见识，知道谁心里存什么心思？要是热心没边儿，早晚把你毁了！"

我继续低着头听训，只听他的声音最终平和下来："算了，你们这帮孩子，还得倒霉了才知道长记性！你还真是老庞带出来的，跟他一个德行！"

想起之前那次肝切除术前，孙主任气急败坏地去训庞老师的样子，我险些笑出声，赶紧谢过了孙主任，再三保证过后，才赶快追着张悦他们的去向往办公室跑。

一进屋，只见张悦正坐在顾问对面的椅子上，有一下没一下地划拉着病历材料。顾问抬头见我进来，和气地冲我挥挥手："今天第一台是大主任的手术，咱几个不用急，先坐。"

我应声坐下。张悦忽然抬头，钻进旁边病案纸里扒拉了半晌，又盯着我看了几秒，忽地恍然大悟一般道："对了！刚才那个小姑娘是不是还没换药呢？"

这种情形的伤口换药，在科里一般都是教员来做。我被她灼灼的目光盯得一脸黑人问号，好半天才开放天线勉强解读了她的暗示信息，也实在琢磨不明白这会儿为什么又不需要我出场了，只连忙开口："哎呀，是呀，还没给人换药呢，我这就去。"说罢赶紧噌地钻了出去。

革命军人一块砖，哪里需要哪里搬。工具人的自我修养，我大概能出一本书。

既然组织不需要我了，我只好找个需要我的地方发挥价值。从处置间端了换药的东西出来，我奔向了李钰涵的床头。

这对母女很有特色，当妈的在旁边嘘寒问暖、忙前忙后，李钰涵小朋友在床上躺得很有姿态，完全一副不领情的样子。不过她现下浑身是伤地躺着，再傲娇也不起范儿。

我跟家属问了好，把东西撂下："小朋友，我给你换个药哈。"

谁承想小妹妹很有气性："管谁叫小朋友呢！"

孩子妈当场尴尬，正想开口道歉，我笑嘻嘻地截口："管你呀，你12岁，我22岁，我比你大10岁嘞，小朋友。"

正在我想为自己的淡定气质鼓掌时，小屁孩立马开口："哦，那阿姨好。"

童言无忌，童言无忌。

我磨着牙把她脑门上的敷料揭下来，看在她还在过儿童节的分儿上，忍住了拿棉球在她脑门上画老丁头的冲动，觍着老脸应了句："唉，大侄女儿好。"

孩子妈已经几乎不知道该怎么插嘴。我笑眯眯地给小姑娘清理了几处浅表的伤口，接着就想掀开被子给她处理身上的伤口，小姑娘明显有些抗拒，最终却没有出声。我明白她在抗拒什么——腹部有结肠和膀胱造瘘口的病人，大小便都是从肚皮上解决的，成年病人开始都会羞于展露，何况是孩子。

比起一些需要终生使用造瘘口的直肠癌病人，她最多只需要坚持一个月而已，但就这一个月，也足够让这孩子遭罪的。何况她髋臼骨折的问题还没解决，股骨头长期处于半脱位状态，久了很可能因为血流不畅而造成股骨头坏死，好端端的孩子，要是真到不得不做关节置换那一步，可能就要和梅花一样，隔个十几年又会出问题……

我一边想着这些，一边处理着切口。有些操作多少还是会疼，不过小姑娘挺硬气，咬着牙一声不吭，只从肌肉的抽动上看得出疼痛的蛛丝马迹。这副打肿脸充胖子的样子……嗯，有我当年的风范。

孩子妈显然没有这么复杂的心理活动，从换药开始就一心注意着我手上的动作，此刻紧张地扒着挡板询问："疼不疼？"

小屁孩糊着纱布的脸使劲绷着，闻言露出一副不屑置辩的表情："这算什么？"

想起抢救间里那声在半昏迷状态下的本能的呼喊，又看看她现在这副别扭的样子，我摇摇头。

女人真难懂。

孩子配合，换药就顺利得多。我贴好一块纱布，门口忽然传来响声。我转过头，正见一个40岁上下的男人轻轻推开门，提着几大袋东西朝我们这边走过来。

就在我还没反应过来的时候，小姑娘的手突然一挥，恶狠狠地把手边的抽纸扔了出去。

我吓了一跳，在可能出现跨越污染之前，眼疾手快地端走无菌盘，顺带把衣服和被子都盖回女孩身上。刚进来的男人似乎并不吃惊，提着袋子后退到安全距离，眼神无声地落在孩子妈身上。

孩子妈忙不迭地站起身来，一边把床头柜上的东西挪远，防止她再扔东西，一边数落着女儿："你刘叔大老远来看你，怎么这么没礼貌！"

女孩的声音十分尖锐："我用不着他来看我！我不想看见他！"

孩子妈皱着眉头，想说什么却又忍了回去，用略带责备的眼神看了孩子一眼，整理好东西，便赶忙带着门口的男人进了走廊。

小姑娘喘着气，哗啦把被子一掀："换你的吧。"我低下头，一边继续对付那块纱布，一边随口问道："谁啊，怎么生这么大的气？"

小姑娘扭头看了一眼门口，又恨恨地收回目光，答道："她对象。"

我一时没反应过来，道："谁？谁对象？"

"我妈！要给我找的后爸！"小姑娘更生气了，脸上泛了点红，恼怒中带着羞愤，"我凭什么管他叫爸！"

情势发展实在出乎意料，劝和这种家长里短的问题实在非我所长。可回想起孩子出事时，惊恐到近乎绝望的妈妈一个人在抢救间外痛哭的身影，我还是勉强说了一句："你妈也不容易……"

女孩用含怒的眼神看着门口，喘了几声粗气，半晌气鼓鼓地道："反正别想让他进我家！"

出去的妈妈很快回来，一进屋便不好意思地对我说："让您见笑了，孩子不懂事……"

我连忙摇头："不打紧不打紧，孩子挺懂事的，换药很配合。"

一阵无话。娘俩谁也不看谁，大概等我退场，她们又得闹上一回。

这样想着，我手底下的动作就更快了些。收拾好东西准备离开时，小姑娘突然拽住我的衣襟。我疑惑地转身："怎么了？"

她有点欲言又止的样子，眼神偷偷瞟向她妈妈的方向，最终还是开了口："我……我会瘸吗？"

我正想安抚她一句"怎么会"，旁边的妈妈忽然靠近，目光灼灼地等着我回答，对着这种热切态度，我无端感到一阵紧张，却又不清楚自己究竟在害怕什么。

那孩子盯着我的眼睛再次问道："我已经瘸了对不对？"

不安和被追问的慌乱笼罩过来，我干脆直接照搬大主任的教科书式答案："还没给你治呢，着急啥？看不起我们小顾哥哥呀？"

小姑娘放开了我的衣服，眼神移开，这回干脆用下巴尖儿看人了。

四

知情人士张悦透露，李钰涵小朋友最近的状态不错。

托她恢复良好的福，骨科组的手术也提上日程。作为主刀的顾问越发忙起来，张悦也拖着我去得越发勤，恨不能住进儿科办公室，每天回来都跟我把当天科里听到的八卦如数家珍地叨咕一遍，其中不乏李钰涵的准后爸每天来送吃的，目前还没能顺利进病房的门，等等。

排上手术的那天，正赶上我和张悦都休班，去帮忙的时候，我们刚走进办公室，就见顾问正淹没在一堆材料中间，脸色熬得好像饿了半个月的吸血鬼。

张悦当机立断，给他点了一大碗砂锅粥。我看着他这副废寝忘食的模样，也估摸出这手术的难度来。顾问大佬扎在那堆材料里又研究了半天，最后还是不放心，抄起家伙又去查看病人。

家属显然不比顾问紧张得少，一见我们进门，就赶忙问起问题来，主旨就那一句：孩子到底会不会瘫。

再好的耐性，十天半个月过去，一直被追问同一个问题也多少会烦。顾问只好简单敷衍了几句，转身便忙着查看孩子的情况。

她恢复得确实很好，身上几处缝合早就拆了线，显然是最近照顾周到、补养得宜，脸上的气色也肉眼可见地好了起来。相比之下，要是忽略身上的伤，当妈的反倒更像个憔悴的病人。

仔细确定过孩子的状态的确良好，顾问显然放心了些，语气也轻快了一点："等会儿手术室就来人接你了，怕不怕？"

"有什么好怕的？"李钰涵小朋友依然高冷，把眼睛一闭，半晌又看向我们，眼光在她妈妈身上轻轻一溜，瘪了瘪嘴，别扭地开口，"她睡觉总翻身，吵得我睡不着。"

我皱了皱眉，心道这孩子实在不懂事，却听见她接着说："你们赶紧让她回去，我不用别人管。"

看着眼前憔悴瘦弱却无论如何都不肯离开医院一步的妈妈，我隐隐猜到了这丫头心里的小九九。

即使是成年人，独自一人被留在医院这种环境里，都还会或多或少地感到恐慌，住过院的人一般都有这种体会。我接触过的儿科病人，几乎都是吵着要见爸爸见妈妈，还从没遇见过往外赶的——何况是个在半昏迷状态下，还本能地喊妈妈的孩子呢？

可就算把被她坚决抵制的准后爸和肇事车主都算上,这些天来看过她的人也一只手就数得过来。既不想接纳后爸,又不想妈妈受累,她是不是想用这种方式,把妈妈赶回家好好歇一歇?

"等你好了,你妈就能睡好觉了。"顾问给她把被子盖回去,起身看了看手机,"上一台应该差不多了,我们先下去准备,等会儿听护士姐姐们的话。"

孩子妈热情地送我们出门,转眼又回去守着闺女忙前忙后。我看看这对相处别扭的母女,脑海中浮现出的却是"相依为命"四个字。

手术是顾问主刀,但孙主任显然还惦记着,自己下了手术,就赶快跑来我们手术间指导工作。孩子还没被麻倒,正躺着对一群只露眼睛的陌生人和一人高的麻醉呼吸机露出警惕的眼神。她嘴唇抿得泛白,面上依旧试图摆出那副不屑与人类交谈的模样,被子下的手却已经把床单拽得露了边。

我晓得这个时候安慰她别怕,百分之百会得到一句"有什么好怕的,阿姨你好烦"之类的话,很明智地只给她掖掖被角,顺手悄悄把床单抻平。

孙主任确实没上台,但几乎半程手术,他都挤在后面看着,时不时伸长脖子越过顾问的肩膀头在线指导,等内固定基本结束、就快开始关口子时,才放心地出去歇着了。

手术时间很长,但胜在顺利。饭点完全过了的时候,苏醒室终于来了电话,我和张悦接了孩子,颠颠儿地把床推出了门。

等待区早有大群的人伸长脖子在等,一见床号,大部分人的脑袋立刻低下去,只有挤在角落里的孩子妈快速起了身。

她身边还有那个那天被赶出去的男人,他没有靠太近,只站在重叠的工作人员身后,默默地注视着一立一卧的母女俩。

麻醉刚刚苏醒,小姑娘的意识还不是很清楚,难得不再板着平时那副别人欠她钱的脸色,看见熟悉的亲人,便声音细细地道:"妈妈……"

那妈妈轻轻握着女儿打着留置针的手,声音轻缓地开口:"涵涵,妈妈来了,疼不疼?"

小姑娘半睁着的眼睛里蕴了点泪,迷迷糊糊又委委屈屈地开口:"疼……"

我心里又觉得好笑又有些软。孩子水汪汪的眼睛环视着四周,状态还有些飘,眼神落到人堆后的准后爸脸上,难得没有扔东西砸人,轻轻嘀咕了几句,便抓着妈妈的手,哼哼唧唧地继续嚷疼。

一切都很美好,偏偏张悦这种损人,脑回路向来跟常人有差异:"赶紧!赶紧录下来，等她醒了给她自己瞅瞅！"

不知道应该夸孩子争气，还是夸顾问大佬争气，复位和重建效果都非常好，术后第二天，髋关节就已经可以开始活动了。教员们的形容是"大主任看完片子，当场就给顾问点了个全家桶"。

小姑娘出院前，我又见到了她一次。这段日子过去，我们早就混熟了，小姑娘也不怎么再拿鼻孔看我了。孩子妈一边手脚麻利地收拾东西，一边絮絮叨叨地跟女儿说着话：

"学校落下的功课要补啊，少上这么久的课，期末考试咋办才好……

"你这个头发总算长点了，这么长一块短一块的也不好看，明天妈领你去理发店，都推成寸头，以后再慢慢留长……

"你刘叔带的那个草莓汁，鲜榨的，抓紧喝，放到晚上指不定就坏了……"

小姑娘翻着白眼："烦死啦！啰唆！"

我换药之余，眼光在她脸上一瞟便放了些心。嗯，至少没有立刻把草莓汁扔出去的意思。

孩子妈忙得连轴转，一转眼就急匆匆地出去办手续了，我便跟小姑娘闲聊起来："你妈管你好像挺严的？"

果不其然，小姑娘下巴一扬，眼神挑衅："她还管得了我？"

我看着她仰面朝天乖乖补练习册的姿态，很配合地点头："是啊是啊，有谁能管得了你呀。那你怎么还总嫌她烦呀？"

小姑娘翻了个页，伸出脖子瞅瞅门外没人回来，悄悄地把答案翻出来，顺手拿过草莓汁喝了一口："我妈就那样，什么事都要琢磨、都要管，烦都烦死了。"

"那也是关心你嘛！"

"关心也有个度啊，哪有她那样的？就说我这回住个院，她逮着大夫就问，问就问吧，还要录，天天晚上坐那儿一遍一遍地放着看，瞅着都累，她也不嫌烦。"

我整个人都愣了一下，平稳着心跳试探地问了一句："录？"

"是啊，"小姑娘眉眼间还是那副不耐烦的样子，"也不知道哪录来那么多，成天念叨着手机内存不够用，就她这个弄法，给她个网盘她都能搞满了……"

一股凉意从背后爬上来。

我开始拼命回忆跟她谈话的每一个细节，在急诊的，在病房的，在手术室门外的，努力回忆着哪些场景里她拿着手机，我又都说过些什么。

印象已经十分模糊。越是模糊，越是让人感到无法言说的恐惧。

门口传来脚步声，小姑娘唰地把答案收起来。我把手插进兜里，搓着手心冰凉的汗，深深吸了口气。

门打开，进来的并不是李钰涵的妈妈，而是张悦。张悦跟她更加熟络，一把拽过椅子坐下，看着她补作业的样子很不厚道地笑出了声，随即又掏出手机："妹子啊，听说你要出院了，我给你看个好东西。"

托张悦现场播放李钰涵哭鼻子视频的福，我们加了她的微信，然后被李钰涵小同学用攒了一个月的卷子当场砸出了门。

晚上，小姑娘坐着轮椅，被妈妈推着出了科室大门。我和张悦扒着墙根瞅了半天，果然看见了准后爸先生，正拎着大包小裹在电梯口等她们母女。

微信回访工作长期进行着，我们跟小朋友保持着联系。最近一次回访时，她已经能正常走路，髋关节功能完全恢复了，真的一点儿都没有瘸。

她非常幸运，我们也非常幸运。

老实人的糊涂

一

一个阳光明媚的白班,张悦又串到我们组来了。

午饭的空当,她嚼着西葫芦片,筷子在盒饭里来回扒拉着,把菠菜一根一根地丢到我碗里,一边磨磨叽叽地动着筷子:"我就那么七八样不喜欢的青菜,买菜大妈次次都能挑中!"

我想了想青菜里除了那七八样还剩下啥,默默为大妈委屈了一下,继续把菜往嘴里塞。

急诊的伙食和外科楼比起来实在不怎么样,好在分量足,吃饭时间就是我一天中最难得的快乐时光,唯独怕——

"镜子吃完没有?收病人!"

叮嘱了张悦如果偷吃我的肉就打爆她的狗头之后,我凄苦地盖上盒饭盖子,一路小跑地奔回科室。

程瑷已经招呼着把人往里面推,老大医嘱都开好了一半,一见我嘴还没擦干净的德行,顿时气不打一处来:"吃吃吃,就知道吃!这个是脑卒中!重!急!快点儿!懂?!"

"懂!!!""脑卒中"三个字听得我汗毛一乍,赶快跟着程瑷往里面跑。老大的声音远远追过来:"脑卒中你没接过,让程瑷带你,多学着点儿!"

"好嘞!"我奔着床位扑上去,撸起袖子正准备"多学着点儿"时,瞧见病人却先是一愣。

脑卒中就是脑血管意外,分为缺血性脑卒中和出血性脑卒中——顾名思义,前者是各种原因造成的脑组织梗死或者栓塞,进而出现脑组织缺血;后者就不用解释了,俗称脑出血,电视剧里×集团老板听说公司倒闭,激动之下两眼一黑,猝然倒地,然后口眼歪斜,多半都是脑卒中的锅。

不过就像电视剧里演的那样,发生脑卒中的多半是上了年纪的病人,而这个病人怎么看都离当老总的年龄还有段很长的距离,虽说看不太清楚脸,但也辨得出年纪就30岁上下。

头次现场收治脑卒中,就遇见这么少见的年轻病人,我本能地激动了一下,随即爪子就开始打哆嗦——病人越年轻,家属的心理期望值越高,遇上这么年轻的脑卒中病人,但凡留个后遗症,如果家属不依不饶,经手的科室可能都会麻烦缠身。

程瑗到底老练些,脸上并没有表现出明显的不安,拎着我一人一头把心电监护接好。手忙脚乱地完成了初步处理,老大也开好了CT,程瑗一脚干脆利落地把床轮开了锁,我正要跟上去一块送CT,就被程瑗推着转了个弯儿:"我一个人去就行了,赶快去弄单子!"

我这才反应过来,外头应该还有家属在等,赶忙跑去谈话间。

喊出患者的名字,便一前一后拥过来两个人,当先的男人看起来和患者差不多年纪,长得又高又壮,人往谈话窗口一站,光线瞬间昏暗了一点。从他厚实的身板旁边留下的缝隙里,我勉强看见后面跟着的是一位50来岁的大妈,约莫是患者的妈妈。我还在犹豫是不是跟患者妈妈交代病情比较合适时,高壮的大哥已经火急火燎地开口:"胡钦咋样了?安全了吗?"

我赶紧进入状态:"先别急,现在还不好说,人刚送去做CT,从症状来看,初步认为是脑卒中,等CT结果出来后很快就有定论了。你们先说说患者发病时候的情况,顺便把单子签一下……"我把四联递出去,眼神在壮实大哥和夹缝里的大妈身上转了一圈,大妈的神色有些茫然,却并不像是很焦急的样子,反倒是那大哥抢在前面,伸手把单子拿过去,匆匆扫了一眼,略犹豫了一下就开始签字。

我不禁有些疑惑地看了一眼大妈。大妈遇上我的眼神,想是猜到了我的疑惑:"我不认识这小伙子,就是碰巧遇上他倒在我店门口了,送他来医院的。"

我这才恍然大悟,原来她并不是患者的妈妈,难怪看上去相对淡定一些。这下我的状态也放松了一点,便继续问道:"那您能说说当时的情况吗?"

"好,好,"大妈赶紧开始梳理当时的情况,"我当时在门口看店,那小伙子开车突然就靠边停了,还撞了栏杆,把我吓得呦,差点把我家狗给碾了……"

我不得已打断了大妈的情景再现:"阿姨,先说重点。"

"哦,对,对。"大妈马上重回主线,"那小伙子从车里爬出来喊救命,我过去看,他掏出手机给我,说自己看不见东西了,手机都颤巍巍地拿不住,让我帮他找一个电话号拨。"

突然视力出现问题是个挺重要的信息,我点点头记下,忽然想起点事情,问道:"拨什么号？没先打 120？"

"我爱人打 120 了，但那孩子一定要打电话给这个号，叫来的就是这小……小伙子。"大妈抬头看了看小山一样的大哥，称谓上有些迟疑。

大妈又描述了一会儿当时的情形，我大致了解了情况，把病历写了个开头，顺口问道："这位大哥，您跟患者是什么关系？"

大哥非常自然地道："兄弟。"

我再次偷偷打量了一下他的身形，心里琢磨着这哥俩的体型还真是有点儿……悬殊。不过是兄弟也更放心些，我接着问病史："患者生活习惯怎么样？吸烟饮酒史有没有？平常作息规律吗？"

"他是程序员，作息 996，烟酒就甭提了，我们这个年龄段工作应酬，哪个能完全不沾？他烟瘾不算凶，酒量倒不错，这毛病是不是就这么来的？"

我一时不知该点头还是摇头。按理来说，年轻人自然是不容易出现脑卒中的，一旦有青年患者出现脑出血，有相当一部分是血管畸形引起的，但不良生活习惯也确实会有很大影响，我琢磨了一下，只能道："不是没这个可能。"

问完病史，我正准备让家属继续去谈话区等候，张悦赶在这时候路过谈话间，探了个头进来，手里还端着我吃到一半的盒饭："老王老王，我把你的饭端回来了……咦？"

张悦忽然转了个方向走进来，眼神却没看向我，而是落在还没走开的大哥身上。张悦看着他，试探性地叫了一声："宏哥？"

大哥转头，也愣了："咦？"

张悦把饭塞给我，另一手把口罩一拽，笑嘻嘻道："是我，张悦。"

大哥恍然大悟："哦，你不是张怀他妹吗？太巧了！"

我目瞪口呆地看着他俩相认，茫然地看着张悦。张悦小声解释道："我姑家的堂哥的高中同学，以前在我哥家见过几次。"

我掰着指头算，那么这次的病人就是她姑家的堂哥的高中同学的兄弟……的确好巧哦。

我翻看着刚签好的单子，却见授权委托书上"与患者关系"一栏清晰地写着"朋友"。

呃，大概这就是异父异母的亲兄弟吧！

我淡定地把病历塞回去，心里默默地把兄弟两字划掉，换成哥们，继续听着两人夹杂着叙旧的问诊，大体拼凑出了送医前的经过：大妈遇到突发急症的胡钦老兄，胡钦当时已经视物不清，动作也不灵敏，但没有丧失意识，口齿也还清楚，在大妈老公打了120的同时，又让大妈拨打了宏哥的电话，让宏哥直接来我们医院。

事实证明胡钦托命的眼光是极好的，宏哥果然是一个比亲哥还靠谱的男人，甚至早了救护车一步到达医院。至于为什么第一个叫的是朋友——这位胡先生是个程序员，资深北漂，父母都在老家，只有一个同在北京的女朋友，或者说是未婚妻，不过听说两人这阵子好像闹了点矛盾，这大概也是第一顺序联系人没落到她头上的原因之一吧。

目送宏哥走远，张悦赞叹道："啧啧，连我哥我都多久没见了，在这儿居然遇上他了。"

缘，妙不可言。

二

他乡遇故知是幸运，但患者显然没那么幸运。

枕叶出血50毫升，发病时出血直接压迫了相关脑区，所以才会马上就出现视物不清，并且还是在开车途中——万幸的是事发当时他意识清醒，起码给了他停车求救的机会。而现在我们在提供基础的心电监护和生命支持之外，要做的选择还是老生常谈：是做手术，还是继续拖着？

如果是几毫升的少量出血，或许保守治疗也不失为一种解决办法：脱水、降颅压，再使用某些脑细胞活化剂，或许也能达到恢复功能的目的。然而50毫升的出血量实在不小，保守治疗能达到的效果有限，手术显然是最直接的解决方案。

做好事不留名的大妈已经忙着回去看店了，现场只剩下宏哥一个人。宏哥解释了情况之后，作为半个熟人的张悦提出了中肯的建议："这种重大手术决定的签字，非直系亲属一般都不会随便签，尤其是有更亲近的人在的前提下。既然他未婚妻在北京，那还是联系她到场为好。"

宏哥点点头，抹了抹脖子上的汗，掏出手机开始翻通信录。彩铃叽里呱啦地响了一阵，一个女声终于传出来："宏哥？找我什么事儿？"

托宏哥手机音量巨大的福，站在近旁的我和张悦得以现场吃瓜。宏哥语气焦急地道："小胡子脑出血住院了，现在在抢救，你快来签个字吧！"

"啥？"那边的女声马上高了一度，"你再说一遍？"

"他脑出血！抢救了！你快过来，在……"

电话那头的女子像是气笑了："你打量着逗我玩儿呢？他多大了脑出血？你咋不说他老年痴呆走丢了呢！"

想着之前宏哥说这两口子"闹矛盾",我也大致猜到这位姐语气这么冲的原因。冷不防说一个健壮的年轻男性脑出血,要是换成我,怕也会以为是编个由头诓人出来见面的。

宏哥显然是也想到了这一点,脑门上的青筋跳了跳,终是没有发作,忍下气尽可能和气地措辞:"我知道你还气他,但现在人都在鬼门关了,就等着你来签字救命!吵不吵架的你们以后再说,你先来把字给他签了……"

女子再次打断他的话:"少跟我扯淡!他要是自己觉得错了,叫他自己来找我,别整这些花里胡哨的!他再嘚瑟,就是死外头我都不管!"

许是"死"这个字眼刺激了宏哥,他涨红了脸,一声震动屋顶的国骂出口,吓得我和张悦抖了抖,附近的家属和师兄师姐也都望过来。眼看场面就要失控,张悦赶紧从宏哥手里把手机抽过来,对着话筒大声道:"这里是××医院急诊抢救间,我是胡钦的管床医生,CT结果显示患者枕叶出血50毫升,目前正在抢救,想手术的话,必须要直系亲属到场签字做决定,再拖着指不定人就没了,来不来您考虑一下吧。"说罢把手机递回宏哥手里。

电话那头好几秒没人接话,宏哥差点以为对面已经挂了,焦急地去看屏幕,那边的声音终于传过来,这次没了怒气,反而有点颤巍巍的小心翼翼:"真……真的?"

"信不信你自己来看!"张悦生怕那头听不见,伸长脖子高声回答着。

那边的女声抖得更厉害了:"好,好,我这就来,这就来!"

电话挂断,我们松了口气。宏哥涨红的脸色也稍稍缓和,不禁对张悦谢道:"谢谢你了,她应该还住在他俩之前的房子,离这儿不远,大概很快就到了。胡子这会儿怎么样了?"

张悦摊手:"老大说还在做一般支持治疗,除了降颅压控制各项指标,其他的都只能在手术台上见分晓了。"

半小时没到,女主角就气喘吁吁地站在办公室里了。

女人中等个头,中等身材,中等长相,连说话的音调都不高不低,只是此刻全然不像刚开始电话里中气十足的样子,伴着眼泪汪汪的模样,看起来着实跟电话里那个声音对不上号,一副站都站不稳当的样子立在我和张悦跟前:"大夫,我是胡钦的未婚妻,胡钦人呢?"

我抬手一指:"在里面,插着管抢救呢。情况你了解了?"

"了解了,了解了,那现在是……"

"手术或者保守治疗拖着,但自行消退的可能性不大,保守治疗预后不佳,我们建议手术。"

"那手术就能治好了是吗?"

"那也说不准,是手术就有风险,何况是这么大量的脑出血,"我把病历翻开,掏出一张准备好的病情介绍递过去,"手术过程中的风险很多,都写在上面了,术后也可能有后遗症的问题,行动能力和视力能恢复到什么程度也说不准,这些家属都要提前知悉。你联系过患者的其他亲属吗?"

"啊,还没,没有……"说着她就慌忙地去翻手机,大概是准备现场打电话给胡钦的父母,被宏哥一把拦住:"我早给叔打过电话了,二老已经买了机票过来了,今晚就到。"

胡钦的女友一愣,又抖抖索索地把手机塞回去:"哦,好,好……"

看着她呆呆的样子,我有些急:"好啥?签个字呀,签了字我们好拖人去手术啊!"

女子又愣愣地重复我的话:"啊,签字,签字,可是……"

"可是啥啊!"宏哥显然已经游走在发飙边缘,"快签个字啊,这就送胡子去手术,钱都交完了,叫你来就只是签个字,快点儿啊!"

"我,我……"她从进门开始就几乎没说出一句完整的话,此刻被宏哥一催,更是语无伦次,"这万一要是……要是做不好,我签了字,我……"

再混乱的话说到这份儿上,意思也分明了,宏哥听了气不打一处来:"啥好不好的?不好也得试试啊!婚都结了,你还只想着自个儿?再不肯他就没命了!"

果然即便是在这紧要关头,张悦依然凭借她九曲十八弯的脑回路发现了亮点:"结婚了怎么还叫未婚妻啊,不是正牌老婆了吗?那签字更没问题啦。"

"不,不,我不是,我……"

"他俩先摆的酒,证还没领。"宏哥抽空答了一句,随即赶快把话题拉回来,"大夫的话我听明白了,已经出了的那50毫升血又不会自己跑了,不做就等着把脑子压坏,他才32岁,你要看着他死啊?!"

女子瞬间慌了:"我,我,不是,我没有……"

这么滚刀肉的家属之前也见过,但赶上个脑出血的病人,可就真要人命了。我简直想把她的头按在病历上来回摩擦。张悦见她一副要软到地上的样子,上去拎住她肩膀的衣服。这下那女人看起来就像挂在她胳膊上一样,老张一见,更是急道:"不是就赶紧签个字啊!"

双方僵持的工夫,程瑗从门外急匆匆地进来,见我坐在电脑前,不由分说地一屁股把我挤开:"让让让让,我下个医嘱……字签好了吗?神外那边早来齐了,都在等着啦！"

被这句话一激,场面更加紧张,我赶忙解释:"这不还在劝吗……"

见多识广但异常耿直的程瑗顿时露出了然的神情,我本能地觉得她要语出惊人了,想拦却已经晚了一步,小祖宗已经开口了:"哦,这样啊,这个是不想拿钱的,还是不想摊事的啊?"

气氛瞬间凝固,加上这回还算是半个熟人,老张尴尬得差点原地去世,眼神不安地看着宏哥。不过这话虽然糙,但也算真实反映了情况。张悦拎着人,撒手也不是,不撒手也不是。最后还是宏哥率先打破僵局:"你就打定主意不管了是吧?"

"我,我不……我不敢,别逼我,万一他爸妈找我,我……我不知道,我不要,啊!"

她像是终于崩溃了一样,整个人往地上一瘫,眼泪和鼻涕一股脑地下来:"求你们了,你们不会不管的是吧?你们先给他做,等他爸妈来了再签字,我,我,我真的不知道!"

"你想啥呢?"我真是想揪住她的领子狠狠晃一晃了,"你不敢签字,我们就敢做手术啦?"

"你们做过那么多病人,不……不差他一个了吧,求你们先给他做吧,你们刚也听见了,他爸妈很快就到了,你,你们不能看着他死呀……"

还真是异想天开。家属都来了,家属不点头,哪个医生敢随便给病人动手术?电视剧都不敢这么演吧?

真要说摆了酒没领证的媳妇儿不敢签字,那也只是道义感情上不过关而已,毕竟是自愿的事儿,外人不好置喙,自己逃避责任,最后自己承担逃避责任的社会后果就好;可自己不想担责任,却还想道德绑架一下医生,既不用担责任,又把人救了,还真是空手套白狼,啥好处都占得上。

——可自己的亲人都不想担责任,我们又靠什么出头呢?靠白衣天使的圣光守护?

正当我们三个都被噎得说不出话的时候,宏哥忽然一把把那女子从地上拎起来,直接往门外一推。

"赖样,用不着你!"

他咣当一声关上了门,也不管外面的女人是哭是倒,直接转身回到我们面前:"先救人!我签!救不救得活都算我的!"

张悦一愣,职业本能地想强调一句"最好是……"宏哥便继续说道:"她是没扯证的媳妇儿,我是他兄弟,我也不差啥。单子呢?"

"在,在这儿。"程瑷像被传染一样,也结巴了一下,伸手拿过旁边那份我早就打印好的手术同意书,递到宏哥的手里。

宏哥接过来,直接从桌面上捞起一支笔就一路把几张纸签了下去,签完好像没过瘾一般,把纸往桌子上一蹾,问:"还有吗?"

"呃,没了没了,我们这就联系神外那边直接送人过去!"张悦使劲点头,把单子数了数后拿在手里,交去前台。

高壮似一座小山的宏哥一出去,屋里顿时空旷了些。我和程瑷对着病历发呆了几秒钟,又彼此对视一眼。门外还依稀能听见那女人呜呜的哭声,程瑷忽然后知后觉地道:"哇,好帅哦!"

程瑷的反应一向很奇特。

不过,我也觉得贼帅。

三

赶在要准备交班材料之前,胡钦就被一路畅通无阻地送到手术室,中间接力的人连电梯都提前挡好了,隔着几百米的两座楼,转运全程只花了几分钟。

交班刚结束,张悦就一手一个,拖着我和程瑷一路奔到外科楼手术区,叽叽喳喳了半天,最后总算在守门老师的手下蒙混过关,搞了三件洗手衣套上,在滚动屏上找到了胡钦的手术间,悄悄地摸了过去。

神外的手术精细程度,较其他科室更胜一筹,以至于我们的实习轮转根本就没有安排神经外科,我和张悦自然不够格上去跟台,就连非本科室的研究生程瑷,也不大有机会做助手,因此此刻我们只有扒在门外看看的份儿。这种手术,隔着门玻璃自然看不出什么门道,我们仨有些挫败,只好又一路晃悠到家属等候区。

果不其然,宏哥和胡钦的女朋友就在外头坐着,宏哥的大块头在人堆里很是扎眼,倒是我们三个捂得严实,走到近前,两人才将我们认出来。

女人的神情有些尴尬,站起身来要给我们让位置,我刚要出言谢绝,张悦就抢先开口:"您坐着吧,可别等会儿又往地上瘫。"

张悦从来就不是个尖酸的人,我自然晓得她是记了这女人之前要无赖的仇,我虽不好再补一嘴,却也并不想替她圆场,只像没看见她一样地跟宏哥打了声招呼。

张悦抬头看了看厅里的挂钟："等挺久了吧？我们刚去门口看过了，应该还有一阵子，你们轮流去吃口饭也好。"

宏哥摇头："不用了，我不饿。"似是又想了想，声音不太愉快地对旁边的女人道，"你爱去你就去，这儿有我就行了。"

也算是句关心的话，但怎么听怎么讽刺。女人不敢抬头也不敢回答，只默默地缩回椅子里。

算起来胡钦进去也就两个多小时，神外手术一向不短，应该还有得等，我们便到休息室待着，一边背书，一边等着斜对面的手术室开门的声音。

时间一分一秒地过去，眼看手术已经进行了4小时，我们的心情也从平稳状态渐渐提了起来，越久可能越说明棘手，越久可能越有问题……

就在这时，手术间的门嘀的一声开了。我们围上去，第一反应不是看病人，而是观察送病人去苏醒室的老师脸上的表情——这个时候除非病人已经凉了，否则从表面上看不出病人跟手术前有多大区别，真想知道手术顺不顺利，去研究一下主刀脸上有没有丰收的喜悦就是了。

该老师步伐稳健，语气平和，眉头舒展，看来应该没出什么岔子。

我们仨齐齐舒了口气，目送病人进了恢复室。张悦还是不放心，凑上去问了一句："老师，这台怎么样呀？"

那位老师看了我们一眼，见并不认得，便简短地说了一句"挺顺的"，便忙着去推床了。

只是这几字便够了。我们欢天喜地地跑出门去报喜，见宏哥和那女人还坐在原处，赶忙迎上去。

张悦欢喜地道："打听了，挺顺的，应该没出什么大问题。"

宏哥紧锁的眉头立刻舒展开来，双手在胸前合十，激动得带了颤音："菩萨保佑，菩萨保佑，小胡子命不该绝！"

女人也在旁边眼泪汪汪，不过她似乎一直眼泪汪汪的，这下再多流点眼泪，也不见得能给人多深的印象了。我跟在张悦和程瑗的身后，往楼梯间走着，听见张悦在小声嘀咕："要说他倒霉，也真倒霉，30多岁就脑出血，还赶上个担不起事儿的对象；说他命大也真命大，遇见那个第一时间救助他的大妈，还有宏哥肯出头，手术也做得好，还能捡条命回来。"

程瑗不住点头，半晌还是叹了一声："那女的说白了也不是什么坏人，就是懦弱点罢了，一个女人遇上这么大的事儿，关键时刻没了主意吧！"

我想了想，并不完全赞同："懦弱确实是懦弱，但没主意可不一定，我看她主意大得很，只不过什么都想要，又什么险都不想冒罢了。"

张悦低头不语，程瑷大概是从来都不太懂人情世故，面上带着不解，我只好继续说："我总觉得她心里一直有打算。她要真是不在乎胡钦死活，那不来就是了，横竖也没领证，谁也不能拿她怎么样。可她来了后，先表明态度自己想救，却又赖着不签字，让我们直接做。这倒不像真的在逼我们，毕竟这种事家属在，有点常识的人都知道，医生不会在家属没同意的情况下就做手术的，我们一定不会就范呀。那你说她闹这一出，是想激谁呢？"

张悦忽然笑了："宏哥还真是个老实人。大概就是让人看出他这性子，才敢玩这么一手吧。"

程瑷呆呆地听了半晌，最后迷迷糊糊地晃脑袋："一个滚刀肉家属罢了，我们想那么多干吗？"

是啊，但愿我们想多了。

人从神外的手术室被推出来，就直接进了ICU。

二老赶到的时候，只赶得及在玻璃外勉强认了认儿子的床在哪个位置，就被宏哥坚决地送去休息了，连带我们三个也被督促着回去睡觉。

胡钦在ICU躺了两天，第三天的上午，宏哥终于给张悦报喜："人醒了！"

恰逢休班，我们闻讯赶去看，还借了师兄送病人的东风，直接溜进去看了患者本人。

患者自然并不认得我们。不过不打紧，宏哥的名字一报，患者瞬间就精神了那么一丁点儿，虽然看得出他的精神状态很差，但视力已经恢复大半，基本上看得见东西了。我们松了口气——对程序员来说，视力的重要性不言而喻。

就当复习神外的知识，之后的几天我们常往ICU跑，每天都看着他的状态比之前强一点，再想想最初凶险的样子，越发实实在在地觉得自己"见证着生命的奇迹"。

但就在胡钦苏醒后的第四天中午，我们趁着休班去ICU的时候，却发现他的床位空了。我心里咯噔一下——胡钦的情况自然不会是突然好到出院了，如果不是正赶上去做检查，那要么是又有什么状况要紧急手术，要么就是……

张悦赶紧哆哆嗦嗦地给宏哥打电话，宏哥接得倒很快，只是声音很疲惫："事出得急，我忘了跟你们说。胡子刚突然又不成了，大夫说是又出血了，马上拉到手术室去了。"

虽不是最坏的情况，但凶险程度甚至可能不亚于第一次手术，这下大家不免又提心吊胆起来。

下了几层楼梯,我们在手术室外见到了宏哥。胡钦的半个老婆自然也在,只是看见我们便本能地往旁边退了退。我们也没心情和她多说什么,只顾着围着宏哥问情况。

"具体我也不知道,就是大夫突然叫我们过去,说可能又有出血,得紧急手术,就又赶快送来了。这回是胡子他爸签的字,老两口身体不好又哭得厉害,正在那头坐着呢。"

我叹了口气,忽然想到一个问题:"这次是怎么会再出血的?按说之前控制得不错啊,还是之前的出血灶?"

张悦马上回答:"不是。之前是两个出血灶,这次是第三个,跟前两次都不在同一个位置,之前应该是 CT 上恰好看不出,就没做处理。"

程瑗听得好奇:"你怎么知道的?"

交际花老张得意扬扬地晃晃手机:"我加上 ICU 管床老师微信了。"

第二次的等待,显得比第一次更漫长。

天已经擦黑,胡钦才被推出来。主刀出来跟家属谈话,当先一句就是:"一共三处,这小伙子实在是命大。"

我深以为然,光我自己就眼看着他在鬼门关走了两遭了。

明明手术依然很成功,老主任还是不停地叹气:"血管条件不好,生活习惯也不好,以后再不注意保养,谁也不敢保证能不能次次都有这种好运气。"

胡钦的父母听得连连点头。老太太一面应着,一面不住地抹眼泪:"孩子这么多年在外头太辛苦了,以后我们一定叮嘱他好好休息……"

老主任搓着被乳胶手套糊出的汗泡得发白的手,看了一眼旁边身形可观的宏哥,继续苦口婆心地嘱咐道:"小伙子,看你这体型应该也没太注意养生……"

宏哥赶忙附和:"是,是,以后回去我看着他一块儿养生。"

老主任满意地点头,施施然下楼吃饭去了。我和张悦对视一眼,想想昨天半夜点的炸鸡和肥宅水,仿佛也觉得后脑勺在隐隐作痛。

四

胡钦这次终于稳健地一步一步好转起来。宏哥和他的半个老婆一直轮流照顾,几次我们赶上探视时间,和那女子一起进来,都能看见胡钦笑得很灿烂,时不时还调笑几句。有一次,我听见胡钦正对她说:"怎么,我得病了就心疼我了,不跟我置气了?"

我听着这个黏掉牙的语气,暗自想起他刚被人送进来那会儿,宏哥给这女人打电话的场景,不禁恶寒了一下。张悦似乎也是想起那档子事,我们俩对视一眼,不禁暗自偷笑。

女人露出点恰到好处的羞赧,不过大抵是不知道我旁听了那场电话,虽然没有表现出尴尬,也只是道:"那会儿就想明白了,你活得好好的比什么都要紧。"

"真的?"胡钦笑得很灿烂。这段时间他恢复得不错,本来语言功能就没受什么影响,现下视力也恢复得不错,只有左眼颞侧的视力受了影响,运动功能也还在恢复中。

女人看了他一眼,低头握住他扎了留置针的手:"真的呀。"

胡钦也握住她的手,喜笑颜开:"之前闹别扭耽误了。等我好利索了,咱马上去领证。"

胡钦的眼睛很亮,单论长相,其实也比宏哥精神些。此刻他认真地盯着眼前的爱人,画面确实很美好、很温暖。

我努力不去想十几天前,同一个女人缩在我们办公室的地上满脸逃避的样子。我和张悦借口有事先出了门,一走出病房就看见估计是来换班的宏哥。我们上去打招呼,跟他聊了几句。张悦到底还是没有忍住,小心地问了一句:"你跟他说过那会儿签字的事吗?"

"没有。"宏哥摇头。

"那你……"为什么不说?

"为什么要说?"宏哥轻描淡写地往旁边一坐,"之前闹那一段儿,她打什么主意,我跟她心里都有数。现在领证的节骨眼儿,这事儿再提起来,小胡子心里肯定有疙瘩,但又不至于因为这个就掰了,不如就当没这回事儿,对谁都好。"

我听完,忽然轻轻地笑了。

谁说老实人都傻?他大概什么都明白,只是即便知道别人心里的算盘,也肯接招罢了。

这本来就不是一个容易经历考验的年纪,也不是一个适合经历考验的阶段。这场病只是个意外,测试出来的结果,也就当意外处理了吧。

生死关头是最考验人的时刻。但多数时候,人们并不需要,更不想要太多考验。

有句话是不是叫作"难得糊涂"?

抑郁的大黄

一

大黄师兄其人，可谓全科医护都认识的优秀人才，优秀到在急诊这种又穷又累的地方挨日子，每个人都替他觉得可惜。

大黄的履历，跟千千万万医学生的出厂设置差不多，但每一步都是高配版——7年本硕连读，读博期间出国深造，回来之后又在临床勤勤恳恳磨了几年，10年光阴砸进漫长的学医路，打磨出的除了亮眼的履历，还有过硬的专业素养。

所以谁也不知道，他究竟是怎么来的我们科。

不是说他干不了急诊，相反，他是非常合格的急诊医生——急危重症患者的急诊处理，不仅需要优秀的临床思维、出众的反应能力和决策能力，更需要兼具爆发力和持久的体力，说白了就是脑力劳动和体力劳动相结合。

但急诊医生的待遇和机遇，却和严苛的职业要求不成比例——晋升机会少、相对待遇低、工作负荷大、危险程度高，而且对于医生而言，想晋职称，政策上是有明确论文要求的，不搞科研几乎没有出路，而急诊不仅本身科室科研条件不怎么样，就算真的具备了做科研、写论文的客观条件，如果三天两头就要值超过15小时的夜班，再精力旺盛的人，恐怕也没多余的力气做上班以外的事。

穷、累、没前途，在这样的前提下，落进急诊的医生，没几个是真自愿的。急诊现在病人越来越多，医生越来越少。可人往高处走是常情，越是像大黄这样科研上硕果累累、履历里金光闪闪的青年才俊，主动投身急诊的越是凤毛麟角。

大黄还年轻，晋升的黄金阶段被搁在我们这里，于他自身而言自然令人惋惜，但对急诊，尤其对我们组来讲，这着实是天上掉馅饼的好事儿。周老大自然是我们正头老大，但一个头头带着一大串规培生、研究生、实习生和低年资住院医，显然是非常力不从心的。

因此据说大黄进组的头一天，老大乐得好像捡了钱。

刚入科那会儿，听过程瑗对他履历的介绍之后，我佩服得恨不得找他签个名——

假如拿我现在跟人家做比较，那他大概就是回校演讲的成功人士，而我就是底下的普通听众，所以当我满怀期待准备紧跟大佬多学点东西的时候，理想和现实的落差让我措手不及。

大黄性格内向到令人发指，内向到交班时当众说句话都脸红。我试过问他些专业问题，他当着我的面，吭哧了半天啥都没讲出来，事后倒是发了一整屏的英文文献和专著推荐过来，研都还没读的我十分领情，把资料通通拖进收藏夹吃灰。

起码心意到了。至于咱看不看得懂，那是另一回事。

关于示教水平，据以前被他带过的程瑷回忆，如果某个操作在大黄反复演示之后还是学不会，那就自己回去老老实实地翻手册，别指望他能跟老大一样絮絮叨叨地言传身教——他跟女生说话都不利索。

优秀人才大黄，就这么别别扭扭又辛辛苦苦地撑着组里的半边天。幸好他做事周全，除了交流费劲以外，完全挑不出什么毛病，组里一把手性子过于火暴，二把手能干又话少，大家工作起来无形中少了很多麻烦。

只是从不麻烦人的大黄，自己最近有麻烦了。老大正摩拳擦掌，准备收拾他。

事情还要从上回大黄师兄请假的那个倒霉日子说起。我和串组过来的张悦硬着头皮收治李钰涵小朋友的那天，据说大黄正带着穿开裆裤的儿子火急火燎地奔跑在投奔河北老家父母的路上。

其实他本不必如此大费周折，关于此事，张悦的说法是"如果不是老婆出差加丈母娘急病再加老丈人陪床，大黄一上班，儿子就只能孤苦伶仃地在家自生自灭"——他也是不必冒着被老大挂在宣传栏示众的风险，找还是实习生的张悦换班的。

果然，大黄回来上班的第一天，刚交完班，老大就把他从人堆后面拎出来。

"臭小子，你还知道回来！"老大一声暴喝，把收费处的大妈们震得一愣一愣的，"换个实习生来顶班，亏你想得出！那几天全都乱套了！"

听老大这一吼，大黄慌了，憋红了脸，低头一遍遍重复："老师，对不起，对不起……"

老大本来就不记仇，话一吼出来火就消了一半，现下见他这副样子，再狠点的话也训不出口，只气哼哼地补了几句："下不为例！下次就算非要请假，也给我换个别组的头头来，不许再换实习生！俩兔崽子加起来都顶不上你一个用！"

人在屋中坐，锅从天上来。不过我早就摸透了老大的脾气，躺枪以后接锅也十分顺手："是啊，是啊，回头跟教秘商量，以后换班不许按人头，改用战斗力折算，下回拿大黄换兔崽子，三个血赚，五个不亏……"

老大哈哈一笑，纸卷子在我头上雷声大雨点小地一拍："就你皮！快给我干活去！"

大家说笑着各自去查看病人了。我也跟程瑷勾肩搭背地离开。正当我们讨论着要不要去值班室偷剩下的茶叶蛋时，见大黄依然站在前台的一角，脸色涨得通红，保持着刚才挨训的姿势一动不动，要是挂条红领巾，活脱脱一个犯错的小学生。

我有些同情，却也觉得很奇怪。好歹都当爹的人了，怎么挨点批评还跟小孩似的——正想到这儿，我忽然注意到大黄的神情。

他的脸在轻微地抽搐。

我小小地吃惊了一下，有点不放心，示意程瑷先去值班室，然后自己慢慢地往前台那个角落里挪过去。

大黄的头埋得很低，要不是他够高而我够矮，我还真看不到他的脸。我小心翼翼地拿个病历戳戳他，道："师兄，你咋了？"

大黄骤然抬起头，见我站在前面，表情瞬间变得无措起来，脸上的抽搐来不及克制，一时间直接暴露在我眼前。

不是正常的因痛苦或是其他表情反应导致的样子，更不是在哭，而是面部的肌肉随机地、不对称地痉挛，嘴角不受控制地拉扯着，从我的角度看过去，似乎形成了一个非常古怪的笑容。

冷不防对上这样的表情，我不由得汗毛一乍，一时也慌了，小学生本能被激发出来，下意识就想告老师："我去喊老大……"

"别别，别！"大黄赶忙拽住我，"我没怎么，什么事都没有，你别！"

"啊行，我不说我不说……"见他这副样子，我赶紧把脚脖子拐回来，拿出在儿科哄孩子的架势试图安抚他，"吃早饭没有？来个茶叶蛋？"

说话间，已经得手的程瑷开开心心地走出值班室，边挥舞着战利品边朝我招手："镜子，我拿到了！"

"见者有份，见者有份，走走走，吃东西去。"我挪开椅子，把人往外拽，心里十分操心二把手记一把手的仇，苦口婆心地劝道，"你别被老大吓成这个样儿，你跟他的日子比我还长，还不知道他？刀子嘴豆腐心咧，再说他还指望你干活呢，舍不得真把你打残……"

程瑷见了他，也很大方地掏出两个鸡蛋，塞进他手里："吃吧，中午应该还有炸丸子呢。"

大黄接过东西，嘴唇嚅动着没有出声，只僵僵地点了点头，随即便转身回到前台后面他每天坐镇的位置。

程瑷愣了愣，咬了一口鸡蛋，很不高兴地噘嘴："为啥不跟我说谢谢？"

我安抚地拍了拍她的肩膀："大概心情不好吧。"

二

在我眼里，大黄和程瑷都是天生适合搞科研的人。程瑷反应慢，却最是细致有耐心；大黄生性沉静内向，不爱热闹，平常交班前后不忙的时候，师兄师姐凑在一起说笑，他都安静地坐在一旁，和谁也不搭话，低着头自顾自地翻着专业书。

总而言之，都是坐得住板凳也耐得住寂寞的人。

既坐不住板凳又耐不住寂寞的我，对这两种性格都极为羡慕，因此还曾经试着学习大黄这种内向气质。当然，最终无果，因为还没坚持到一天，半个组的人见我就问"是不是谁惹了你"。

从此我只好在话痨的路上越走越歪。

又是一天夜班开始，交班前10分钟，老大忙着应付大主任，暂时没空管我们这些小虾米，大家便趁着还没接手病人的空当，凑在一起聊天。场景照例相似，其他人围成一圈说话，大黄倚在一边的扶手椅上，手里捧着他那本似乎永远也翻不完的专业书。

看见这边热闹，就快下白班的张悦也挤过来凑热闹："说啥呢？这么高兴！"

话题已经逐渐从专业领域跑偏到时新八卦，张悦一听，顿时来了劲，当场开始分享在自己组老гли那儿吃到的瓜，从"某兄弟科室护士长四婚"扯到"某院某科数位主任逛红灯区被团灭"，听得大家一会儿笑岔气一会儿吸凉气。组里的大师姐捏着张悦的脸开玩笑："师妹你太有意思了，来我们组吧，把镜子卖到你们组去！"

我配合地蹿起来，指着师姐佯怒道："喜新厌旧的女人！"

大家都笑起来，张悦接口道："不成不成，估计你们老大想起我换大黄那几回就想收拾我，我还是老实待着吧。"

话题很自然地到了大黄身上，大家不免要调侃几句。聂师兄作为好事之徒，第一个开腔："对了大黄兄，你媳妇儿回来了吗？两地分居的日子有没有很寂寞？"

大黄被点名，忙放下手里的书抬起头，见众人都笑着看向他等他说话，他显得有些语无伦次。眼见气氛就要尴尬，张悦及时接茬："小别胜新婚晓得不！"

我大摇其头："你晓得？你对象都没得！"

正好此时工作群"叮"的一响,老大分配的管床名单出来了,大伙结束了谈笑,纷纷起身去柜子里寻觅自己接手的病人材料。

我的名字照例排在最后,旧病人不多,我暂时没分到管床,正忙里偷闲地欣赏张悦新贴的双眼皮时,旁边一直沉默着的大黄忽然看着我俩开了口。

"羡慕你俩……"大概是我和张悦的表情太过迷茫,他思索了一下,之后又补充半句,"你俩的性格。"

"哈哈,可拉倒吧!"我顿时笑了,由于之前的画虎不成反类犬,我真心想表达一下自己的羡慕之情,"我想学你还学不来呢,你看老大多稀罕你!"

张悦也很赞同地点头:"是啊老哥,当大夫的,话少点才威严,依从性才高嘛。"

大黄很勉强地笑笑,拿好材料后站起身,走出前台:"交班了。"

我和张悦大步跟上。看着他深埋着头的背影,我忽然想起那天他一个人站在角落,表情近乎痉挛时的样子,心里不住地在想:哪有什么最好的性格?只要是能悦纳自己的,都是好性格。

三

天黑得很快,一眨眼的工夫,我们手里都收满了病人,甚至包括本该坐镇中枢的大黄。

谈话区的隔壁窗口,大黄正对着一位肾衰老人的家属束手无策。我手里噼里啪啦地打着字,同时竖起耳朵听着旁边的对话。

家属:"凭什么先交钱再治病?治不好怎么办?坑人吗这不是?"

大黄:"不交押金怎么治?"

家属:"合着你们眼里就认钱?不给钱就看着人死?没天理了吗!你他妈配当大夫吗?"

大黄:"我们有规定,交了押金才能进行相关治疗,不交押金我没法约透析,你们还是先交钱吧。"

家属:"那你给我保证能治好?"

大黄:"保证不了。病人现在的情况很危险……"

家属:"治不好你要个屁的钱,到时候我家人财两空,你们可真打的好算盘!我告诉你,你赶快给我治,治不好我他妈要你好看!"

我心里咯噔一下，眼见这就是医闹的标准台词，手上的动作也悄然停下，暗自扭头往大黄那边看去。只见大黄低着头站在桌前，拳头紧紧攥着，手背上青筋毕露，喉结上下浮动着，看不见他脸上的表情，我心里反而更加没底。

那家属见他低着头没反应，一时间气焰更加嚣张，从窗口伸进手来"哐当"一声推翻了大黄面前的显示器。显示器撞上大黄的胳膊，哐的一声翻倒在桌面上。不远处一个孩子被吓得哇的一声大叫，旁边的家属赶紧抱起孩子，顺着走廊飞一般跑远了。

大黄却没有动，连往后挪一步都没有。闹事的家属张牙舞爪地指着他的鼻子，各种不堪入耳的话如冰水一样灌进耳朵。我一瞬间怒火上头，理智却还没有完全离线——遇上这样的家属，你就是舌灿莲花也跟他讲不通道理，可真动起手来我也不顶用，三十六计，喊人为上。

我趁没人注意，一溜烟儿跑回前台告状。老大一听，一招手就喊了三个师兄，二话不说赶过去给大黄撑场子了。

老大是军人出身，组里的师兄们也多是军校毕业，一排大老爷们往大黄身后一戳，排面瞬间就有了。那家属似是愣了一下，随即扯高了嗓门大叫："怎么着，还想动手？医院不给治病还仗势欺人？你们没王法啦！来人哪！来人哪！都来看看哪！"说罢便干脆地往地上一瘫。

老大没理他，先不动声色地把大黄往身后一挡，和气地问道："伤着没有？"

大黄僵硬地站在原地，没有抬头看老大，只小幅度摇了摇头，半晌也不见出声。我急道："那家伙砸显示器，把大黄胳膊磕着了。"

老大没说话，给了我个眼神。我会意，把大黄往后拽了拽。大黄退了半步，我正好瞥见他的表情，跟之前那次有些相似，他的面部肌肉小幅度抽搐着，表情有些瘆人。我隐隐明白他为何一直低着头，便顺手把他从旁边的小门里塞出去。

周围已经有胆大好奇的路人围过来，那40岁上下的中年男子在地上撒着泼，老大看都懒得看他一眼，打开手机摄像递给我，示意我后退几步，才终于开口道："我们这屋里外一共仨摄像头，电脑砸没砸坏的问题后面再说，你尽管躺地上打滚，我们全方位记录谈话过程，能不能闹赢你心里有数。"

正在撒泼的男人一停，伸着脖子往屋里看，终于看见我们头顶上的广角监控，才明白刚才那番动作是入了镜的，神情微微一缩，再开口时却依然理直气壮："你们不给我妈治病，不给我说法，还仗着人多恐吓家属，你们有理吗？我告诉你们，我妈要是死在这儿，我，我和你们没完！"

老大用看傻子的眼神看了他一眼，拿出仅剩的一丢丢耐心好言相劝："你不缴费，我们从程序上就没法约透析，又不是我们的错，你能怎么跟我们没完？再说你妈有医保，自费没有那么贵，真付不起也还有××等，你要真孝顺，就别拖着老人家。先缴费再治疗是完全合法的，你再怎么作也没结果。"

"我不管那些！你们保证给我妈治好！治不好凭什么要钱！"

老大实在不想跟他啰唆了："拜菩萨都没包拜包灵的，谁能给你保证？人送来的时候情况就很差，怪就怪你们拖这么久才给老太太看病！所有风险签字单上写得清清楚楚，我们只能尽力治疗，接受就签字救治，不签就转院另请高明。"

他伸手把电脑扶起来，显示器经此一役，依然顽强地亮着，老大心疼地拍了拍，挥手示意我停止录像，带着几个没轮到出动的师兄大步流星地回去忙了。

我把手机还给老大，看着人群慢慢散去，先松了一口气。聂师兄走在最后，还时不时回头往谈话间里瞅，嘴里嘀咕着："还以为有硬仗要打，给我激动得够呛……"

我哭笑不得："去你的吧，还敢盼着出事儿，小心我告诉老大，明天你就工伤病假！"

聂师兄马上一瞪眼："兔崽子！就会告老师告老师，你小学生啊？"

我嘿嘿笑着跑远了，先奔到饮水间，打算喝口水。

饮水间隔壁就是休息室，我刚要进去，便听见大黄的声音从休息室的门里面传出来。

隔着门板，传出来的声音音量并不高，其实并不能听清是哭声还是喊叫，但还是让我尴尬得不行，赶快转身离开，心里除了愤慨和同情，也多了一点疑惑。

这年头没遇见过闹事的医生，都不好意思说混过急诊。连我这种实习的兔崽子，也遇见过各种各样的威胁和辱骂，不过横竖身后有老师护着，气过了也就完了。这次事儿比起来也不算非常恶劣，大黄这反应好像过了点儿啊……

不知不觉，脚步已经到了前台，老大正坐在里面打字如飞，见我路过便叫住我问："大黄呢？看见人没有？"

我一时间说也不是，不说也不是，只得含含糊糊地答："呃，好像在那边吧……"

"这么忙的节骨眼儿他干什么去？人我都打发了，赶紧让他过来，喏，顺便把这几个档案给他。"

我点头接过东西，转过大半个病区，又回到休息室那扇门前。不过才转一圈的工夫，里面的声音已经消失，只有轻微的窸窣声响。我拿不准这会儿进去合不合适，正琢磨该哪只手先敲门时，门锁"咔嗒"一响。

大黄自己走了出来。

我尴尬得头皮发麻，只得干笑两声："啊，那个，老大让我给你拿资料来，他叫你去前头盯着。"

我偷偷抬头看他脸上的神色，却见他面色基本如常，眼睛里是大家都有的熬夜熬出来的红血丝，除了发际线边缘有些隐约的湿意之外，他与平日并无不同，丝毫看不出刚才离开谈话间时近乎扭曲的表情。

他看了我一眼，没有说话，只略微点点头，一手接过档案，一手把门带好，依旧沉默着往前台走去。

凌晨3点，我手里最后一个病人转到了其他科室。难得无事一身轻，送完人从住院部回来，我愉快地决定找地方打个盹儿。

休息室分为里外两间，里间是专门给女生用的，老大肯定不会随便进来。我把里外间的灯都关上，摸黑走到最里面，把手机音量调到最大，确保工作群只要一有消息就能醒过来，然后放心地窝进椅子里合上眼睛。

刚刚眯了一会儿，外间的门忽然响起来。

我不敢睡熟，一听动静立马跳起来，疑心是老大来查岗，赶快悄悄把里间的门合上，留下一条缝观察来人。

灯一直没有亮起来。

开门的人走进来，看身形并不是老大，我放了心，慢慢松开门把手。只见那人脚步有些急，一路摸着黑，身影在桌旁的椅子上靠了一下，却没坐上去，而是背靠桌子慢慢地蹲下来。

我很好奇，转身回到屋里，正想着这人怎么动作奇奇怪怪的，就听见一阵变了调的哭号从外面传进来，瘆得我在黑暗里打了个哆嗦。我赶紧趴回门边，小心翼翼地扒着门缝往外看。

借着窗外路灯映进来的微光，只见蹲在地上的人影正用力地撕扯着头发，嘴里含糊地号叫着，不完全是哭，但比哭还吓人。

我又是惊愕又是窘迫，实在没想到打个盹儿还能撞上这种场景，吓得大气都不敢出，想起白天在饮水间门口听见的声音，愣了一会儿，又蹑手蹑脚地挪回椅子上坐下。

无论是不是大黄，躲到这里来的人，应该都不希望此刻被别人看见，我还是当今晚没来过的好。

外面的声音终于渐渐平息。

我屏息听着门外的动静，洗手池的位置响起哗哗的水声。不久，外间的门再次被打开，借着屋外照进来的灯光，我看到他把白大褂整理好，理了理头发，抬起头走了出去。

就像什么都没有发生。

四

急诊大门外,"闲人免进"的牌子不是白挂的,包括医生自己的家属,都很少往急诊来,只一种情况例外,就是自家出了病人。

这天刚过午饭,我和程瑗从办公室回来,路过儿科诊室时,就看见大黄正站在儿科诊室的门外跟一位带着孩子的年轻妈妈说着话。

我不记得科里收了孩子,正疑惑着,程瑗忽然眼睛一亮:"哎,快看,黄嫂!"

意识到传说中的黄嫂和小黄出现了,我和程瑗兴致勃勃地走近,却冷不防听见一阵不和谐的争吵。

刚刚还坐在排椅上的黄嫂此刻已经站起了身,似乎正要把孩子递到大黄怀里,大黄却往后躲了躲。我和程瑗又靠近了些,便听清了黄嫂着急又气愤的声音:"你带他一天,就一天,孩子得病了你不管?"

周围人的目光全都看过来,大黄却依然没有接过孩子,手局促地伸在半空中似是想接,又似是在拦。黄嫂见状,不由得更加生气:"就在你们医院!就在你们急诊!我妈得病也在你们医院,你不陪。这回你儿子你陪一天行不行?"

大黄嗫嚅着,半天憋出一句:"我……我得当班……"

黄嫂气得闭了闭眼睛:"我知道你上班!我就是闲人吗?我妈还躺在你们住院部,儿子烧成这样没人管!就在你们科,你陪着不行吗?孩子是我一个人的吗?!"

大黄答不上话,黄嫂气得把孩子往他怀里一塞,甩手就要走。眼见妻子要出门,大黄赶快过去拦,这一折腾,孩子也在大黄怀里大声哭起来。黄嫂忍不住回身,大黄见状,急急道:"这儿我离不开,你带孩子去留观区……"

黄嫂气不打一处来:"这儿你离不开,你儿子也离不开你!你一天都不管?有你没你有多大区别?我受够了,过不下去就离吧!"

重话一出口,大黄急得要命,却说不出什么话来安抚在暴走边缘的妻子。眼见场面就要失控,程瑗赶快拉着我上去打圆场,她跟黄嫂好歹算认识,先上手架住黄嫂,把她揽到一边:"姐,你先消消气,有话好说……"

黄嫂面色全然没有缓和,直直盯着大黄,半晌冷笑一声:"你当我还是唬你的?这回我想好了,反正有你没你,我都过得跟个单亲妈妈一样。"

128

她从口袋里拿出手机:"你只要今天点头,回去等我妈好了,咱们就离婚,孩子归我,反正跟你你也没空带不是吗?以后孩子就算我自己的,再不用你黄大夫出半点力。"

这辈子头回遇上动真格的闹离婚,我当场傻眼。程瑗也僵僵地架着黄嫂的胳膊,劝也不是,不劝也不是。大黄怀里抱着哭闹的儿子,急得眼眶发红:"我,我……"

就在这个节骨眼上,我们三个人的手机很要命地同时响了一声。唯一腾得出手的我打开手机一看,是老大发的一条信息,点名大黄:

"人呢?你16床抢救!"

我喉咙一紧,对着眼前的情形怔了一秒,终究还是职业本能占了上风,狠狠心把消息转告给大黄:"16床抢救……"

大黄立刻就要放下孩子。黄嫂的手颤了颤,细长的手指攥得骨节发白,喝道:"你想清楚!"

大黄身形一僵,却几乎没有停顿,一转念居然直接把孩子往我怀里一塞。我脑子一蒙,本能地接稳,等回过神来,眼前已经只剩下大黄的残影。

"等我,先抢救……"后面的话已经听不清。

气氛瞬间降到冰点,让人觉得周围的空气都黏稠起来。我抱着孩子,不知所措地看了一眼已经关上的抢救间大门,又小心地看了一眼黄嫂。黄嫂咬着嘴唇盯着孩子,终于忍不住,坐在旁边的排椅上,低头捂住了脸。

程瑗手足无措地揽住她的肩,抬起头对我做口型:"怎么办?"

鬼知道怎么办!

半晌,黄嫂起身,迅速抹了把脸,近乎平静地对我伸出手:"我来吧。"

我和程瑗送黄嫂回儿科诊室门口。黄嫂在等候区坐下,轻声哄着怀里的孩子。孩子发着烧,本来就没有力气,哭了一阵便沉沉睡去。

直到此刻,我才有空留意了一下她的长相。看得出黄嫂是个挺标致的美人,即便连眉毛都没画,也依旧瞧得出五官精巧、轮廓秀致,只是气色并不好,唇色很淡,眼下有明显的青黑,像是一直休息不好的样子。

儿科诊室里的家长,这副面容常见得很。

"让你们见笑了。"黄嫂露出一点歉疚的神色,"打扰你们工作,我也不想……"

我赶忙摆手道:"没关系,没关系,我们俩都只是一线,没病人的时候不那么着急……"

程瑗踌躇了半晌,到底还是开口试图劝和:"大黄其实很不容易,他跟我们不一样,他是……"

"我知道,他是你们大师兄。" 黄嫂平淡地打断她,"他一天说八次,没他不行。"

程瑷呛了一下,不好意思地笑道:"确实,组里其他人资历都还浅,只有他能坐得了前台那个位置。"

"我知道,可我儿子也就一个爸爸。"黄嫂没有抬头,只爱怜地抚着幼儿的柔发,"以前我也自豪他是个好大夫,但我嫁他之前,从没想过会这么难。"

"我们谈恋爱的时候我已经工作了,他在读书,我们结婚时他还在读书。我知道你们这行伟大,我愿意等,但现在我觉得就这个样儿,我再等也熬不出头了。"

"我生孩子那天他来了。当时他还不在这儿,我刚生完,科室一个电话他就赶回去上手术。他请不下陪产假,整个月子期间都是我妈在照顾我。我也心疼他没日没夜地忙,下了班还要搞论文、做科研、考证考职称,书都跟砖似的厚。我知道他难。"

她抿着嘴,秀致的眉毛蹙着,眼神看着诊室里正在忙碌的儿科医生,神情似是无助,又似是悲哀:"可谁不难啊?他007,我996,说句难听的,他十年书读出来,又留学又读博,30岁了才出来就业,结果挣得还没我多。我也想全心顾家,可就他那一脚踢不倒的工资,养得起孩子吗?"

黄嫂继续低声道:"我父母身体不好,带孩子帮不上大忙,生孩子以后这几年,我基本上没睡过一个整觉。他一天到晚不是夜班就是抢救,半夜一个电话过来,人说不见就不见了。前阵子我妈住院,就在你们医院心内,他说不能去陪,到现在都只有我爸一个人在身边。"

她抬头直直盯着我:"我不难吗?"

我手足无措地看着她。这个还没来得及衰老就已经显出憔悴的美丽女子,怀里抱着刚刚睡去、脸上还带着发烧的潮红的幼小孩子,我没能说出话,却感同身受般生出一阵凄惶。

里头是性命攸关,外面是至亲至爱,放哪一头?

深夜里休息室的痛哭声犹在耳畔,我想了想,还是试探性地问她:"大黄师兄……是不是有时候心理压力很大?"

她有点诧异地看了我一眼:"他上班时也总那副样子?"

程瑷听得云里雾里,呆呆地问:"怎么了?什么样子?"

我赶忙摇头:"没有,那倒没有,就是偶然有几次事情,看他状态不太好,不知道是怎么回事。"

孩子有些醒了,低声哼唧了几声,黄嫂连忙安抚,嘴里很随意地答:"能有什么事，要论辛苦，谁比谁轻松？挺大个男人动不动就抑郁，早叫他少吃那些乱七八糟的药，自己调节好心态最要紧，结果怎么样？药成天吃，日子比以前好过了吗？"

队伍往前挪了几位，眼看就能走进诊室了，我转头望着另一个方向，走廊的尽头，是抢救间紧闭的大门。

五

程瑗刚被老大在群里点了名，先一步回去了。我跟儿科老师好歹算熟，索性留下来，陪黄嫂排到了号。可没等孩子打上吊瓶，黄嫂接了个电话，没说几句，她的脸色就瞬间一白："不好了？什么，什么不好？……爸，你先别急，大夫怎么说……"

挂了电话，黄嫂急匆匆抱着孩子起身，步子还没迈出去就停在半路。她低头看着怀里烧得红扑扑的孩子，眼神看向走廊那一边紧闭的抢救间大门，恨恨地长吸了一口气。我忙问："怎么了？"

"我妈那边出事了，我得去看看……"她看了看孩子，沉吟一瞬，终究把眼神聚到了我身上，"求你了，孩子……孩子你能帮我看一会儿吗？或者等小瑗出来……"

事实上我也在当班，只是这会儿刚好手里没有病人，可即使能闲得一时，下一秒也说不定就和程瑗一样被一条消息叫回去。拒绝的话在嗓子里打转，面对这种情况却实在说不出口，我只得勉强点头："我尽量，我再找找人……"

黄嫂感激地点头，倾身将孩子递到我怀里。我笨拙地抱着孩子，目送她离开，心头一阵上火。等会儿要是我被叫回去，这娃咋办？难不成带进去搁着？

想来想去，我很自然地把主意打到了某位此时刚好不当班的张姓同学身上。

我：在吗？闲吗？有空哄孩子吗？

张悦回消息的速度堪比自动回复：在！闲！有！在儿科吗？我这就去！

我：不在儿科，见不着你家顾问，是急诊，大黄家的小黄发烧了，在留观区输液没人管，你有空的话来帮忙瞅瞅？

张悦：啊！这么回事，等着，我这就过来。

张悦：有去儿科的活儿记得叫我哦。

实习生都统一住在医院寝室楼。张悦脚程快，才十来分钟的工夫，我们就对接完毕。她抱着孩子在留观区打上了针，我则如释重负地回到谈话区。

"老张真是个好人，回回救大黄于水火。"心满意足地给张悦发了好人卡，我一头扎进病历堆里，安心开始干活。

终于熬到了交班时间。

交班结束解散，大黄依然忙得脚不沾地，我想了想，便先溜出去找张悦。

张悦在留观区的床上倚得快要睡着，一见我立刻打起精神，用气音小声道："下班了吗？小黄他爸呢？"

"还在里头呢。烧退了吗？"

"退了，正睡得熟呢。"

孩子在张悦怀里躺得安安稳稳，一张小脸肉嘟嘟的，很是喜人，小嘴微微噘着，口水滴答，睡得正沉。张悦打个哈欠："大黄他老婆还没回来吗？这娃娃现在谁在带啊？"

我简单解释了来龙去脉，张悦听完张口结舌，难得半天没接上话。我明白她的想法——想劝和，却着实不知道该向着哪边说话。

我们相顾无言，不记得过了多久，大黄的身影终于出现在留观区门口。

他眼神急切地张望着，见我们朝他挥手，便快速地奔过来。他一边跑一边解开扣子，一把扯掉白大褂，将其撂在一边，轻手轻脚地坐到床边，把儿子轻轻揽进怀里。

脱掉那件白服，他终于看起来像一个父亲。

张悦抿着嘴不肯说话。我思量了一下，跟他说了黄嫂母亲出事的事情。他脸上一惊，马上掏出手机拨了号，举了半晌，很快，听筒里就隐约传来拒接的声音。

大黄握着手机没有说话，脸朝着墙里的一侧，面部又出现了我曾见过的那种抽搐，嘴角下拉着，呈现出一种痉挛一样的表情。我有些慌张，拉着张悦往旁边坐了坐，尽量选择一个他不需要直接面对的方位待着。

我感觉到他深吸了一口气，然后转过头来，抱着孩子起身，朝我们深深低头，低声道："谢谢。"

张悦大大咧咧地摆手："小事小事，反正我离得近，没费什么工夫。"

我也点头："针都打完了，孩子没事了，快去吧。"

他低声应了，抱着孩子起身。旁边床位守着孩子的女家属看着大黄刚脱下的白大褂，颇羡慕地称赞："真好呀，爸爸是大夫，孩子生病时当妈的肯定省不少心。"

谁也没答话。半晌，大黄略微朝他们点了点头，再次朝我们道了谢，转身往门口走去。

年轻的父亲一手揽紧幼儿的背，一手搭着干净的白大褂，腰背努力挺直着，快步朝住院部的方向赶去。

后记

培养一名医生需要多久？

以普通的学硕为例，本科 5 年 + 硕士 3 年 + 博士 3 年（延毕另算）+ 视情况规培 3 年 =14 年。

一名急诊医生要面对什么？

以抢救间为例，值班每组约 10 人，单个夜班期间，我所在的组最多收治过 34 位患者，其中 3 位在当晚进行抢救。

过劳、猝死、职业暴露、恶性事件，是急诊医护人员的家常便饭。大黄只是他们中普通的一员。

他们没有法定假日，没有安全保障，没有良好的薪资待遇，经历着他人的生生死死，很多时候，自己也看不到未来。

艰难的抉择

一

月初了，又到了新人入科的季节。

虽然新人扎堆被分去了两个女老师带的组，老大一个也没落着，但张悦同志借着我们组少人的东风，跟总带教软磨硬泡，终于正式串进我们组，成了老大手下的正式组员。此番操作既抚慰了因人手不够而心塞的老大，又回归了跟我同步吃住的美好生活，大家都十分满意。

正式入伙的第一个夜班，全组的师兄师姐均对老张的到来表示欢迎，一贯最欠揍的聂师兄笑嘻嘻地道："这下可好，咱组有一对兔崽子了。"

聂师兄其人，大名聂思毅，是程瑗的同门，性子却和程瑗截然相反。程瑗天生反应比别人慢半拍，不太懂人情世故；这位聂师兄却最喜欢搞事，是个唯恐天下不乱的主。不过好在他行事机敏，反应也快，以至于老大对其又爱又嫌弃，御赐外号"聂小欠"，大家玩笑时便一口一个小倩师姐地喊，难得他也从不生气。

张悦哪是斗嘴会吃亏的主儿，一听这话立刻开始反击："那就拜托小欠儿多多关照啰！"

大家还没来得及笑，老大就从门外威严地踱进来，所有人赶紧收声。聂师兄没机会回嘴，笑嘻嘻地对她做了个"打爆狗头"的手势，便也自顾自地忙去了。

今天老病人不多，我目前还空着手等着接新收，然而忙里偷闲去喝口水的工夫，门口就传来一阵骚乱声，我赶紧放下杯子迎出去。果然，下一秒老大洪亮的怒吼就传过来："兔崽子，出来收病人！"

我颠颠地奔过去准备干活，结果迎面撞见刚进了谈话区的张悦，她也正颠颠地跑过来。老大一愣，难得笑了一声，朝老张挥挥手："忘了有俩兔崽子了。叫她呢，你先忙你自己的。"

张悦应声溜走。我正忙着把碍事的凳子拖开，救护车的折叠床就已经从外面推进来，我扫了一眼，头皮猛然一紧——床上躺着的，是个插着呼吸机的孕妇。

见到呼吸机，我第一反应联想到的就是呼衰，心下不免紧张，忙帮搭手把床推进来，眼光划过患者的脸，却被吓了一激灵。那是个女人，看上去30岁上下的年纪，容貌普通，身材也适中，脸色还算正常，其实并不吓人，只是我本以为插着呼吸机的患者意识不会很清醒，谁知她双眼睁得大大的，眼珠转动着打量四周，视线跟我对上时，居然还眨了眨眼。

我呃了一声，才反应过来这会儿该考虑的可不是跟不跟她打招呼，便赶忙去接救护车工作人员手里的单子。复印纸拓出来的单据一展开，"癫痫"两个潦草的大字就映入眼帘。

我忽然松了口气——最起码比呼衰强吧。

患者的丈夫就在旁边，此刻正举着一沓子病史资料手足无措。趁老大询问的工夫，我把那堆资料拿过来略略翻了一遍，总算心里大概有了数。

患者梁诗芸，35岁，孕24+3周，初产妇，既往神经胶质瘤3年（星型二级），于当地医院手术，术后化疗半年，此后未再服用抗癫痫药物；然而15天前在睡眠时突发颈部向右侧持续性抽搐，双眼向右侧凝视，持续20秒左右自行缓解，发作时意识清醒；在当地医院就诊，首查MRI显示术区异常信号，脑内少许小缺血；之后几天时有发作，症状同前，持续1分钟左右缓解；3天前出现癫痫大发作，四肢抽搐伴右眼凝视，四肢强直，颈部背伸，牙关紧闭，口吐白沫，发作时意识丧失；再次就诊于当地医院，之后数次癫痫大发作，血氧下降后予气管插管转入ICU，常规治疗后转送我院。

总而言之，大概就是胶质瘤导致了继发性癫痫，最终目标肯定是送神外——不过考虑到还不到6个月的胎儿，妇产科肯定也要到场。

神经外科标准严、要求高，实习生是不会被安排去神外轮转的，因此我还真的没现场见过癫痫发作。不过看了前头那段关于癫痫大发作的病情描述，我暗自打了个哆嗦，默默祈祷她千万别发作，我真的一点儿都不想长这个见识……

二

夜班之神保佑，我总算没马上长见识。

这位梁诗芸女士虽然入科的架势吓人，但毕竟是下级医院已经处理过的，各项指标都还平稳，意识也很清楚，一双眼滴溜溜地跟着人转，只是还插着管，不好回答问题，于是问病史的对象就锁定了她老公——就是眼前这位高高壮壮的大哥。

大哥一张嘴就是标准的东北口音，我听得两眼泪汪汪，可惜不是认老乡的好时机，便赶紧把话头拉回来："从第一次大发作以后，这三天一共发作过几次？"

大哥答得利索："算上最开始那一次，一共三次。十多天前那几次抽得不严重，时间也短，后面这三次抽得人都不清醒了，一抽就抽好几分钟。"

"抽的时候大小便失禁吗？"

"那倒没有，就是牙咬得紧，看着太吓人了。"男人看上去很着急，"大夫，她再抽的话，会不会咬到舌头啊？我之前想把她嘴掰开，但她咬得太紧了，我没掰动……"

我连忙劝阻："要不得，要不得，有发作喊大夫就行，我们来处理，家属可千万别自己硬来。"

不知道哪儿来的江湖传言，癫痫患者家属似乎都害怕患者"抽风"的时候会把舌头咬断，所以一旦发作，第一反应就是要把患者的嘴弄开，可实际上一没必要，二也实现不了。

这位老哥已经算温和了，试了掰不开就拉倒。以前神经病学老师讲课的时候说起过一个病人——女患者癫痫住院，第二天头头上班发现患者门牙没了，一问才知道是患者昨晚发作了一回，老公一着急拿筷子撬嘴，结果嘴没撬开，把门牙活活给撬崩了……多犯不上。

正打算问些既往史，张悦的脑袋忽然从外头探进来："镜子，妇产和神外的会诊都到了，老大让你先过去呢。"

我捧着键盘一时犯难。张悦见状，直接过来一屁股把我挤走："差多少没问完？你去跟会诊，后面的我来，下班请我喝奶茶，少冰、多糖、加波霸。"

"知道啦！"我把电脑让出来，和家属打了个招呼，匆匆进屋听会诊去了。

场面比我想象的大。

毕竟是从ICU出来的病人，老大以及老大的老大都很重视，已经下了班的三线半路又折了回来，神内、神外、妇产和重症医学的老师也都到了个齐。

外院的MRI结果毕竟是十多天前的，说不定情况已经过时，老大早安排重新做过，此刻新出炉的片子正捏在神外老师的手里。床旁超声也还没走，妇产科老师的眼光在屏幕上盯了一会儿，我察觉到她悄悄松了口气。

"和之前那张差不多，左侧额部术后改变，术区异常信号，少许小缺血。"神外老师放下片子，看了眼患者，不动声色地退了几步。老大会意，径直走过去，拉开会议室的门，等所有人都进去之后，顺手把门带了个严实。

神外老师满意地看了一眼关上的门，眼神先是转向妇产科老师："产科情况怎么样?"

妇产科老师点点头:"还不错,一切正常。"

从态度上来看,病人和家属显然对这次怀孕很重视,病人从怀孕开始就在外院建档,定期产检,各项检查和监测一样都没落下,所以胎儿状况良好也在意料之中。可我仔细观察着老师们的神情,却发现谁也没有露出轻松的神色。

"患者目前一般情况稳定,意识也清醒,气管插管可以先拔了。后面的处理也不复杂,抗癫痫治疗为主,各项监护和支持性治疗给上,等我们科床位腾出来就可以住了。只不过……"神外老师举起那张片子又看了一眼,"劝一劝吧,最好放弃胎儿。"

妇产科老师点头。我吃惊不小,眼神马上投向老大。老大大概看出我的疑惑,解释道:"抗癫痫药物存在致畸风险。"

"跟家属交代得详细些。"妇产和神外的老师又交代了一些注意事项,写好了会诊意见后便准备离开。我走在最后,送几位老师出门。关门前,我隐约听见那位妇产科老师自言自语地叹息道:"可惜喽……"

是啊,多可惜。

三

难过归难过,该说的话一句也少不了。

谈话窗外的大哥攥着拳头,近乎乞求般地把头伸进来。他身材高壮,不得不伸长了脖子半低着头,姿势看起来颇为好笑,可任谁见了也轻松不起来。

"已经5个多月了,再晚点儿,再晚一点儿,就算到时候7个月早产了生,也能留孩子一条命啊!"

我被那双眼里的恳求之意逼得本能地后退,不敢看他的脸,只盯着屏幕上的会诊意见念道:"刚才会诊的时候,产科和神内、神外的医生已经研究过这个问题了。患者考虑为继发性癫痫,可能是由于胶质瘤进展,才导致了癫痫大发作。目前拟定使用的抗癫痫药物有致畸风险,如果非要保胎,那就不能用药,癫痫发作就无法控制。到时候别说是手术处理胶质瘤了,如果出现严重持续的大发作,是会直接威胁大人生命的,所以专家会诊意见很一致,所有老师都建议放弃胎儿。"

听到这句,他喉咙里哽了一声,视线垂下去,再抬起来的时候已经含着眼泪:"就没别的办法了吗?有没有别的办法能治癫痫?这孩子来得不容易,5个多月了,眼看着再撑一段时间就有希望生下来……"

便是在急诊，身高八尺的壮汉抹眼泪也是不常见的，可我搜肠刮肚也找不出一句能说的好消息，只能狠狠心继续戳灭他的希望："患者之前发病的样子你看见过，ICU都住过了，有多危险你大概也猜得出。目前的情况，抗癫痫治疗是最好的办法，别说她的预产期远在4个月后，就光是想比较安全地撑过这一两个月，这药都非用不可。非要保胎的话，对孕妇来说风险太大了，相关科室都不建议做。"

他呜咽着，把手撑在窗台上，指甲在合金窗框上抠得咯吱响。我咬咬牙，最后再补上一句："即便冒险强行保胎，癫痫发作不好控制，胎儿也可能会出现宫内窘迫，有胎死宫内的风险。我们很遗憾，但目前还是大人的安全要紧……"

他的头深深低着，时不时传来两声吸鼻子的声音，半晌点头道："对，大人好好的最要紧。孩子……孩子还会有的。"

我长长舒了口气。这种做恶人的谈话真是折磨人，要是搁电视剧里，我妥妥就是站在产房外头残忍地问人家保大还是保小的NPC。

大哥抹了把脸，从我手里把单子接过去，草草在一角签上了字。末了，他望着我身后那扇通往病区的门，带着些鼻音问道："告诉我媳妇儿了吗？"

"还没有。她刚拔气管插管，我不好跟她沟通，先来告知你了。"

"那……你们一定缓着点儿告诉她，她性子急，别激着她。"

"我们会的，感谢您的配合。"我拎着签好的单子，如释重负地出了谈话间。

然而我这重负释得太早了点儿。

望着眼前微笑地摸着肚子的梁女士，我一肚子的话都卡在脖子以下，对上她的眼神以后，更是连个话头都打不开。

眼前的女人瞧着文弱得很，身材在孕妇里算不上丰腴，肤色偏白，眉形细弯，虽不算上佳容貌，端详起来也有些古典的韵味，不过一开口就绝不是这回事了："噫，小王八蛋又踢我。"

饶是肩负着艰巨使命，我也差点笑出声来。当下开口也容易些了："哪儿不舒服吗？"

"没有没有，老舒服了，之前插着那个管子没把我难受死。"她的声音听上去有点哑，神志虽然清醒，却不是很有精神，估计之前确实没少遭罪，"我之前没得空问，这是住哪科来了？还是ICU吗？"

"不是，这是××医院急诊抢救间，现在在这儿做一些基本处理，等有床位了再把你转去神经外科。"

我还没来得及引入话题，她忽然抢着问了一句："孩子没事儿吧？"

我像是考试没答完就被抢了卷，顿时慌张起来。孩子现在是没事儿，可很快就会不好了……这怎么答？要不要趁现在直接说？

只是极短的一刻犹豫，那女子就迅速感知到了我的慌乱。刚才还神情平和的准妈妈顿时惊恐起来，迅捷地伸手攥住我的袖子，明明没什么力气，却捏得我一阵生疼："孩子不好了？我孩子怎么了？刚才还在动呢！"

"没，没有。"见她这副样子，我赶忙扶住她的胳膊，挂上满脸的微笑安抚她，"孩子现在没什么问题，床旁超声之前来看过，胎心什么的一切正常。"

这话严格上来说也算不得撒谎。那妈妈听了，显然是松了口气，撒开我的袖子，又慢慢躺平。好歹把患者忽悠住，我正想着赶紧溜出去请示老大，刚躺下去的大姐又揪住我的衣服："真的？没忽悠我？"

"没，没。"我觍着脸毫不心虚地道，一边悄悄搓掉指缝里的汗，"骗你干吗？说起来咱还是老乡嘞。"

"哎哟，还真是，我说你的口音怎么这么熟呢。妹子你哪儿的？哎，我手机在床头柜里吗？咱加个微信呗！"

可算把话题转开去，我也懒得管该不该给患者微信的问题了，加完好友又胡乱扯了几句闲话，就想赶快回去请老大拿主意。谁料不知是不是他乡遇故知，高兴过了头，这病人明明看上去很没精神的样子，话匣子却完全收不住，东拉西扯了好半天也没有放我跑路的意思。

"妹子，你说，这核磁对孩子到底有没有影响？之前我老公把我弄去做，大夫都跟我说没事儿，我总觉着他们好像在哄我。你这人一看就实诚，跟姐说句实话，到底是不是对孩子不好？"

这句"实诚"，我多少有些受之有愧，不过幸好这问题本身并不难回答："核磁是没关系的，因为没啥辐射，需要注意的是CT和X线，那些确实多多少少有影响。不过主要也就是孕早期比较敏感，月份大了以后，致畸风险也没有那么高的。"

"致畸"两个字一出口，我明显察觉出她神色一凛，听到"没那么高"以后，她的脸色才稍微缓和。我心下微叹，正想再开口，却听见她又轻轻呲了一声。

"怎么了？不舒服吗？"

"没有，就是这小浑蛋又动了。今天也不知怎的，折腾得厉害，怎么躺都不消停。"

我哭笑不得地看着她一边骂小浑蛋，一边把手覆在肚子上轻轻抚摸，虽然语气十分剽悍，但那神情分明带着爱意，眉眼间闪烁着母性的光辉，像极了小时候我妈捏我腮帮子时的表情。

想到要说的事儿，我心头又是一窒，忽然听得旁边有人笑嘻嘻地问了一句："怎么这么叫孩子呀？"

我扭头，果然，自来熟小张正端着小托盘路过，大概是刚巧听见关于小混蛋的内容才有此一问。同样自来熟的大姐也接得顺口："哎，你不知道，这小东西来得不容易，都说贱名好养活，我想着叫糙一点儿，以后才壮实。我老公姓赵，我说等生下来以后起小名，男孩儿叫赵铁柱，女孩儿叫赵翠花，为这事儿我还跟我老公干了一仗。"

这样的说法，我从小就听过，但年轻一辈里，还真没见过有狗剩、翠花之流。看来起名的问题上，这位妈妈着实……用心良苦，也着实下得去手啊。

张悦端着盘子嘎嘎乐了半天，随后笑嘻嘻地问："那谁赢了？"

文弱的梁大姐咧出一口整齐的白牙，声音虽然有气无力，语气却十分的豪横："还用问，当然是我！别的事儿商量商量也罢，我怀的娃，当然我说了算，他才不敢插嘴！"

大概是回想起跟老公干仗赢了的事，她志得意满地调整个姿势继续躺着，一手按在肚皮上，嘀嘀咕咕地小声唠叨："小东西，怀你可遭罪了，以后可记得孝顺老娘！"

趁着她自言自语的空当，我赶紧逮住机会，拉着张悦一溜烟儿地溜出了病区。

刚才跟患者一起傻乐半天的老张，在门外听完我那段谈话的本意后，整个人都开始打蔫儿。

"这可真是造化弄人。多年不育，一朝得子，突发急病，进退两难……"

"真贴切，你不如改行去作诗。"我薅着头发抓狂，"但我咋整啊？按大姐刚才紧张孩子的态度，我要按实情讲出来，她不把我扔出去？而且这病人偏就受不了刺激……"

"还能咋办？问老大呗。再说她老公不是已经签字了吗？按我说，干脆不告诉她，先把病治好要紧，没有大人，孩子再怎么样也白搭。"

"肯定不成。这事儿于情于理她自己都得知道，真不经过她同意就做引产，搁我我也不干，以后要么两口子干仗，要么两口子一起和医院干仗。"

"那就没办法了，必须告知，告知了患者又会有情绪波动，谁知道要怎么说。"

四

"怎么说？"

办公室里，老大一边在成堆的病历里忙活，一边用关爱智障的眼神看了我一眼：

"又不是你老婆，轮得到你去说？她老公做了决定，当然让他们自己商量了。两口子的事儿你跟着操心，吃饱了撑的？"

好有道理，我竟无言以对。

看着我们茅塞顿开的表情，老大无语望天："清醒一点，你们是大夫，不是居委会大妈，你们的职责是告知病情，至于怎么稳定患者情绪、怎么劝她接受现实——这不是家属考虑的问题吗？"

被道破居委会大妈的人设本质，我顿时觉得老脸没处搁，可惜操闲心操成了习惯，最后还是很鸡婆地问了一句："那，那万一他们没谈好呢？到时候咋办？"

"咋办？凉拌。要真是她家人都说不动，患者非要保胎的话，按患者意愿治就是了。孩子是人家的，命也是人家的，我们该说的话都说了，难不成还逼着人家做引产？"

"可是……"

"还可是啥！"老大彻底暴走，一纸卷子把我和张悦一起打出办公室，"活都干完啦？闲着没事儿啦？闲的话今天给你俩一人收5个，省得总操心这些有的没的！快快快，滚出去干活！"

捧着签好字的病历站在门外，差点被关门声震聋的老张瞅了我一眼，呆呆道："你之前说周老大脾气暴，我一直以为你是吓唬我的……姐妹诚不欺我。"

我捏捏耳朵，把病历从她手里拿过来，倒也松了口气："无论如何，这烫手山芋是要给她老公自己消化了。唉，希望大姐别太伤心……"

拿了通行证进门的赵先生，压力明显很大。

本着不再多事的原则，我尽量少跟家属再提病情之外的事，不过看着他现下忧心忡忡的样子，我还是忍不住安慰了一句："别太紧张，缓着劝能劝通的，也不是马上就做引产。"

大哥眼眶还有些红，大抵是一个人在外面也没少偷着抹眼泪，此刻听了我的话，显然也没被安抚到，眉头依然焦虑地蹙着："不，你们不知道她……"

看着走在前头的张悦晃动的后脑勺，我也猜得到她在想什么——亲，我们知道，我们见识过……

说话间，梁大姐的床位就近在眼前了。大姐一见到老公，却没有先打招呼，而是环顾四周，见其他床位都没有家属进来，便紧张兮兮地低声向近前的张悦问道："这大晚上他进来干吗？我是不是不行了？"

老张毫不惊慌，忽悠人的话张口就来："哎呀，想哪儿去了，你好着呢！这不是你老公不放心你，想进来看看嘛，跟我们老大商量了半天呢。"说罢半回过头，对家属使了个眼色。

大哥会意，上前几步，摸摸老婆的肚子，强笑着开口："诗芸哪，感觉怎么样？"

病人摸着另一边的肚子，笑眯眯地开口："挺好的，挺好的，不插那个管子了，舒服得很，就是浑身没力气。你怎么还没找地方住下？大半夜的进来干吗？"

病人下午5点多就入院了，现下时间已近半夜，要说进来不是有正事要说，谅谁也不会信。我干脆把话头往前一推："你老公有点事儿想跟你商量，你们先说着，我俩正好有个患者要处理。"说完便赶紧拽着张悦挪出几步，在几步外的柜台边上比比画画，眼光暗暗留意着这边的动静。

大哥拉了凳子坐下，开始低声和妻子说话。我和张悦支棱着耳朵也听不到什么，不过看两个人情绪都还平稳，应当谈得比较顺利。

我长舒一口气，可下一口还没吸回来，就听见那边砰的一声响，接着有个什么东西贴着我身边飞过去，带起一阵小风，把我吓了一跳。

回个头的工夫，老张已经先赶了过去："别激动，别激动！"

百忙之中，我辨认出刚才飞过来的东西是一包抽纸，按"她本人—她老公—我"三点一线的站位来看，大概想砸的也不是我。我一眼看过去，果然大姐杏眼圆睁，柳眉倒竖，一只手轻飘飘却恶狠狠地攥着老公的衣领，另一只手按在肚子上："你敢签！敢签我跟你没完！"

我心下紧张起来。这反应比想象中还大，扔抽纸恐吓老公是小事儿，但这可是癫痫病人，万一她一急眼发作了可就麻烦了。我赶忙从另一头上去按住她的肩头。张悦放下她的手，顺手把家属往后推了推，又一下一下地轻轻拍抚她的胸口给她顺气："大姐，别激动，有事儿好商量……"

"没商量！"大姐眼神盯着站立不语的老公，声音虽弱，语气却斩钉截铁，"什么药我都不用，抽就抽，来，现在就把管子插上，天天插着，插几个月我也不怕！这都发作几次了，我不也没死吗？就几个月我还挺不下来？"

两步外的丈夫盯着激动的妻子，脚下动了动，似是想上前，最终还是站在原地没动，只低声道："不能冒这么大的险，你治病要紧，孩子以后可以再要……"

大姐猛然打断他："什么以后再要，孩子都5个多月了，你说不要就不要？！你不要我要！我的病怎么治我自己说了算，不管怎么样都不许动孩子，你听到没有！"

"你冷静点儿！"大哥也终于激动起来，眼睛里都浮起若隐若现的血丝，"都跟你说了，你就算现在不用那药，大人不安全，孩子能安全吗？再说要是把你这病耽误了，以后你有个万一，就算有孩子了，那还有什么意义？"

"我不管，你信我的，我死不了的，这孩子我铁定要生下来，谁说都不好使，我要拼一把！"

"我信你个鬼！什么拼一把？玩儿命啊？你怎么知道你能没事儿？你知不知道你之前抽的时候……你不要命你也得替别人想想！"

"我先得替我孩子想！我还没死呢，你要是敢越过我直接拿主意，信不信等我出去打断你的腿！"

她虚弱地放着狠话，额角上的血管高高迸出来，样子着实骇人。我和张悦听得瑟瑟发抖，眼见情况就要不受控制，只好先好言把家属劝出去再从长计议："大哥你看，你俩情绪都这么激动，再吵下去怕是对病人不好，要不咱先出去，后面的慢慢商量……"

大哥红着眼、喘着气，盯着还在发飙的老婆看了半晌，重重出了口气，转身原路回去了。我和张悦把他送出去。回来的路上，老张拍着我的肩膀由衷感叹："刚出ICU还这么生猛，平生仅见。我一直以为你是最彪的东北女人……是我孤陋寡闻了。"

我一脚把她踹回去看病人，望了眼在窗外抓着头发的大哥，无可奈何地摇摇头。

五

后面的半宿，我自然不敢睡觉，但梁大姐也一直没敢睡觉。

她的床位离前台很近，我搬了个板凳在她附近坐着，眼看着其他病人打呼的打呼，蹬被的蹬被，只她一个一直睁大了眼，一会儿死瞪着天花板，一会儿直勾勾地盯着手上的留置针。尽管老大亲自到场保证了两三遍"在获得同意之前不会使用任何致畸药物"，病人还是死撑着不肯合眼，每每有护士过来换液体都要警惕地盯上半天，非要亲自把液体拿到手里看过是什么，才肯让人挂到输液架上去。

这般辛苦提防，实际上大可不必——医生们身经百战，啥纠纷都见过，远比病人想象的还要谨慎。尤其老大这样的多年急诊人，便是患方全部口头和书面同意过了，治疗起来还要多留个心，何况患者本人这么激烈地持反对意见，老大疯了才会瞒着她自作主张。

只可惜梁大姐想不通这个关节，或许想通了，也出于谨慎不敢相信别人。可眼见她一直熬着不肯睡也不是个办法，我只好再次硬着头皮上前："姐啊，咋还不睡觉呢？"

她张大嘴打了个哈欠，打到一半又憋回去，使劲揉着挤出来的眼泪，一边盯着前面的护士站道："你们这大半夜的也都不休息，都端着药盘子走来走去的，我总不踏实。"

端着药盘子的我顿觉膝盖中箭，大姐看了我一眼才反应过来，讪笑一声："我不是那个意思，你坐，你坐。"

她伸手还要给我拖板凳，我连忙把她的手放回去，自己在板凳上坐下："睡一会儿吧，白天等我们交班了，想睡也闹得慌呢。"

她心不在焉地答了一声，我正想着再哄两句，她忽然拉了拉我的手："妹子，你再跟我说句实话，我这孩子有没有机会保住？"

回想那一刻，我冒出的第一个念头就是直接告诉她"没机会"，好让她干脆地放弃。

如果我是家属，我想必会这样做。但是此刻，我是她的医生，在她要为自己做决定，有权知晓病情的时候，我没有欺骗她的权利。于是我只好把跟家属交代的那一套又说了一遍："可能性不是没有，但不高，面临的风险太大，我们实在不建议保胎，毕竟大人不安全，孩子更谈不上了。"

她的神情依然没有松动，我悄悄叹了口气，继续道："不先解决癫痫，其他一切问题都不好处理。你之前就有神经胶质瘤，这次突发癫痫，很可能是胶质瘤进展的表现。虽然星型二级胶质瘤总体上预后还不错，但也绝对不能大意。这可是肿瘤，拖几个月，谁也说不准会发生什么，不治是非常危险的。再说了，癫痫发作本来就会威胁胎儿，现在你发作次数多、频率高，撑着不治也很难保证孩子没事……"

"我只问一句，有机会保吗？"

我看着她的眼睛，踌躇半天，无奈道："有……但很低的概率，很高的风险，实在不值得拿命去赌吧？毕竟孩子以后还会有的。"

她忽然苦笑一声："我35岁了，以后真还会有？"

我一看好像有门儿，赶快加把劲儿，拍胸脯道："怎么不会呢？当初我妈快40岁了才生我，你不知道……"

"你也不知道啊，我24岁结婚，这是我头一次有孩子。"

我停住话头，看着她摸着自己的肚子，脸上的神情似痛似怜："10年我都没怀上过，一直在治，也没查出原因，眼看着快成高龄产妇了，试管做了好几回才有的这个小坏蛋。要是跟这孩子都没缘分，我这辈子还有机会当妈吗？"

我自然不敢在这种问题上打包票。她捧着肚子躺了一会儿，有些愤愤又十分坚定地道："我知道你们怕我死，于情于理，大人都比孩子要紧对吧？但对我来说，孩子就是比什么都重要。搏命就搏命，只要有机会，我就肯定不让孩子死在我前头。"

夜已经很深，她挺不住又打了个哈欠，手还是拢在肚皮上，掌心贴在一处摸了摸，无奈地小声念叨:"大半夜的,我不睡你也折腾,别踢啦,你妈不会不要你的。"

我默然半晌。这样的决心,这样的爱,自然是很令人感动的,但生命都很可贵,我依然不觉得她该为此赌命。

无论如何,当务之急还是得想个法子让她睡觉,于是我只能努力让自己显出动容之色:"可怜天下父母心。我明白了,我支持你。"

她的眼神微微闪了一下,随即亮起微弱的光。我拍拍她的被褥,满脸正色地道:"我今晚值班不睡觉,我替你看着,谁要是来换药了,我马上叫醒你。"

她感激地打了个超大的哈欠,谢了我之后又不放心地嘱咐了几遍,总算安心地合上了眼睛。

幸亏这大姐很好哄,我长长松了口气。人生如戏,全靠演技。

六

在患者的激烈反对下,丈夫签好的同意书形同虚设,我们确实不敢在她不点头的情况下用任何一种抗癫痫药。老大拎着电话琢磨了半天,还是想不到怎么跟神外约会诊——谈话毫无进展,上次给出的会诊意见还没实施,叫人家来干吗?

梁大姐好好补了个觉,醒来以后精神好了些,意志也越发坚定。隔天上班时,交班的管床医生跟我咬耳朵交流情况——昨天晚上她老公又进来两三次,但不管他软磨硬泡还是据理力争,大姐一概充耳不闻。

情况就这样一直僵持到了隔天下午。

谈话区外,当家属大哥带着一位面貌清癯的老大爷出现时,我根本无须出言询问——这面相跟梁大姐简直是一个模子出来的。果然老人一开口便是:"大夫,我是梁诗芸的父亲,方便我进去跟她唠唠吗?"

我心想这一准儿是她老公搬来的救兵,顿时大喜过望:"方便!方便!等一下,我这就去请示!"

说是请示,实际上只消知会老大一声,通行卡就到了我手里。我引着梁大爷进门,一边走一边愁眉苦脸地说起昨晚的情形:"怎么也不肯,情绪很激动,还撑着不肯睡觉,就怕我们偷着给她用药……"

梁大爷一边听一边眉毛立了起来,额角的青筋都跟梁大姐一脉相承:"死犟!小王八蛋不要命了!"

我抖了抖，缩缩脖子——感情这叫法是祖传的……

老爷子手里还拎着不少带给闺女的东西，步伐却依然稳健，眼神也了得，一进病区就准确辨认出梁大姐的位置，越过我身边，直奔她的床位。梁大姐见到老爹，眼神先是一喜，随即又是一惊。然而在她还没开口之前，梁大爷就已经咚的一声把东西撂在柜子上，恶狠狠地朝闺女训道："小不省心的！不要命啦！你不要命就提前告诉我跟你妈，我们俩老不死的先死了干净，省得看你作死，跟着你提心吊胆！"

这父女俩见面的打开方式我着实没想到。梁大姐本人也被骂得一愣，随即火气也上来了，虽然声音有气无力，又坐不起身，气势上却丝毫不输："我的孩子，我自己说了算，我要生谁也别想拦我，你打死我我也不打掉他！"

"我呸！你孩子你说了算，那我孩子我也说了算！我跟你妈也就你这一个崽，凭啥听你的不听我的？"

一整晚所向披靡的梁大姐难得卡了壳，不过马上就重振旗鼓："又不是我马上要死了！冒点险而已，我哪那么倒霉？几个月而已。那也是你外孙子，你舍得吗？"

"外孙子我都舍不得，闺女更舍不得！你要玩命，你就带着我跟你妈一块儿玩吧，合着我们两条老命不值钱！"

我听得目瞪口呆，只能紧张地盯着患者，眼见着梁大姐额角的青筋又暴起来，我想劝和却不知怎么张嘴，谁知老爷子还没说完："到时候你有个三长两短，孩子没生下来，就咱四个埋一块儿，给大赵子娶个年轻的；孩子生下来了，就俺老两口跟你埋一块儿，再给大赵子娶个年轻的，你娃娃从小没妈像棵草……"

梁大姐眼圈红了，嘴里说不上话，眼神却狠狠地盯着眼前的老父，可到底也不敢拿抽纸扔亲爹，最后终于双手捂脸哭出了声。

"我的孩子！我就想要我的孩子！"

这是我第一次看见她哭，声音很小，听着却异常揪心。梁大爷总算停住了话，往前迈了半步，拍拍女儿的肩头："命里缘分浅，强留也没用。把你自己保住了，之后咱再去做试管，能成一次就有下次。你自己拿命赌，想叫这一家子人怎么办？多大个人了，咋还这么虎？"

老爷子听着女儿的呜咽，闭着眼摇摇头，俯身把女儿搂在怀里，语气再放缓几分："我跟你妈都老了，一辈子就你这么一棵苗，你也是你妈的命根子。你知不知道大赵子昨晚给我打电话那会儿，你妈听了差点急得上吊？我今早上的高铁，瞅瞅我给你拎来这一兜子东西，都是你妈一宿准备出来的！你妈这么疼你，你就一点儿不惜你这条小命？满脑子就装自己的孩子？"

梁大姐没露脸也没说话，依然呜呜地哭着。老爷子沉沉地叹口气，手放下来摸摸她的肚子，低声念叨着："对不住了孩子，是姥爷拿的主意，有报应就报给我。有机缘的话，以后还投来咱家，一定全家都疼你……"

半小时后，老大手里捏着我呈上来的新签好字的同意书，终于拨通了会诊科室的电话。

各位老师很快给好了意见，老大心满意足地下了医嘱，药很快挂了上去。梁大姐仰在床上，一动不动地看着教员换了输液袋。液体一滴一滴流下来，她红肿的眼睛看了半响，既没反对也没说话，最后闭上眼睛，很快就像睡着了一样。

"目前首要目的是抗癫痫，癫痫处理平稳后优先处理胎儿，然后才能考虑择期手术处理胶质瘤。"神外老师举着最新的报告点头，"先神内，然后妇产，最后才是我们的活儿……这家有的忙了。你们有床吧？"

神内老师点头："有，应该很快就能过去。"

果然，当天我就送走了这一家人。

转运的路上几乎不用我出什么力，两个男家属几乎没让我搭手就稳稳当当地把梁大姐推到了神内的病区。交接的间隙里，我瞥见她半靠着躺在新病房里，精神比刚来时好了很多，但不像之前那样开朗，甚至不怎么和家人说话，只低着头，静静抚着隆起的肚子，低低地念着什么。

交接停当，我收拾好东西返回抢救间，刚迈出大门，就听见手机一响，是她发来的消息：妹子，谢谢你了，这几天一直给你添麻烦。

我愣了一下，连忙回道：哪儿的话，客气了，早日康复哦。

我忽然想起刚加好友时，她的头像是张笑得开心的旅行照，而现下，已经换成了一朵蒲公英。

美丽的代价

一

白班的生活，就是这么朴实无华且枯燥。

我撑着眼皮，搂着一筐病历，有气无力地整理着。隔座支着脑袋打哈欠的张悦突然跳起来："哇！警察！"

"哪儿？哪儿？"我打了个激灵，赶忙把脖子伸出窗外。老张伸长了胳膊指着："看见没，跟床一起往这边来了！"

床是简易的折叠床，救护车专用的式样，大概是从外院急转来的病人，距离太远，只能隐约看见床上的人头发似乎是红色的，跟床的白大褂还不断捏着球囊，并且看旁边几位推床的速度那么快，还有警察在侧，十有八九是不好解决的大问题。我把窗户推得更开些，一面看热闹一面嘟囔："瞧着是个大活儿，也不知道这回该谁收了。"

【球囊】指辅助呼吸使用的呼吸球囊，一般用于各种原因所致的呼吸停止或呼吸衰竭的抢救，以及麻醉期间的呼吸管理，也时常用于患者转运途中或呼吸机故障等情况下，对呼吸机的暂时替代。

话还没说完，聂师兄的脑袋从隔壁窗口伸出来："甭看了，我刚查完排班表，正好是你哎。"

我一惊，赶紧缩头回来查排班，果然我的大名就在头一个，顿时头皮一麦，赶紧手忙脚乱地把手里的病历收起来。聂师兄看热闹不嫌事儿大，笑嘻嘻地在旁边添火："当心点儿，他们带了个警察，搞不好是刑案嘞，你可要见世面啦！"

我心里本来就没底，被他这么一吓唬顿时瘀成一团。老张立马咆哮着比画："聂小欠！"

"哎哟，好好好，我错了，小姑奶奶。"聂师兄笑着缩头，一把将一筐病历都揽过去，顺手往外一指，"忙去吧，我来。"

我忙乱中应了一声，算是谢了他，转头赶紧奔着前台去了。

床进了正门，我看着眼前一串儿的人，脑子里满满都是问号。

不得不说，业务上这人员到得很齐，甚至齐得过头——救护车人员两位，警察一位，甚至还有个穿白大褂的，只不过胸口的院徽眼生得很，又印得模模糊糊的，胸口也没挂胸牌，看不出究竟是什么来头，左不过是原医院的医生。可患者转院，医生跟着……取经吗？

最迷惑的问题在于，这一串儿的人个个是工作人员，却没一个是家属打扮。虽然患者脸上糊着敷料，看不全面容，但起码辨得出是个青年女性，这么年轻的患者，难不成没家属要？

在我疑惑的工夫，老大已经做好了初步指挥，随即头也不抬地把救护车单子递给我："夹病历里，把人弄进去。"

我连声应着，低头扫过单子上潦草的字迹，心咯噔一下悬了起来："心肺复苏术后。"

要知道，心肺复苏对医生来说，可以算是最后的保留节目之一。我在急诊待了有一段日子了，也就亲身操作过一次，而上一个，就是死在 F 区的宋芳。

"这位患者之前是什么问题？"警察留在了大门口，我一面和救护车工作人员一起把床往里推，一面问那位跟来的男医生。那人看上去也只就 30 岁上下的样子，此刻听了我的问题却并不答话，甚至看都没看我一眼，只自顾自地继续捏球囊。

毕竟不晓得他是耳朵不好使还是不想搭理我，我也没多话，只从他手里接过球囊："我来，你去前头和我们老大说说情况。"

那人倒没拒绝，配合地放了手，又看了一眼患者，还是不肯说话，只径直转身往前台去了。

"这人怎么奇奇怪怪的……"我一边想着，一边拿稳了球囊继续捏，然而没捏两下，我浑身的汗毛就本能地乍起来。

"这怎么是漏的？！"我骇得顾不上收声，把旁边准备呼吸机的教员吓了一跳，立马也过来捏了一下，随即两个人都在彼此的眼睛里看到了惊恐。

人可刚做完心肺复苏啊！球囊是漏的，那和没有能差多少？患者这是脱离辅助呼吸多久了？

别的暂时顾不上，教员赶紧手忙脚乱地去弄呼吸机，我的第一反应则是大声喊人。老大迅速踏着祥云飞过来："咋了？"

我看着他身后也一路跟过来的外院医生，心在胸口突突地跳着，压了压火气才问："为什么不用便携呼吸机？"

"没有，只有这个。"

我指指那个漏气的球囊："这是你们医院给用的对吧？"

"对⋯⋯"

我也不知哪来的胆子，当着老大的面就开始爆粗："那他妈是漏的你捏不出来？！"

老大神色一凛，伸手接过那球囊捏了捏，脸瞬间黑了。那男医生面露错愕，诧异道："漏的？什么漏的？"

球囊如果是漏的，捏上去手感自然不同，不要说专业的麻醉医师，但凡是接触过简单急救培训的在校生也不至于完全察觉不出来，这球囊在场每个人捏一下就能发现不对，这哪来的野鸡医生，捏了一路都没觉出不对劲儿？

我紧盯着他衣服上那个模糊不清的院徽，严肃地问："你到底是干什么的？"

那人脸上显出些慌张，却还是分辩道："我不是大夫，我是麻醉师，这个病人就是来抽脂的，你们说的那些我不知道。"

"麻醉师不是大夫？别扯没用的了，先看看人还成不。"老大绕过他走到患者旁边，掀起单子前，他先把那个有问题的球囊塞给我，低声嘱咐道，"拿好了，等会儿直接给外头的警察。"

我点点头，捧着球囊跟在老大后头，看着老大掀开患者身上盖着的单子。

惨白的被单被掀起一角，一片造型奇特的文身映入眼帘。那黑色的文身从肩头一直延伸到胸部，形状很艺术，葳蕤的藤蔓衬着苍白得毫无血色的皮肤，患者染成火红的头发凌乱地披散着，和墨色的图纹交织在一起，呈现出一种艳丽而诡异的美。

可惜此刻所有人都无心欣赏。老大粗略地查看了患者的身体，的确发现了多处伤口，不过虽然血性渗出物不少，但并不像是斗殴产生的锐器伤——斗殴伤的女性也不常见就是了。

老大已经完全不指望那个披着白大褂的门外汉能说清楚情况，便直接问他："之前不是做心肺复苏了吗？有病历没？有抢救记录没？"

"有。"那人说着，从兜里掏了掏，找出几张纸递了过来。虽然内容不甚规范，但那几页勉强算是病历的纸，好歹把患者的诊治经过说了个七七八八。

患者周卉，女，29岁，昨日于当地某整形医院进行美容整形手术，不仅是抽脂，这台手术包括了胸部假体植入、上臂和大腿及背部抽脂、耳骨隆鼻、额部脂肪填充、双侧脸颊脂肪填充，手术时长超过8小时。这还不止，她以前还在同一家医院做了隆鼻术、缩鼻翼手术、开眼角手术和双眼皮手术各一次，大概还是个常客。这次本来手术也挺顺利，术后苏醒良好，只是一醒过来就喊痛，管床医生就给她用了镇痛泵，但用完镇痛泵后回病房没几分钟，病人就突然昏迷，血压迅速下降，进而呼吸消失，口唇青紫，遂紧急行气管插管；随后患者心率下降至 20 次 / 分，血压氧饱和度低至测不出（血氧饱和度可大致理解为血液中氧的浓度，是呼吸循环的重要参数，正常人动脉血氧饱和度约为 98%，低于 90% 即为异常，低于 80% 为严重缺氧），遂予阿托品、肾上腺素、尼可刹米等药物治疗，同时给予胸外按压和升压药物；5 分钟后心率恢复，血压 70/40（血压正常应高于 90/60，低于 90/60 即视为休克），氧饱恢复到 80%，为求进一步治疗转院；由于没用专用的便携式呼吸机，转运途中一直使用简易球囊辅助呼吸（然而还是漏的）。

　　后面就是我现在看到的了。总之怪不得会有警察到场，这事情疑点确实不少：诊治经过中有没有不当之处暂且无从考证，首先这么多手术，理论上就不应该堆到一块儿做。麻醉可不单纯是睡一觉，时间长短你开心就好。某种程度上说，麻醉时间延长意味着风险的增加，把这么多小手术堆在一起，8 小时内做完，无疑会导致风险大幅上升。至于患者昏迷的具体原因，目前自然还不好说，但按这种"突然昏迷且血压骤降"的发病情况来看，依然是肺栓塞的可能性更大些。只不过不同于之前宋芳的下肢深静脉血栓脱落导致的肺栓塞，这位患者栓塞的栓子，更可能来源于抽脂术中脱落的脂滴。

　　"直接放到 F 区。"老大一目十行地扫过纸上的内容，手底下也没闲着，很快就把新病人安排得明明白白，随后才忽然想起来问，"你们是什么医院？"

　　那麻醉师眼神闪了一下，报了个确实很野鸡的院名。大概是从没听过这个院名，加上名字也不沾地名，老大只好接着问："在什么地方？"

　　"L 省。"

　　"L 省？！"老大锃光瓦亮的脑门几乎更亮了些，"你们路上跑了多久？"

　　这不是言情小说，霸总一通电话，医院楼顶就有直升机来接。救护车可没有螺旋桨，从隔着几个省的地方跑高速过来，这得耽误多长时间？

　　果然，那麻醉师掰了掰指头："昨晚走的，10 来个小时吧！"

　　天知道这是家属还是医院的主意。心肺复苏术后的病人，就吊着一口气，不赶快就近转到当地靠谱的三甲，甚至不考虑省会的大医院，而是喊救护车一路跨省送到北京？

　　毕竟是木已成舟的事，老大也明白再火大也于事无补，谁知那麻醉师还嫌火不够旺，跟在后面又嘟囔了一句："L 省到这儿 10 来个小时够快了啊，反正上车的时候人也是这样……"

　　"也什么样儿？半死不活的样儿？！"老大终于气到理智下线，手里的几张纸狠狠往台子上一摔，"人能活着到这里你们就偷着乐吧！得亏人家救护车上有呼吸机，不然指望你们那破玩意儿，到北京直接送八宝山得了！"

二

托老大发飙的福，一直到离开病区，那麻醉师都没再乱说话，一路上老实得很。

在找警察同志唠唠球囊漏气的问题之前，我遇到了更棘手的问题——是的，没人签字。

这会儿我才想起，便问出之前的疑惑来："在你们医院做手术的时候，是谁签的字？"

麻醉师恍若未闻，两眼望天做痴呆状。

他这副模样实在叫人恼火，我干脆也开始敲桌子："再听不见，我现在就把警察喊进来！"

那人总算扭过头来，盯着我瞅了半天，才道："她自己签的，你以为哪儿都像你们这儿这么多事儿啊！"

"也不知道谁事儿多？有能耐你们出了事儿别往我们这儿送啊！"横竖在自家地盘上，门外还有警察叔叔，我毫不客气地冷笑一声，"你们手里一个家属联系方式都没有？"

那麻醉师噎了一下，随即哼哼道："算有吧。"

"什么叫'算有'？"

"亲属的没有，有她朋友的，之前通知了几个在北京本地的，能到的估计会来。"

听上去这"朋友"还不止一个，不过病人已经深昏迷，自是问不出什么了，抢救间签字不算挑，明确无法取得直系亲属意见的时候，朋友来签也是可以的，至于最终怎么联系家属……110在呢，120不用操心。

这位不靠谱的麻醉师总算靠谱了一回。病人的新报告刚刷出来，周卉的朋友就到了，而且一到就是三位。

来的三个女子都是同风格的打扮，连脸都差不多是同样的网红感——无一例外的欧式大双眼皮、尖而有点前凸的下巴，以及高耸的苹果肌，浮夸中带着张扬的气息。其中一个穿着渔网袜的高挑女子，头发是和周卉一样的火红色；另一个稍矮些的女人，左臂上文着一枚小巧的文身，和周卉身上的有些相似，但比她的低调一些；剩下的一人身材微胖，眼睛大得和瞳仁不成比例，对视时稍稍注意，就能看见内眦处全都露在外面的泪阜，给她开眼角的着实是个狠人。

这几位往窗口外一站，一阵香风立刻袭来，我没忍住，打了个喷嚏，赶紧吸了吸鼻子，问道："是周卉的家属吧？"

"我们是周卉的闺密，她家里人还没到呢。"说话的是那个高个女子。她生得细瘦高挑，此刻就算半倚在窗外，我还是要45度仰头看她。她算是三人中外貌条件最好的一个，也隐隐有些为首的气场，当先便问："大夫，周卉醒了吗？我们能进去看看吗？"

我摇摇头，又扫了一遍最新的数据，结合老大之前的判断跟她交代："一时半会是醒不了了，目前患者情况危重，生命体征很差，你们就算进去也只能看一眼人，交流是不可能了。患者深昏迷说明有中枢受累，综合之前的缺氧经过，很可能有缺血缺氧性脑病和其他严重的脑损伤。根据最新的血项等报告来看，患者出现了严重的复苏后综合征，在缺血缺氧性脑病的同时，还伴发了蛛网膜下腔出血和脑水肿，同时还合并了不同程度的肝功和凝血问题，电解质也一团糟。此外CT显示存在胸壁皮下气肿，肺部已经出现感染，考虑创伤性湿肺可能，之后有多脏器功能衰竭的风险，还需要进一步观察。"

几人顿时大惊失色，为首的高挑女子失声惊叫："这么严重？！"

这一叫，四下等待的家属纷纷看过来。我按着脑壳，无奈地示意她低声些："不严重怎么会送到这儿来？你们要是跟家属有联系的话，也得劝他们做好心理准备了，这种情况的病人，就算能救活，预后也不会太好的。"

"我……我们不认识她家属，是医院联系我们来的，早知道这么严重……咳，她不就是整个容吗，怎么会这么严重？"

"具体原因现在还不好说。可能的原因很多，即使有了报告也很难绝对肯定。不过最可能的原因应该是抽脂过程中导致的肺栓塞。"我忽然想起个问题，便随口问道，"医院联系你们来的……那个医院知道得倒清楚，一口气能找到三个北京本地的朋友，但怎么就一个家属都联系不到呢？"

"嗐，我们都是一个平台的，大家都是常客了，当时还是她介绍我……呃，反正我们跟医院都熟，着急的时候就先联系我们了。"

"原来是这样。"我点点头，也不再多问，只把打好的抢救间四联递过去，"那就先签个字吧。"

几个女人抢上来围着读纸上的内容，读着读着开始露出复杂的神情。文身女子抢先撒手往后退了半步，微胖女子紧随其后，个子最高的女人站在中间，手里举着那叠纸，放也不是，不放也不是，样子颇有些滑稽。我有点想笑，但想到里面那个正靠呼吸机吊着、全身苍白浮肿的年轻女人，又觉得嘴角沉得抬不起来。

我抬起头看着她，她僵硬的表情显得更加尴尬，看了一眼旁边的小姐妹，想了想还是硬着头皮把文件放回桌子上。

"我们只是跟她认识，这么严肃的字……我们签不太合适吧？"

刚才是闺密，这会儿就成熟人了。不过这种情况也并不出人意料，平时见得也很多，因此我内心毫无波澜，没什么表情地继续解释："只要签了授权委托就是治疗期间的合法代理人，直系家属不在的情况下，是可以非直系家属或朋友代签的。没人签字我们就不好做进一步的治疗，病人现在情况紧迫，你们考虑一下，考虑完了派一个代表签字就行。"

三个女人明显紧张起来，挤在一起互相看着不说话。我往屏幕后面一缩，幽幽道："血滤的仪器刚推进来，签好了单子就可以让他们给用上了。"

实在不是我故意吓唬她们，而是这种几个人一起来但又都不是直系亲属的情况下，最容易出现旁观者效应，每个人都想耗着等别人先上。因此为了避免误事，就只能说直白些，好让她们早做决断。经验告诉我，这样的压力她们扛不了多大一会儿，毕竟拖延病情带来的后果非常严重，万一拖出事来，直系亲属赶到后绝对不好交代，因此大部分人最终都会硬着头皮签字，然后眼巴巴地挨到直系家属到来。

果然，挤在一起嘀咕了半天以后，文身女子在高个子女人身后轻轻推了一把。那高个子慢吞吞地上前，到底还是拿起了那叠文件："我签。"

我递了一支笔过去，趁她签字的工夫，又开始问一些关于患者信息的问题："患者是哪里人？平时做什么工作？"

"周卉是L省本地人，平时是做直播的，在我们平台上混得还行，但一直不怎么火，"文身女子跷腿坐在旁边的凳子上，有一句没一句地答，"以前就整过，但整完也没火起来，这次就想多花点钱搞回大的，没想到给弄成这样。"

"大夫，她这真是抽脂抽出的问题吗？这手术还能做吗？有多危险啊？"微胖女子忽然挤上前来，上半身趴在窗台上，做了精致美甲的手无意识地捏着胳膊上的一点赘肉。

她这一凑近，飘过来的香水味又浓郁起来，我不禁抬头仔细打量了她一眼——其实她并没有多胖，只是穿着紧身吊带和小短裙，这种打扮本来就很考验身材，身边的两个同伴又腰细腿长，非高即瘦，自然显得她不够窈窕。

"具体原因确实很难说。手术本身就是有风险的，从麻醉意外到操作问题都可能导致危险，只是概率上的差异。"我保存了病案，收起签好的同意书，"而且抽脂手术的原理，本来就是用各种手段把脂肪打碎再吸出来，这个过程中无法避免地会出现细小的脂滴，也无法避免地会有细小的血管损伤，如果脂滴恰好顺着局部被破坏的小血管进入血液循环，那就可能黏附在一些地方，在某次活动时脱落，顺着血液循环堵塞在肺动脉的某些分支，造成肺栓塞。虽然概率不大，但很难完全预防。"

三个女人的表情从吃惊逐渐转为恐惧，微胖女子的眼神尤其惊恐："抽脂……抽脂也能要命的吗？"

"这种可能性是存在的，只是概率并不高，不是只要抽脂就会出事，做手术之前就要考虑好风险。另外，"我看着面前无意识揉搓着双手的微胖女子，看着她的眼睛认真道，"这手术确实能瘦，但有时候瘦得太容易了，是会上瘾的。"

三个女人安静下来。微胖的女人低着头，半晌轻声道："大夫，那溶脂针有效吗？或者有什么药减肥比较好用……还能安全一点？"

这时候还想着怎么走减肥捷径，我实在有些无语，关掉系统后站起身，仔细打量了一番她的身材，认真地说："你并不胖，不需要用这种方式减肥，而且正常人控制体重最好的方法是健康饮食和合理运动，你身材已经可以了，为什么非要冒风险走捷径？"

那女人看着我不假思索地回答："一胖毁所有啊，我现在这样跟别人怎么比？不美怎么能火？"说着眼光扫过另外两个女人。文身女子以一种妖娆的姿态跷着腿，目光礼貌中含着一点委婉的嫌弃。高挑女子则直截了当地开口："女人啊，对自己要求太低了可就彻底毁了。妹子，我看你年纪还不大，这么灰头土脸的，哪对得起自己这年纪？现在皮肤、身材不好好管理，以后后悔可都来不及咯！你还是做这行的，懂门道，弄起来也比别人安全，找个会整的，起码打个瘦脸针。你看看，隔着口罩都能看出你这脸型一点都不尖……"

"谢谢你们了啊，你看你们一个个都天生丽质的，我输起跑线上了，就让我自暴自弃吧，你们自便。"我懒得再听她们闲扯，马上拿好单子起身出门。

刚推开门，我就看见那个麻醉师正在屋外乱晃，而制服板正的警察正立在门口，见我还礼貌地打了招呼："你好，我想找周卉的家属了解一些情况。"

"没问题，人已经来了，拐到那边就能看见。"我稳住紧张到飙升的血压，老成持重地给他指了路，忽然想起之前老大交代的东西，又赶忙叫住他，跑进病区把那个漏气的球囊拿出来。

见我拿出这个，那个麻醉师的目光马上跟了过来。大概是警察刚找他问完话，他神情似乎很焦虑，见我拿出球囊来，便疾步上前，看了一眼警察后便又站住，只直直地盯着我手里的东西，神色更加紧张。

警察同志接过球囊，拿在手里看了看："这是？"

"辅助呼吸用的球囊。他们把患者转运过来的时候，用的就是这个。"

我指指半旧的球身，示意他捏捏看，补充道："但我们发现这是漏的。之前主诊医生跟您谈过病情的问题了，患者目前有严重的缺血缺氧性脑病，不好说跟这个有无关联，我的上级医生让我把这个先交给您，您看看有没有用吧。"

警官神色一凛，转头看了那麻醉师一眼。那人眼神一闪，转眼便把头转向别处。警察把球囊拿好，对我道："有用，辛苦您了，我再去找家属谈一谈，您先忙。"

客气地送走警察，我转身就要回病区，谁知那个外院医生忽然快步过来拉住我，我先是一愣，随即警惕地后退一步。那人有些尴尬，只好先松开我的袖子，低声问道："病人现在怎么样了？"

看着他没挂胸牌的白大褂上模糊的医院标志，我心下陡生一股不悦，没好气地敷衍了一句"不怎么样"便要进门，脚都迈进了一半，那人却再次拉住我，有些焦躁地问："应该死不了吧？"

"什么叫应该死不了？严重缺血缺氧性脑病你听不出轻重来？现在知道怕了？！"

"不是，那你们能救得活吧？"

"你们送来的时候人都那样了，谁知道还能不能救活？现在血气生化指标一团糟，刚叫了床旁血滤，里头等一下还得会诊。"

【床旁血滤】指在患者的床边进行的静脉-静脉血滤过滤和静脉-静脉血液透析过滤。在高通透性的血滤器中加入大量治疗所需的置换液，模拟人体的肾小球和肾小管，将血液引入一个高效能、低阻力的小型滤过器，不断滤过血液中的水分来补充置换液。

我急匆匆地又要往里走，那人却疑惑了一下："血滤？"

"血滤怎么了？"我比他更加疑惑。

"血滤是啥？"

我难以形容当时的感觉，只晓得事到如今我还是想骂人，何况当时这人就在眼前，狠狠把他的胳膊甩开，再次破戒爆了粗口："你他妈是大夫吗？！"

但凡正经读过医的，都要按国家要求经过全科轮转，再不济也都在像砖头一样的大内大外里纠缠过，血滤这种东西即便没见过、没用过，怎么会闻所未闻？

谁料他居然很无辜地两手一摊："我都说了我是麻醉师啊。"

"麻醉师不是大夫吗？麻醉师就什么人都能干啊？！"

"呵，行了，知道你们是大医院，优越感可真强。"

"滚！"再没法跟他讲道理，我忍住大嘴巴子抽人的冲动，狠狠把他往外一推，咚的一声，把门关了个严实。

三

直到下班，我还是没有见到周卉的家属。

从周卉的三个朋友那里了解到的有限信息包括：周卉家里有个年迈的老父，家里姐妹三个，周卉排行老二。一整个晚上我都在忐忑，想着下班之前会诊医生的话，猜测按照这个趋势，她是否能坚持到亲人的到来。

由于第二天是夜班，我本打算睡个懒觉，结果刚到白夜班的交班时间，张悦就开始在下铺疯狂踹床板："哎！哎哎哎！"

我半死不活地砸个枕头下去："抽风啦你？今天夜班！"

老张接了枕头，继续踹床板："哎，我是听昨晚轮夜班的人说，你收的那个整容网红，昨天半夜……"

我大惊，披头散发地弹起来，从帘子里挤出脸："死了吗？！"

这回换成老张被吓了一跳，随即哈哈笑道："还活着呢，你急什么！我是说那个病人的家属，姐妹俩从外省赶过来，刚到医院就把跟来的那个麻醉师给揍了，你看他们还拍了照片，哝……挠得脸上这大血印子，听说三个保安才给拉住！"

我松了口气，随即想想那个无比欠揍的麻醉师，顿时觉得无比解气，舒坦得简直要笑出声。

张悦疑惑地看着我暗爽的样子："吃错药啦？听见揍人怎么这么高兴？"

这一搅和，我已经睡意全无，便连比带画地讲起了球囊漏气和血滤的事儿。张悦听完，柳眉倒竖："活该挨揍！这什么乱七八糟的医院！"

一不做二不休的老张直接去某搜索引擎搜了那家医院的名字，果然，出现的前几条全都是广告，点进去就是各种花花绿绿的网页，内容大都是鼓吹自家引进国外各种先进技术，对抽脂、自体脂肪填充等的介绍，更是用上"百分之百安全、有效不反弹、绝无并发症"这样的描述，看得老张白眼差点飞出眼眶："真敢吹，就是我们医院做，也不敢说百分之百没有风险，这是哪来的野鸡医院，啥话都敢说？不算虚假广告吗？"

何止是虚假广告的问题，按周卉现在的情况来看，即便能捡条命，大概也很难醒过来了——中枢损伤太严重，冒着出血的风险用上甘露醇都没能缓解脑水肿，除了支持性治疗，所有会诊科室都无计可施。

而传说中的植物人,对家庭来说是巨大的经济负担和心理压力,能醒过来的植物人大都在电视剧里,大部分医生在自己的职业生涯中,一辈子都遇不到一个。

熬了一整天,等到夜班开始,我总算见到了那对传说中的剽悍姐妹。

周卉的大姐和小妹,正跟晚上才到的父亲一起坐在谈话区外的排椅上,昨天劝我瘦脸的三位女士则早就不见踪影。其中看上去是大姐的女子30多岁,长相普通但眉目和善,虽然略显衰老痕迹,却跟我想象中撸袖子就打架的强悍中年妇女形象相去甚远;年龄小的看起来和我差不多年纪,穿着粉色长款荷叶裙,正窝在姐姐腿上呜呜地哭。

总之单看外表,两人都很难和野鸡麻醉师脸上的血印子联系起来。

一目十行地了解过病人的最新进展,我心情又沉重了几分。患者果然已经出现多器官功能衰竭,脑水肿完全没有好转,并且已经出现了中枢性尿崩症。总之从所有资料上,我看不到一点点好转的迹象和可能,会诊单上"考虑脑死亡"几个字,已经基本掐灭了最后一丝希望。

打印了病情介绍,我示意父女三人过来谈话。那老人似乎一条腿不太好,却依然在女儿的搀扶下,一路跛着脚走过来。

"谁是新的委托人?要签个字。"

"我,我来签。"周卉的大姐连忙接过纸笔,只扫一眼内容就马上签了字,随即抬头,神情恳切地望着我,"大夫,我妹好点儿了没有?"

"脑水肿进一步加重,目前已进入脑疝晚期,脑电图持续12小时以上呈静息状态,伴多器官功能衰竭,"我攥紧了病历本,尽可能保持着平稳的语气,"不排除脑死亡。"

我每说一句,姐妹两人就严肃地点一次头,老人也并不说话,只用一双浑浊的眼望着我,最后"脑死亡"三个字出口的一刻,我清楚地看到他们眼底的恐惧已然转化为雪崩般的悲痛。

短暂的静默后,周卉的小妹撕心裂肺地哭喊出声,老人则蹲在地上抱住了头。大姐是三人中相对最镇定的一个,一手扶着父亲,一手拽着妹妹,眼眶里也盈着泪,颤抖着问道:"到底为什么?她以前什么病都没有,为什么就做个整容会要命?之前还好好的人,怎么突然就要死了?"

这个问题让我一时语塞。同样的问题我已经回答过几次,但这一次是面对她的家属,有些事情我不知道应当怎样回答,尤其是关于之前那所医院的问题,该提供的信息已经提供,后面的或许交给警察去处理应该更为妥当。

"可能的原因有很多,抽脂手术本身也存在风险,关于病因的问题我们目前不能确认,而且现在还没有确定脑死亡,需要等完善了脑血流图和呼吸激发实验之后才能确诊,但无论是否脑死亡,预后都很差,要做好病人很可能醒不过来的准备。"

"大夫,我闺女还年轻,都还没嫁人呢,不能不救她啊,你一定得救活她……"老人从地上站起来,声音里带着含混的呜咽。我从椅子上站起身,神色更加严肃:"我们一定会尽力的,但结果我们无法保证。"

老人略略泛黄的眼睛直勾勾地盯着我,抓住内窗沿的手始终没有松开:"让我进去看一眼吧。"

我的动作一顿,想了想老人夜班时间才到,中午的探视时间看样子是没有赶上。患者的小妹也揪住我另一边衣服:"大夫,你让我爸进去看一眼,他就看一眼,什么也不干,再不去看的话,万一,万一——"说着又呜咽出声。

我看了看抢救间的侧门,咬了咬牙。

这确实是违反规定的事。可拒绝这个要求,我实在难以启齿,踌躇半晌,只好道:"我去找上级通融,但只能进一个人。"

转了几圈儿,我总算在会诊室门外找到了老大。老大听完我支支吾吾的解释,看了我一眼,问道:"你能把人带好吗?"

"能,能!"

"这是年轻危重症,家属要是情绪激动,你能控制住吗?"

"这,这,可是……"

"别一个人带着,叫人和你一块看着。"老大转身拉开门,又忽然回头皱着眉毛看我一眼,"心这么软,小心吃亏。"

我连忙点头,欢天喜地地去找当班的梁教员领了牌子,然后果断决定把张悦拖过来帮忙。老张正蹲在前台打单子,闻言二话不说就要跟我走。一旁疑似正在瞎晃的聂师兄见状问道:"你俩干吗去?"

我简要说了情况,他摸着下巴想了想,随即把手里的东西都搁到柜台上:"我跟你俩去吧,万一有点什么情况,你俩可不够看的。"

张悦一贯跟他不大对付,闻言一撇嘴:"切,看不起我啊?"

不过老张绝不是不知好歹的主,拌嘴归拌嘴,一路还是老老实实地跟在聂思毅身后。我带着他们一块迎到门口,果然三个家属都已经在那里等着。我把卡递到老人手里,再三嘱咐道:"跟着我不要乱走,不要出声,看一会儿就出来。"

给他拿了口罩,我刷开侧门,带他绕过一床一床的患者,走向周卉的床位。

F区照例只有一张床。单独的房间里,她孤独地躺在中央,周围环绕着各式的仪器。她看上去跟刚进来时并没有多大差别,只有从监护仪和报告单上或飙升或跌落的数字上，能察觉到生命悄然流逝的蛛丝马迹。

我和张悦对视一眼，默契地后退一步，把空间让给这对终于相逢，却注定很快就要生死相隔的父女。一向吊儿郎当的聂师兄此刻也不再说话，只从我们身后绕到前方来，若有若无地挡在我们和患者之间。

老人跛着一条腿，缓缓地走上前去，一手握住周卉插着留置针的左手，另一只手理着她的头发，手和身体都在不停地颤抖。他口中嗫嚅半响，突然间爆发出一声沙哑的哭喊，声音像粗粝的沙石被痛苦裹挟着，磨得人心头一痛。

我紧张地往外面看了一眼，赶忙上去扶住他。老人青筋毕露的手死死拽住挡板，旁边的呼吸机被震得直晃，我有些慌了，又不敢用力拉扯。聂师兄一把扶稳了呼吸机，另一只手马上去掰老人握住床挡板的手。张悦上来架住老人另一边肩膀。老人的哭号越发凄厉，门外几个相对轻症的患者也被惊醒，正在床上好奇地伸头张望。我赶忙把老人架起来。聂师兄也急道："快，先把人送出去，护士长来了就麻烦了……"

他反应不可谓不快，奈何护士长来得更快，在F区门口就把我们堵了个正着："不是探视时间，谁把人放进来的？！赶快出去！"

老人被一路送出了门，周围总算平静下来，我把门关严实，开始回护士长的话："是我带进来的，这是……"

"你跟我请示过吗？这种事儿自作主张，出问题你能担？"

"我没有自作主张，我请示了我的上级，是……"

这位李护士长是出了名的脾气大，训起人来比老大还不给人留情面："你哪个上级？你请示我了吗？一个个胆儿是真肥啊，规矩全都不放眼里……"

护士长这样的存在，别说是食物链底层的实习医生，遇上哪位资格老、面子大的，就是大主任也要礼让三分，我正缩起头准备乖乖听训，一只手忽然把我往后一拎。

"我让的。"

我一抬头，便见老大不知什么时候也到了F区门口，正一边把乱晃的门扶好，一边对护士长开口："我批准的，出什么事儿了？"

李护士长不好惹，但老大的名声也没温柔到哪儿去，眼见她气虽然没消，但说话好歹客气了几分："你们这小实习生忒不懂规矩，非探视时间随便放家属进门，进来以后吵吵嚷嚷的，像什么话！"

"出乱子了吗？"老大回头看我一眼，又看向护士长，"仪器损坏了还是碰着人了？"

护士长瞪了我一眼，才道："那倒没有，人已经被拽出去了。"

"那他们不是处理好了吗？"

护士长噎了一下，怒道："那也不能这么没规矩！想往里带人就带人，万一出什么问题，我们护理的不也得吃锅烙！别以为我不知道，这丫头也不是头一次放人进来了吧？"

老大又把我往后拎了拎，理直气壮道："放过，但每回我都批了，也从来没出过问题是吧？我学生做事谨慎着呢。你看看这回，带个老爷子进来他们三个人跟着，不是一点事儿都没出吗？"

老大平时收拾学生是真不手软，但我没想到原来他这么护短，一时又是感激又是不安，生怕他护过了头，跟护士长闹得不愉快。不过护士长和他合作久了，大概也了解他的性子，只瞪着眼指着他道了一句："你就护犊子吧！"便转头气哼哼地走远了。

我长长松了口气，结果一抬头，就对上老大怒气冲冲的眼神，我顿时吓得话都说不利索了："老，老大，我、我、我错了……"

"说了会吃亏、会吃亏！吃亏了吧！惹事儿了吧！"

"吃亏了、吃亏了，老大我再也不敢了！"

"信你个鬼！"老大白我一眼，"赶紧干活去！下次再有这种事儿，记着把护士长也求一遍！不省心的兔崽子……"

目送着老大走远，我抹掉脖子里的冷汗，对着F区的门又默默叹了口气。

四

后面的大半个夜班，周卉的家属都坐在谈话区外的长椅上，两个姐妹哭肿了眼，互相依偎着；周卉的父亲则像一尊石像，和昏暗的夜灯一起沉在走廊角落的阴影里。一整个夜里，我几乎不敢在谈话区出现——只要我一露头，三人就会迅速扑到窗口，然而我拿不出任何一点能带给他们希望的消息。

警察同志再次露面的时候，已经是第三天的早上。经过整个夜班的洗礼，又刚跟完一场大会诊，我已经累得看见警服都顾不上犯怵，只有气无力地打了个招呼，便像死狗一样瘫倒在椅子上。

他自然是来问周卉的情况的。我指了指电脑屏幕上刚打出来的会诊记录，手指在"预后极差"的几个字上划了划，叹道："基本上没戏了。"

他几不可见地摇了摇头，说了句"辛苦了"，便转身离开了。

送走警察，我坐回电脑前，支着脑袋在快要睡着的前一刻点了一下刷新，随即瞬间睁眼——周卉的最新报告出来了。

"确诊脑死亡。"

意料之中的结果,想象之外的沉重。我打印了报告,然后将报告拿给老大。老大举着那报告,微微沉默了一会儿,随后平淡地道:"告知家属吧。"

天已经亮了。

等候的家属已经渐渐多了起来,但那一家人依旧在之前的位置,老人连姿势都没有变过,大女儿靠在墙上小憩,小女儿正用手机快速打着什么。老人首先看见了我,便赶快叫醒女儿,三人又起身围过来,目光灼灼地盯在我脸上。

被这样的眼神锁住,我仿佛觉得被掐住脖子,"确诊脑死亡"几个字在喉咙里不上不下,吐不出来,几乎要憋出眼泪来。

我只得避开他们的视线,终究没说出话来,只摇了摇头,然后把新的病情介绍递过去,等待着比前几次更为凄惨的崩溃。

静默半晌,周卉的姐姐拿起笔签上了字,放下纸笔后她问我:"脑死亡,就是已经死了是吗?"

我想摇头,又怕对方误会,只能仔细解释:"脑死亡是指包括脑干在内的全脑功能的不可逆转丧失,患者已经失去自主呼吸,一旦撤掉呼吸机,呼吸就会完全停止,这种情况是不可逆的。她已经……不可能醒过来了。"

我拿出另一份同意书:"什么时候决定了,就签了这个吧。"

"签。"

患者的父亲忽然说话了,他看着那份放弃治疗撤掉呼吸机的同意书,整个人木僵僵的,却又点头说了一句:"签。"

小女儿低头抱住老人的胳膊,鼻子里传出呜咽声。大女儿拿起那张签字单,一眼都没有看,直接在落款处签下自己的名字再递回来。她的手颤抖得厉害,努力了几次都没能盖上笔帽。

我捏着两张薄薄的纸,走回周卉的床边,宣判她的死亡。

撤掉呼吸机的过程,没有人说话。管子拔掉那一刻,她的胸廓结束了最后一次起伏,之后彻底陷入沉寂。

我轻轻揭开她脸上有些松脱的纱布,手术创口下,是一张苍白肿胀的脸,让我有些无从想象她本来的模样。

撤掉心电监护时,我又看见了那片美丽的文身。图案上的藤蔓迤逦着,延伸到左胸靠近心脏的位置,跟火红的头发交织,像是有生命般缠绕在她心头,纠织成网,笼罩成对美丽的固执渴望。

我离开周卉,回到谈话区找她的家属签署死亡通知单。他们已经不在那个角落,三人围在另一处,中间是那位警察。我终于不用再承受家属全部的精力和目光,只拿着签字单对他们示意。

警察点点头,周卉的姐姐转身走向我,神情麻木地拿过笔,问:"签什么?"

我递过那一小叠纸,她再不像之前那样签一张问几句,一溜儿迅速地签下来,到了尸检同意的一栏,稍微停顿了一下,很快郑重地写下"同意",之后把笔塞回我手里,快步回到警察身边,再也不肯回头。

我收好文件回身,余光看到侧面的铁门打开,一张床从里面推出来。

他们停止了交谈。周卉的父亲缓慢地走向床边,用单子盖住的床继续向前推进。老人示意两个女儿回去,大女儿牵着妹妹的手,两个人盈着泪走回原处。周卉的父亲扶着床,跛着脚护送他的女儿。

他们转过医院走廊的拐角,渐渐走远了。

别扭的父子

一

跟夜班相比，白班在很多方面总是友好很多的。

当然不只是盒饭肉多，很多奇奇怪怪的病都容易在夜里发作，各种奇奇怪怪的多发伤都倾向于发生在晚上，还有暴饮暴食导致的胰腺炎和消化道出血，也最喜欢在消夜前后、烧烤摊生意最好的时段前赴后继地送进来。

白班真好，我爱白班。

果然，接近半个上午，除了手里的两个老病人之外，我压根儿没开张。

程瑗跟我情况差不多，而张悦手下的两个病人，一个情况稳定，只等有关科室腾出床收人；另一个心梗——急倒是急，但太急了，所以直接从绿色通道送去做PCI，只在我们这儿打了个转儿。

是以，平时上班忙得头脚倒悬的三个人，这天上午同时在谈话间里闲得发霉。

张悦一边扒拉着白大褂上红红蓝蓝的水笔印，一边嘟嘟瑟瑟地往外瞄："今天怎么这么闲啊，我都不习惯了。"

程瑗端着指南用功，闻言认真摇头："别卖乖啦，一会儿就给你来个多发伤。"

话到半截，我就听见门外一阵嘈杂的声响。

门外到了辆满是尘土的救护车，明显长途奔波过——会千里迢迢奔到我们这儿来的病人要么急要么重，上次的周卉就是个例子。我抬头一看，掐指一算，名单上正好轮到我。

拜别他们两位，我只好赶快收拾好东西，奔出去收病人。门外的车上呼啦啦下来几个高壮的汉子，都穿着基本看不出底色的工作服，推着平车急匆匆地进门来。为首的一位50岁上下，半扛着一只军绿色的双肩包，一张黝黑的脸此刻挂满了汗珠，正手忙脚乱地从口袋里掏着什么。

这下我反倒被挤到最后面，只能勉强从人缝里瞄见患者的脸，这一瞄倒是一愣。

好黑啊！

别说脸了,连嘴都是黑的,要不是睁着的眼睛还能看见眼白,我第一眼差点找不见他的五官在哪儿。再看看送他来的几个汉子,虽然也黑,但跟他比起来还是白了不少,大概这就是现实版的"脸黑得像锅底"。

张悦也从谈话间走出来,见状一边伸长脖子看,一边小声惊叹道:"哇,好黑啊,这是外国人吗?"

我也一边挠头,一边在心里嘀咕。说实话,一般黑人的肤色也没有这么深,何况这面相看着也不大像外国人,周围的几个彪形大汉也都是本土人长相。可要说不是吧,普通人怎么黑成这样?

我们还在挠头的工夫,老大就已经挤在内圈把患者看了一遍,确定是多发伤之后,很快从病房牙缝里挤出一块地方,加了位,把新病人塞进屋里去。几个大汉也撤了出去,只剩领头的那一位在屋里帮忙料理着。我终于得空挤到近前准备干活,先从刚挂的单子上抄下他的基本信息——病人年届60,现居山西,并且有点滑稽的是,这位大叔居然姓白。

托产煤大省的福,白大叔的肤色之谜算是解开了。

张悦一边麻利地帮我干活,一边对一旁忙着整理用品的大叔问道:"大叔,你们是煤矿工人吗?"

这话其实稍显唐突,幸而大叔并没介意,只蹭了一把脸上的汗,憨厚地笑着:"是啊,他这脸上、身上都是脏的,等会儿擦擦就好了。"

我端详了一眼床上的大叔,别说是脸上了,就连露在半袖外面的手臂和双手都黑得跟上过漆一样,横竖看着不像稍微洗洗就能干净的样子,看来等会儿要好好擦几遍才行。

病人的精神状况其实还可以,神志清醒,对答流利,刚刚老大问的问题都说得很明白。我也就直接对上了患者本人:"大叔你好,我是白班的管床医生,可以说说你受伤的经过吗?"

大叔点着头,忙不迭地想半坐起来答话,我赶快制止他:"您躺好别动,身上都什么地方受了伤?"

"下井的时候没躲及,被煤块给砸了。"他说着掀起上衣,终于露出了一片颜色正常的皮肤。

我下意识想到的煤还是灶里烧的块块,心里刚琢磨着人怎么还会被煤砸进抢救间,大叔就展开胳膊比了个1米左右的煤块大小:"大概这么大。"

他左手在右上腹一处用毛巾按住的伤口处比了比,又伸手掀开被子,露出左腿:

"先是撞到这里,接着又砸到腿上,没怎么流血,但当时就动不了了。"

他的左腿伤处确实已经开始肿胀,不过并没有呈现出反常活动,应该不至于有不稳定骨折。从山西送到北京,就算走高速时间也不短,到现在都没有出现低血容量的表现,实质性脏器破裂的可能性应该也不大,但肝脾的轻度挫裂伤却说不准,检查结果出来之前,我自然不敢妄下定论。

患者大概是在当地医院急诊转了一圈,就直接被救护车送到北京来,因此手里只有寥寥几张报告。我掂掂自己的一瓶不满半瓶晃的斤两,果断把东西直接交给了老大。

老大接过片子,果然马上开启教学模式,面孔板得更紧,扫过一眼片子后就指着我问:"你觉得啥问题?"

我咽口唾沫,抖抖索索地开口:"骨、骨、骨、骨折……"

"哪儿骨折?"

"肋、肋、肋、肋骨……"我瞟着老大的脸色小心翼翼地回答,见他眉头微松,心下便稍微定了些。老大把片子往光源的地方又送了送:"指出来。"

刚刚问的受伤情况和体表痕迹,都明确证实砸的是右侧,奈何右边的肋骨我怎么看都没看出骨折线在哪儿,倒是左边有一处看着不对劲。我在肚子里嘀咕了半天,没敢立刻回答,不断怀疑着自己的猜测,挣扎了一会儿,还是本着眼见为实的原则,颤颤巍巍地指了指左边那处疑似骨折线的地方。

见我指了那儿,老大终于喜笑颜开,一巴掌呼在我头顶,我感觉脖子都缩进去一截,脑子嗡嗡响的劲儿还没过,就听见老大愉快的声音:"行!总算没白教!这儿看着应该是个陈旧性骨折,这次伤的确实是右边,但这处骨折可能早就有了。答得挺好,能突破惯性思维,没因为病史而忽略片子上的细节……"

老大画风转变太快,我被夸得晕头转向,只剩下嘿嘿傻笑的份儿。老大又交代了一些细节,盼咐我趁着排CT的空当尽快把病历写完,就风风火火地出去接着赶场子了。

我搓掉手心里还没干的汗,眼角扫到缩在角落里安静如鸡的张悦——果然这家伙发现老大有要提问的架势就马上跑路了,这会儿正在旁边咧着嘴笑。我迎上去微笑着按老大的力度一巴掌呼在她头上,再对着患者和旁边的大叔把剩下的细节也问了问,便送那位大叔出门了,并嘱咐他买好必需品之后,尽快来谈话间签署同意书。

提到签字,大叔果然微露难色:"我们几个跟来的都是老白的工友,买东西、照顾人都妥,就是这同意书……"

对这个问题我已经彻底淡然了,闻言只是笑着摆手:"没关系,在没有直系亲属在的情况下,其他亲友也是可以签的,而且病人目前看来情况不算很紧急,应该不会马上要抢救,只是要赶快完善检查、明确诊断,才能确认下一步的治疗。你们可以先派个代表暂时签一下,等病人亲属到了,再重新签一下授权委托书就好。"

大叔松了口气,连连点头:"好,好,那我们先签着,老板就快到了,老白他儿子就在北京,应该也来得快。"

原来儿子也在北京,我心里也马上松快了些:"那太好了,有直系亲属签字是最稳妥的。"

大叔连连点头,走到门外,把袋子里的东西拿给另外几个工友:"是啊,等老白他儿子到了就啥都不用担心了,那孩子可有出息了,又孝顺,我们那小地方,有几个能混得像他家孩子那么体面的!"

说到这儿,几位工友也纷纷点头。一个年轻些的壮实大哥也赞道:"小白兄弟是出息,能到大城市做体面活,逢年过节还给老白寄这寄那的,白叔真是有老来福!"

几人的眼神或称赞或羡慕,都在感叹老白的儿子有出息又孝顺。刚才看见白大叔灰头土脸又一身是伤的压抑感总算消散了些,我心情轻松地点点头,送他们出了抢救间。

二

果然,好儿子可能会迟到,但肯定不会缺席。

瘦高个的年轻人气喘吁吁地站在谈话窗口的时候,白大叔刚刚从CT室被推回来。我仔细打量着他——这位传说中的小白兄弟看上去不过20出头的样儿,肤色偏黑,像是风吹日晒得多了,跟我通过工友们的描述拼凑出的形象有些出入。不过跟白大叔比起来,他还是要白得太多了。

他身上套了件普通的浅灰色半袖,汗湿的地方已经变成深灰,尽管如此,还是能辨出上面有一道道弄脏的灰尘印。我端着一沓早就准备好的抢救间四联递过去,他伸手接过,我便瞥见那手臂上有一条十几厘米长的划痕,伤口不深,但像是没怎么处理,已经结出了长长的血痂。

关于他职业的疑问又隐约浮现出来,我正本能地担忧这样的伤口不清理会不会感染,却见他忽然缩手,忙不迭地把东西放在窗台上,一边使劲儿地在裤子上蹭着手。我疑惑地望过去,只见崭新的纸面上他接触的地方留下了一个灰手印儿,没等我说话,他便紧张地问:"不好意思,不好意思,给你弄脏了,还能用吗?"

我摇头笑道："没事儿，能看清就行。"坐在一旁的张悦从兜里拽出张湿巾递过去，他连忙接过，却没用来擦手，而是小心地蹭了蹭额头上的汗，再用背面把手蹭了蹭，才小心翼翼地捏起窗台上的笔，开始认真地读表格上的内容。

几张单子签得都很利落，他也没什么多余的问题，大致知道了白大叔目前情况还算稳定，年轻人也松了口气，把材料又看了一遍后交回我手里："这么填可以吗？"

我大概翻了翻，每一项可能采取的治疗措施后面都打钩写了同意，所有需要家属签字的地方都一笔一画地写着"白国豪"，虽然字不怎么好看，好歹还算清晰。

翻到授权委托书的那一页，我简单扫了一眼家属信息，职业一栏的字迹比别的要小一些，显得不那么引人注意。

那一栏写着"物流"。

我不经意地看了一眼他胳膊上的划痕，想了想之前工友们的描述和评价，忽然有些辛酸。

人在外头漂，谁不是撑着张脸活着呢？

白国豪很快又跑得没影了。因为他问我要了住院物品清单，在得知"你爸需要的住院用品刚才工友们都买齐了"之后，他还是马上按照走廊里食堂的指示标志，一路奔着食杂店的方向去了。

不过十几分钟的工夫，白国豪就再次出现，手里还大包小裹地提着冰镇饮料和各种食品，先是给还没离开的白大叔工友们每人塞了一袋东西，又拎着剩下的两只大袋子奔着谈话窗口过来。装满饮料和食品的袋子拎在手里，他单手一使劲儿就举到我头顶那么高，动作很利索地从窗口递进来："医生、护士们都辛苦了，谢谢你们，我给你们买了点喝的，剩下这些我想请你们帮我带进去给我爸……"

两个袋子一起递进来，我一时不知道究竟接是不接。见我局促的样子，他一把把袋子提起来，越过电脑直接搁在电脑桌上，一边笑道："我都买完了，你们快喝吧，天气热，你们忙里忙外的，喝点凉快的才舒服。"

我只好尴笑着谢了他，又拎起另外那一袋应该是为白大叔准备的食品，看了看表，迟疑地对他说："还有半个多小时就到探视时间了，你等会儿可以自己进去看他一次，你要不要亲自给他拿进去？"

他脸上的笑容忽然僵硬了一下，手搁在窗台上，指甲无意识地在窗框上摩擦着，稍微沉默了一会儿便道："不了，你们帮我带进去吧，我就在外头守着，有什么事你们通知我，我马上就来。"

张悦正帮忙把袋子提进里头，闻言疑惑道："来都来了，一天就一次探视，过了这村儿就没这店啦，你确定不进来吗？"

他的笑容淡了一点，骨节突出的手紧紧地攥着窗框，眼神挪开又挪回来，半晌还是道："不了吧，我在外面等，另外，"他又顿了顿，似乎觉得不好开口，但还是道，"先不要说我来了。"

对这种莫名其妙的要求，我们虽然很奇怪，但也不好多嘴，只好拎着两袋东西进了工作区。张悦提着一袋饮料去给老大和师兄师姐分，我便把吃的给白大叔送去。

白大叔精神状态看起来还可以，此刻正躺在床上用床头的纸巾使劲儿擦着手和脸，纸巾上除了煤灰，还能看到有不少新鲜的血渍。他身上的多处擦伤、划伤之前都处理过了，我连忙过去查看："大叔，哪个伤口出血了？"

大叔见我过来，很和气地笑了笑："没事儿，没事儿，我擦身上的灰，有个小口子被我蹭开了。姑娘，辛苦你们了啊！"

我这才放心下来。看过他的指标，确认没什么变化之后，我便把那袋子东西放到他床头："这是……呃，外头陪护的人买的。"

嗯，没透露也没撒谎，我可真是个小机灵鬼。

白大叔连声谢过，一面把手伸进袋子里拿东西，一面道："正好，这会儿也饿了。姑娘你也吃点儿！"

我连忙摆手："不了不了，上班不好吃东西呢。"

大叔便不再多说什么，手在袋子里翻了翻，拿了几样东西出来仔细看了看，忽然问我："这谁买的啊？"

"啊，不知道呀。"我果断开始装傻，露出憨憨的笑容道，"我只看见护工递进来，没见着是什么人呀。"

"哦，这样。"大叔笑着，用牙齿撕开一个包装袋，"我儿子来了，等一下你帮我出去喊一声行吗？叫他进来跟我说说话。"

我一愣，试图继续装傻："啊？是吗？来了吗？我没看到啊，您怎么知道儿子来了？"

大叔咔嚓咔嚓嚼着早餐饼，眼神往那袋子里一划拉："我儿子啥样我还不知道？这一兜子东西不是他爱吃的就是他妈爱吃的，臭小子肯定早来了，躲着我呢！"

我真想把"知子莫若父"几个大字打在公屏上，跟白大叔打个哈哈，就赶紧出去通知白国豪。

169

三

白国豪得知自己露馅儿之后,嘴上没说什么,但是从表情上看,我觉得他慌得很。

听说老爸要他进去见面,他的表情更加复杂,说不上是紧张还是窘迫,就……活像小时候在家刚挨完揍,然后你妈喊你去吃饭时的那个别扭样儿。这对父子之间,难不成有什么矛盾?

"我,我还是不进去了吧。东西你们也带给他了,有事你们找我说就好。"

张悦这会儿正好闲得头上长草,也乐得跟他唠两句:"那你爸问起来我们该说啥呀,说你忙着吃饭没空进来?"

白国豪赶紧摇头:"不合适,不合适……"

张悦喝着人家的冰可乐,很尽心地给人家提建议:"对呀!你看,你爸横竖都知道你到了,你不进去的话里外不是人,我们也不好沟通这个。再说你不担心你爸吗?他刚从山西过来,你们也挺久没见了吧?"

白国豪嗫嚅着,眼光垂下去不接话。眼见他动摇,张悦赶忙加把劲:"你爸就说想见见你,来都来了,进去一趟也不会少块肉嘛!"

居委会大妈张主任循循善诱,终于把白小伙说得态度松动,他抬头问:"探视时间是几点?"

"中午11点半,还有半小时,坐那儿等会儿就好。"

白国豪一愣,看了看手机上的时间,似乎在琢磨什么,接着又低头看了看自己的行头,神情越发窘迫,憋了半天才开口:"你们这里有……有长袖衣服能借我穿一会儿吗?稍微能看一点的就行,我就借了穿一会儿,肯定洗得干干净净地给你们送回来!"

这个要求是不高,但我和老张还是没法子办到——除了主任以外,其他人在科里没有住宿条件,也就没有换洗衣服在。问大主任借衣服穿?算了吧,活着挺好的。

"大哥,这都要入伏了,谁会带长袖衣服在身边啊?"张悦哭笑不得。白国豪低头看了一眼手臂上的伤口,神色又窘迫起来,恳求一般道:"什么衣服都行,能挡住胳膊就好,我就是想……想遮一下。"

"这……实在没办法,我们夏天连白大褂都是短袖的,这儿也不做手术,没有一次性手术衣。"

我大致能猜测到他想隐藏些什么,但也无可奈何,只好找了点纱布和碘酒端给他:"要不你就大概处理一下?反正划得不严重,给人看见也没什么的。"

他把东西接过去，道了谢。张悦也找出一包湿巾给他："衣服抖一抖，脸上、胳膊上多擦擦，没什么见不了人的啦，自己老爸怕什么。"

小伙子情绪还是很低落，捧着东西说了声谢谢，便转身去附近的洗手间拾掇自己了。

探视时间开始，家属陆续拿着牌子涌进来，白国豪慢吞吞跟在后面，奈何个子太高，隔着八百里外他爸就看见他了，马上笑着挥手朝他打招呼。

白国豪看过来，眼神触到他爸的时候明显一怔，大步走到近前，低着头叫了声："爸。"

白大叔看起来十分开心，只是躺着不好挪动，眼神在儿子身上从头到脚看了一遍，一边埋怨一边努力伸手去拖床边的凳子。小白在老白身边坐下，老白伸出黑漆漆的胳膊揽住儿子的脖子，手在儿子脑袋上一撸："臭小子，两年不回家，弄得跟猴似的，这黑瘦黑瘦的，你妈白给你养肉了！"

嘴里说着儿子黑瘦黑瘦的白大叔，其实自己比儿子还要黑出几个度，尽管刚见他用纸巾擦过脸和手，但还是去不掉那层锅底色。小白盯着老爸的脸，眼神闪动着，喉结上下滚了滚，总算开口："我减肥，天天去租的小区楼下打球，那破球场可晒了。"

老白丝毫不买账："大小伙子壮实点儿好，成天瞎折腾什么！"

小白低着头，也不顶嘴，只掀起被子想看他身上的伤，却被老白一把按住被角，顺势拽住他的胳膊，指着上头的口子兴师问罪："臭小子！怎么搞的？"

小伙子面不改色："这不是周末吗，同事搬家，去帮忙来着。"

老白正拽着儿子的手看伤口，闻言瞬间目光炯炯："男同事还是女同事？"

"男同事。"

"唉，没长进！"

老白沉痛地拽着儿子的胳膊，恨铁不成钢地道："下回有小女孩子搬家，你给我积极点儿！多帮帮人家！"

"知道了。"

"找对象有眉目了没有？单位有合适的吗？没有的话，你老姑邻居家有个姑娘，腾出空给你安排见见……"

白大叔说得高兴，不过我实在是觉得这种场合、这种话题……我应该在车底，不应该在车里。奈何探视时间家属没走我也不敢走，只好瞅瞅天花板、摸摸病历本，眼神游离做痴呆状。

"爸，我上班忙，这段时间没空，这种事过两年再说吧。"周围都是陌生人，小伙子尴尬得原地发酵，赶紧敷衍了两句，正不知道接什么话才好时，旁边的梁教员端着盘子路过，身后还带着个新来的实习男护士。梁教员看了看白大叔的床头卡，指指大叔的手对实习护士道："到点了，给这床患者测个血糖。"

小兄弟应着，径直朝我这边过来："师姐。"

我点点头，把白大叔的手递给他。小兄弟选了最常见的指尖位置，擦了几下，打算下针，无奈那刺血的小针尖恐怕还没白大叔的茧厚，一针下去别说血了，连针眼在哪儿都找不着。

小兄弟恐怕也没下过几次手，见状便傻眼道："好厚的茧啊！"

我失笑，摸了摸白大叔手上其他地方："换个皮肤薄一点的地方试试。"小兄弟点点头，换了手指侧面下针，这一下看得出他用了不小的力气，可惜依然没见血。小兄弟紧张得有点冒汗，眼神不由得往梁教员那边瞄。梁教员走过来看了看白大叔的手，无可奈何地道："手是扎不出来了，看看脚趾缝之类的地方。"

小兄弟立刻转战脚指头，随后在脚趾内侧面使了好大力才扎下一针，却也只见一个针尖大的小血点，只好捏着那根脚趾拼命挤，才挤出一点点血来测了血糖。

小兄弟总算过关，欣慰地长舒了一口气。白大叔有些不好意思："对不住啊，老皮老肉的，难为小伙子了。"

小兄弟客气地笑了笑，没多说什么，赶快跟紧梁教员去巡床了。

梁教员临走前似是又想起些什么，赶紧回头嘱咐道："家属有空的话，帮老人把手和脸上都擦擦，尤其是手指。这黑得太夸张了，血氧都测不出来。镜子也多帮着弄弄，别总傻站着。"

【血氧饱和度】一般通过发光二极管发出红色光和红外光，穿透类似手指这种部位的外周组织来检测，因此皮肤上炭屑太多会影响血氧测定。

我赶快从床头的袋子里翻出一大包湿巾，抽出几张之后递给小白："我擦另一边。"

小白道了谢，我们便一人捧着白大叔的一只手开始擦洗。很快我就意识到为什么白大叔已经自己擦了那么久，皮肤却还是黑乎乎的——他的手指不算粗壮，无奈茧实在太厚，摸上去就像整块的老树皮，皮肤褶皱和手掌纹路里显出颜色更深的黛黑，经年累月的炭屑几乎已经跟角质层融为一体，湿巾擦上去一张张变黑，却只能搓掉表面那一层浮灰。我使出了搓澡都没用上过的力气，恨不得扔了湿巾换澡巾。

我偷偷抬眼看向另一侧，只见小白捧着白大叔的手，动作看上去比我轻得多，两个人的手放在一起虽然肤色差得不少，但那手型却显出一衣带水的相近来，只是老白的手要更厚实些。不过如果仔细注意小白的手，就能发现那虽然是一双年轻的手，但指根和关节处还是有发黄的茧，细看还能看出左手手掌处有一大片皮肤颜色比周围浅很多，大概是掉了一块肉之后长出的新皮。

总之无论怎么看，都不像是一双天天坐在办公室里敲键盘的手。

起先白大叔还跟儿子搭着话，无非是些工作累不累、老板好不好的问题，儿子一句一句应着，头却埋得越来越低，最后几乎要把脸埋到父亲手里，白大叔也渐渐不再说话。

父子间再度沉默，我努力保持做一个没有感情的擦手机器，假装没有看见年轻人泛红的眼睛和手背上蹭掉的水迹。

四

令人感到安慰的一点是，白大叔有工伤保险。可惜抢救间走的是门诊费用，据我之前听说的，起码北京当地的医保是报不了多少的。住在抢救间开销很大，如果白大叔的单位能承担一部分，他们的经济压力或许还能小一些。

好学宝宝程瑷端着新出的片子看了一会儿，决定深入研究一下白大叔的情况。于是我们俩便端上纸笔，再次奔赴白大叔的床头。

白大叔的腿伤，骨科已经派人来处理过，这会儿疼痛应该有所缓解，他像是已经睡着。程瑷见状，小心翼翼地拎起被子想查看他的腿伤，谁知刚一动，白大叔立刻就醒了过来。

"哎，辛苦你们了，又来看我。"经过一番擦洗，白大叔总算白回来一点点，衣服遮住和没遮住的地方肤色差距没那么大了。程瑷边查看着他的腿边询问症状，我则在一旁抄录屏幕上的数字。

白大叔回答得很仔细，一边回答一边慈祥地看着我们俩，看到后来，把我看得头皮发麻。我正琢磨着要不要丢下程瑷自己跑路的时候，大叔果然适时开口："小姑娘多大了啊？"

果然……

我在心里叹口气，正思考是装痴呆好还是装耳背好，奈何程瑷到底是个小呆瓜，听完便老老实实地回答："我今年24岁了，镜子比我小两岁。"

我心里暗叫不好，立刻端起盘子准备撤离。大叔立马抢先开口："哎，我儿子也这么大，真巧啊！"

"啊，是啊，好巧，哈哈！"

我尴尬到差点原地去世，心里还在暗恼程瑗干吗接这个话，白大叔就继续感叹道："当护士好啊，在医院上班多体面，就是累，活儿都得你们来干。"

年轻女医生被当成护士是家常便饭，有时候天时地利下还会被当成保洁员或者打饭师傅，这种实在算是小场面。我拿出惯常的微笑职业化地解释："大叔，我们都是医生，只不过我们年资都很低，活儿当然得多做一些。"

白大叔显然一愣，随即便大声笑了几声，道："原来是大夫，那可是有大学问了！这我可不敢再瞎问了，我那傻小子能干、能吃苦，但念不好书，肯定高攀不了有学问的姑娘，哈哈哈……"

没等我想好怎么接话，砸场子专家程某就已经开始认真反驳："不是啊，护士也很有学问的，我们学校的护理专业是重本呢，而且……"

我尴尬到脚趾在地上抠出三室一厅，这家伙真的是连打圆场的机会都不给我，这不成了说人家"我就算是护士你也配不上"吗？我只得赶紧截断她的话头："哪有，您儿子工作也不错，大城市里上班，多少人羡慕呢！"

"上啥班，出大力的活儿，有啥可羡慕的，混口饭吃罢了！"白大叔想动动身子，奈何稍微一挪动就牵动了腿伤，我们赶快制止他。他躺平到床上，继续念叨着："他那两个半心眼儿，也就拿来糊弄糊弄我，那黑瘦黑瘦的样儿，哪像坐办公室出来的？肯定不知道在哪里卖力气呢！"

眼看小白他爸早把他看得透透的，我连帮忙兜着的欲望都没了，干脆只站在一旁赔笑，大叔便继续絮叨起来："我挖了几十年矿了，这辈子都在卖力气，实在是不想他再靠出大力过日子了。"

我有点好奇，试探性地问："大叔，做矿工这么辛苦，一个月能赚多少？"

大叔摸着甲沟里洗不掉的煤灰，看着天花板算着："现在一个月8000多块吧，这么些年苦是苦，但干别的都不如这个好。谁知道这次倒了霉……唉，一辈子干这个，总有不走运的时候，我这也不是头一回出事了，前几回都不严重，这次可要花大钱了，不管咋样，可千万不能动他攒的那些……"

我想起片子上那处未曾治疗的陈旧性骨折，看着煤灰里钻出来的人，心里越发难受起来。

"我最想的就是，我儿子以后不用靠卖力气吃饭，我还能动弹几年，再多攒点儿，让他在老家做点小买卖，管他挣多少，能踏实过日子就行。"

说到这儿，白大叔忽然有点激动起来，拍着床挡板气哼哼地说："那臭小子倒是有志气,不想在老家混,非要来大城市闯。可就他那几斤几两,我还能不知道?他要是像你们念书这么出息,我指定不拦着他!可他又没个做学问的脑子,高中毕业出来上北京能干啥?看大门都没人要!"

"呃……倒也不至于。"毕竟做物流的话,对学历要求确实不高,可到底也是出力气的活儿,发展空间似乎也不太理想。

"我早跟他说了,外头人生地不熟的,我帮不上他啥,老家有的是知根知底的,给他做点小买卖,也都有人带着他做起。臭小子非不听,直接从家里跑出来了,这两年多了都在外面不肯回家!"

我忽然想起小时候,每次考砸挨揍以后独自磨牙霍霍,发誓下回要扬眉吐气的样子——在老爹们眼里,可能都是一样幼稚的执拗吧?

不过上进的乖宝宝程瑷恐怕从小到大都没怎么跟爸妈闹过别扭,很不能理解这种想法,呆呆地问道:"出去闯就出去闯,干吗不回家呀,不放假吗?"

"那臭小子憋着股劲儿,不混出样子不肯回来见我呢!"白大叔跟儿子七分像的脸上浮现出咬牙切齿的表情,"知道我跟他妈都惦记他,还记着我那会儿拦着他不让他走,故意和我置气!"

我失笑,把开完的单子在床头放好。

白大叔看着我忙,自顾自地气了半晌,还是揪着我衣角嘱咐道:"你们别跟他多提啥,还是给他点面子哈。"

我无奈地点头:"您都这么配合他,我们哪会不给他面子呀,放心吧。"

白大叔谢了我,放心地把脖子躺平,继续自言自语地唠叨:"我土埋半截子的人,这辈子就是给他操心操惯了。啥时候他混好了,或者混不好回家来,只要能娶个踏实能干的媳妇儿,日子就过安生了,我死也能闭上眼了。刚才你们俩一人一边帮我擦手,我就想呀,要是他能找个这么好的闺女,我一边一个,就这么看着,真是好呀……"

我一边夺门而出一边发誓,下次再有类似的活儿,无论如何都得让张悦接。

五

白大叔很快就等到了床位,出科也就提上了日程。

经历了之前那些九曲十八弯的尴尬场面,我已经很自觉地努力减少跟白大叔的接触次数,连探视时间都和别人换了位置。奈何出科路上,管床医生肯定要自己去送人,这回无论如何都跑不了。

小白早就进来收拾好了东西，这会儿正大包小裹地等在门外。他今天换了身整齐的衣服，头发也好好梳过，整个人显得比第一次出现时精神了许多。送人来的工友应该已经离开，转科的路上除了我和管床教员，就只剩下他们父子。

推床上坡的路上，白大叔看着那个不小的坡度，连声嘱咐儿子："快到后头去，使点劲儿，别叫人家小姑娘吃力！"

我刚想说没事我可以，小伙子就已经转到后头，胳膊上的肌肉一绷，床便稳稳地上了坡。

白大叔很满意，抬手拍拍儿子的手："挺好，这才像个男孩子样儿。"

小白低着头没吱声。白大叔仰躺着盯着儿子的脸，忽然道："你奶想你了，过年要到咱家来。"

小白站的位置躲不开父亲的目光，索性把头拧到一边，嘴里闷闷地应："嗯。"

"嗯什么嗯！你妈回回弄那么多吃的，你一次都不回去，她成天在家抹眼泪！"

白大叔板着脸凶了几句，又软和下语气，好言相劝道："不给你介绍对象，你回去看看你妈和你奶就得了。听见没有？"

小白拧着脑袋，别扭了半天才又憋出一个字："嗯。"

"记住了，到时候可别又给我赖账！"白大叔瞪着眼训道，说着却抑制不住地乐起来，一边从枕头底下摸出手机，一边喃喃道，"得赶紧告诉你妈，有些东西回头再准备不齐……"

小白见他欢欣鼓舞的样子，忍不住道："还小半年呢，有啥准备不齐的。"

白大叔眉毛一竖："你懂什么！"

小白只好低头继续听训，气氛沉默下来，却依然温馨。其实我心里也觉得，无论小白什么时候回家，妈妈都一定是做好了准备的。

毕竟，他们已经等了两年了。

送走这对父子的路上，能见到这场和解，我心里终于也温暖了些。我和管床教员推着床回到原位，正见那天梁教员带着的小师弟在床头的柱子旁边，手里举着块纱布在墙上使劲擦着什么。见我们过来，小兄弟边打招呼边干活："师姐好，梁老师叫我把这儿擦干净。这也不知道是谁，沾着血在瓷砖上写字儿，怪吓人的。"

我一愣，端详了一下这个位置，也凑过去看。瓷砖上似乎是几个简单的竖式，字迹不甚清楚，因为写的位置不高，又是在里面的拐角，所以床没推走的时候没人能发觉。

字迹很快被擦干净了。

那护士站起来,把擦瓷砖的纱布扔进医疗废物桶,低声疑惑道:"一堆数,也看不懂是在算什么。"

可我看得懂。

那串数字,是他的床位钱。

屋漏偏逢连夜雨

一

张悦最近往儿科跑得少了些。

我大概能明白她的心路历程。据我观察，最近一次她拉着我去儿科的时候，顾问和她相处的态度依然是严谨的公事公办，甚至连之前最喜欢凑热闹的教员也不再跟着起哄，虽然对张悦依然热情照顾，但话题一旦涉及顾医生，所有人立刻三缄其口，坚决不肯再掺和进来。

虽说老张从不是个三分钟热度的人，但一件事长长久久地坚持下来却收效甚微，是个人都会有些泄气的，是以老张最近情绪低落，连肉都吃得少了些。

我看着没精打采地写病历等着交班的张悦，心下一叹，有心转移她的注意力，便道："好久没出去吃了，晚上组一拨人吃烤肉去吧。"

听见烤肉，老张的眼神总算有了点光："行啊，多叫几个人，阿瑗去吗？"

程瑗从对面办公桌后伸出脑袋，高高兴兴地点头："好呀好呀，去对面那家吗？我记得老聂有他们家的卡，老聂你要一起吗？"

老聂正在屋角的杂物堆里吭哧吭哧地搬东西，一听叫他吃饭也马上积极响应："去啊，我刚来咱医院就办了他家会员了，他家比萨也不错。"

干饭四人组集结完毕，我心满意足地继续干活，忽然手机一响，居然是许久没联系过的堂姐王妍打来的视频。我刚想接通，就听见老大扩音器般的吆喝声传进来："都出来交班！"

我一紧张，赶紧先把视频挂断，胡乱解释了几个字后就跟着人流快步走出去。幸而今天病人不多，老大也向来不拖沓，半小时不到，我们四个就已经顺利走上了觅食的道路。这会儿我才想起来刚才那个挂断的视频，赶忙掏出手机打回去。视频接通，我刚想喊一句妍妍姐，看见屏幕上出现的人，马上就把话咽了回去。

虽说上次见面还是前年的家庭聚会，但屏幕上的人实在和我印象中相去甚远，光是脸型就大出一号，完全不像记忆中那个鹅蛋脸、柳叶眉的漂亮姐姐。虽然脸不像，但声音还是熟悉的："小婧子，现在忙吗？说话方便吗？"

"啊，方便方便，我刚下班。"我醒过神来，一面回答，一面仔细端详着镜头里的人。这样仔细一分辨，我总算确认堂姐还是那个堂姐，只不过实在胖了太多，整张脸简直像吹鼓的气球。可虽说是胖，她的气色看上去却并不好，眉眼之间都是疲态，整个人都像没了精气神。再考虑到她这般突兀地联系我，我下意识觉得事情不对，斟酌着措辞问道："妍妍姐，你怎么了？是不是有什么问题？"

她尴尬地笑了笑，略带局促地回答："唉，我没什么，主要是我妈……你现在是在北京上班对吗？"

"是啊，怎么了？"

"你上班忙吗？有没有空帮我去照看一下，我妈查出胰腺癌了，我爸现在带她来北京看病，就在你们医院……"

后面的话我基本没听进去，整个人在原地愣了好一会儿。张悦和程瑗说说笑笑地走出了好一段路，慢悠悠跟在后面的老聂才发现少了个人，回头跟我招手："饿傻了？走啊！"

手机里堂姐的声音还在传出来："我现在在透析，体力也跟不上，实在没办法陪他们去。你姐夫在家一边照顾我一边带澜澜，一时半刻也抽不出手。你要是平时得空的话，能帮我去看一眼也成……"

我茫然地听着，眼神呆呆地看着他们几个。张悦首先发觉不对，快步跑过来，拽着我的胳膊一阵猛晃："咋了？咋了？出什么事儿了？"

我这才想起忘了回话，赶紧低头对着手机道："有空，有空，我除了上班时间以外都能去，你告诉我在哪个病区？"

"肿瘤科二病区，具体地点的话，等一下你打给我爸，让他跟你联系，辛苦你了……"

"哪有，哪有，姐你别着急，我已经下班了，我这就回去。"视频还没有挂断，我看着三个一起折回来等我的饭友，再不好意思也只能放他们鸽子，"我大娘查出胰腺癌，到咱们医院住院来了，我得回去看看，今晚你们几个去，我下回再出来。"

程瑗自己就是肿瘤科的研究生，闻言先是一怔，随即忙道："你一个人去吗？我跟你一起去看看吧，过几天我们再一起去吃肉。"

还没见到人，我并不确定带同学一起去是否合适，便推辞道："谢啦，他们刚来呢，我先去看看情况，有需要的话，下回再喊你们去帮我。你们去吃你们的，回来帮我带杯奶茶就行。"

"了解，那你去吧，不用去食堂了，我给你带吃的回来，再带一杯鲜芋西米露。"老张很务实地点头。我自认为已经安排得明明白白，转头就要往天桥上跑，老聂却一把拽住我，一边掏兜一边问："这都几点了，你能进得去肿瘤科？"

我这才考虑到非探视时间怎么进门的问题，下意识答："我穿白大褂进去……"

"光白大褂有啥用，你有肿瘤楼的权限吗？"老聂用看傻子的眼神看看我，一手把自己的开门豆（电子钥匙）塞给我，"拿我的去，肿瘤楼所有门禁都能开。"

阿瑗和老聂是同一个导师手下的同门，闻言不解道："咦，为什么你有全楼的权限，我就只有我们自己区的权限呀？"

"谁让我招人稀罕呢？赶紧去吧你，戴个口罩，省得被问来问去的。"

"谢了，谢了，你们几个多吃点儿！"揣好开门豆，我奔上天桥，一路奔着医院大门回去了。

二

视频还没挂断。

我初步消化了一下大娘的事，才想起来问堂姐的病："妍妍姐，你是怎么回事，怎么会要透析？还有你的……你的脸。"

"唉，头几年我得了肾小球肾炎，之前用激素的时候，吹气球似的几个月胖了几十斤，就变成了现在这个样子。后来逐渐严重起来，前阵子就开始透析了，不光是胖，全身都肿，我现在别说出远门了，每天脚肿得鞋都穿不上。"

原来如此。大概是在治疗肾炎的过程中使用了糖皮质激素，因此才出现了库欣综合征典型的"满月脸"表现，再加上水肿，怪不得一年多不见我就险些认不出她。

提到这儿，她的声线也带了点哭腔："本来我爸妈在家，还能帮我稍微照看一下澜澜，这下你大娘又病了，我是真不知道日子该怎么过了。"

说起来，堂姐这一家人近些年也实属命途多舛。大爷和大娘都是普通知识分子，膝下只有堂姐一个女儿。10多年前大娘得了胆管癌，当时情况就十分严峻，医生预计的生存期只有两年，但家人坚持做了手术后，大娘很幸运地痊愈了，之后多年也没有复发。胆管癌很少转移，所以这次的胰腺癌，大概率是新发的肿瘤。

而这次的问题可能更加严峻，胰腺癌号称"癌中之王"——不仅因为进展速度极快，更是因为治疗手段受限。

癌症最主要且最根本的办法，其实就是"割以永治"，即哪里不好切哪里。至于不适合切或者已经来不及切的地方，则多半采用放化疗以及栓塞等方法进行处理。此外，近些年新兴的靶向药对一些癌症病人效果极其显著，但因为研究时日尚短，所以进展有限，适用的情形不多。而胰腺癌早期表现以腹痛为主，缺乏特异性且症状隐匿，所以经常得不到重视，多数患者都是直到肿大的胰头压迫胆管导致了黄疸时，才意识到问题来就诊，此时患者多半已经失去了手术指征。

以前胰腺癌的生存期基本不超过一年，现在即使有靶向药的加入，5年生存率也不超过5%，而且由于免疫细胞缺乏等问题，虽然突变基因很多，但实际有效的靶向药很少，能否使用取决于基因检测的结果，如果没配上，那生存情况将更加不乐观。

"我们决定去这家医院之后，就先给你爸打过电话了。听你爸说你现在在急诊，我就知道你肯定忙得起早贪黑，但凡我还有办法，我都不想开这个口让你为难……"

"哪儿的话，大娘刚巧在我们医院，我肯定要去看看的呀。你先安心在家养病，千万别太上火。"

一通安抚后我挂掉视频，把白大褂掏出来套上，按照大爷发来的楼层和床号，一路奔到了肿瘤二病区的门口。

老聂的电子钥匙果然靠谱，顺利打开大门，循着指示牌，我一路找到了他们所在的房间。结果还没进门，我就听见大娘的怒喝声从里面传出来。

"你有病啊？都说了我那就是慢性胆管炎，我又没糊涂，医院的确诊单子我都仔细看过，哪来的胆管癌？你老糊涂了？"

我听得一头雾水，慢慢拐进屋门，便听见大爷和声细语地回答："你不知道，你确实是胆管癌，当时只是……"

"扯淡！你咒我呢？！还嫌我不够倒霉？得癌的都没几个，还能一气儿得俩？我上辈子造孽了？"

分隔床位的帘子旁站着一位老师，正无奈地试图跟大娘沟通："阿姨，您先冷静一下，我们看过您家属提供的外院资料了，您确实得过胆管癌，而且手术非常成功，之后也没有再复发过。"

大娘听上去总算平静了些，不过语气中还是带着怀疑："真是？哪来的资料？我所有的病程资料我十来年前就自己看过了，全国最大的肝胆医院出的证明，怎么可能有假？"

"就是假的，那都是我做了给你看的。"大爷不胜头痛地回答，"辛辛苦苦瞒你这么多年,谁知道现在想叫你信又这么费劲儿。"

"假的?可我看得真真的,十多年前的东西哪像现在这样假得满天飞,那医院和大夫的公章能给你随便作假用?"

"反正就是假的,现在这些才是真的,你当时那手术也确实是胆管癌手术,横竖也恢复得好,你知不知道都一样。要是没有这回,本来以后都不打算给你知道了……"大爷的话音低落下来,略略沉吟了一会儿,转头又和医生交流起来,"大夫,那除了化疗,有没有其他法子可用?"

老师点点头:"也是有的,现在一些靶向药的使用也比较成熟了,只是要看基因检测的结果,配上了才能使,而且价格上要做好心理准备。"

"好的,好的,谢谢您啊!"大爷一路谢着,客客气气地送老师出来。我赶忙往门后一闪,等那老师走远,才一溜烟钻进房间里,掀开帘子道:"大爷大娘,我来看你们啦!"

里面的两位老人转过头来,我心里一颤,忽然便感觉到了什么是"老去"。

我爸是幺弟,和大爷年岁上本就差了不少,而且我和父母好歹一年半载就能见面,和大爷大娘却是实打实的两年多没见,所以感觉他们衰老的痕迹格外明显。何况一场急病的冲击下,两人都心力交瘁,眼见着大娘足足瘦了一圈,气色也再不复从前的红润;而大爷年岁还不到70,满头却已无一根黑发,白花花的一片,看得我心里一阵难过。

近几年的岁月,在他们身上留下的痕迹格外触目惊心。

大抵是堂姐打过了招呼,二老见了我也并不意外。大爷马上热情地招呼:"小婧子来啦,哎呀,你看看,日子过得多快,一眨眼都长这么高了。"

时年22的我尴尬地摸着脑袋,大概长辈们对我的印象还停留在我的青春期吧……

随后来袭的就是大娘的快人快语:"20多岁了还长啥个儿!不过女大十八变,几年没见,这孩子总算长开了,可不像高中那会儿,瞅着真是……"

大爷赶紧塞给大娘半个橘子,另外半个递给我,顺便把话头岔走:"小婧子现在在急诊吧?忙吗?唉,还要麻烦你来看我们,晚上早点回去,可别累着了。"

"还好,还好,大娘你们来了也不提前说一声,我都没赶上去接你们呢!"

一番客套后,话题自然来到病情的问题上。我本来还思考着有没有必要解释一下胰腺癌的相关信息,谁知谈话整个倒了个个儿,大娘坐在床上侃侃而谈,从胰腺的解剖位置一直说到黄疸的发生机理,一路讲下来完全不卡壳:"我来之前就看了这方面的书,还查了资料,你们想说的那些我全都懂,我这是胰头癌,现在之所以开始黄疸,是因为胰头旁边就是胆管，胰头肿大造成胆管压迫，人就黄疸了。还有说这是什么……中晚期表现，我这玩意儿大概来不及了吧？我告诉你们，谁也别劝我再开一刀啊，10年前那回差点要我老命，那几年遭了多少罪啊！这回这玩意儿又是治不好的东西，死前再挨一刀，多犯不上！"

一直耐心听着的大爷忽然打断她："谁也没说治不好的，上回大夫全都告诉我你最多活不过两年，可咱做了手术，不还是平平安安过了十几年？只要还有手术机会，赌一把总没错的，你这命大着呢，明摆着阎王爷不想收，安心躺着养病，回去还得给妍妍带孩子呢。"

"你净忽悠我！这胰腺癌是啥？那是所有癌症里最厉害的！我都有黄疸了，八成是切不了，切了也活不了多久，折腾那些干什么？"

大爷低头不再说话，只从柜子里拿出一把水果刀，默默给我们削苹果。我一边试着和大娘聊些别的，一边在心里叹了口气。

病人懂得太少或者懂得太多，这两种情况都是挺麻烦的事。大娘本身有一定的文化水平，因此只要不是太专业的内容，她理解起来都没有障碍，几天工夫花下去，该懂的她早都懂了。这会儿就算想说点善意的谎言让她放松心态，她也绝没有那么好糊弄——提到这个，我更佩服大爷了，这么精明的一个人，当初他是怎么瞒住她十几年，让她到现在都深信不疑的？

又和大娘聊了一会儿，我见储物柜里缺东少西，便打算先去添置点东西过来，顺便跟大爷单独聊聊病情的问题。我们走出病房，大爷回头确认门已经关好，便道："她自己猜得没错，大夫确实说不建议手术，风险大，效果也未必好，估计除了化疗，就只能考虑考虑靶向药了，现在正准备做基因检测，希望老天爷再放她一马吧……"

我点点头，随即问他："大爷，大娘这么明白，你当初是怎么瞒住她的？那些假证明是哪儿来的？"

大娘说得其实很有道理，医院也好，医生也好，最多只能口头上配合家属隐瞒病情，配合家属开假证明这种事是绝对不可能的，而且10多年前PS也不像现在这样普及，大爷又是上了年纪的人，究竟是怎么以假乱真的？

大爷送我到病区门口，提起这件事，只是苦笑着摇摇头："还能哪儿来的？我自己造的。医院开回来的文件，我复印出来，然后一个字一个字剪下来重新粘，粘出一份新的再去复印，印个三四遍之后就看不出粘纸的缝了，然后拿这复印件给她看，说是从医院病历里印出来的。你大娘谨慎，每张单子都要亲自看，眼睛又尖，不这样忽悠不住她。"

所有的资料、文件、单据，一字一字剪下来，一张一张贴上去，再串通医生和亲友，确保不会有任何泄密的可能——只是为了瞒住妻子，换她一个安心。

三

之后的几天，我下了班就直接去肿瘤科驻扎，张悦也时不时帮忙带饭或者采购些必需品。几天下来，老张发自内心地总结了一句："你大爷脾气真好。"

我内心大呼赞同。

其实也不难理解，大娘看上去一副生死看淡的样子，可事实上谁不怕死呢？何况之前胆管癌手术的时候，她就遭了一番大罪，这下知道又得了癌，不害怕才怪。加上心里头惦记着还在家透析的堂姐和没人照顾的外孙女，心里着急上火，脾气便越发不好了，有事要骂两句，没事也要找碴儿发发火，即便有时张悦在场，她也几乎不给大爷留任何面子。得亏大爷素性温和，这种情况下也对妻子诸多忍让，不管大娘再怎么找碴儿发脾气，大爷硬是一句不满也没有，每次都只无奈地笑笑，便继续自己忙活。

但大娘发火的情况愈演愈烈。这天晚上大爷凉开水时不小心弄洒了些，她马上尖叫着骂了一声，顺手便将手里的遥控器扔了出去。倒霉的我刚巧蹲在墙根边上系鞋带，那飞行物贴着我脑袋顶飞过，脑瓜皮上凉飕飕的小风惊得我头毛一竖，随即遥控器便狠狠地撞在墙壁上，摔了个四分五裂。

我惊得蹿起来，这下连大娘自己都被吓了一跳。大爷赶忙跑过来，捧着我的脑袋仔细检查："碰到没有？疼不疼？"

"没有，没有，刚好没碰到，没事的。"就是被吓了个半死……

大概是差点闹出事来，这么多天来，大爷头一次顶了大娘一句："乱发什么火？砸着孩子怎么办？"

毕竟差点中招的是我，大娘自己也觉得不应该，但面子上依然放不下，憋了半天，梗着脖子回了一句："我一辈子就这脾气，现在也死到临头了，你爱嫌就嫌吧！"说着便把被子一拉，脸朝帘子里一转，赌气不吭声了。

大爷默了半响，没有马上接话，只一手把我带出了门。我乖乖跟在大爷身后，看着他关好门，转身面带歉意地对我说："孩子，你也看见了，你大娘现在这个状况……她心里也没处发散，大爷给你道个歉。"

我赶紧暴风摇头："不用不用，真的不用！我真的没事儿，大娘现在心情不好，您也很辛苦了，这点小事别放在心上。"

大爷苦笑一声，看了看身后紧闭的门，又望向不远处的护士站："基因检测的结果刚出，她就配上一个点，大夫说靶向药用是能用，但估计效果有限，她心里也乱着，所以闹腾得比前几天还厉害。"

原来如此。只适配一个点，意味着靶向药会有一定效果，但很难像适配良好的患者一样效果突出，同时又非常昂贵。他们本来家境还算殷实，但之前那次胆管癌估计没少掏家底，眼看着还不到40岁的堂姐已经到了透析的地步，家里还有年幼的外孙女——这样的情况下，他们究竟还能规划出多少钱来用靶向药，我心下实在没底，斟酌了一会儿，还是打算问问大爷的意思："那要不要选靶向药？还是单纯做化疗……"

大爷想都没想就道："自然是要用了。我只担心基因检测对不上，这下配上了就还有得用，有能用的办法怎么能不给她用上？钱的事都还能想办法，我慢慢打算着就是了。"

我舒了口气，心下顿时一阵安慰，又一阵难过。大爷回去哄大娘了，我一个人走出肿瘤楼的门，在路上瞎晃了一会儿，就接到了老爸的视频。画面稳定后，老爸就直入主题："你大娘咋样了？今天去看了没有？"

"去了，刚出来。"

"怎么这么快就出来了？你大爷岁数大了，一个人守着也没个年轻人搭手，你下班没事了就多陪他们待会儿，有活多帮着干一干，别像点个卯似的意思意思。"

我琢磨琢磨，还是省略了飞行物的情节，半真半假地应付："知道啦，是大爷让我出来的，两人吵架了，我得回避一下。"

谁承想老爸一脸惊奇："他俩还能吵起来？不是你大娘单方面训你大爷？"

知哥莫若弟……

我感慨了一下老爸的英明，如实转述了他们平时相处的模式，末了感叹一句："有时候我在旁边光听听都冒火，亏得我大爷生这么一副好脾气，要搁咱爷俩这尿性，房盖估计都吵掀了。"

"不许带上老子！"老爸开始敲桌子，敲完却摇摇头，"你大爷早年也没有这么好脾气的，只不过你大娘性子泼辣，他就格外忍让着，近些年你大娘又生了病，他就包容得更多些，一辈子这么过来，脾气完全都被磨平了。他现下这性子，你爷爷要是还在的话，恐怕都要吃惊了。他们打算在北京待多久？"

我掰着指头算道："还有三天吧，他们买了这周五的票，说是之后打算回省医住，我那天刚好可以送他们。在这儿主要是确定个治疗方案，后面的治疗回当地的话，经济上能节省不少。"

"也确实。那你到时候送远点，老头老太太可能坐不明白地铁，你把人送到车站再走，最好看着上火车……"

"知道啦！再说我大娘厉害着呢，之前他俩去杭州，一路都是自己走的，从没迷过路，你就放心吧！"

三天时间眨眼过去，老夫妇俩一早打点好了行装，我很听话地一路把人送到了车站。检票口的栏杆里，大爷的背比我儿时记忆中佝偻了一些，头发也已经全白，但依然挺直了腰杆，一手拖着行李箱，一手仔细搀扶着妻子，步伐稳健地往帘后走去。

四

夏天已经悄悄过去。

按我老爸的说法，大娘目前的情况还算稳定，只是人不可避免地一日日消瘦下去，精气神也肉眼可见地散了下来。靶向药不算卓有成效，但多少也控制了病情发展。所以我确实没想到，几个月的工夫，我就再次见到了大爷和大娘。而且这次来的不光是他们，还有我老爸。

某日下班后，干饭四人组结伴去食堂，一出门我就看见本该在东北老家的老爸。我激动之情溢于言表，当下就把老张、老程、老聂全都抛诸脑后，高高兴兴地跟着老爸出去吃烧烤了。

等熟筋上了桌，我才想起问老爸突然出现的原因："我看上次我大爷一个人也应付得来，再不济还有我帮忙，这回你怎么跟来了，是想我了过来看我？"

老爸一边撸串一边弹我脑瓜崩："小浑蛋想得挺美，你大娘这回也就顺便来复诊，这次住院的是你大爷。"

我心里咯噔一下："我大爷？什么病？"

"唾液腺癌，颌下淋巴结转移。人今早来就住下了。"

手里的肉马上没了味道，我深吸一口气，实在不知道该如何评价。妻子胰腺癌，丈夫唾液腺癌，唯一的女儿靠透析过日子，这才是真正的屋漏偏逢连夜雨，怪不得我爸会跟来。

"刚发现没多久。他摸着下颌有几个不痛的硬块，家里有人得过癌的，多少对这个比较敏感，就去医院查了，结果是唾液腺癌转移；已经在家做了两期化疗了，人一下就瘦脱形了，前阵子营养液都打上了，现在只勉强能生活自理，哪还带得动你大娘。不过大夫说他这个还能控制，真正严重的还是你大娘，她黄疸总算好一点了，但用的那个靶向药，效果没有预期那么好，她近期也挺遭罪的。"

聊着大爷大娘和堂姐的病情，我食不知味地吃完了一顿饭，回去便和老爸一起去看望大爷。托以前的师兄照顾，我们一路顺利进了门，七拐八拐地来到大爷住的房间，一进门我便觉心头一窒。屋里的两个老人全都瘦脱了形，坐在椅子上的大娘比上次更加干瘦憔悴，但大爷看上去居然比她还要羸弱。按我爸的描述，一米七五的大爷现在体重只有105斤，现下他整个人消瘦得连皱纹都干瘪下去了，面色很是苍白，头发也全部被剃掉了，此刻穿着病号服靠坐在床头，手里拿着水果刀正在削水果。见我们进来，大爷笑着招呼道："老四回来啦？哎，小婧子也来啦，来，坐，坐。"

他的声音已经完全失去了中气，像虚浮在空气里的棉花，轻飘飘地落在耳朵里，让人心酸。大娘脸色不好，大约进门前又在因为什么由头生气，见了我们倒还是客气着招呼。我连忙让她歇下，又问道："大爷怎么瘦得这么快，是进食困难了吗？"

大娘眉宇间愁容更深，捏了捏大爷干瘦的胳膊，道："是吃不下东西，化疗开始就基本没味觉了，咽东西也疼，水都喝不好，叫他吃点东西跟要命一样，炖了汤都不肯喝。"说罢便瞪了大爷一眼。大爷无奈地笑："我在尽量吃了……"

"吃啥了？！啥有营养的你都不吃，吃了也不消化！自从化疗开始，你看看你嘴里那口腔溃疡，多长时间都长不合！就这样给你吃点维生素都跟撵鸡似的，净不叫人省心！"

大约是没有力气，大爷也不再说话了，只慈蔼地笑着，低下头继续给大娘削苹果。我和老爸也开始着手整理屋子里的东西，一边整理，一边还能听见大娘在一旁絮絮叨叨地找大爷的碴儿。

"说多少次了，这个纸巾别和水果放一起，万一压碎一个那纸不都坏了？几十年了还邋邋遢遢的！

"上完厕所后那拖鞋知不知道摆正？乱七八糟踢得左一只右一只，半夜下床找不到，没人给你开灯。

"这衣服你又折得皱皱巴巴的！塞在袋子里一压，褶子洗都洗不开！一点门面都不顾，穿出去不丢人哪！"

碎碎念逐渐变成训斥，老爸看着床上瘦得只剩一把骨头的亲哥，眉头皱了起来，但还是忍住了，很委婉地道："大嫂，哪儿不行的我们来弄就是，让大哥好好休息休息。"

大娘收住了话头，神情也有些尴尬，便转而跟我话家常："每次来都让你这孩子两头跑，实在难为你了。还好这回来不会住太久，还有你爸跟着，你也不用跟我们操那么多心了。"

"大娘你客气了，我就在本院住嘛，没什么跑不跑的，你们有事随时给我打电话就好。"

"没大事儿可不能总折腾你跑了。现在年轻人身体也得注意，这些病以前都不在年轻人身上听到的，就像你妍妍姐，年纪轻轻，谁知道就……唉。"说起女儿，大娘的语意也酸涩起来，"现下我和你大爷都半死不活的，她婆婆也一身病，自己都还要人照顾，一家子人都指望她老公，还有个那么小的孩子，叫我怎么能不担心？"

她靠在椅背上，手里捧着手机，桌面壁纸是妍妍姐抱着女儿澜澜的照片。大娘摸着照片里女儿和外孙女的脸，眼泪在深陷的眼眶里打转儿："我没几天活头了，到时候我俩腿一蹬消停了，谁来管她后半辈子怎么过？本来想着她爸身体硬朗，生活上、事业上都还能指导指导她，谁知道这下好了，他也倒了大霉了。我们俩一人一病，到时候把棺材本都吃个干净，还能给妍妍留下啥？我琢磨着都不如我早死了好，多活少活都不差那一年半载的，熬着这种日子，还把她也拖垮，我……"

我赶紧出言劝抚，抽了张纸巾给大娘擦眼泪："您说什么傻话呢，病治了就有可能好起来。您当初那么凶险的胆管癌，一场手术不也熬过关卡来了？书上说的话不一定准呢，凡事都有例外，治疗态度一定要积极，其他问题都能再想办法……"

"还能有啥办法？能做的治疗全上了，你看看我俩现在这个样儿。我最严重的时候翻身都没力气，你大爷最严重的那几天白蛋白都掉得快没了，钱一把把花在身上也不见好，我是真不如死了干净……"

一直没再开口的大爷忽然打断了她："这种时候我都经历过一回了，你想想你上回病的时候那个情景，比这次能好多少？结果你放宽了心治，不还是挺过来了？我们尽人事听天命，只要不到让妍妍两口子出钱的时候，咱都往最好了努力。不管怎么样，孩子以后想起来也不至于心里有负担。"

他把削好的苹果放到妻子手里，擦净了手，拍着她的肩膀，从容地笑道："你就负责好好地活着就行。"

我和老爸心里都清楚，大爷的心里比谁都要焦灼。

他看上去依然平静温和，甚至坐在那里都带着微笑，但食量越来越少，精神越来越差，每次独自扶着墙走进洗手间都要待上很久。他从前就是很勤俭的一个人，现下对自己更是俭省到几乎苛刻的程度，莫说衣食用度，就连纸巾都要撕成两半仔细收着；我去超市买来给他们临时穿的简陋拖鞋，老爸本打算穿完这几天便丢掉，临走前却都被大爷仔细洗干净，顶着大娘的训斥收进行李箱准备带回家。

相比之下，我爸的行装就简单很多了——毕竟来时装的大都是带给我的特产和零食，光红肠就背了五斤，一拿出来马上空了大半空间。于是我马上搞了一波北京的特产，填补了老爸背包的空白，又挑了些轻便好拿的给大爷大妈带回家去。

回程票刚好是晚饭时间的车，我今天夜班，不能送人去车站，便跟老张一起一路把老爸和大爷大娘送到了地铁站。老爸从我手里接过大包小裹，一手拖着大爷大娘的行李箱。大爷微笑地看着，由衷地对我说道："你长大了，你爸有福。"

我不好意思地挠挠头。老爸笑道："一眨眼这丫头都20多岁了，感觉就像昨天还在家念书似的。"

"是啊，最小的也出息了，你家以后日子肯定好过。"大娘笑笑，从大爷手里拿过一个比较轻的手提袋，往安检口挪了挪，"时候还早，我们去坐着歇会儿，你们爷俩再唠两句。"

老爸拍拍我的肩膀，又笑着看向张悦，道："总感觉这么大的还是孩子，没想到你们穿白大褂还真像模像样的。好好学，以后一定当个好大夫。"

我得意扬扬地点着头。老张笑嘻嘻道："叔叔放心，你家小镜子绝对是院长坯子。"

"哈哈，这丫头，那就借你吉言啦！"老爸哈哈一笑，似是想起大爷大娘他们家，又叹了口气道，"以前总指望你出人头地争口气，哎呀，现在想想，争不争气有什么要紧，你健健康康的别生病，傻乎乎过一辈子也挺好的。还是啥病都没有，一家人健健康康、平平安安的重要哇！"

若是以前听到这句话，我只会当是老爸宽慰我考砸时用的，现下却真心实意地感到认同，便认真地点头："健健康康最要紧，你跟我妈一定得保重身体，按单位要求定期体检，有不舒服的地方赶快跟我说，及时去医院看。"

老爸点头应着，然后心疼地摸摸我风凉的脑袋："你瞅瞅这脑袋秃的，年纪轻轻天天熬夜，记得多吃点好的。我回去让你妈给你买点生发剂，再不济给你邮点姜。"

在老张憋笑的眼神里委婉而坚决地谢绝了远程生发支持，我把老爸送进了安检口。看着几位长辈的身影走下站台楼梯，我心下骤然一阵怅惘，叹了口气，跟张悦一起回去上班。

老张吹着秋天凉爽的小风，一边走一边念叨着："以前看见了那么多病人，活了的、死了的，虽然也会同情也会心疼，但总觉得像隔着点什么。这回纯粹站在你家的角度上，听你一说你堂姐家的这些事，我才真感觉到'病'对一个家来说意味着什么，以前的很多事情，多多少少也能理解了。"

我点点头:"越是感同身受,就越觉得能做的太少,没办法的事太多。再同情、再难过,我们也都不是鬼神,阎王爷要拿的人,我们拦也拦不住。"

迎着下午明艳的太阳,老张伸着胳膊,豪情满怀地道:"那就练好本事,抢回一个是一个。"

台词有点中二,但依然令我沸腾了一瞬,我搭着老张的肩膀,语气认真而坚定:"我们要做最好的医生。"

遇见林妹妹

一

天气稍微转凉了些，但老大最近的火气不消反长。

不过一个白班的工夫，先是我因为把饭卡和胸牌塞一起被他严肃批评，再是老张和程瑷在午饭时间被他以不吃青椒和芹菜为由公开处刑，半天状况下来，全组人都摸清了老大的情绪变化，个个缩着脖子干活，一屋子壮汉乖得好像一群鹌鹑。

趁老大出门，我和张悦贼兮兮地挤在墙角交流情报，老张的信息系统果然永远比我先进："阿瑷昨儿跟我说，她出国交流的名额定下来了，不过还要等一段时间。"

我心下了然，大概是用得顺手的人又少一个，老大心情不好也是常理。但不是我低估程瑷的业务水平，而是不管研究生也好、实习生也罢，都只算是普通一线，对老大而言就是少个劳动力罢了，并且程瑷也不是立刻就走，老大何至于窝火得好像更年期提前？

果然料不止这些，张悦看了看前台里那个高瘦的忙碌身影，继续跟我咬耳朵："大黄好像也有调动。"

"大黄？"我下意识声音大了些，张悦狠踩了我一脚，我赶忙收了声音，却还是掩饰不住吃惊，"这么突然？调哪儿？"

"那我不知道，反正哪儿不比我们这儿强？"

张悦环顾着科里大丰收的景象，感慨道："按大黄的能力、简历、资历，本来就不该困在这种鸟不拉屎的地方，他该去个适合搞科研、提职称的地方了。"

大概是想到了之前大黄家庭矛盾爆发的场景，我和张悦都是一阵沉默。老大心里应该也是一样的纠结——既不忍心困着人家前程，科里又确确实实靠他撑着半边天。大黄这一走，别人不说，老大有限的发量估计又要折损一成。

时间差不多了，张悦起身把仪表收拾得挑不出毛病，一手端正地端着病历夹子，一手直溜溜地贴着裤缝线，标准得好像医务科墙上贴着的宣传图："横竖不是咱们能左右的事儿，我们这群小喽啰夹好尾巴过日子就行了，别再给老大找个由头收拾一顿就成。"

我失笑："是祸躲不过，老大要是气儿不顺，你等会儿查房先迈右脚，他也能拧着耳朵训一句姿态散漫的。"

张悦老气横秋地叹气："我今天是躲不掉了，手里病人太多，个个要请示。你收了几个？"

"两个。"我翻着在科病人名单，算了算收人顺序，补充一句，"过两个就是我，马上就三个了。"

张悦感同身受地拍了拍我的膀子，鼓足了劲儿，去迎战心情不好的顶头上司了。

人倒霉到一定份儿上，老天总要给点安慰奖的。

我看着眼前还能稳稳坐在椅子上的校服小妹妹，幸福度直接飙升到满格——总算老天垂怜，时来运转，我也轮到有情况稳定的病人收了。

老大照例是黑着脸赶出来的，只是见到形容楚楚的小病人，实在不好端出架势来吓唬人。小姑娘看上去十七八岁，个子瘦高，很中学生的一张脸，戴着一副文质彬彬的细框眼镜，一手捂在心口，一手轻轻攥着校服的衣角，眉头微蹙，气喘微微。

我伸长脖子往老大手里的单子上一瞅——好家伙，还姓林。

我一边低头老老实实地记录要点，一边抽空敲了几个字给张悦发过去："喂，天上掉下个林妹妹。"

老大锋利的眼风扫过来，狠狠地剜了我一眼，然后无缝衔接成慈祥的工作态度："小姑娘多大了？"

"17岁，今年高三。"旁边一位个头娇小的女士开口道，看上去大概是她的老师，"这孩子说这阵子心口不舒服，憋得慌，还头晕，回家休息过也不见好，今天上课间操的时候忽然就不舒服得厉害，在操场上眼看就要倒，这才赶紧送过来看急诊的。"

有一定文化程度的家属很受医生青睐，原因之一就是他们一般都能用最短的话概括所有关键信息。我满意地挑出要点内容记下来，而后才注意到她身边还有一男一女两个学生，两人也穿着一样制式的校服，女孩儿看上去很镇定，反而是男生一副大喘气的样子，不过情有可原——刚才远远看着，就是这位老弟把妹子一路背进来的。

我心里猜测着林妹妹会是什么病，掂量着时节，先把中暑从怀疑名单上抹了去。

"又胸闷又头晕，可别是心脏问题吧。"张悦一溜烟从CT室跑回来，围观着传说中的林妹妹，开始从有限的发病信息里瞎猜。

"呸呸呸！"我隔着口罩呸了半天，拽着她的袖子狠狠拧了两下，"啥检查都没做呢，瞎猜啥？这么大点儿个姑娘，可千万别。"

"是是是，我收回！"张悦从善如流，一点儿也没计较我的封建迷信。

听见这边有人说话，林妹妹的眼光转过来，落在张悦脸上时，眼神似乎亮了亮，闪烁着隐隐的向往。我打量张悦一眼，张悦今天起得早，打扮得比平时用心些，化了个挺日系的淡妆，耳垂上还戴了副小巧的水钻耳钉——最近老张往儿外跑得少了些，难不成今天想回去逛一逛了？

再看看林妹妹身上板正的校服，以及一丝碎发都没放下的光脑门儿，我有点明白她在羡慕什么了。

见我手底下忙得不停，张悦便转而打量着三个或站或坐的学生，目光在呼哧呼哧地喘气的小伙子和西子捧心状的柔弱妹妹身上转了几圈儿，忽然一转眼珠子，随即猥琐地笑了。

如此严肃的场面，我不禁莫名其妙："中邪了你？笑啥啊？"

不等我问出原因来，张悦已经恢复严肃的职业架势，端端正正地架起程瑗的胳膊出门去了。

和其他低龄患者一样，林妹妹的既往史基本没什么医生很关注的内容。老大的目光在她的身形上转了转，脸上的神情却丝毫没有放松，一把把我拎过来交代处置问题："放到15床，吸氧，心电监护，完善检查，仔细看着，不许大意，听到没有？"

我其实还没想通这个患者到底为什么要收进抢救间，但听完这一连串的指令后也来不及多想，小鸡啄米般点着头，一边感叹老大的谨慎，一边赶紧找教员去做后续的安排了。

二

看得出，林妹妹很有福气。

坐在抢救间前台，老大连话都没问完的工夫，跟来的两个同学就不知从哪儿弄来了瓶装水，两人一左一右地嘘寒问暖，只恨自己帮不上忙；轮到签字环节，老师问清楚情况以后，二话不说就在临时授权委托上签了字，并表示已经跟父母进行了四次通话，林同学所有能来的家属都在赶来的路上。

等到家属真的到了，我才认识到这句话确实没带丝毫的水分。

先后到场的家属包括林同学的奶奶、姥爷、爸爸、妈妈、两位叔叔和一位堂姐，外加一个牙还没长齐的小妹。我一度觉得如果探视时间放所有人进去，应当可以顺便拍张全家福。

现下女孩儿已经吸了会儿氧，症状有所缓解，正懒懒地靠在床头。我一走近，她豁然睁眼，见是我一个人过来，目光中似有失望，但随即又若有所求地盯着我，直把我看得发毛。

她的眼神炽热，声音却细细柔柔的，开口第一句话便是："我裤子呢？"

我差点绊个跟头，尴尬地清清嗓子："在床头的柜子里。"

林妹妹闻言，二话不说就要伸手去拿，我连忙制止："抢救间不能穿裤子，因为你不能下床，大小便要在……呃，床上解决。"我指指床下的便盆，"总不好穿开裆裤吧？"

小姑娘大窘，脸一路从脖子根红到耳朵尖儿，挣扎着认命之后，便开始另提要求："那，那让我把手机拿出来总行吧？"

我摇头："也不能玩手机的，看报纸都不行，要绝对休息。你的手机之前已经给你班主任啦，现在大概在你家长那儿。"

听闻此话，小姑娘刚红透的脸像退潮一样白了下来，眼中写满深切的绝望和愤懑："给我班主任了？！"

不做高中生太久，我有点忘了当初被班主任支配的恐惧，这会儿才后知后觉地意识到问题的严重性，赶紧开始赔笑。林妹妹气得要命，偏又说不出什么来，只两眼恶狠狠地盯着我无声控诉，瞪得我怀疑自己是瞎送荷包的贾宝玉。她激愤得大声喘着气，我生怕给她气出什么急性发作，赶忙一迭声地赔不是、说好话。好半晌她才不再瞪着我，最后细声细气地哼了一声，翻个面，朝里躺着去了。

宝哥哥果真不是一般人。

和张悦吐槽完这段内容，我坐在谈话区，看着对面一整排的老林家家属，长长叹了口气："女人啊，难搞。"

还没等老张发表见解，老大的传唤就到了。聂师兄的脑袋从门口探进来："嘿，兔崽子，老大叫你把材料拿过去呢。"

坐在视野死角的老张一个纸团丢过去："聂小欠，兔崽子也是你叫的？"

聂思毅把脖子转过来，这才在桌子后面看见老张，顿时笑道："原来俩兔崽子都在啊！哎，小兔崽子，聂小欠也是你叫的？"

打嘴仗老张可从没吃过亏，不过这位聂师兄也是嘴炮王者，按这段日子的经验来看，他俩这架估计能掐到放饭。于是我给老张加了加油，然后果断丢下她，颠颠地去找老大了。

前台里，老大正跟大黄头碰头地研究着片子。听完八卦再见大黄，我不免心情复杂，不知是该恭喜还是该说些别的，张了半天嘴，也只能尴尬地笑笑。

老大听见开门声响，掀起眼皮看看我，也没说话，只指着旁边的凳子示意我坐下听。我搂着板凳乖乖往前凑。老大翻了翻我写好的病例，眼神在主诉那一行上又过了几个来回，再次对光举起片子。

我打量着他的神色，总觉得除了凝重之外，还有一点不易察觉的困惑。

大黄照例是不大说话的，只在最后补了一句："叫心外的来吧。"

我心里咯噔一下。心外的年轻患者，不管是肥心，还是什么先天的瓣膜病，处理起来估计都很棘手，预后也……

老大点点头，提起座机给心外打了电话，一阵噼里啪啦的交涉之后，电话那头也叽里咕噜地回答了一堆东西。最后老大放下电话，戴上手套又亲自去给林妹妹查了一遍体。

老大一脸苦大仇深的样子看起来有点吓人，林妹妹虽然嘴噘得老高，却也不敢拿出跟我讨价还价的架势，只好极不情愿地配合查体。

老大打量着她细长的四肢，眼神更加严肃了起来。

急症越多的科室，工作节奏往往越快。心外科算是其中翘楚，会诊来得十分迅速，并且也不知道老大嘱咐了什么，他们派来会诊的不是别人，而是一位外号叫"猎豹"的老师——心外科赫赫有名的人物，年资、能力都排得上号的大佬。

我其实并没有到心外实习过，之所以认得他，还是因为当初庞老师做的那台肝母细胞瘤切除术，术中患儿突然出现心跳骤停时，在10分钟内赶到现场参与抢救、把孩子从鬼门关生生抢回来的，就是这位猎豹老师。

大佬专程来看病明明是好事，我心里却升起一种不妙的感觉——有多大活儿请多大腕儿，一个非术前的普通会诊就派了他，林妹妹的毛病绝对不是小打小闹。

果然，一圈的老师看过情况，又对着片子一顿比比画画之后，特意远离病人的床位，进了专做术前讨论的会诊室。猎豹老师开门见山："高度怀疑主动脉夹层，建议进一步检查后研究处理方案，我科随诊。"

我突然打了个冷战。

主动脉夹层，是一种严重的心血管急症，顾名思义就是主动脉壁上出现了夹层，说不准什么时候，血流一灌进去就会把主动脉直接撕裂，严重时甚至会撕裂心包，导致剧烈胸痛和快速的低血容量性休克，进而危及生命，称得上心外科疾病里头一等的凶险。

而且主动脉夹层起病急骤,一旦急性发作,基本上没有什么很有效的治疗措施,只有在还没发作的时候提前发现,才有救治的机会,但手术风险也很高。

不幸中的万幸,林妹妹的主动脉夹层显然还没真正发作。刚刚老大脸上的困惑,应该也是因为她并没有典型的胸痛表现,只出现了不典型的胸闷和头晕症状,大概是因为某些原因导致的血流动力学不稳定而误打误撞地来看急诊,才发现了这样重大的问题。

如果想要形容这样的病人情况有多不乐观,大概可以打个比方:她的血管上装着颗定时炸弹,一旦触发很可能立刻让她去见阎王,但谁也说不准什么时候会炸——或许是一次情绪激动导致的血压升高,或许是某个动作牵动了患处,甚至是某次呼吸,都可能是压垮她的最后一根稻草。

我迷茫地听完了会诊意见,一路梦游般回到办公区,脑子里一忽儿想到她年轻灵动的眼睛和容易害羞的脸颊,一忽儿又想起刚刚片子上老师反复指着的地方,想到文献里关于主动脉夹层生存率的数字,满脑子都是各种画面和声音,坐在屏幕前却怎么也理不出头绪来。

张悦大概是得胜而归,看上去心情不错,见我一副失魂落魄的样子便笑嘻嘻问道:"咋了?魂被老大吓没了?"

我眼神涣散地转过头去,一时也不知从何说起,只把手机打开,把会诊内容的录音从头放给她听。

张悦的眼神经历了震惊—凝重—悲哀三个维度的转换,最后落得跟我一样的复杂和迷茫。过了一会儿,她看着不远处的谈话区,难得斟酌了语气,委婉地提醒我:"谈话的时候……注意安全吧。"

三

张悦的意思我当然明白。

这是医生最警惕的谈话类型之一:病人年轻,家属期望值高,偏病得又凶险,存活率低,手术意外可能性极高。

选择手术将是一场凶险至极的尝试。这个拆活炸弹的过程稍有半点差池,下不下得了手术台都是个问题;可要是不手术,只能单行内科对症治疗,远期预后差,说白了就是躲得了一时躲不了一世,再说单靠吃药能不能躲得过这一时还难说。

两头为难的选择，难以接受的结果，偏又有好大一批家属在。想想要对着一堆黑压压的人头交代这样可怕的事情，我就觉得心里发慌。

我蹲在角落一边听录音一边薅头发，正想着要不然干脆写成稿子读一遍，老大从前台过来把我拎出来："别揪了，本来就没两根毛，快去跟15床打单子谈出科。"

我一紧张，一时心里都忘了吐槽老大的秃脑门儿："出科？！怎么要出科，这就不治了吗？"

老大用看傻子的眼神看了我一眼，一纸卷子招呼在我头上："寻思啥呢？这玩意儿咱们能治吗？得给人转心外去啊！"

"哦，转科，转科……这么快？"我先是一喜，随后又是一愣，这还没半天工夫呢，心外床位这么松快？

"因为重。"老大言简意赅，把手里的纸卷打开塞到我手里，"希望这孩子命大吧。"

我的心又沉下来。老大依然没走，一眼不辍地盯着我打单子，面对这样程度的病人，他显然很不放心我自己应付，全程端着一筐病案在一边鸡婆地嘱咐："知道咋跟人谈不？别说太急，再给人家长吓坏了，但风险必须讲清楚，这种严重程度只能往死里谈了，该交代的一个字儿都不许少，该签字的一处都不能含糊……"

我唉唉唉地应着，脑子里乱糟糟的，收拾了东西就要往谈话区走。老大一见，又一纸卷子削在我脑壳上，再次叮嘱道："每句话都给我在肚子里过个三遍再讲！本来你我还算放心，但这个……唉，娃娃岁数还小，家属预期肯定高，等会儿有啥反应都不奇怪。万一看他们态度不对，啥都别扯，赶紧先跑，不许逞能，办不妥的我去说，听到没有？"

我点头如捣蒜，把刚才打的草稿又看了一遍，草草揣进兜里，忙不迭地奔着谈话间去了。

林妹妹的亲友团阵容庞大，只消一念她的名字，一大排的家属立刻就把谈话区包场了。

幸而为首的林爸爸说话很客气，林妈妈看上去也文质彬彬，我飙升的心率总算勉强降下来，掂量了一下情形，先借故把上了年纪的家属支走，才开始进入正题。

解释完主动脉夹层的意思和风险性之后，林妈妈的脸色已经肉眼可见地白下来，连抱着孩子的手臂都开始颤抖。林爸爸把小女儿接过去。旁边林妹妹的堂姐架住已经软了腿往地上栽的林妈妈，忍不住插话："她，她还小呢！这病是怎么得的？"

"这不一定。"我开始背诵文献上的内容，"主动脉夹层的原因很多，本来是上了年纪的常有，年轻人是比较罕见的，但如果有过外伤刺激或者一些遗传性因素，例如马凡综合征,主动脉夹层的发病率会上升。"

背到这儿,我心里忽然一闪,想到林妹妹细长的腿和胳膊,以及有些瘦长的面孔……搞不好是马凡综合征?

不过现在探讨这个意义不大,重要的还是如何解决动脉夹层的问题。我赶紧把话题拉回来:"心外科已经周转好了床位,预定的手术方案会由他们提供。关于是否做手术的问题,家属要好好考虑一下,回头到了心外,那边的医生会跟你们细谈。"

我从病历夹子里找出几张出科的单子,排好顺序后递过去:"家属选个代表签字吧。"

林妈妈又急又惧,此刻声音里已经带上哭腔,抖着手去接单子。林爸爸抢先拿过去,深吸了一口气,对妻子道:"我来签,你去那边坐会儿。"

病人的堂姐赶忙把林妈妈领到边上,剩下的几个家属也跟了过去,窗前只剩林爸爸和一位叔叔。林爸爸一手扶住窗棂,一手有些潦草地签完单子,眼睛闭了闭,眼眶微微红起来,而后向我问道:"这手术……有几成把握?"

这种问题只有电视剧里的医生才知道答案,我只好开始打太极:"个体情况差异很大,我们说不准,而且术中情形也难以预料。至于具体有哪些风险,手术方案完成以后会告知家属的。"

一堆兜圈子的话说下来,连我自己都觉得敷衍,但实在是目前什么承诺都做不了,我只能压住没来由的心虚,面上越发严肃:"心外科已经在专家会诊了,先办转科手续吧。"

四

捧着签好的单子交给老大,我长长地松了口气。

交流的过程出乎意料的顺利,一大家人有的哭,有的怕,有的拉住我问长问短,但没有一个人对我发脾气。即便是被家属委婉告知情形的两位老人,除了抹着眼泪请我帮忙带孙女喜欢的吃食进去,也没有提出过任何额外要求。

出科手续已经在办,我回到病区查看林妹妹的情况。小姑娘正一个人无聊地仰天躺着,手指揪着被子边上的绳子打结玩儿。

我记录了她的指标,询问了几句现在的感觉,最后谨慎地交代转科的问题:"这儿是大病房,太吵了,我们等一下换个舒服点、安静点的房间好不好?"

谁知林妹妹开口就问:"要转科吗?要住心脏科?"

我一愣,没想到她还蛮了解住院套路的。她看着我脸上那种哄小孩特有的神情,小声地笑了起来:"我老是生病,动不动就住院,好几种科我都住过了。"她的言语间甚至带着点孩子气的炫耀,"我这次到底是心不好还是脑袋不好呀?"

我斟酌了一下,还是得跟孩子先说点实话:"咱们要去住心外科,看看心脏怎么样,需不需要叔叔们帮忙修一修。"

听我这样的口气,林妹妹脸上又红了红,嗔道:"你这口气,哄孩子呢!我也是大人了好不好,你能比我大多少!"

呃……确实没大太多,端着个长辈一样的语气说话确实怪怪的。于是我收起哄娃娃的架势,尬笑道:"反正就是你能转科了,不用在这儿挤大厅房,24小时亮灯,晚上仪器嗡嗡嗡的睡不着了。"

"那我能穿裤子了吗?"

实在没想到她还惦记着这个,我哭笑不得:"能,能,想穿几条穿几条。"

林妹妹欢欢喜喜地出科了。家人没有跟她多说什么,还是套用了我的说法:"到心外科检查一下,有小问题就让叔叔们修一修。"

小姑娘由衷的高兴,第一件事就是穿好裤子蹬了蹬腿,借着生病的东风,顺利地把意外被没收的手机要了回来,还心情很好地跟我自拍了一张。

手机的仇一笔勾销,裤子也顺利穿上,林妹妹应该是打算和我冰释前嫌。待我安顿好她转身准备出门时,小姑娘还依依不舍地朝我挥了挥手:"辛苦你了哦!"

我努力忍住情绪,挤出笑脸回应她。转过拐角,磨砂玻璃门在眼前合上,我再次想到教科书上的那句话,一颗心都缩了起来——

"主动脉夹层,是现今死亡率最高的心血管病之一。"

五

工作关系上,我暂时还没机会跟到心外科去看看林妹妹,偏偏我在心外科也没有熟人,去外科楼经过那儿的时候,我试了几次,却连大门都没能进去。

于是后面的几天,我只好在抢救间扒着电脑,整天盯着病历系统上林妹妹的名字刷新,就想看看有没有新的单子签出来,或者有无疑似术前告知书之类的东西出现。

等老大发现我总是偷偷用他的系统账号时,林妹妹的确诊情况已经在系统上刷了出来。

老大见了那张表，头一次没埋汰我身在曹营心在汉，只搬了条凳子在旁边读："A型主动脉夹层，拟行全弓置换……方案给了，就是不知道家属要不要做了。"

我抬头看着老大，说不清心里在盼些什么，是盼着她去冒险一搏，还是保住一天是一天？

老大看着我惆怅的样儿，难得没对我进行轰炸，反倒转头就给了我趟公差，安排我交了班就去心外科送材料。

总算得了圣旨，我光明正大地走进心外病区，在楼层里晃了一圈，就找到了林妹妹的房间。和我想象的出入不大，房间里人很多，天知道这么多人都是怎么进来的——不光有之前的家属中的几位，还有不少穿校服的学生。我趴在门外仔细认了认，发现其中两个我之前也见过，就是上次送她来的那一男一女。

一群少男少女言笑晏晏，也不知是说了什么，林妹妹躺在床上，脸颊红彤彤的，正抬起胳膊挡着，眼里有止不住的笑意。我不好听人家墙角，正要撤退时，里面的林爸爸忽然转头，一见有白大褂在门口便立刻迎出来，到了门外才认出是我，态度倒也客气："您不是急诊科的吗，怎么到这边来了？"

"来送材料的，顺路就看到她了。"我讪笑着，心想这也不算假话，顿时底气上升一格，趁机问道，"现在打算好了吗，做不做手术？"

林爸爸的面色黯了下来。半晌，他苦笑道："孩子这么小……怎么可能让她带着个炸弹过日子？"

他的眼神往热热闹闹的屋里望了望，屋里年轻的欢笑声传出来，撞在惨白的墙壁上便听不见回音。

说得很隐晦，但意思也很明确。小姑娘还有几十年日子要过，保守治疗别说能拖多久，就单单是不知道下一秒死神会不会来敲门的感觉，经年累月也足够拖垮这一家的精神了。之前我仔细查了些文献，大部分的观点也都认为主动脉夹层主要的有效治疗就是外科手术，内科手术仅适用于夹层很稳定（不容易炸的炸弹，碰运气赌它不会炸）或者已经不能耐受手术、失去手术指征的病人（已经无法拆除的炸弹，拖一天是一天）。

换成是谁，在这个年纪上，估计都想搏一把吧！

我忽然想到另一个问题，小心地道："病人本人知道真实情况吗？"

林爸爸看上去刚刚人到中年，倒也还没有华发早生，只是眼底的青色很重，显然近几天过得很是辛苦："快做手术了，多少也得让她知道些。但这孩子心思重，我们不敢都告诉她，只让她以为是个普通手术吧。"

一群高中生大概都是从学校里抽空跑出来的，不消一会儿工夫就要走了。我进门前，刚巧见着那位面熟的小兄弟，正缀在队伍最后，对林妹妹耳提面命地交代着话。

"卷子全在这儿，四大金刚的PPT我都拷来了，他们说不许外传，我感觉二模搞不好会从里面出题……先别高兴太早！前头段考你缺考，老师让你补交卷子，我明儿就来收，你可长点儿心吧！"

望着小伙子离去时依依不舍的身影，我忽然就领悟了老张那个猥琐的笑容，马上也对着林妹妹露出了同款微笑。林妹妹大窘，清凌凌的眼睛狠狠瞪过来。好在我脸皮甚厚，免疫了她的目光攻击，便径自去翻床头卡。

林爸爸去送同学们出门；林妈妈似乎是想回屋，却被林妹妹找了由头支出去。我忽然有种不妙的预感，起身就想跑路，却被林妹妹喊住："小姐姐，我有事想问你。"

她伸头看看门口，见门已经关好，便开门见山道："我是不是快死了？"

饶是有了心理准备，我还是被这么直接的问法问得一愣，反应过来之后便有意装傻："谁说的？为啥要死了？要死了还给你做手术干吗？"

她从善如流，马上换了个问法："那我还能活多长时间？"

我心里慌起来，肚子里飞快地转词儿想着如何应对，就见她状似很轻松地挥挥手机："别装啦，他们当我傻呢，床头牌子上都写了主动脉夹层，我不懂，我不会百度吗？再看看他们那样儿，我又不是没病过，平常怎么样都管我那么严，这次忽然要什么就给什么，我应该凶多吉少了吧？"

女孩子的感觉原来这么敏锐。我心下也知不可能全瞒住了，只好苦笑："手术风险确实大了点儿，但没你说的那么邪乎。百度看病癌症起步的，那上面说的哪能信呢？你这个年纪，病总比一般人容易好的，把心放肚子里，这儿有好多大佬，这回给你做手术的肯定是业界大牛。"

小姑娘抿着嘴，直直看着我的眼睛。我竭力忍住不回避她的目光，面上一副坦坦荡荡的样子，手心却已汗湿，生怕她再从哪个细节上看出我的慌张。

好半天过去，她总算移开目光，轻轻点了点头。我心里突突地跳，生怕自己露馅儿，正想找借口出门时，林妹妹说话了："要真这样那当然好，但万一我倒霉了……嗐，反正有我妹呢，我没啥好担心的，不过我总得趁现在干点什么，这条小命怎么也要够本吧。"

我心里咯噔一下，正担心她是不是打算干点惊天动地的大事情时，她眼神又移回我脸上，在我的眉毛上盯了一会儿，忽然问："姐姐，你会化妆吗？"

这就触及我的知识盲区了。我自然没这门手艺，这眉毛是今天出门前张悦的随手作品。我有点尴尬地回答："我不会……"眼看小姑娘脸上有些黯淡下来的表情，又忍不住补上一句，"但我朋友会，你想学吗？"

"也不是想学，就是想，想美一回……"小姑娘更加不好意思，后面的声音近乎嗫嚅，"想拍张照片给，给……看……"

我没听清楚她说想给谁看，只立刻拍胸脯保证道："我朋友超厉害的，特别会化妆，哦，你也见过她，你刚到急诊门口那会儿，她就在我旁边。"

小姑娘神色马上活跃起来，可能真的记起了张悦那天凑巧的盛装出席："他们说我手术定在下周一，我想去做手术前好好打扮一回，可惜来不及打个耳洞戴耳钉——我妈平时管得可严了，别说打耳洞，指甲油都不让我买！等高考完了，我一定要买一排好看的耳钉，一天一样换着戴！"

说到这儿，她的神色忽然又沉下去些。我心里一室，连忙掏出手机联系老张，当场给她打下包票来。

六

老张表示压力很大。

我的闭眼吹捧也不算没有依据，她确实算是这方面的爱好者，但也仅仅是爱好者而已——在医院干活的，哪有空真练出什么花样来。

亏得她手巧灵光，东西也齐全，虽然一时被我夸得心虚，但两个人突击找教程恶补，又拿我的脸盘子比画了几天，总算在我把脸洗脱皮之前，把想要的效果练了个大概。

手术排在周一，正赶在我和张悦下夜班之后，因此我们刚好赶得及在手术前的上午帮她好好打扮一番。于是我们头一天就筹集了全寝室姐妹最好的装备，足足凑了一大包，连刷子都是一整套的。小姑娘扒着化妆包一看，眼神马上亮了起来。

托寝室一位美甲发烧友的福，我还带上了足以召唤神龙的一整盒指甲油，献宝似的端出来给她选颜色。

林妹妹小脸红扑扑的，把玩着各式各样的小瓶子，最后挑了一瓶亮晶晶的樱桃色，喜滋滋地捧在手里。一边两岁的小林妹妹也咧开牙没长齐的嘴，坐在妈妈怀里朝我们呵呵笑了半天。

林父林母都在场，也对着我们连声道谢。很奇异的，明明所有人都在温和地笑着，我却觉得连空气都是苦的，每吸一口，心就酸酸胀胀地疼起来。

我暗恨自己泪窝子浅，生怕自己在关键时刻掉链子，便赶紧牵过林妹妹的手，拧开她掌心的小瓶子，趁着张悦给她打底的工夫，低头在她手指上细细涂起来。她的手指很细很长，甲面光滑洁净，透出淡淡的粉色来，指甲修剪得整整齐齐，像贝壳一样在太阳下反着光。

　　林妈妈坐在一旁的椅子上，怀里抱着另一个女儿，正温婉慈和地笑着。事实上，除了第一次谈话时的失态，我每一次见到她，她都保持着这样平稳的笑容。她一面欣赏着女儿修长细白的手，一面柔声道："你看姐姐们的手多巧，回头出院了，妈给你也买一套，再去买条好看的小裙子，咱们去北海拍照。"

　　和她交流的这几天里，我几乎不敢提有关未来的事情。但林妈妈却像给小朋友定期末考试的奖品一般，近乎乞求地鼓励着："你喜欢的那双小坡跟鞋，我们出院以后去试试，再买几双好看的，等你病好了，咱们全家去九寨沟……"

　　林妹妹正闭着眼涂眼影，听到这儿，眼睛马上很自然地弯起来，嘴里道："好呀好呀，我还想打个耳洞，多买几个耳环，羽毛的和小星星的都好看，把头发再留长些，再剪个刘海儿……"

　　我把头埋得更低了些，不敢再去看她的神情。如果不是之前那次对话，我真的猜不到，其实她对自己的病知道得那么清楚。这么年轻的孩子，是怎么忍住，一点儿惧意都不泄露出来的呢？

　　张悦已经很熟练，妆很快就化得差不多了；我却远不是美甲好手，指甲油只勉强涂好一只手。林妹妹也不在意，正好用没涂的那只手拿起镜子照了照，欣喜道："我太好看了！"

　　一屋子的人善意地笑起来。年幼的小娃娃咿咿呀呀地在床边上爬，小姑娘把妹妹揽过来，超大声地在她额头上嘬了一口，随即看着孩子脑门儿上的嘴唇印嘻嘻地笑了半天，一边拿了湿巾给她擦脸，一边在孩子耳边很小声地说了几句话。

　　小孩子傻笑着流口水，不晓得听没听清，只口齿清晰地叫了一句："姐姐！"

　　林妹妹似是很高兴，把孩子放到一边，掏出手机自拍了一张，正准备修图时，教员的声音就传进来。她望了望屋外来接自己的人，草草擦掉了口红，然后把手机放回床头。锁屏前，似乎是把那张图片发了出去。

七

我和张悦是得了老大给的通关文牒进门的,只不过一进屋就脱了白大褂,来接人的教员只当我们也是家属,便由着我们一路跟到手术区大门口。

趁门口床多拥挤的空当,我和张悦蹿进更衣室,找了两套手术衣,从工作人员专用通道一路狂奔,另辟蹊径地来到了大门里面,隔着门上的玻璃窗,悄悄冲外面打了个招呼。

林妹妹躺在床上,眼神瞥见窗口,马上也笑嘻嘻地朝我们打了个手势。

教员交接完毕,大门缓缓打开。家属只能送到这里,林父林母抱着小女儿目送大女儿进门。床被推进去的一刻,林妹妹看上去很没负担地朝他们挥挥手:"爸妈再见!小宝再见!我进去啦!"

林妈妈握着孩子的小手,朝缓缓被推进门的大女儿摇着。大门在她面前关上,床就要转弯时,我悄悄回头,透过门上窄窄的玻璃,只见那母亲瘦削的身影蹲在地上,一手拽着丈夫,一手搂着幼女,不曾有声响传到门里,身体却在痉挛般颤抖。

我赶紧把头扭回来,忍住就要涌上来的泪意,笑着替林妹妹整理躺得有些乱的发型。一个人推床的教员倒是乐意有人搭把手,只是见我们眼生,便随口问道:"你们俩没太见过啊,哪屋的?"

我和张悦一时尴尬,正在快速思考有哪位带教的名字可以借来用用时,林妹妹就开了口:"她们是治我的大夫。"

这句话实在受之有愧,我只做了她半个白班的管床医生,真正能救她命的医生,此刻应该正在手术室里严阵以待——我提前盯了门口的排班表,主刀果然是威名赫赫的猎豹主任。

所幸话头儿被这样一岔,教员也没再深问我们的来历。床一路平稳地到达手术室门口。教员进去拉仪器,温柔地叮嘱小姑娘:"躺在这里等一会儿就好哦,等一下收拾好就带你进来。"

林妹妹点点头,电动门应声合上,隔着玻璃窗,从她的角度大概能望见里面耸立的几台大型仪器。我背着脸,听到她深吸了一口气,呼出来时气流的声音却颤颤的。我望过去,这些天来我终于第一次在她的眼里看见泪水。

她从被子里伸出手,抓住床栏。我握住那只骨节细细的手,和刚才涂指甲油时相比,她的手已经紧张得发凉,手上也用了力,掌心里分不清是谁的汗水,沾得手掌黏腻湿滑，似是一条滑不溜丢的鱼，在掌心里握不住地要溜走。

我下意识握回去，似挽留一般用上了力气。憋了半晌，她终于忍不住，带着哭音开口："姐姐，我怕……"

"不怕，你爸妈和妹妹都在外面等你呢，睡一觉就好了。"

她的神情再次无措起来，再没有之前在病房里那般近乎坦然的平静，又问起了这个问题，语气却全不似上次平稳，而是近乎恳求地问道："我会死吗？"

"不会的，你不是还要打耳洞吗？"我暗暗咬住嘴唇，努力保持平静的表情哄她。张悦也点头，摸摸她的耳垂："对呀，你妈妈还要带你去北海、九寨沟呢。"

此刻亲人已经不在身边，我望着她脸上不再遮掩的恐惧和求生的神情，感觉心口的热意正一股股涌进眼眶里来，只得不着痕迹地扭过头，随即忽然有了个主意，赶忙掏出手机点开购物软件，搜了几款星星耳钉给她看："这会儿闲着，我们挑挑耳钉吧，你看这个，多好看！"

亮晶晶的东西很能激发女孩子的天性，她的眼里露出由衷的喜欢，翻着图片，眼神停留在一对水钻做的星星耳钉上，我赶快点了收藏，努力把语调明快起来："这款好看，等你回来咱就买了它……"

话还没说完，门已经打开，那个眉目和善的教员探头出来："进来吧。"

我和张悦把她送进去。空床很快被推出来，放在了门口。我们两个坐在床边，背靠着墙，床单上仿佛还有女孩儿的体温，微弱，却依然带着生命力。

"各路神仙保佑，各路神仙保佑……"张悦闭着眼喃喃着，手合在脑门儿前，再没有之前嘲笑我神神道道时的样子。我笑了笑，望着门口亮起的指示灯，心里也泛起期待。

会好的，会好的……

我和老张都是下了夜班跑过来的，这会儿已经晌午，手头的事儿一空，困劲儿就涌上来，只在墙上小小靠了一会儿，两个人居然都坐在床上睡着了。或许是环境影响，梦里竟也是在手术室，床上躺着一个很小很小的孩子，盖着层层的单子，肚子上开着口子，我呆呆地站在一边，庞老师的手伸在一层一层的手术单里，抬头冲我大声喊着……

"快！抢救！去仪器室！"

我浑身一震，猛然睁眼，险些直接从床沿上栽下去。张悦也陡然惊醒。电动门打开，巡回护士从里面冲出来，箭一样冲向器械室，一边不忘喊我们帮忙："叫人！多叫几个麻醉！整层楼现在没活儿的都过来！"

后半句话已经是从器械室里传出来的，我和张悦一跃而起，默契地分别顺着走廊两头去叫人。各屋里能帮忙的人像蚂蚁一样拥过来，刚才看着还宽敞的手术室瞬间拥挤起来，老师们拖着仪器跑进跑出，我和张悦在不远处站着，各自望着那盏还没熄灭的手术灯，许久无话。

不记得过了多久，一层一层的人渐渐散去，最后唯一横着的也被推出来。看到病床的那一刻，我们长长舒了口气。

万幸，万幸。人脸上没有盖着单子，还插着呼吸机。

台上抢救成功了。

林妹妹依然昏迷不醒，没能从进来时那扇门安全返回病房，只能从直通梯直达ICU。经过我们身边的那一刻，我勉强从重叠的人影中间，看见了她的脸。

她的嘴里还插着管，嘴被撑开，嘴角粘着贴住管子的胶带，呈现出一个很不舒服的口型，紧闭的双眼周围依稀看得出张悦精心描画过的痕迹。

八

奇迹总是吝啬出场的。

我和张悦没有再在 ICU 门口睡着，因为故事在我们还没耗尽体力之前就加载了结局。

ICU 的医生走出来，手里拿着单子，对着守在门口的一家三口说了几句，走廊那端立刻传来撕心裂肺的号啕。

我听不清林妈妈在哭喊着什么，自己却意外地并没有掉眼泪，说不清究竟是遗憾还是痛惜，只觉得心里空空的。对着那边的情景望了一会儿，张悦安静地站起来，朝着病区的门看了一眼，默契地没有再跟过去，拉着我从另一边的楼梯离开了。

天色早已暗下来。我看不见张悦的表情，只听见她轻轻吸着鼻子的声音："她还没来得及打耳洞，没等到高考完去玩呢。"

我喉咙发堵，低下头解开手机的锁屏。还没关闭的购物软件里，一对亮闪闪的星星耳钉挂在收藏夹的最顶端。

悄悄的，喜欢它的人，已经少了一个。

作者注：关于主动脉夹层死亡率的问题

主动脉夹层，总体上讲确实是目前心血管疾病中死亡率最高的疾病之一，但此为总体的数据。主动脉夹层包括很多细致的分型，例如文中所提的 A 型 /B 型、Ⅰ—Ⅲ型，以及近端夹层／远端夹层等，由于累及的解剖部位、严重程度等因素的不同，预后也不完全一致。

本文讲述的林妹妹是一位情况很严重的不稳定夹层患者，临床评估保守治疗效果差，因此家长才选择尽快手术。有文献提示内科治疗远期预后总体上不尽如人意，因此主要处理方式还是手术或介入治疗，但并不是说内科治疗是无效的。

病例具有个体性，文中所介绍的病人不能概括性地代表全部的主动脉夹层患者。有相关疾病的患者朋友无须过度恐慌，只要及时就诊、正确治疗，许多病人都是有很大希望康复的。

祝大家平安、健康！

医生，我有艾滋病这事儿，你不能告诉我女朋友

一

消化道出血在急诊是常见病。

有多常见呢？就我在急诊这么一段时间，入科的消化道出血病人手拉手，应该能把抢救间围一圈。

不过严格来说，消化道出血只能算是一种现象，可以导致消化道出血的病有很多，消化道溃疡、乙肝肝硬化导致的食管胃底静脉曲张等，都是消化道出血的常见原因；此外算上胃癌、凝血障碍、登革热这些零零散散的可能性，再根据年龄、病史、生活史等各式各样的差别进行鉴别诊断，消化道出血的诊治，单独出本书也绰绰有余。

不过这病原因虽然多，但大多数情况都是有了点年纪才容易得，病人年龄大都40岁起步。如果有年轻人因为这个进来，那多半是长期放飞自我的结果，比如辣吃狠了、酒喝大了。

比如今晚老张要收的这位。

听说老张手里有新收患者，我马上打算过去凑热闹。老张正站在人圈里问呕吐物性质，这位老哥没答话，直接当场吐我们看——吐出来的东西里血倒是不多，但胃内容物着实不少，想来确实是一顿胡吃海喝。病人吐完后，看上去稍微舒服了一点，窝在床上哼哼唧唧地讲话："就……喝了点儿酒，回来就难受了……"

我还没看清他的脸，就被扑面而来的味道顶了一下，那种混着酒味的呕吐物味道熏得我差点英年早逝。张悦站得更近，忍不住发出了一声轻微的干呕。到底是老大见过世面，被这醉人的气味正面袭击，依然面不改色地接他的话："这叫喝了点儿啊？没断片你还真是海量。"

连阿瑷这种天然呆选手都听得出这不是什么夸奖的话，床上那位仁兄居然摆了摆手，谦虚道："哎，过奖，过奖……"

众人绝倒。我哭笑不得地道："妈耶，人都喝傻了，可快整进去吧。"前台里一直埋头干活的大黄也赶紧附和道："是了，推进去吧，放9床。"

人群呼啦啦一动，把床拥了进去。我运起毕生功力抵御这股味道，正想跟张悦吐槽两句，忽然无意中瞥见患者的脸，愣了一下，随即拿肘弯捅捅张悦："好帅哦。"

我俩晚饭本来就吃撑了，老张刚才正面迎击这股味道后恐怕已经内伤，只听她气哼哼地道："就冲这股味儿，他就是帅过吴彦祖、貌比罗云熙我都……哎，好帅哦。"

——女人心，海底针。

说实话，现在的客观条件实在不怎么样，环境没加分，患者还一脸急性病面容，但奈何人家底子实在不错，看得出面部轮廓很好，高鼻深目，眉毛尤其浓且直，由于疼痛的缘故嘴抿得很紧，但整体上并不显得扭曲，总之是张老天爷很偏心的脸了。

张悦对颜值抵抗力低得叹为观止，这会儿甚至忍着气味凑近了打量："是好帅哦！你看他的眉骨，哇，我超喜欢这种的！"

多亏周围嘈杂，患者又醉得晕晕乎乎的，应当没听见她这话。我赶紧切换到工作模式，戴紧口罩，试图跟高颜值的醉汉交流："这位兄台，尊姓大名？"

兄台果真海量，发音还清楚得很："高龙。"

"贵庚多少？"

"26岁。"

"怎么来的？"

"就……哥儿几个吃火锅，喝了点儿酒，当时没怎么，回来以后就痛……痛，这里痛。"他一手捂着上腹，一手指着痛处道，"后来吐了好几回，就，就像你们刚才看见的那样……"

提起那个场面，我内心再次惊涛骇浪，赶紧问点别的："以前有什么病吗？"

他显然还是不舒服，拧着眉头道："胃溃疡。"

"还有吗？慢性病、传染病之类的有没有？"

高龙睁眼看了我一眼，略停顿了一下，道："没有……呕！"

醉酒病人最怕呕吐物呛进肺里，轻则肺脓肿，重则直接窒息，我一听这声音立马警觉，赶快给他翻身。张悦抽了袋子伸过去接，我赶紧把袋子抢过来："你没手套，万一溅到……"

话音没落，高龙就已经吐了出来，我撑着袋口的手立刻遭了殃，尽管隔着手套，温热的流体感黏在手上依然很恶心，我只好努力催眠自己，顺带观察了一波呕吐物性状。

嗯，食物残渣加咖啡色液体，量确实不多，不多……

【咖啡色】血液在胃酸的作用下会呈现咖啡色，因此在出血量较少且在胃内停留足够的时间的情况下，上消化道出血的呕吐物往往呈咖啡色。

待他吐完，张悦赶紧接过袋子扔掉，嘱咐我快去洗手。我点点头，摘了手套，将其扔掉，进休息室匆匆洗了把手，检查后发现除了一次性手套以外，并没有秽物沾到其他地方，便满意地换了副新手套，再次出门去了。

二

这么一小会儿工夫，张悦已经把其他信息问得差不多了，于是下面又到了大家最操心的签字环节——"外头有家属吗？"

他的酒好像忽然醒了一点，迷蒙的眼睁开，眉目显得更加深邃："没有。"

"那给靠谱的家属打个电话吧，"张悦晃着手里的板板，"起码来个人给你签字。"

"我能自己签吗？"

我摇头："不成，这里和别的地方不一样，是抢救间，按道理都要签授权委托书，是要让别人帮忙签字的。"

"那，那好，我打个电话试试……"

我望了一眼外头的天色，心想也不算太晚，叫人应该也不会太困难。高龙掏出手机翻了翻，点了一个电话拨出去。

提示音嘟嘟响了半天也没人接，他似乎有点局促，按掉了电话，又在通信录里翻了翻，重新拨了一个出去。

这回的电话倒是有人接了，不过语气实在不怎么样："你给我打电话干什么？"

"姐，我……"

"谁是你姐！"我惊诧于电话那头的大嗓门，不过我也不算好奇心很重，便不着痕迹地后退了半步，只看到高龙醉意蒙眬的脸更红了些，呼吸也急促起来，喉结上下滚动着，双眼圆睁，似乎要喊些什么，却到底还是抿了抿嘴，低声开口道："我吐血了，在××医院急诊，求你来帮我签个字，就签个字……"

"不管！"两个尖锐的字眼从听筒里传出来，两步之外都听得见，让我不禁担心病人的鼓膜。高龙却没被震到，还在试图商量："姐，你听我说，姐……"

电话似乎又断了。他举着手机，还有些醉意的眼神愣愣地看着我们。我扭头避开他的眼睛，低头在自己的本子上写写画画，半响听他又开始打电话："喂，宝贝儿……"

这一声宝贝儿叫得我鸡皮疙瘩掉了一地，不过当事人毫无知觉，带着点醉腔仍然轻声细语："你在家吗？我生了点病，现在在××医院急诊……哎，你别哭！"

这回电话那头的声音我半点都没听到,不过看这反应,这宝贝儿哭完了应该会来签字的,便放了心,任高龙自己在电话里安抚交代,只帮赶过来的梁教员撸起他的袖子准备扎血气。谁知酒精刚在他肘窝里喷了一下,正在打电话的高龙就立刻警觉起来,手机一收,以一种醉态下不易有的警觉语气问:"干什么?"

我莫名其妙:"采血啊,咋了?"

高龙醉醺醺的脸上绷得很紧,表情好似被人翻了钱包:"采血干什么?"

我更加无语:"血常规、血气啥的全都得用血啊!你放心,我们就采一点儿,比你刚才出的少多了……"

"不行!"他忽然有些激动,一把把胳膊抽了回去,"我不采血,你们就给我治一下就行了!"

张悦一脸黑人问号:"不采血的话,别的不说,血色素都不知道多少,血型也不知道,咋给你治?"

张悦努力端出医生的范儿,以一副"天王老子来了你也得配合治疗"的权威架势正要和患者继续理论,一旁的梁教员忽然扯了我一把,低声道:"去叫你们老大。"

我正要开口问为什么,她已经拽着张悦也后退一步,见我没动,又给我使了个眼色,道:"安全第一。"

这话说得没头没脑,我却本能地害怕起来,没等仔细想明白就赶紧去了前台。老大正好在前台指导大黄做些什么,见了我便有些奇怪地问:"咋了?9床都弄妥了?"

"别的都妥了,就是患者怎么也不肯抽血。"

老大本来拄着椅子在大黄身后看电脑,闻言忽然抬头:"都谁在?就你和张悦?"

"我、张悦,还有梁教员,梁教员让我过来找你……"

"都戴手套没有?"

"我和梁教员戴了,张悦好像没有……"

老大起身,直接从前台里大步跨出来,气道:"这兔崽子!为什么不戴?沾到什么没有?"

"没有,就我沾到点儿呕吐物,但我戴了手套,脱的时候也按流程操作的,一点也没碰到外面。"

老大话已经说到这个份儿上,我再怎么没见过世面,也能猜出他在担心什么了,于是边走边小心地问道:"老大,你、你怀疑……传染病?"

"就说让你们这群小兔崽子当心点儿!幸亏没碰到什么,你还知道戴个手套,万一真有点儿啥……有你们后怕的!"

本来还没觉得怎样，现在想想高龙给家属打电话的时候那位"姐姐"的反应，我的神经骤然紧张起来，心都提到了嗓子眼儿。说话间我们已经到了9床的位置，只见高龙一副昏昏欲睡的样子，张悦和梁教员站在一步远的地方，张悦手上已经戴了手套，神色也有些惊慌，想必梁教员刚才也已经提点过她了。

我快步走到张悦身边，她见我过来，一把攥住我的手，仔细检查我白大褂的袖口："刚弄到身上没有？除了手套上还弄哪儿了？有没有皮损……"

我有些好笑又有点感动，低声道："傻帽儿，手套早换了，我没揉眼睛没啃手，手上也没破皮，再说老大也只是猜的嘛，说不定什么事都没有呢。"

老张点点头。老大从旁边盒子里抽了副手套戴上，见我们俩还在旁边站着，眉毛立刻竖起来："还站这儿干啥？干活去！"

张悦估计是吓得智商归零了，傻兮兮道："我们今晚就这一个病人呀！我们没别的……"话还没完，就见老大眉毛蹙得更高了，我连忙拽她一下，拖着她一溜烟跑回办公室。

跟其他组的老师比起来，老大脾气最大、头发最少，收拾自己人毫不手软。但只要一出事，他第一反应，总是先罩着学生。

三

不知道老大究竟跟病人是怎么谈的，总之折腾了一会儿，梁教员终于捧着血样，如临大敌地亲自往检验科去了。

未知是最可怕的。老大没能直接从高龙嘴里问出他拒绝采血的原因，但用梁教员的话来说——"明明没什么家属在场，他要只是个乙肝，至于见了大夫还推推托托？"

我和老张听着老大的进阶版安全教育，默默把手套、口罩都再换了一遍。

抗体检测结果还没到，高先生的宝贝儿倒是先到了。

姑娘看起来和我们年纪差不多，瘦瘦小小的，眉目不算非常出挑，颜值远不如张悦能打，只是一双眼格外的大，现下汪着一包泪，就更显得水盈盈的。

妹子一进急诊楼，就一路狂奔着从抢救间前门哭到抢救间后门，得亏走廊人少，我们猜到她是谁，便及时从谈话窗口把她拦住："哎，哎，是高龙家属吗？"

"是、是、是！"姑娘立马奔过来，轻巧的鞋跟在瓷砖地上磕着，像一只嗒嗒跑来的鹿。

"你是高龙的……"

姑娘用力抹了把眼泪，抢道："对象！我是他对象！他怎么样了？正在抢救吗？怎么办啊！呜呜呜呜……"

妹子哭得很凶，我多少有点烦躁，只得耐着性子劝道："先别哭，情况还没那么严重，你听我说……"

妹子不为所动："怎么能不严重，都进抢救间了，万一没命了怎么办啊？呜呜呜呜……"

"别哭啦！"张悦之前身心都被折腾得不轻，现在已经接近暴走，"没那么严重！这么点出血不会死人的啦！"

高龙是进了抢救间没错，不过"抢救间收治"和"需要抢救"到底不是一回事，高龙的情况是急症，但并不算重症，不谈疑似传染病的问题，单就上消化道出血来说，我们处理完后再送去相关科室慢慢治就是了，跟旁边那一排插着呼吸机的病危比，他这点毛病实在不叫个事儿。

不过张悦一急眼，"不会死人"这种绝对性的话都说出来了，我琢磨一下，只好先把话圆回来："你先别哭，没你想的那么吓人，病人有胃溃疡病史，今天晚上他又暴饮暴食、大量饮酒，目前我们初步判断是胃溃疡导致的上消化道出血。"

姑娘总算不再出声，死死咬着下嘴唇使劲儿点头，两手攥在身前一下一下地抽噎着，红肿的兔子眼汪满了泪水，整个人就像"忍住眼泪"那个表情包一样。这副小模样我见了都心软，便继续道："出血量也不大，我们已经在做处理了，后面就等……等检验结果出来以后再作打算，你赶快先把字签了。"

姑娘把单子接过去，开始一张一张地签，我看着她娟秀的字迹和细瘦泛白的指节，想着高龙打过的那两个态度截然不同的家属电话，心里也有点拿不准——如果高龙真的有什么敏感疾病，他女朋友知不知情？

没等我想完，老张就状似不经意地问道："病人得过什么别的病吗？"

女孩想了想，摇头道："应该没有吧，我认识他以来，他除了胃病以外，身体哪方面都挺好的。"

张悦又淡淡地问道："遗传病、传染病什么的也没有，是吗？"

她语气掌控得很好，"传染病"三个字在舌尖上轻轻打个转儿，听上去漫不经心，尤其在问病史的过程中，一点都不显得刻意。

女孩继续摇头："没有，除了胃溃疡，我从来没见他身体出过什么毛病。"

我和张悦不着痕迹地对视一眼，齐齐低下头去。

前台里，老大一手举着血检结果，一手拧着老张的耳朵，劈头盖脸地骂道："不长心的兔崽子，看见没有，看见没有？！艾滋、梅毒全阳性，你但凡手上有个破口，保不齐一辈子就交待在这儿了！"

老张被拧得龇牙咧嘴，哀哀求饶。老大气势汹汹地道："下次还敢不敢裸奔？敢不敢？！"

老张赶紧保证："不敢了！再也不敢了！以后肯定次次小心！"

程瑗刚送完病人回来，一进门就看见张悦被拎着耳朵教训，不免一头雾水。我跟她解释完，她没马上说话，过一会儿才晃晃脑袋，很老成地道："常在河边走，哪能不湿鞋。我们这行只能一辈子小心，多亏这次走运，就算先前不知道，大家也都没职业暴露。"

话是这么说，但谁能一辈子都不出岔子呢？别说高年资的医生了，就连我也在手术台上被钳子夹破过皮、被针尖刺到过手。我和张悦都有外科梦，今天这种事对我们来说是头一次，但对于一个外科医生的职业生涯而言，这种危险注定伴随一生；急诊就更不用说了，这次还只是个消化道出血的艾滋病病人，万一遇上车祸那样开放性大出血的传染病病人，我们更不可能先等结果再救人。

"行了，去跟病人谈吧。"老大松开老张的耳朵，指着里头道，"也别矫枉过正，做好必要的防护就行，普通接触别那么战战兢兢的，顾着点病人的感受。"

我们俩一阵狂点头，赶紧捧着本子进去谈话。

说是告知，但就高龙之前的表现，要说他自己不知情，估计连程瑗都不信。所以我们倒没多大心理负担，一上来就直接问道："你梅毒和HIV抗体检测都是阳性，自己之前就知道吧？"

高龙此刻酒又醒了些，神志算是清醒，听了我们的话却不出声，眼睛看向一边，算是默认。

"这些东西归感染科管，等你消化道出血的问题解决之后，记得再去感染科看看。"

他的眼神转过来，看了我们俩一眼，微微点了点头。

高龙酒醒了之后，话就不像醉的时候那么多了。我们又嘱咐了他些事情，他要么只是点头，要么干脆不表态。张悦收拾了夹子里的材料，看到一张高龙女朋友签过字的同意书，忽然问："你对象知道吗？"

高龙的神情骤然一紧，警觉地看向张悦，嘴唇抿了抿，还是如实道："不知道。"

果不其然。我心里对这个人的评价瞬间跌了一个档次，尽量保持职业化的语气劝道："出于生命安全考虑，伴侣也是需要检测的，万一……万一她被传染了，也能尽早治疗。"

"不行！"他的音量高了些，努力从床上坐起来，手死死抓着床栏道，"不能告诉她！求你们了，别告诉她！"

张悦之前就有气，听到这话更加愤愤："不能告诉她？你把不把别人的命当回事？"

高龙眼眶开始发红，嘴唇颤抖着，语气是满满的哀求："我求求你们了，我刚给我爸和我姐打电话的时候你们也听见了，我有病以后他们早就不认我了，我只有我对象了，你们告诉她就是把我整个都毁了啊！"

我内心一万只草泥马奔过，这个逻辑比他吐在我手上的时候还让我恶心，我调动残余的理智克制了骂人的冲动，严肃地道："抱歉，我们得对每个人的生命健康负责任，告诉她确实对你不利，但不告诉她就是无视她的生命安全，这件事绝对有告知伴侣的必要。"

"你敢！"

高龙握住床栏的手青筋暴起，眉梢都在微微抽搐，眼神死死盯住我们："别给我扯什么大道理，你们是搞医的，自己心里还没数儿？我早查过法律条文了，只要我不同意，你们无权泄露我的病情，就算是艾滋病，你们也只能报给疾控而已，至于跟不跟家属说，我自己说了算！"

我和张悦都愣了一下。这个时期我们考研复习还没进行到人文相关的内容，学校的卫生法课程也要毕业前才开，这方面的法律条文我们还真没仔细研究过，难道规矩真的是这样的？

见我们两个心里没底，高龙甚至有些得意："好好去看看你们的条例吧，只要我不同意，你们谁敢把我的病情泄露给家属，我就去告你们，连法律都不站在你们那边！只要你们不乱说话，我出院就给你们送面锦旗来；要是非和我过不去，那你们就等着吃官司吧！"

我从未见过如此厚颜无耻之人，老张显然更没见过，我拽着眼看就要撸起袖子在他头上暴扣的老张，头也不回地奔着前台去找老大了。

四

找老大的目的自然不是告状，而是求解。可惜另一头有病人抢救，老大正忙得脚不沾地，连大黄也被派出去了，前台里只有阿瑷和老聂两个人在干活。

老张把事情讲了一遍，又把自己气得不行，一边在医考的APP上翻，一边不死心地问："危害别人生命健康权，法律还保护？别是那个浑蛋胡诌来诳我们的吧？"

好歹已经考过研的程瑷多少比我们俩明白些，摇摇头："不是胡扯，确实是这样的。"

我瞪大了眼看着她，张悦吃惊道："怎么可能？"

老聂在电脑后面伸个懒腰，开始给我们科普："这属于一方的隐私权和另一方的知情权发生冲突，在这种情况下，我国卫生法是明文规定优先保护患者隐私权的，就算是HIV这种程度的病，如果患者不同意告诉家属，我们私自跟家属交底，以后患者追究起来，我们确实要负法律责任。"

我简直难以置信："为什么啊？连性伴侣都不能告诉吗？"

程瑷撇撇嘴："谁知道呢，总之现在遇到HIV，只许立刻上报疾控中心，没有患者本人允许，我们不能告诉第三人。"

张悦恨得咬牙切齿："之前我还觉着长这么好一小伙子可惜了，刚才看他那副嘴脸，分明是个地痞无赖！小人！"

程瑷摸摸老张满头奓起来的毛，安慰道："骂也没用了，那坏蛋咬死了不让说，我们也没法子呀，只盼着那姑娘能早点儿发现吧。"

我忽然有了点想法："那……不能明说，暗示的行不行？"

张悦愣了一下："暗示？横竖都是让人知道，你直接说和暗示有什么区别？"

"那不一样，是妹子自己猜出来的，我们又没说什么，只要叫他拿不住我们的把柄，他还能空口无凭地去告吗？"

"好主意，好主意，走走走，这就去！"老张抓着我就要往门口蹿，忽然斜里伸出一只手拦住了她。

老聂摁住她躁动的脑袋，淡定地道："急什么？这种事你敢自作主张？"

"不许搞乱我发型！"老张揪着他的袖子，有点不服气，"就是暗示一下嘛，也不见得会留什么把柄……"

老聂平时看上去不靠谱，但关键时刻的确比我们都谨慎："话是如此，但毕竟是在咱们这里就诊她才知道的，究竟会怎么样不好说。你们先老实等着，谁也不许擅自做主，等老大闲下来，一切都按老大的意思来。"

这话在理。老大是这个夜班唯一在场的二线，不管最后出了什么岔子，锅都不免会落到老大头上，我们要是脑子一热惹了祸，第一个被坑惨的就是老大。老张细想之下也知有理，不过本着不能输阵的原则，还是冲他做了个鬼脸，才挎着我的胳膊往谈话间去了。

虽然不能现在就告知家属，但病情介绍还是要给她签的。我们拿着打好的单子去找高龙的女朋友，就见她正端坐在门口的长椅上。

没错，还在哭。见我出现，她马上起身朝我迎过来。夜里比白天冷不少，她穿得单薄了些，正一边走动，一边使劲搓着胳膊。

"大夫，高龙他怎么样了？"

"情况已经稳定了，消化科会诊也来过了，他们那边床位紧张，暂时不能转过去，现在正在调度，我们会尽快安排的。"

"好的好的，谢谢您，谢谢你们……"

眼看妹子又要开始嘤嘤嘤，我连忙拿出病情介绍塞进她手里："先别哭，签字，先签字……"

"好，好。"

她赶快抹抹眼睛签了字，还给我的时候，又是一副欲言又止的模样："大夫，我从来了到现在都没看见他，能不能……让我进去看他一眼？"

说来还真是，这家属是后打电话叫来的，夜班又没有探视时间，说起来从高龙出事开始，这个唯一家属还没能跟病人见上一面。

今晚急诊病人不多，大家都不是很忙（尤其是护士长今晚不在），这个问题不是完全不能通融，我可以去找梁教员说说。不过我心里头还是有疙瘩，去找教员之前，便先找出一副口罩和手套给她——抢救间不是感染科，和ICU也有所不同，所以虽然病患都重，但平常的家属探视是没这么讲究的。

虽然人家是男女朋友关系，啥亲密接触可能早都有了，我还是决定给她武装一下，起码心里舒服些。

武装好的姑娘到了高龙的床头。

高龙的酒总算彻底醒了，周围那种醉人的味道也散得差不多，所以两人的见面环境很理想。姑娘泪水涟涟地扑过去，高龙接住她，见她戴着手套和口罩，眼神微微一缩，往我们这边看了一眼。我和张悦各自转头，权当没看见。

高龙也不再管我们，只像之前在电话里一样温声细语地哄着女友："我没事儿，小病，很快就好了。"

"哪小了？哪是小病？都吐血了！"姑娘哭得更凶了，手不断在他肚子上轻轻揉着，"现在怎么样了？是不是特别疼？"

"不疼，这算什么，别哭了啊，等会儿你赶紧回去睡觉，过几天回家给你烤牛排。"

姑娘抬起胳膊蹭了蹭眼角的泪水，坚决摇头："我不走！我要在这儿守着你！"

"那你也得多穿点儿啊，看看你这手，冻得冰凉冰凉的，晚上风大，怎么出来的时候不多穿点儿？"他的语气带着责怪和心疼，从床上伸出手，努力地打开身后的柜橱，取出换病号服时自己换下来的衣服，轻轻抖开，给姑娘披在身上，"穿好了，可别冻坏了，下回再肚子痛，就不许你吃冰激凌了，一盒都不给。"

小姑娘赶快把衣服穿好，推着清洁车的护工大妈路过，见状便笑："小姑娘，瞧你这对象多疼你嘞，你可找了个好男人呦！"

小姑娘似有一点羞恼，头使劲地低下去。倒是高龙很开心，一把揽住姑娘的肩膀："可不是，我不疼我宝贝儿疼谁啊？"

高龙皮相甚好，这会儿说起土味情话来，竟也有点霸总的感觉；妹子虽然长得不算一等一的美，但此刻哭得我见犹怜，两人放在一起几乎算得上偶像剧标配。要是搁平时，估计老张早就360度偷拍留念了，此刻却整个小宇宙都要爆发，已经在某个不显眼的角度翻了不下5个白眼。我听见她在低低嘟囔："骗子！骗子！男人都是骗子！"

身后传来老聂偷笑的声音，我连忙拽拽老张的袖子示意她小声些。眼看时间差不多了，我和张悦一左一右把一步三回头的妹子带出去。妹子临到门口了，还不忘回头叮嘱："阿龙，我哪儿都不去，我一直在外头陪着你！"

望着妹子情真意切的眼神，我几乎忍不住想把事情和盘托出，但只能死死咬着牙，待等一下去问了老大，才好做个决断出来。

五

足足过了小半夜，老大才从那边的抢救里脱出身来。

一进前台，老大见我们4个正排排坐着等他，脸上也并不意外，只挨个看了我们一眼，道："告没告诉过你们，做这行的少管闲事？"

"告诉过。"头低了一点。

"教没教过你们，什么叫'君子不立危墙之下'？"

"教过。"头更低了点。

"那怎么还想管？"

"忒气人！"老张磨牙霍霍，爪子在扶手上磨得咯吱响，"太可恶了！骗人感情！害人性命！误人终身！"

这词用得太全面了，我只剩下点头的份儿，和老张一起盯着老大的表情。老大翻了翻高龙的病历单子："那你们什么打算？"

张悦清清嗓子，开始陈述我们商量过的对策："我们想暗示她，比如让她也去检查身体啊，婚前一定要婚检报告啊，实在不行我和镜子就去演场戏……"

我点头赞同，并翻出了刚从办公室扒出的参考书，翻到医学人文精神的部分，给老大看了一道题。

"患者，男性，33岁，术前检测证实HIV（+）。患者本人强烈要求医生不要把这个检测结果告诉包括他妻子在内的任何人，并且称他自己也不准备告诉他妻子。医生的最佳做法及其正确的伦理辩护理由是：首先鼓励患者告诉其妻，以避免对其妻造成重大伤害，无果时，医生的适当泄密可以得到伦理学辩护。"

"'适当泄密可以得到伦理学辩护'，虽然法律条文还是不站在我们这边，但我们这也算是'情有可原'，如果再暗示得不那么明显一点儿，他没有证据，应该也不好告我们吧？"

老大板着脸看了看那道模拟题，半响还是笑了，把书往我肩膀上一拍："到底还是乖学生啊！"

我搂着书，正琢磨着这句话到底是夸我还是埋汰我，老大就从系统里调出个表格开始填，边打字边道："消化科那边来信儿了，床位已经空出来了，现在是凌晨3点多，等会儿一早就可以送人过去，我们现在要开始准备出科材料了。"

我瞄了一眼屏幕，是出科意见的表格。只见老大噼里啪啦打了一堆诊疗建议之后，又在最底下加了句话："建议到感染科就诊。"

打印机滋滋滋地响了一阵，老大把打出来的一堆材料递给我，出科意见放在了第一张。他手指在那句话上点了点，对我道："明白意思了没？去找家属签字。"

我捧着单子，眼神在那句话上转了转，迟疑道："这样就没问题了吗？"

"不见得，但出科意见上写就诊意见，原则上不算违规，你们说话小心点儿，把胸牌摘了，口罩也戴上。"

高龙的宝贝儿果然一夜没走，我们去找她的时候，她甚至没有在打盹儿，一听见声音就急匆匆地奔到窗口来。

"好消息，消化科那边已经有床位了，过会儿就能把病人挪过去。出科材料我们已经准备妥当了，你看看，没什么问题就在这里签个字。"

姑娘连声应着，似是又要喜极而泣，我怕她哭起来太忘我，连忙把最重要的那张单子当先递过去："一定要认真看看啊，要放在心上。"

似乎被这句没头没脑的话说愣了，姑娘止住了哭，神情有些疑惑，眼神不由得落在那张纸上。我顺势学着老大的样子，手指在那行字上点了点，眼睛直勾勾地盯着她："看仔细了。"

姑娘的目光在那句话上停留了半晌，而后又有些焦急地开口："怎么回事？不是只有胃出血吗？这次是哪里又不好了？严重吗？他会不会有事？"

面对这样的第一反应，我又觉得可怜，又替她觉得不值得，只得再把话说明白些："你也要照顾好自己。"

她先是错愕地看着我，张嘴似想问什么，忽然好像明白了什么一样，低下头仔仔细细地又读了一遍那句话，喃喃道："感染科……"

感染科是近些年的叫法，从前的称呼更直白些，叫作"传染病科"。

我关于她的全部印象中，她几乎都是在哭，唯有此时她没流泪，只睁大了桃一样红肿的眼睛，盯着我问："他有传染病？什么传染病？"

我们的目的已经达到，再多的我一句也不敢说，只看着天花板道："不知道，我没说。"

她深吸了一口气，身体伴随着吸气的动作颤了一下，整个下嘴唇开始发抖。她又看了看那行字，手攥成拳，捏得骨节发白，眼里又晕出点泪来："幸亏……幸亏……该死的！"

她恨恨地骂着，却没有再发出哭声，过了一会儿，又看着我们说："我明白，不是你说的，和你们没关系。"

她再度低下头，把要签字的东西都签了一遍，捋齐了才递进来。转身离开之前，她红着眼看着我和张悦，低声说道："谢谢你们。"

虽然是个小哭包，但她着实是个见事明白的人。

我本以为知道真相的姑娘在气得发抖之后，会暴怒地冲进去拎着男友的衣领质问，还提前做好了怎么拦住她的武力准备；等她签完字直接转身离开后，我又以为她会从此消失，音信全无。

但最终哪样都没发生。她一直安安静静地待在之前的地方，反而不再哭，只是呆呆地坐着，眼神空空地看着抢救间的门。凌晨的空气更冷，但她身上披着的那件衣服，却早已经不见了。

后半夜又来了新的病人，我们无暇再和她搭话，她这一坐，就坐到了高龙出科的时间。

我和老张用平车推着高龙，一路从抢救间的大门里出来。高龙半仰着身子，眼神焦急地在四周搜索，直到看见姑娘就站在不远处的拐角，才终于放了心似的，笑着朝着她的方向挥手："我在这儿呢。"

姑娘迈出去的步伐微微一顿，还是快步跟了上去。视线交汇的一刻，她朝我微微点了点头。

她没有戴着我之前给她的口罩和手套，却也不再上前跟高龙接触，只站在我和张悦旁边，默默帮忙推着床。

高龙很快就被送到了单独的病房。我和张悦交接了他的材料，又慎重地嘱咐了HIV和梅毒阳性的问题，推着空床回去时，在电梯口和高龙的女友擦肩而过。

姑娘抱着胳膊在清晨的寒意里抖着，路过她近旁时，她再次朝我们点头："谢谢你们，我不会给你们添麻烦的。"

我们点头应了她，她便朝病房里走去。推床回去的路上，老张边走边纳闷儿："她怎么还不走？这对象留着过年啊？"

"高龙的家里人都不认他了，她再走，可能都没人给他签字了。"

"那她可真是心眼儿忒好了。不过也幸亏她没马上翻脸，不然那病人马上就得知道是我们说过什么。对了，人都出科了，她说不给我们添麻烦是啥意思？"

我忽然一愣，想了想，道："你说得对，她真是个心眼儿忒好的人。"

"无罪"的杀人犯

一

夜班上到一半,我正昏昏欲睡地写病历,老张突然哐啷一声推门进来,抓着我就往门外拖。

"醒醒,醒醒,警察来啦!"

我打到一半的哈欠硬生生憋了回去,热泪盈眶地掐她脖子:"吓死老子了,不知道的还以为是来抓我的……"

一路被拖出办公室,我第一眼就看见外面急匆匆推进来的救护床,以及旁边两位神态威严的警察,顿时浑身一激灵,吐槽的话都忘了个干净。当先进来的床上,躺着一个脏兮兮的、浑身是血的半大孩子,但不同于平常车祸伤进来的病人那种在事故里沾上血和泥的脏,这个孩子似乎本来就衣衫褴褛,天已渐凉,他却只穿了一件脏得看不出底色的单衣,身上到处都是血渍,腹部几处伤口浸透了血,腹壁可能已经被刺穿。

他眼睛没有闭紧,却对外界刺激没有丝毫反应,我心下一凉,却见后面又进来一张床,远远看去那人也是一样的脏,但喊叫还算有力,动弹得也欢实,相比之下应该安全很多。我本能地先跑到第一张床边,还没站定就被老大一把拎到后面:"这个我来,你和小瑗处理后面那个,悦悦去开单子,大黄,快点——"

老张得令,拔腿就跑。我也连忙点头,跟程瑗一左一右接手后面的床,刚一靠近就脑子一蒙。

被熏的。

血腥味我倒是早习惯了,但这孩子身上的味道……怎么说呢,就像一整个夏天没洗澡,又在垃圾堆里打过滚后发酵了一样,再混杂上浓郁的血腥气,闻着令人几欲作呕。

程瑗默默地把口罩紧了紧,我努力平复着不适感,一边推床一边查看孩子的情况。

伤得确实不很严重,血是没少出,但不像前一个孩子是被利器刺破腹壁,他的几处伤口都只是割伤,伤口不深,也都不在致命部位,等一下处理完再输上血,应该至少性命无虞。

一阵忙碌后，两个孩子被推到 A 区相邻的两个位置上。轻伤的孩子聒噪得很，碰一碰伤口就连声惨叫，越叫我们越放心——急诊病人闹得越凶，往往一般状况就越好，反而越是安安静静的病人，越是正悄无声息地在鬼门关打转儿。

比如隔壁的那个孩子。

按着手里小孩躁动的肢体，我忙里偷闲地往旁边的床位看去。那孩子看起来也只有 10 岁出头，一副黄瘦的样子，脸上生着许多斑斑点点的麻子，眉心偏左有一道斜上的疤，穿过眉毛歪歪扭扭地延伸到蓬乱的头发里去。他两眼半合着，任一圈一圈的大人走马灯一样地忙碌，也没有任何声响和反应。

不多时，一圈忙碌的人渐渐散去，监护仪从人群遮挡后面露出来，屏幕上只剩下直线。淡淡的凄凉过后，我便涌起强烈的愤慨。什么样的凶徒，连两个孩子都不放过？

这孩子实在脏得有点让人瞠目结舌。

我无法估计他具体有多久没洗澡了，说夸张点，他身上几乎结出了一层壳，清理伤口要顺带对伤口附近进行消毒，棉球一沾湿他的皮肤，稍微蹭两下就能搓下一条泥来。

头一次清创要附带搓澡，再加上病人身上一言难尽的气味，我们的心情难免焦躁；偏这孩子输着血还十分不安生，没麻醉的部位一直剧烈挣扎不说，变声期的破锣嗓子还在一刻不停地吵吵嚷嚷：

"啊，干啥，疼！"

"别剪我衣服！"

"我要尿尿，快撒开我！"

"能给点儿吃的吗？我快饿死了！"

我实在被吵得头大，体力和耐心都被耗得一干二净，狠呆呆地吓唬他："再吵吵，牙给你掰掉！"

小子怕了一秒，继续嚷嚷："那你给我口吃的……"

"等着！整完了再吃！"

小子总算安静了些，我松了口气。程瑷手底下的活也差不多完成了。我把他那身为了方便清创已经剪碎的乞丐服扒下来，正准备丢掉，那小子又杀猪一样叫起来："干啥？别扔！"

我掏了掏裤子口袋，什么也没摸到，又端详了一下手里的衣服，实在看不到任何留下的价值，只得好言安慰他："这件坏了，等会儿拿干净的病号服给你穿。"

"病号服？厚吗？"

"厚，厚，不厚给你套两件。"我快步出去，走到拐角都还能看见小子不死心地盯着我手里的破衣服，我不禁仔细查看了一会儿，见上面除了剪开的地方以外，还有不少磨损和剐蹭的痕迹，而且也实在说不上有多厚实。北京秋天短，这衣服明显赶不上降温趋势，孩子手脚上已经生了冻疮。我隐隐有些难过，想起小家伙刚刚喊饿，便放回病历夹，从口袋里翻出一块绿豆糕、两根话梅糖，走到床边递给他："垫垫肚子，等会儿给你点外卖吃。"

小子完好的一只手嗖地伸出来，一把将东西抢到手里，门牙利索地一撕，绿豆糕就整块进了嘴。他大口咀嚼着，嘴里塞满了点心渣，又龇着黄黄的牙齿朝我咧嘴，含混不清地出声："好人发财，长命百岁！"

我不禁失笑，心里又莫名一酸，举着纸笔弯下腰，声音又软了一个度："你叫什么名字？今年几岁了？"

"小油子。"绿豆糕三两口就下了肚，他又刺啦一声扯开话梅糖的包装，"几岁我也不知道。"

"不知道？那大名呢？"

"没大名，别人都叫我小油子。"

我无奈，只得在姓名一栏暂且写上"小油子"，正要问后面的东西，就听见老大的招呼："你俩，出来一个。"

阿瑷正忙着收拾成堆的脏纱布，我便放下手里的事情往前台赶去。老大也正忙着，只朝门外努努嘴："去外头，跟警察说说你们这床的情况。"

此刻才想起还有警察同志这回事，我点了点头，刚一出门，就见两位警察还站在大门外，一见我出来便快步迎上来。其中年长的一位看起来将近40岁，另一位年轻些的手里拿着纸笔，我说些什么，他便拣有用的记一记。

简单交代了孩子的伤情之后，我忍不住打听道："抓到凶手了吗？重的那个已经没了，轻的那个也好几处伤，到底什么人这么狠？"

"全抓了，一个都没跑。"年长的警官说着，神色却有些复杂，"其中一个就是轻伤的那个。"

我差点没反应过来，愣了一会儿才问："死掉的那个，是小油子杀的？可……可是为什么啊？！"

明明两个孩子年纪相仿，外表也都一样寒酸，连图财都不大可能，什么深仇大恨，一个孩子会持刀杀害另一个孩子？

警察点了点头，叹道："不止他自己。他们是一整伙，有七八个小孩，包括死的这个，都是在外头流浪的，平常一起乞讨。今天晚上不知道什么由头，所有小孩一起把其中一个打了——就是死的那个，后来还动了刀子，扭打的时候被害人反抗，划伤了另外两个，轻的包了包，和其他的一块送我们那儿去了，伤得重点儿的，哦，就是那个什么……小油子，就一起送你们这儿来了。"

　　我张了张嘴，半天没讲出话来。

　　无论怎样联想，我都没法把刚才那个面黄肌瘦还笑嘻嘻地喊着"好人长命"的小孩子，和残忍刺死另一个孩子的暴徒联系在一起。那么小的人，怎么敢下那么狠的手，刀刀都往要害上戳？

　　呆呆地回到病区，我走到小油子的床头。死掉的那个孩子已经被整理好，教员打开床锁，连人带床一起推去了太平间。床载着杳无生气的孩子离开，地上沾血的纱布蹭出斑驳的印迹。我不禁偷眼看了看小油子。他正使劲儿地吮着话梅糖，脸上带着陶醉的表情，床头上放着一根吃完的糖棍，舔得像刚出厂的一样。

　　我拿起笔纸，准备继续刚才的询问，看着他无知懵懂的表情，却一时什么都说不出。他嘬着糖转头看我，和刚才一样咧嘴笑着："好人！有衣服了吗？能不能再给我点吃的？"

　　我吸了半口气，僵硬地点了点头："有，我去给你拿。"

　　在我和阿瑷掏空了所有的储备粮之后，换上病号服的小油子抹抹嘴，继续眼巴巴地盯着我们。外卖还是迟迟不到，我俩只好去办公室化缘。师兄师姐慷慨解囊，我们满载着一大堆小零食给他放在床头，这小子咻地抓过一把来使劲往被子底下藏，程瑷哭笑不得地拦他："别藏了，没人跟你抢，乖，慢慢吃。"

　　小油子一边答应着，一边继续往身下藏东西，顺手撕开一袋小面包，连纸都没剥就囫囵塞进嘴里，噎得直翻白眼。程瑷忙打开一盒牛奶，插好吸管递给他，又毫不嫌弃地摸摸他打结的头发："慢点儿，慢点儿，别噎着，都是你的……"

　　好不容易给他填饱肚子，我和程瑷回到前台歇脚。程瑷时不时还看着小油子的方向，眼神颇为怜惜："我弟也就这么大，小祖宗似的全家宠着，擦破油皮我妈都心肝肉一样地疼，这孩子这样了都没家长来看看，也不知道多久没人看护了，再想想死了的那个……哦，对了，你刚不是见警察去了吗，他们怎么说？谁干的？抓到人没有？"

　　我低低叹了口气，把刚才警察说的情况复述了一遍。程瑷的嘴张得老大，和我方才一样表现得难以置信："一群孩子杀了一个同伴？为什么啊？"

　　"不知道，应该还没审，我也不好刨根问底。"我把收拾过来的零食袋子通通丢进垃圾桶，想了一会儿，问她，"你说，该拿他当病人，还是当犯人？"

程瑷的手指在微皱的病历上拂了拂，细细的手指在空白的年龄上顿了顿，低声道："到了我们这儿，任他是什么，都只能先是病人吧！"

二

死人有死人的地方，活人有活人的去处。

死掉的孩子被送去太平间，没有家属，没有后事，随着一张死亡证明封进档案，这里关于他的痕迹很快被抹除；而活着的小油子，则很快被转进相应的科室。

没错，就是老张从前的日思夜想，现在的心塞过往——儿外。

听了小油子的案子之后，老张也表现出了十二分的好奇，只是碍于心态转变，最近很少往那儿跑。于是在小油子刚转去的第二天，我便独自一人晃到了儿外病区。

往常大些的病房里都很热闹，能下床活动的小朋友会聚在一起玩闹，今天情况却不太一样。孩子们大都聚在走廊里嘻嘻哈哈，却不见有几个人进屋玩。我便逮住一个小毛头问："别在这儿玩了，干吗不进屋？"

小毛头一听，小嘴噘得老高："臭。"

我脸上一抽，转头看着忙得脚不沾地的值班教员，便猜到姐姐们还没顾得上给小油子洗澡，只好笑笑摸了摸他的小毛头，自己推门进去。

一开门，果然还是原来的配方，我循着熟悉的味道找到了小油子。他正窝在最里面的一张床上，像一只瘦巴巴的小黑猴，瘫在棉花堆里睡得正香。才一天工夫，干净的枕头和床单上被枕过的地方就留下一片片黄褐色的印子，哈喇子从嘴角滴下来，在枕头上留下一连串的口水印。

看着他的睡相，我不禁想起表姐家的儿子，差不多的年纪，睡起觉来也是这副憨憨的模样，不禁有些想笑。可转念想到那个一样身世可怜、连收尸的人都没有的孩子，联想到那个厮打的夜晚，就微微打了个冷战，伸出的手慢慢缩回去。

是他的错吗？不是他的错吗？

思绪乱飞的当口，值班教员推门进来，见我便道："哎，是你呀，悦悦呢？没一起来吗？"

我略感尴尬，只点头道："悦悦今天有事，我自己来的。这孩子怎么样了？"

教员放下托盘，顺手掀起被子，边看边道："他？皮实得很！伤得不重，缝得也好，每天换药就行了，状态挺好的，就是死活都不肯下床，一动他就号。"

"怎么了？不是没骨折吗，为什么不肯下床？"

"你看着，我给你演示一下。"她哈哈一笑，把被子一撂，伸手去晃小油子，"喂，喂，小子，起床啦！"

没几下小油子就醒了，却连手指都不肯动一下，只赖在床上哼哼："我不起来，我就躺这儿！"

教员继续逗他："干吗躺这儿？下来走走！"

小油子不耐烦地晃晃没受伤的那条胳膊，黏黏糊糊地道："这床太舒服了，别动我，我哪儿都不去。"

教员无奈地揉了揉脑门："看见了吧，两天了，从进来开始就这么躺着，除了上厕所就没下来过，一动不肯动，吃东西都靠床上投喂，身都不肯翻。"

我皱了皱眉头："那可不行啊，总这样万一静脉血栓了怎么办？得叫他起来动动。"

小油子闻言，马上含糊地抗议起来。教员无奈地耸肩："我是没辙了，怎么叫都不肯起，身上还有伤，总不能强行拖下来。你要是能想办法让他起来，我就去给你表功！"说完便笑着收拾好东西出去了。

我拽了把椅子，在隔了一张床的位置坐下，掏了掏书包，零食袋子发出哗啦哗啦的声响。小油子瞬间竖起耳朵，像地洞里的小耗子一样从被窝里伸出头观望，一见是我，他便露出了狗腿的笑容，看见我怀里鼓鼓囊囊的包，立马笑得更加灿烂："大好人，有吃的吗？"

我掏出牛肉干，撕开包装，拿出一块塞进自己嘴里："有啊，自己过来拿。"

小油子二话不说，鞋都不穿就蹿了过来。我连忙拦他："慢点儿！别把伤口崩开！"

小油子笑嘻嘻地答应，像乞食的小狗一样眼巴巴地守在我面前。我掏出一大袋牛肉干和薯片递给他："慢点吃，吃完了到外头走两圈，我再给你吃别的。"

小子咂着嘴点头，接过牛肉干，马上跪到地上开始磕头："好人发财，长命百岁！"

我吓了一跳，赶紧把他弄起来："干啥？别动不动就跪！站好了，口子崩开我可不给你缝啊！"

小子利索地站起来，扯到伤口，顿时龇牙咧嘴。我赶快掀开他的衣服看了看，见敷料没有松脱也没有明显渗血，这才放心，等他大口塞了几口零食，就带着他往门外走。

门刚刚打开，外面的几个孩子一见小油子就退了几步，齐齐开始捂鼻子。小油子满不在乎地大步出门，我从后面看着他鸡窝一样的头发和快脏出花纹的脖子，实在是忍不住，便一面放他去活动，一面进护士站问几个姐姐借点洗浴用品。大伙一听我要给小油子洗头，马上都来了精神，一边嘱咐我别让水沾到伤口，一边积极地找出洗发露、沐浴露，连毛巾都贡献出一条，并承诺无须归还。于是小油子刚从走廊遛弯儿回来，就被我一把抓进了科里独立的洗手间。

小油子一脸茫然，不过有一书包零食压阵，完全不用担心他不听话。鉴于他不能淋浴，我只好效仿托尼老师，找一把椅子在水池边上放好，让他后仰着给他洗头。热水一开，我简直被眼前的景象惊呆——虱子、跳蚤这种东西，从前我只在动物身上见过，从没见过人的头发里有这么多虱子，水一冲就跟下雨一样往下掉，比以前给流浪猫洗澡还恐怖。我赶快开大水流冲一冲，打上洗发露，刚揉了两下就听见小油子的赞叹："什么东西？这么香！"说着就要伸手去抓头发。

我赶紧挡住他的手："别乱动，是洗发露，弄到眼睛里会疼的。"

他乖乖收回胳膊，舒服地往后靠了靠，咕哝道："原来洗澡这么舒服啊！"

我一愣，随即想到他的身世，心下一叹，便随口问道："你从来没洗过澡吗？"

"没有，洗澡干吗？"

我一时语塞，"为了干净"这种理由对他来说确实不太有效，可不记得洗过澡，甚至不记得自己多大，那他是从什么时候开始就没有大人照顾了呢？

我打了三遍洗发露，一边揉着他的头皮，一边温和地开口："你多大开始……开始流浪的？"

"大概5岁吧。"

"怎么流浪的？"

"那会儿我妈坐火车把我带到这儿，在车站里把我扔下就走了，我就一直自己混了。"他说得非常平静，听不出一点伤心的语气。我听得心头一梗，有些没想到会是这种开端："5岁，你当时是怎么活下来的？"

"车站里要饭、捡东西咯，有时候干活的赏我一口啥的，就在那附近待了一年多吧。"

车站这个地点，离之前警察说的案发的广场附近距离甚远，我便继续问："那为什么后来又到广场那边去了？"

他舒服地半闭着眼，悠闲地道："之前在车站是因为死心眼儿，我妈走之前让我等着，我怕走了后她找不见我，总也不死心。后来等到第二年冬天也没等到人，车站又管得严了，就换地方了，遇到不少差不多的小孩儿，我们就组成帮分头干，讨来的东西平分，收成就好多了。"

提起他们的"帮派"，我自然想起了那个被同伴活活打死的孩子，心头一紧，手上的动作顿了一下。小油子很敏锐地睁眼，我忙笑一笑，捋一捋他头发上的泡沫，哗啦一声拧开了热水。

我一直难以把这个嘴甜油滑的孩子跟持刀杀人联系起来，更是一直疑惑他们的动机。我看着他那双鸡爪一样瘦弱的小手，语气小心地问："你认识那个死了的孩子吧？"

"认识啊，麻子嘛，我们一块要饭的。"

"那你们……为什么要杀他？"

"也不是要杀他，就是他偷着藏东西，打死他活该。"

稚嫩的声线说着狠厉的字眼，态度也是一样的无所谓和漫不经心，我在他看不见的角度轻轻打了个寒噤，努力保持着温和的语气继续问："他藏了什么？"

"藏钱，我们多久没见过红票子了，他讨来了想自己藏着花，活该挨揍。"

"你们中有大人吗？有头领吗？"

"大人没有，都跟我差不多大，但我们有头领，就是前阵子不见了，忽然不知道去哪儿了，估计就因为这个，麻子才有胆儿藏钱。"

"藏了多少？"

"100块。"

100块，一条人命。

我默默地冲净他头上的泡沫，拿毛巾擦干他的头发，顺手替他擦了擦脖子和没伤到的手臂。他的头发干枯微黄，皮肤一蹭就是一层泥，细瘦的手腕握在我手里，小小的手掌只有我三分之二大。无论怎样联想，我都无法想象到这只手拿着尖刀，一刀刀戳在另一个孩子身上的情形。

是他的错吗？不是他的错吗？

三

把洗过头又擦过身的小油子送回病房，一出门，我就遇见了熟面孔——那天晚上记笔记的警察同志，也不知道是一直守在附近，还是偶然来查看情况的。

我打了声招呼，难得他也认得出我，我们寒暄几句之后，便说起小油子现在的状况。

"伤基本上没什么问题了，过些天拆了线就能出院了，出院之后……要直接带到你们那儿去吗？"

"不一定。"年轻警察摇头，"他们都没有身份证明，也都说不清自己多大，所以要等骨龄鉴定,确定具体年龄之后才能量刑。"

"小油子说那些小孩儿都跟他差不多大,他看起来最多也就10岁出头,18岁是肯定到不了,那如果都没满14岁,你们会怎么处理?"

"未满14周岁是绝对无刑事责任年龄时期①,就算杀人证据确凿,也不能构成犯罪,根本不能起诉,就算是公安机关也不能采取强制措施,只能全都放了。"

"放了?就这么放了?!"我难以置信,小油子个头比我要矮上一头多,就算再营养不良、发育迟缓,也不像满14岁的样子。这么说,这七八个杀了人的孩子,很可能要直接放回社会?

况且按照小油子之前的情况来看,就算被释放,他们也只会过上和之前一样的日子,相比之下,蹲监狱的日子甚至更好些,而且他们没人照料,更没人管束,这样的孩子继续放养下去,会是什么结果?

我不死心地问:"就算不能判刑,也不能送少管所吗?再不济,孤儿院也比外面强啊!"

警察同志苦笑道:"我们倒是想,可没有判决书我们关不了,少管所一样关不了,因为他们根本就无罪。至于孤儿院,就更别想了,我们送去的,哪个孤儿院敢收?别忘了,这可是杀人犯。"

一群"无罪"的杀人犯。

一旦骨龄鉴定结果出来,小油子和他的伙伴们中,到了14岁的,会接受法律的从轻审判;而没到的,就会面临着各方都不敢收留也不能收留、要在城市里继续漂泊的命运。

我前所未有地期待小油子的个头长得比我想象中更慢,慢到已经到了14周岁——最起码在我看来,监狱无论是对他自己,还是对已经死去的麻子而言,都是他最合适的去处。

跟警察同志道了别,我回到病房里。小油子之前强大的气味还没有完全散去,加上我洗得也不太彻底,屋子里稍稍开了一点窗。小油子又钻回他心爱的被窝里,正窝在柔软的床铺上,一脸幸福地嚼着火腿肠。见我进来,他把我给他的零食又往枕头下塞了塞,龇着牙冲我笑:"好人!"

我在他身边坐下,回手掏了掏书包,拿出剩下的饼干和点心,放进他床头的抽屉

---

① 最新法律科普:2020年12月26日,十三届全国人大常委会第二十四次会议表决通过《中华人民共和国刑法修正案(十一)》,其中规定,已满12周岁不满14周岁的人,犯故意杀人、故意伤害罪,致人死亡或者以特别残忍手段致人重伤造成严重残疾,情节恶劣,经最高人民检察院核准追诉的,应当负刑事责任。

里，趁着他跳起来喊"好人发财，长命百岁"之前，先把他按在被窝里。见他吃得开心，我突发奇想，问他："你知道什么是坐牢吗？"

"坐牢？不知道。"

"坐牢就是把人关进一个地方，一直不许出来，有的人永远都不许出来。"

"为什么？关在里面做什么？"

"什么都不许做，只能待在里面，有的或许要干活吧。"

"那有饭吃吗？"

"有，但应该不会很好。"

"和这儿一样有暖气吗？"

"可能有吧，但条件应该比不上这里。"

"床和这儿的一样软吗？"

同样没见过牢房的我努力想象着铁窗泪的场景："不会，都是硬板床，反正什么都不如这儿。"

"有饭吃还是挺好的，但还是这儿更好！我喜欢这儿！"他眼睛亮亮的，笑嘻嘻地摸着新换的雪白床单，"我想一直待在这儿。"

我一愣，想了想，还是告诉他："你不能一直待在这儿，这里是医院。"

他紧张地揪住被子，神色瞬间惊慌起来："为啥不能？我不走！死也不走！"

我摸了摸他半干的头发，斟酌了一下语言回答他："谁也不能永远做病人，所以谁都不能永远待在这儿。"

他瞪大眼睛，似懂非懂地盯着我，又不死心地问道："那你也得走吗？他们也都得走吗？"

"你们得走，我不会，因为你们是病人，我是医生，医生才要一直待在医院里。"

"那我要当医生！"小油子斩钉截铁地立誓，"我也要一直待在这儿！"

他的眼神里，浅显的想法几乎写在眼底。我犹豫了半响，终归把残酷的现实暂且按回肚子里。

"好，那就祝你长大也当个医生吧。"

四

从那天以后，我首次取代了老张积极回儿科报效老师的位置，几乎每天都带上几包零食去看看小油子的情况。老张也克服心理障碍回去过几次，每次出来后都要感慨上半天。

小油子是科里唯一一个没有家长管的孩子，没人给他订饭、送饭，但他的伙食一点都不差。科里点外卖时都带上他一份，再加上你一个鸡腿、我一根香肠地投喂下来，没多少天，小油子就肉眼可见地胖了一圈，脸色也好了起来，再加上生得机灵讨巧，见人就"好人发财，长命百岁"地喊，把科里的医生护士们哄得乐呵呵的。

很多老师家里的孩子都跟他差不多大，便拿来许多合用的东西，没几天他就有了全新的厚实的衣服鞋袜，甚至连儿童读物都有人给他带来了一套——可惜小油子不识字，除了阿拉伯数字的页码之外，就再也认不得别的了。

时间过得再慢，警察同志来的日子，终归也是要来的。

消息很简单，也在意料之中。小油子的骨龄鉴定结果只有12岁，却已经是这群孩子里最大的之一——七八个孩子中，没有一个年龄达到判刑标准，最终全部无罪释放。

这是一群"无罪"的杀人犯。

"我们那边的孩子已经全都放出去了，刚巧小油子今天能拆线了，你们给他拆了线就放他走吧。"

显然，与其说放走，不如说赶走。

晚上，我和老张把大伙贡献的零食装进庞老师赞助的一只大书包里，把顾问家小侄子友情提供的厚实外套给他裹严实，然后哄着他道："我去楼下吃免费的炸鸡，你要不要去？"

炸鸡的诱惑力的确强，小油子虽然明显半信半疑，脚步磨蹭半响，但还是屈服于本能，跟在我身后慢慢出了门。刚走到病区门外，身后的电动门嘀的一声即将合拢，小油子像是突然反应过来，以一种我反应不及的速度，似小狼一样地回身往门里蹿去。

幸亏一旁的老张反应够快，立刻伸手拦了一下，警察小哥从后面一把将小油子拎住，他才没有被推拉门整个夹住。

"你骗我！"

小油子拼命挣扎着，被警察拉着往电梯的方向滑，路过走廊的柱子时便死死抱住，一边哭一边喊："我不走！别赶我走！我要留在这儿！我不走！啊——"

周围的眼光已经聚集过来，警察小哥不敢使蛮力拖他，我只得上前帮忙，去掰他扒着柱子的手指。他的指甲修剪得整整齐齐，我还记得给他剪指甲的时候，他吮着另一只手手指上的薯片渣，对着我开心地咧嘴："你们对我真好，你们都是大好人。"

尖厉的哭叫声里，我狠了狠心，把那十根瘦弱的手指一根一根掰开，而后他便无法抗拒地被拖向电梯口。张悦挡住已经打开的电梯门，小油子拼命挥舞着手脚，想要伸手抓住我的胳膊。警察小哥见状，示意我们先回去，临走前又补上一句："我会带他去吃炸鸡的。"

张悦点头，帮忙把人塞进电梯。撕心裂肺的挣扎和叫喊很快被关在铁门后面，走廊里安静下来。我们打开门，重新回到病区。

看着那张已经空出来的床，张悦神色微黯，望着窗外幽幽地问："他会去哪儿呢？"

无论去哪儿，他大概都只能过回以前那种饥寒交迫的日子。除了一身崭新的行头以外，生活唯一的变化，大概就只是知道了自己的具体年龄。

而被无声无息地埋葬的麻子，他的年龄，大概永远是个谜。

没来由的心脏病

一

天冷了，路滑了，慢性病急性发作也多了，医院人流骤增，急诊更是像菜市场一样挤挤攘攘。

老大的心情很不美丽。

家属在谈话区窗口挤着，老大的眉毛也挤在一起。会诊刚好结束，他眼疾手快地拦住跑得最慢的消化科老兄，拽着人家袖子声声泣血地哭诉："我这儿再挤就成上下铺了，兄弟给个面子，那边四个消化道出血你掂量着收一个，就一个！"

消化科老师拍着他的肩膀，哭笑不得地解释："周哥，我们真没床了，真的，走廊加床都加得没处下脚了，总不能没治好就给人抬出去吧？"

消化科老师夹着本子夺门而出，老大目送着他的背影，周围气压低得吓人，路过的一线们全都缩着脖子让路。就像内异症病人刘菲打过的那个极其恰当的比方一样——抢救间算是个中转站。可现实是包括刘菲自己在内的病人，由于相关科室床位紧张，都只能暂时待在抢救间等床，于是抢救间也跟着人满为患，恨不能地上都躺人。老病人出不去，新病人也难进来，万一再来个急症，怕是又要搞得鸡飞狗跳，老大能舒心才怪。

眼瞅气氛不对，老张跟我打了个手势，我赶紧拽上还在呆呆看热闹的程瑗躲远了些。在视觉死角的电脑前坐下，老张悄悄伸头，对着外头丰收的景象喃喃道："只盼着哪个科室的老师行行好，多收走几个，不然现在这个样子，老大真的要见谁拿谁撒气了。"

话还没落音，老大的怒吼就从前台传过来："还不来收病人！轮到谁了？"

我低头一看，自个儿的大名正在排班表上闪闪发光，便赶紧扔了东西往外头跑，进门时正遇见一人，双方都跑得急，险些撞在一起。那少年忙不迭地道歉："对不起！对不起！"

我下意识回了句"没关系，没关系"，就继续抬腿往屋门里跨。谁知他也同时伸脚，我们一起卡在门框外,场面一度十分尴尬。

我把脚收回来:"你过。"

"不不不,您先过……"

他还要再谦让,我拎着他的后领子就往门里塞:"磨叽!"

小子被我塞进了门,我跟在后头挤进去,便瞧见病人已经在前台候着了——一位看上去40来岁的中年妇女,半躺在平车上喘着气,口唇微微发紫,神情有些痛苦。正在跟老大说话的是个中年男人,个头不高,手里提着一只透明的档案袋,里面塞了些病历资料和检查报告。

我快步上前,却又被那个中学生模样的小伙子抢了先。他一个箭步迎上去,先把一张单子递给那男人,又转头挤到病人身边,手在病人背上顺着气:"都弄好了,妈,你好点儿没?"

原来是患者的儿子,怪不得跑得这么急。病人没力气答他,只点点头,继续在床上费力地喘着。

"又跑哪儿偷懒去了?"老大见我过来,拎住我的耳朵把我拽到桌子前。我龇牙咧嘴地应着,知道他小宇宙正在爆发,半句嘴都不敢顶,乖乖捧出纸笔开始记东西。

两个男家属分工明确,小的守着病人,大的快速翻着那一沓子病史资料回答老大的问题:"她这些年一直心悸气短,最近身上还总是浮肿,前几天感冒了,忽然就喘得厉害,又咳嗽又喘不上气,在家那边输了几天液一直没好转,耽误了几天才送到这儿来。"

他一边说着,一边把手里的袋子放在桌子上,从里面掏出一沓病历和报告。我挤在老大身边伸头看,一眼就扫见一大堆拟诊:扩心病、心衰,以及一堆乱七八糟的合并症。我看得头大,一时间抓不住重点,只能先原样记下来。

"我老婆一直身体挺弱的,尤其是生完孩子之后,基本上干不了什么活儿,后来工作也辞了,常年在家养着,严重的时候床都下不来。"他翻着那一叠报告,抽出几张重要的展开,"最开始是在县医院,后来送到市里、省里看,治来治去也不怎么见好,每个医院诊断的也不太一样。前几天又严重了,我们先是去的诊所,吊了几天水不见好,就赶紧转到这里来了。"

我看了一眼他抽出的报告——的确,报告的抬头从卫生所到县医院一直排到省人民医院,给出的诊断五花八门,我看得直挠头,老大已经开始着手安排工作:"先急症处理,收进来约心内、呼吸会诊再说。"

男人忙不迭地应了,拿着开好的单子出门交钱。那小伙子也赶快帮忙把床往里推。我掂量了一下床位情况，即便求生欲再强，也只能硬着头皮开口："老大，人放哪儿……"

果然老大意料之中地炸了："加床！加床！塞也得给我塞下！"

二

老大很快从病房牙缝里挤出一块地方加了张床。

在我的安排下，父子俩一个等着签字，一个去买东西，我留下给患者做查体——事实上，病情复杂到这种程度的患者，别说是我和老张这种实习水平，就是阿瑗和老聂这样的研究生，不是心内专业出身，也不敢说能独立听出个所以然来。

总之，一切都要等心内大佬到了，才能给个说法出来。

不过听不听是一回事，听不出又是另一回事。这么疑难杂症的病例送上门来，不学学都对不起组织的信任。于是我和老张拉上程瑗，程瑗拉上老聂，4个人一齐戳在阿姨的床头大眼瞪小眼。程瑗到底是学霸，在老聂被老张踩了三脚依然无动于衷之际，她终于率先站了出来："您好，我们来给您查个体。"

阿姨的病历上写着40岁，但看起来比实际年龄老了些，加上正皱着眉头喘息，脸上的细褶又明显了些，瞧着更老了几岁。

虽然显老，但她看上去却并不颓唐，此刻也尽力想要回答我们。程瑗连忙摇头："您不用说话，我们就是查个体，来，先让我摸摸。"说着就直接掀起人家的衣裳。

我们仨："……"

阿姨倒没说什么，只是配合地调整姿势。程瑗马上进入工作状态开始叩诊。圆珠笔点一个一个画出来，随着心界渐渐清晰，我心里也渐渐重下来。怪不得前面的诊断里有扩心病这一条，这心界已经扩大得很明显了。

程瑗把焐热的听诊器贴到她的胸口，听着听着，她的表情也严肃下来。我接过听诊器仔仔细细听了半天，也觉得和正常心音明显不同，但又不像是诊断课上听过的几种常见杂音，一时也说不出个所以然来。

阿姨很配合地让我们都听了一遍，我感激地给患者盖好被子，眼见患者的情形也不方便问话，便简单交代了一些注意事项，就撤回了谈话区。老张把门关好，急急忙忙地揪住两只老鸟："你们听出啥来了？"

阿瑗思索了一会儿，晃着脑袋道："肺里有明显干湿啰音，心脏听诊也有杂音，具体我也不敢肯定,还是等心内会诊来了再说。查体内容我来写,初步诊断就按老大的意思来。"

老聂也点着头,把听诊器挂回墙上:"这类病人情况比较复杂,心内什么时候收她也不好说,指不定要在我们这儿滞留多久,做好长期抗战的准备吧。"

这一通折腾的工夫,那一大一小两个家属也回来了。一马当先的老爸嗓音洪亮:"大夫!东西买回来了,我们能进去吗?"

我把东西从窗口接进来,摇头道:"探视时间还没到呢,我们带进去就好,家属留一个人在附近等着签字。"

父子俩闻言一起点头,脸上挂着一般无二的严肃神情。那男孩子比老爸还高出半个脑袋,五官跟老爸如出一辙,爷俩动作同步的时候,活像两个移动的相似多边形。

把东西交给护工,我开始向家属问些病史上的问题:"病人什么时候开始有心悸气短症状的?"

老爸指指儿子道:"刚有他那会儿就开始了。她动不动就会喘,会心悸,自那以后几乎不敢让她干重活了,每次犯了病,床都下不了,送去医院治一治就好一些,但不一定啥时候就又发一次病,这么多年了,也没查清楚到底为什么。"

这也确实是我的疑问,作为一个心内的病人,她的年纪着实轻了些,从外院报告上看,也没显示有什么特殊的基础疾病。

"那患者从事过什么职业?从事过体力劳动吗?"

"没,我妈是小学老师,病退好多年了,从来就不干重活的。"儿子连忙摆手。老爸也附和道:"对,早先工作的时候也没怎么干过活,这辈子出过最大的力就是生他那会儿了!"

儿子听了一愣,马上反驳:"我妈不是剖宫产吗?"

老爸一瞪眼:"剖宫产不是产吗?"

儿子开始挠头:"那为啥算体力活儿啊?"

眼瞅爷俩就要掐起来,我哭笑不得地打住他们,赶紧把剩下的病史问完。看着记下来的内容,我心里的疑惑并没有打消,反而觉得更奇怪。

患者没有家族史,没有明显的病因,年纪又轻,体型也正常,并不像是因为体重基数过大造成心脏超负荷的样子——那这心衰和扩心病咋得的?纯倒霉?

在会诊意见出来之前,一切推测都是瞎猜,我暂时放下疑惑,低头专心把病历写完,一边打字,一边还能听见谈话窗外爷俩的小声交谈。

"爸,你饿吗?"

"不饿!"

"我看那边食堂有烤冷面。"

"加个肠。"

"没钱。"

窸窸窣窣的掏兜声。

"带个手抓饼,放沙拉酱。"

"跑腿5块,再给一张。"

"滚蛋!"

我差点憋出内伤,抬头一看,男孩已经跑远了,剩下当爹的一个人在窗口伸着头往抢救间里看。奈何加床的位置实在偏僻,他脑袋快伸进窗户了也瞧不见媳妇儿的踪影。

他把目光落回我身上,态度和蔼客气,毫无刚刚让儿子滚蛋的气势:"大夫,那我们啥时候能进去看看她?"

"现在才9点,探视时间在11点,一天只有这一次,其他时间有什么事我们会代为转达的。"我继续盯着屏幕,又想起来补充道,"对了,等一下出去做检查,也要家属陪着的,那会儿也能见着。"

"好,好,谢谢您嘞!"他道着谢,继续有一句没一句地跟我聊着,"你们这儿真大,一个急诊就比得上我们那县医院半个楼,门还都是自动的,高档!"

我嘿嘿一笑,决心绝口不提自己被那个破门卡住过4次的事情。见我光笑不接话,他也不尴尬,只继续道:"你们这儿的大夫也厉害,治的都是大病,一看就……就是知识分子!"

我收下这波彩虹屁,笑嘻嘻地答:"一般一般,还行还行,我们肯定尽力,等会儿心内的大佬们来会诊,再跟你们谈谈具体情况。"

有一搭没一搭地聊下来,买烤冷面的小兄弟很快就回来了。他把手抓饼塞给老爸,然后把一盒烤冷面从窗户外递进来,道:"那个……能给我妈带进去吗?"

食堂里的小吃摊主是我老乡,烤冷面做得很地道,此刻酸甜的香气凶猛地向我袭来,早上没吃饱的我差点流下眼泪:"抢救间有饭的,患者也得吃些清淡的,再说这玩意儿太香了,我怕拿进去其他患者要有意见……"

男孩儿愣了一下,手却没收回去,想了想就直接把烤冷面往我眼前的桌子上一搁:"都买完了,大夫您吃吧!"

随便收患者东西是坚决要不得的,我立刻正襟危坐:"不了不了,我们有规定,上班不能吃东西。"

"这样啊！"他有些遗憾地收回手，随即又高兴起来，"那好哎，我吃两盒！"

小子刚高高兴兴地捧着烤冷面坐到一边，老爹的巴掌就落在他后脑勺上："想得美！"

男孩哎哟一声，乖乖把烤冷面献上去，捂着后脑勺抗议："你有饼还不够啊！"

想起自己在家跟老爸争食的场面，我不禁觉得好笑，也止不住开始想家。

三

会诊或许会迟到，但肯定不会缺席。

心内虽然没床位收人，但来了不止一个老师。老大和他们又做了一次详细的查体，可惜部分检查结果还没出来。我们4个挤在后头，支棱着耳朵听着大佬之间的讨论。

"二、三尖瓣及肺动脉瓣听诊区闻及收缩期杂音，心界也有扩大，症状上没什么好争议的，主要是心衰和室扩的原因有待考量。"

心内大佬也举着外院报告点头："确实，患者年龄也不大，发病年龄也早，没有可疑病史，再看这个，怎么看怎么像……"

老聂疑惑地嘟囔了一句："先心？"

我和老张呆呆对视一眼，不知道该点头还是摇头。先心就是先天性心脏病，确实是低年龄病人心脏问题的一种比较主要的原因，电视剧里最常出现的那种"弱柳扶风的年轻女子受了惊吓，突然呼吸困难、面色发紫抽过去"，就算是比较写实的表现了。

不过先心的种类多了去，每种的发病机制和临床表现也不尽相同，像法洛四联症这种严重程度的先心，一般是活不到这个岁数的；而且先心诊断一般不难，像这样都快住在医院的患者，下级医院应该早就考虑过这方面的问题，所以排除诊断了吧？

阿瑷显然也是想到了这一点，也翻着复印的外院病历纳闷："患者陈月华，就诊经历从××县医院到××市第三医院，再到××省人民医院，最后还有××武警医院，要真是先心，去了这么多地方，就没一个大夫往先心上想过吗？"

老聂擦着眼镜，两眼瞅着天花板琢磨："那还可能是什么原因？也没有特殊的感染史，其他也都不像啊。再说这些个医院诊断啥的都有，明显也是拿不准原因嘛，既然发病年龄那么小，为什么不能考虑先心？"

推翻前人的说法，心理上总是有压力的，我想起那次刘菲的内异症被外院误诊为支扩的例子，内心也有些动摇。然而这次情况又不相同，这个病人的外院诊治经历比刘菲可丰富得多，甚至不乏有一定资质的省级医院，心内科疾病的情况也要更复杂。老师们大概也是顾及着这一点，才争论了这么半天。

"横竖还有结果没出，等报告齐了我们再来一次。"心内老师收起了手边的东西，先行给出了会诊意见，"还是先对症治疗，目前看来症状缓解了一些，发绀不明显了，急性发作的诱因是呼吸道感染，呼吸科那边估计也有说法。"

存在感一直很低的呼吸科老师马上点头："挺明确的心源性问题，呼吸道感染是诱因，我们这方面处理急症就行了。"

我们记下了意见，把几位老师送出去，刚转身回来，就见床上半卧的病人有些吃力地直起身子，我赶忙迎上去问："怎么了？"

"大夫，告诉我实话，我还能活多久？"

满脑子都还是刚才关于诊断的内容，这么直白的问题一下就把我噎住了，下意识凭着本能道："呃，这，这说不定……"

老张刚端了盘子要去给自己的病人清创，听见这句话，顿时恨铁不成钢地瞪了我一眼，赶紧接过话茬儿："我们这儿的大佬都来看你了！看见刚才那几个没，都是心内和呼吸的扛把子！肯定能拿出最好的方案来治您的，您就放宽心，躺这儿好好养着吧！"

这段话是安抚患者情绪的常规操作，或许是住院住得久了，陈阿姨似乎对这种套路很熟悉，脸上微微显出失望，但还是谢道："那就借你吉言了。我就是不放心我儿子，我得知道我还能活多久，能不能挨到我儿子成人。"

画风突然开始悲情，我最怕病人这种近乎交代后事的语气，只能尽量说点高兴的事儿："您还说呢，您儿子真孝顺，刚去买吃的还惦记着您呢，总想捎东西给您，可懂事儿了！"

"他才不懂事儿呢！"

她笑了笑，似乎还想问点儿什么，但身体状况实在不怎么样，老张便及时截住话头："报告不知道出来没有，咱们得盯紧点儿呢！"

我连忙点头，调整了一下床铺，交代患者几句后就赶紧回到办公室。那对刚刚吃完饭的父子俩还坐在之前的地方，见我们出来，便快步迎到窗口。

很巧，病人姓陈，签字单上丈夫的名字也姓陈，大胆猜测儿子也姓陈。老陈看着我们手里的病历夹子当先开口："是心内的大夫们来过了吗？看出是啥毛病了吗？啥时候能住到心内去？"

"来过了，留了会诊意见，现在主要还是对症治疗缓解症状，等到后续检查都出来了，我们会再做一次全面的会诊的。"

解释完会诊的问题，下面提到床位，我还是觉得跟兜里没钱一样窘迫："至于床位问题，现在真心没办法，只能先在这儿待一阵。你放心，治疗上不会差什么的，目前也不需要手术，如果之后有必要，我们会尽力安排的。"

老陈连忙应好，旁边的小陈同学认认真真地听着，也见缝插针地问道："我妈这个病，你们能治好吗？"

"现在的首要问题是明确诊断。"我想了想，还是没有直接提出刚才大家关于先心的猜测，"外院的诊断也不尽相同，等专科检查结果出来，我们会仔细研究有没有新发现的，至于能不能治好，那要看确诊的究竟是什么疾病……"

就在这时，一直刷新着系统的老聂忽然一声低呼，道："新报告出来了！"

在场的众人眼神皆是一亮。老张腾地站起来："会诊的说不定还没走远，赶紧去把人抓回来！"

我跟在她后面跑出去，刚杀出急诊部大门，眼尖的老张就看见两个心内的老师正在对面的小超市买东西。托老师们顺路买零嘴的福，我们得以把两次会诊合起来进行，心内的老师们盯着还热乎的报告端详了一会儿，就开始和老大挤在一块叽里咕噜地讨论起来。

我们不敢挤得太前，心急火燎又听不太清，只得在心里默默盼着，千万别是什么处理棘手又预后不良的病。我思索着，顺手去窗边摸水杯，一转头就看见一大一小两个男人正在谈话窗外努力往里看，瞧着活像两只伸长脖子的獴。

心里的期盼忽然燃得更旺了一点儿，我收回目光，继续盯着老大那边的动静。

比比画画好一会儿，老大终于从椅子上起身。我们急忙围上去，用目光询问着，新的诊断栏到底应该写什么上去。

"先心，动脉导管未闭。"

"动脉导管未闭？"我们三个都是一愣。张悦当先开口："那不是儿科的病吗？大人也得？"

老大一个暴栗敲在她头上："娃不会长大吗？先心都是先天的，只是到成年才治疗的病人少而已。"

动脉导管未闭，是先天性心脏病中较为常见的一种。动脉导管是胎儿心血管系统中的一种正常结构，出生后这个结构就会慢慢闭合，但如果因为某些原因，出生三个月后这个导管还没有闭合的话，就会导致主动脉内的血直接灌到肺动脉，导致肺动脉血流量升高，心脏负荷增大，从而引起严重的循环问题。

程度轻的动脉导管未闭甚至可能没有任何症状，只是在偶然的体检中被发现；但大多数的患者从小就会有比较明显的劳累后心悸、气短、乏力等症状，更重的可能还会有暂时性的发绀（皮肤或嘴唇发紫），长期还可能导致心力衰竭。

这样的患者比其他人更易罹患呼吸道感染，生长发育也可能迟缓一些，程度太重的孩子大多活不到成年；而相对早期、程度轻的患者就幸运得多了——既然叫"导管未闭"，那做个介入把导管闭上就好了。老大说得很对，成人相对不常见动脉导管未闭的原因，大抵是该治的早治好了，治不好或者没治的则大多活不到成年。

所以，这个患者主要特殊在两点：第一，作为有症状的动脉导管未闭患者，在未能明确诊断、只能进行对症支持治疗的前提下，居然一直活到现在，而且还正常生育过，儿子看起来也很健壮，且按照家属的描述，不发病的时候，陈阿姨差不多能生活自理；第二，单说确诊的问题，动脉导管未闭不是很难诊断，彩超应该是能看出来的，之前的医院却没有一个往这方面考虑过，这……

"我们也看了半天，最后还是坚持认为是这个。"老大翻过我的病历改了几笔。我看着新加上的诊断，下意识道："可是别的医院……"

老大忽然转头看着我，我本能地把脖子一缩，他却并没有开口就训，只是问我："以后想干临床吗？"

"想！"

"想当很牛的大夫吗？"

"想！"

"那就记住了，好好学，学得够好了，就有底气说跟别人不一样的话了。"他盖上笔帽，把病历塞回我手里，"别的地方为什么没做诊断我们不清楚，可能的原因太多，但上级医院就要有个上级医院的样子，人家大老远送来就是奔着你的本事，你要是还守着基层医院的诊断不敢吭声，那要你干什么？"

"当好大夫，不光得有本事，还得有胆儿。这个病人应该很快就能收进心内了，刚那几个家伙答应过几天给挤张床出来。"

"那老大，确诊导管未闭之后……要准备手术吗？"

"得做，你谈话的时候，注意探探家属的态度。不过患者还在急性期，暂时做不了，等控制控制症状和感染，达到手术标准了，再让心内那边琢磨。"老大的表情带着欣慰，"要不是这样，估计还收不了这么快呢！"

四

确诊了多少也算个好消息,因此去找那对父子俩谈情况的时候,我很有种不负期望的感觉:"心内会诊刚结束,专科医生们商量过了,一致认为患者是先天性心脏病中的一种,叫作动脉导管未闭。"

简要地解释了动脉导管未闭的意思,我打算先给父子俩打个预防针:"这个病治疗不算非常复杂,主要就是手术介入封闭导管,只要手术成功,之前的肺动脉高压以及心衰这些问题多少会得到改善。"

每当做这种谈话的时候,我心里都会有些忐忑地观察家属的表情——手术意味着钱,这时往往是考验家庭关系的时刻。只要家属愿意,即使没钱在大医院做,肯回当地做也是好的。

听了我的话,父子俩的眼睛马上亮起来。小陈的手紧紧扒住窗沿,身体都禁不住向前倾了倾:"能手术?那就是能治是吗?"

"对,能治,现在已经确诊是动脉导管未闭,这种先天性心脏问题只要符合手术指征,把那根管子封上,就等于从源头上遏制了问题。虽然已经出现的扩心病和心衰这些心脏损害是不可逆的,不过最起码手术成功后不容易继续恶化,完全恢复到正常人的体力水平不太可能,但只要不从事体力劳动,应该还能维持生活的。"

小伙子激动地啊了一声,原地蹦了一下。眼看窗框就在他头顶,老陈眼疾手快地摁住儿子,也激动地问道:"不会再恶化了,那是不是以后也不危险了,活到八九十岁也可能的那种是吗?"

我哭笑不得,只能绕着圈答:"手术毕竟是手术,肯定会有风险,我们会竭尽所能,但谁也不能保证手术百分之百成功。至于能不能活八九十岁,这个我们真不敢保证。不过如果手术顺利,休养得当,正常生活应该还是可以的。"

老陈听了,继续用力点头:"明白,明白,那什么时候能手术,我们要准备点儿啥?"

"心内的床位已经在安排了,应该过几天就能有消息。至于手术时间,要看患者急症的控制情况了,情况稳定的时候才好进行手术。"

我看着父子俩灼灼的神情,想了想,还是试探着开口:"确诊是已经确诊了,手术如果不想在我们医院做的话,拿着诊断回地方也是可……"

"不用!不用!就在这儿做!你们这儿厉害,这么多年没整明白的东西你们都能一下查出来，手术也肯定比我们那儿做得好！"

这倒是事实。论技术条件，这里肯定是顶尖了，区别应该只是费用上的问题。家属这话已经算是表了态，我便不再多说，让他们签了新的病情介绍，就心满意足地回去干活了。

等候的时间总是很漫长。几天后的一个早上，心内终于放话了，有个老病人下午出院，晚上就能把陈阿姨挪过去。这对所有人来说都是个好消息，探视时间爷俩进来看陈阿姨的时候，笑得那叫一个满面春风。

陈阿姨一头雾水："你俩怎么这么高兴，我是能出院了吗？"

小陈开开心心地把包放在床头，笑嘻嘻地道："不是，是你能住院了！"

陈阿姨显然还没有认识到住抢救间和住院有什么区别，用看傻子的眼神嫌弃了一眼儿子，随即转向丈夫。老陈正从袋子里一包一包往外掏零食，顺手还往兜里揣了瓶爽歪歪。

陈阿姨的巴掌毫不客气地落上去："糖尿病！糖尿病！"

老陈老老实实地把东西塞回去。陈阿姨一边嫌弃着，一边顺手把爽歪歪插了管，塞进儿子嘴里。

探视时间管床照例要陪在一边，老张有别的病人照顾，床边只站了我和隔壁的管床阿瑗。既然说起了住院的事，我便笑着插嘴解释："心内那边马上就有床了，今天晚上您就能挪到住院部了。"

陈阿姨听了，果然也高兴起来："那真是太好了，这边晚上不能熄灯，想睡着实在不容易。"

老陈手底下一直没闲着，一样一样地清点着用了几天后已显散乱的东西，嘴里道："这里头熄灯还了得，等今天晚上去心内了，明天肯定让你睡到自然醒，谁敢叫你我就削他。"

一旁的小陈郑重表态："臣附议。"

"行了，别给我丢人了！"陈阿姨哭笑不得，转头对闲站着的我和程瑗道，"姑娘，谢谢你们啊，这几天都辛苦你们了。"

"都是分内的事，什么检查您都配合得好，我们还想谢谢您呢！"阿瑗听了赶忙摆手，我也跟着附和。这几天和这一家人也算混熟了，各项工作他们都很配合，也替我省去不少麻烦，说起来我确实想谢谢他们。

阿姨笑答："都是应该的，你们太客气了。"

阿瑗听她又客气回来，一时间也不知道该说些什么，便呆呆回了一句："那，那我就不客气啦。"

我尴尬出了一身鸡皮疙瘩。阿姨愣了愣,也不尴不尬地笑道:"好,好。"

当晚,陈阿姨就被送去了心内。送走他们好一会儿后,我们才发现谈话室的凳子上多了一只袋子,里面有十几杯奶茶,还有父子俩留下的一张卡片:"谢谢!"

五

夜班下班前的放饭时间,我和阿瑗领回三份盒饭,正四处找地方吃,却四处找不见老张。

"悦悦呢?"程瑗扒着窗户往里看,却一个人影都没看见。

"这个点儿恐怕不是在送病人就是在送病人的路上,饭给她留着就行。"正说这话,手机忽然开始振动,我换只手捧饭,接起电话,正是张悦打过来的。

"镜子!我往心内送病人时看见陈阿姨了,她正好今天手术,你要不要下班后顺路来看看?"

"今天手术?几点?"

"上午10点半,你下班过来估计正赶上接病人。帮我抢饭了吗?"

"留了,自个儿回来吃!"挂了老张的电话,我看了看表,赶快找地方开始扒饭。

事实证明我来得非常及时,赶到心内病区的时候,离接病人的时间还早,我和老张抱着学习的态度又听了一遍陈阿姨的心音之后,便坐下来和他们闲聊。

"你们坐!你们坐!"小陈马上搬了椅子来给我们坐,连带他老爸屁股底下那个,"谢谢你们特意来看我妈,正好,赶紧帮忙劝劝她,她紧张得要命!"

陈阿姨立刻直起身子,佯怒道:"谁紧张了!你小子,敢编派我!"

少年迅速躲到妈妈够不到的地方,笑嘻嘻道:"别装啦,你刚才手都在抖!两位大姐,你们快帮我劝她两句,这算什么大事儿?小场面,是吧!"

这种介入手术虽然不算大,但毕竟是心脏手术,按理说害怕才是常态;再说是手术就有风险,可以说这是一场赢面不小但并不算万全的赌局。这少年是真的没在怕,还是少不更事,想不到其中的凶险之处?

不过不管怎样,安抚患者情绪还是很重要的,我很配合地开始科普:"阿姨,介入栓堵术现在技术已经很成熟了,成功率高,恢复速度快,您的一般状况现在也控制得不错,放宽心,一切客观条件都好着呢!"

老张也连连点头:"您这客观条件真的好得没话说,我看了手术排班,给你做的都是大佬,真有排面!"

　　大家都善意地笑起来,陈阿姨的情绪看上去也放松了一些。大家又说笑了一会儿,老张三言两语就把陈阿姨哄得团团转,让陈阿姨越看她越满意:"瞧瞧这姑娘长得多标致,今年多大了?有对象了没?我有个外甥也像你这么大……"

　　嘴甜脑子快的老张难得傻眼。我内心立刻哈哈哈了一万字,顾忌她在我零食箱子里投毒的风险才忍住没乐出声。老陈在一旁接过妻子的话:"咱们有缘,来,跟我们家拍张照!"

　　小陈立刻捧场:"好啊,带我一个!"

　　陈阿姨笑道:"你们俩凑什么热闹!"

　　少年不为所动,开开心心地拿出自己的手机:"拿我的拍,我的像素高。"我眼睛扫了四周一圈,很有眼力见儿地把手机接过来:"快站好,我给你们拍!"

　　"那谢谢你了。"

　　老张虽然觉得不自在,但也着实不好拒绝,对着镜头笑得十分尴尬;旁边的一家三口倒是都笑得很开心。我拿出生平最努力的拍照技术,尽量端稳镜头:"3、2、1!"

　　拍好了照,陈阿姨把手机拿在手里满意地端详了一阵儿,递回儿子手里:"存好了赶快发给我,回头给你二姨看看!"

　　老张哈哈干笑了几声,正巧接病人的手术室教员推了车进来,这货立刻像见到救星一样扑过去:"要接病人了吗?来来来,交给我!"

　　我又给他们母子拍了两张,然后便顺着话茬出去帮忙。追进处置室,果然看见老张正在原地跳脚,我终于不厚道地笑出声:"老张赛高,老张魅力无穷!"

　　魅力无穷的老张一个小拳拳差点把我送走。打闹了一会儿,东西也收拾得差不多了,我们便准备转过拐角回病房去送病人。回到门口时,床还没被推出来,教员们大抵还在准备,走廊里却站了个人。

　　是小陈。

　　他立在门外,正捧着手机在定定地看着什么。我们没有立刻过去,只站在附近的护士站等着。微暗的余光下,男孩脸上早没了刚才轻松活泼的神色,眉头锁得紧紧的,看了一会儿,又把手机收回去,双手合十搁在脑门儿前,微微低着头,碎碎念着什么。

　　待到双手撤下来,那双眼睛已看得出微微泛红。他使劲儿地揾了揾眼睛,嘴角咧了两下,拍拍脸颊,再次走进屋里去了。

　　他看起来至多十七八岁的样子,脸庞虽然还很稚嫩,心却早就能盛下很多事了。

手术的时间比预想中稍长一些，我和张悦刚下夜班，早困得低枝倒挂，差点在手术室外头碰头睡着。即便是迷糊中，我也感觉得到父子俩在等待区的座位旁不安地踱来踱去，不断地站起又坐下。直到地板就要被父子俩磨穿的时候，陈阿姨终于被推了出来。

"挺好的，除了上台排了会儿队，其他全程都很顺利。"推车教员的话让所有人都放了心。介入手术虽然小，术后的不适也还是难以避免，陈阿姨虽然清醒着，眉头却皱得很紧，嘴唇也抿着，似乎在努力克制着不发出声音。

父子俩一边一个围在她的床头，老陈超夸张地连声道："哎哟！天哪！媳妇儿你受委屈了，回去给你炖一周的猪蹄子……"

小陈继续拆台："大夫都说了不能吃油腻的！"

大概是真心疼狠了，老陈居然没忙着收拾儿子，从善如流地说："那也成，你想吃啥老公就给你做啥。"

我晃晃脑袋赶走睡意，也记起来叮嘱："之后10来个小时会比较难受，不能乱动，有什么不舒服的及时联系医生，理论上如果没什么异常，很快就可以出院回家调养了。"

父子俩点着头。躺在床上的陈阿姨见我们两个也在场，轻声道："真是辛苦你们两位了，都跟到这儿了。"

老张大概是想起了陈阿姨素未谋面的外甥，本来笑着想接话，又马上把话咽了回去。我只得接茬："哪儿的话，我们顺路的。您这手术很成功，之后一定要好好休养，会好起来的。"

我们微笑地看着围在一起的一家人。丈夫和儿子一人握住她的一只手。儿子一直笑得很开心，眼底却有微弱的泪光一闪而过。

我忽然想起陈阿姨之前说的那句"想等儿子长大"。

其实还用等吗？她的儿子早就是个男子汉了，很懂事，很坚强。

这回有人管了

一

大黄要走的消息已经扩散，科里最近气氛很沉闷。老大越发暴躁，大黄越发寡言，即将出国的程瑗忙着收拾行李，其他人的日子也过得越发紧张，吃饭都不敢吧唧嘴。

老张同志的情报网一向靠谱，这次终于打听出了大黄的具体去向——不是离科，是离院。

大黄被私立医院挖走了。

说这话的时候，她的表情很复杂，半边脸在欣慰，半边脸在惋惜。

从认识大黄起，包括老大在内的所有人，心里也都明白早晚会有这一天。大黄这样的人才，纵使一时龙游浅滩，也不可能被困在急诊一辈子，端看他最后是找到机会调回肝胆外，还是像现在这样被高档的私立医院挖走。

平心而论，单就个人生活质量和收入水平而言，后者要明显胜过前者。离开公立系统也自然还是做医生，可大多数医生对公立医院还是有情结的，我说不清老张具体在惋惜什么，但依然忍不住露出同样的表情。

调走的调走，出国的出国，剩下的人日子还要继续过。我们珍惜地过着还有大黄罩的最后一段日子，看着随着天气转冷而越来越多的病人，自己的心情也无端烦躁起来。

白班忙起来是没什么时间伤感的。我端着一沓刚整理的病历，扎在显示器前赶工。

没上油的破门忽然吱呀一声被推开，老张气呼呼地进来，一屁股坐在我对面，端着我的奶茶狠嘬一口，眉毛气得挂在额角上，恶狠狠地咯吱咯吱嚼珍珠。

我看得目瞪口呆，连忙递过去一块威化饼："消消气，谁给你整急眼了？"

这家伙气得呼哧带喘："我刚收的那个病人，70多岁的老大爷，记得吧？"

我一愣，回忆了一下，的确有印象："记得，就是肠坏死疼得嗷嗷叫的那床？"

"对！就是那个，6床！"老张撕开威化饼咔嚓啃了一口，手不断地拍着桌面，"气死我了！"

我犹豫了半晌，还是道："你也知道，肠坏死很痛的，内脏痛还会有情绪反应，病人要是态度不好，我们也只能多包涵……"

谁知她一个劲儿地晃脑袋："没有，不是病人。"

"家属？"

"是！"老张继续拍桌子，牙磨得咯吱响，"你是没看见他儿子，那副嘴脸真的是，签个住院同意跟我欠他钱一样！"

"他说什么了？"

"不提了，反正一大堆脏话，从来没遇见过说话这么难听的！"老张三两口吃完东西，丢掉包装纸，翻开病历做修改。我顺手拿过几张病历看了看：

李宝华，男，72岁，腹痛6天入院。

老爷子平素体健，几天前的早上去晨练时喝了一罐冰镇饮料后开始腹痛，回家歇了6天，疼痛加剧来院就诊；再后面就是一系列的检查结果和意见，各种证据都支持门静脉栓塞伴肠系膜上、下静脉栓塞的诊断，以及因此导致的肠坏死和弥漫性腹膜炎。我继续往后翻着，看到病历里已经有了会诊科室的初步意见，便问："会诊说可以选择手术或者保守治疗，家属是怎么想的？"

不提还好，一提到这儿，老张马上又炸了："谁知道他们想干吗？左说右说就是不肯下决定，但还非要我们保证把老爷子治好！他怎么说的来着，啊，'你们搞这些乱七八糟的方案给我们选，不就是为了忽悠我们，到时候出事不想负责任？老爷子要是有个三长两短，大夫就说是家属自己选的，你们倒推得一干二净！'你说这叫什么逻辑？那是你爹又不是我爹，利弊风险都交代清楚了，选择权在患方手上，怎么就成了大夫不安好心了？"

我总算听明白了，心里也气得慌："明显是故意找碴儿的主儿，就当听鸡叫吧，家属需要签字决定治疗方式，这种事儿本来就毫无异议，谅他也翻不出什么浪来。"

"说得也是，这个时候不出事儿什么都好。"

见她情绪缓和了一点儿，我看着时间差不多了，便端起板子打算去看看手里的两个病人，老张连忙招手："等等我，我也去！"

"好，我也想顺便看看那床老爷子。"

正在我们准备一块儿去看6床的时候，程瑷急急忙忙地从外面跑过来，看到我们俩，马上朝这边招手："悦悦，你病人家属找你呢。"

家属找管床医生是常事，可6床有了这种前科，我总怕这个"找"是来找碴儿的，不太放心地看着老张。老张却面色不变，对着程瑷点头："好，这就去，那你记得先帮我看着6床。"

程瑗应声去了。我想了想，快步跟上去："一块儿去，有事儿马上喊人。"

张悦点点头，收起所有抗拒的神色，深吸一口气后往谈话间去了。

二

张悦的确一点儿没夸张。

还没跨进谈话室，我就听见一阵嚷嚷，除去问候生殖器的字眼，句子的主干是："都死绝了是吧，喊了半天一个个都躲着不露头，多大个架子，还当自己是个人物了？"

听到老张深深呼气的声音，我悄悄按了按她的手，先调动理智给自己打预防针——少惹事，冷静，冷静。

我面无表情地进门，只见宽敞的谈话窗外站着一些家属，大部分人都让在一边不说话，对旁边粗俗的叫骂恍若未闻，各自低头分外安静。

人群正中央，就是传说中李大爷的儿子，40多岁的中年男人，身形矮小，体态干瘦，颧骨高高地凸出来，两腮却深深凹进去，眼眶看上去很深，偏偏眼白又多，看人时目光直勾勾的，让人不舒服。他四周的地方空荡荡的，只一个同样矮小的女人站在一旁，半低着头，看不清她的面目，瞧着应当是他妻子。

男人一见张悦进门，马上更来劲儿了："找你们头头告状去了？我告诉你，你找谁都没有用，我话就撂这儿了，我爸这病你们治不好，老子要你们好看！别整那些有的没的，我不签又怎么样？我爸人送这儿了，出什么事儿你们还想撇干净？"

怕什么来什么，我对他的认知马上从无赖上升为医闹预备役，拉着老张到窗前的电脑桌旁坐下，打开病历系统假装看病历，在桌子底下悄悄掏出手机给老大发了消息，又点开录音软件，悄悄拽了拽老张的衣角。

老张神态自若，目光一眼都没往我的动作上落，手却把另一台打印机的盖子啪的一声掀开。几人的目光都看过去，眼看着她"咔嚓咔嚓"地把机芯拆出来检查，又熟练地塞回去盖好。我乘机顺手把手机放在电脑后靠着窗台的死角里，轻轻松了口气。

谈话间里里外外，算上走廊一共有6个摄像头，就是为万一发生冲突时的取证做准备，可惜功能并不包括录音，我只好找个既方便收音又不被外面看见的角落自己取证，如果之后发生争执，说不定今天的谈话内容能作为证据。

老张装模作样地修完打印机，又再次把标准回答背了一遍："你不签字，我们就无权进行治疗。病人病情危重，已经下达病危通知书，肠系膜静脉栓塞解剖位置特殊，不能做介入，可选的手段只有保守抗凝和手术两条路……"

"我他妈不管有几条路，老爷子好好的送进来，要是不能好好回去，看我整不死你们！"

这人本就生了一副凶相，厉声威胁时连他身边的妻子都有些瑟缩，我先是有些怕，继而烧起来的气愤压过恐惧，立刻瞪着眼反驳："没这种道理。从生病到现在已经拖了6天，老人送来时就很危重了，入院记录写得很清楚；再说治疗效果的问题，之前管床医生也跟你们谈过了，抗凝治疗不能绝对保证血管再通，至于手术……"

"少提那些屁话！"

他瞪圆了眼，指着我的鼻子骂道："你他妈放聪明点儿，跟我扯这些官话文书没用，老老实实给我保证把我爸救活，以前啥样以后还啥样，这事儿就算完！不然我爸要是有个三长两短，我让你们这些沾了手的一个都跑不了！我上头有认识的人，就你这种屁都不是的小鸡崽子，弄你容易得很，信不信明天就让你们丢饭碗！"

我们很诚实地回答："不信。"

在场两个倒霉蛋都是实习生，丢饭碗是不可能了，毕竟本来就没饭吃。

空气静了一霎，我盯着他的神色，果断拽着老张往后撤，果然下一秒，面前的电脑显示器就倒了过来。我心疼地听着那一声响，心道怎么每次闹事的家属都跟显示器过不去，不知道屏幕裂了没有。

旁边的女人象征性地拽了他一把，被他一把甩开："滚！"那女人马上退后几步，我眼神往周围一扫，果然，窗外5米范围内已经没人了。

男人砸了显示器还不解恨，伸手指着退到安全范围的我们继续骂道："两个小婊子厉害了是不是？知道我是什么人吗！惹了我让你们吃不了兜着走！"

他的话越骂到后面越难听，我拼命告诫自己镇定，老大等会儿就会来了。老张却已经气得肩膀发抖，愤怒地张嘴要说话，我正担心她会不会一怒之下骂出点万古流芳的字眼然后被录进去，却听她"你、你、你"了半天也没说出完整的话来，活活把自己气红了脸，最后终于憋出一句："你放屁！"

我噎了一下，搁在平时恐怕要笑场，偏这会儿自己也气得厉害，连忙帮老张把没说出来的话补齐："你讲不讲理？我们按规程工作，每一点都跟你交代清楚了，你嘴里还不干不净的，没王法了吗？"

我一还嘴，那人就骂得更厉害，各种脏话像冰水一样灌进耳朵。我已经不想再跟他啰唆，直接拿了手机就要走。

谁知那人趁我靠近，突然一把揪住我的衣服，我立刻往后躲，他半个身子嗖地探进窗口，另一只手伸过来揪住我的衣领，使劲把我往身前拽。张悦大惊，立刻扑上来推他，他手却拽得死紧。我用力掰他的手，惊怒之下也抵不上他的力气，眼睁睁看着他把我拖到他的眼前。看着他瞪圆的眼，我感觉自己的血管都被恐惧和愤怒灌满，说不清哪一样更多。

他死死拽着我的衣领，声音从喉咙里低低传出来："知道我是干吗的吗？我是给人上刑的，你想试试吗？"

事情已经过去很久了，我到现在也不知道他究竟是做什么的，但偶尔想起那双瞪圆的眼睛，心里还是会微微发抖。

三

张悦几乎要哭叫出来。

事实上我更怕得厉害，腿已经开始发软，连站都站不稳当，可偏偏又怒火上行，死活不肯认怂。两种情绪夹击之下，我的理智终于彻底下线，咬着牙把眼泪逼回去，也不知哪来的胆子，反手就去揪他的领子："我管你是干什么的！你爸在里面治病，我们在里面救人，你想给我上刑，凭什么？！"

那人又骂起来，我梗着脖子正要回嘴，忽然身后伸过来两只手，三两下就把那双手掰开，接着狠狠在那人肩膀上推了一把，顺带把我的爪子也拽回来。

我脑子还有一半是空的，回过头，只见屋门口站了几个赶来的师兄，离我最近的是老大怒气冲冲的脸，平常一见他这副模样，我肯定吓得满地乱爬，这会儿却感觉天都亮了。

"老大！"我就蹦出两个字，后面的话却全堵在喉咙里出不来，眼泪却哗地涌出来，使劲儿咬着舌头才没哭得太丢人。

老大原本一副张嘴要骂的样子，见我毫无预警地突然泪奔，话只好憋回去一半，再看看一边被老聂拎在手里早就泪奔的张悦，以及外头那个凶神恶煞的家伙，张嘴就只剩下一句话："大老爷们欺负小姑娘，你算什么东西！"

我三两下蹭干眼泪，呆滞地看着还在录音的手机，心想这话录进去……也没啥不对的！

除了那家伙没营养的叫骂之外，剩下的交流内容我一概没有听到。老聂一把把我和张悦推出去，一回身就把门关严了。

我呆呆走出 10 米距离，转过拐角，看了看四周连成一片的床位，正有种微妙的脱离四周场景的感觉时，老张却突然呜了一声，抓着我的肩膀又开始哭。

我智商还没上线，第一反应是告诉她："我白大褂一周没洗了，你别蹭眼睛上……"

老张顶在我肩膀上的动作顿了顿，弱弱的哭声又低了些，我感觉腿软的劲儿又后知后觉地返上来，便也借力靠在她身上，胡乱在她脑袋上拍拍："甭哭，老大来给咱俩报仇了，相信我，老大肯定能给他也骂哭……"

从声音上我判断她可能笑出了鼻涕泡，赶忙从兜里掏了张纸巾糊上去："你串组来的第一天我就告诉你了，老大最护短了，有事儿一定会罩着学生的，等会儿请老大喝奶茶。"

"喝，"老张转频神速，擦干眼泪就开始筹划，"中午就点，我想吃他家盐酥鸡。"

"吃，吃大份儿的。"我架着她往回走，一边走一边试图捡起脑子，"咱俩刚才去之前想干啥来着……对，查床。"

"查床，查床……"老张吸着鼻子，想起来查床是怎么回事之后一撇嘴，又开始愤愤，"不想看他！"

嘴上说不要，身体还是很诚实地往 6 床的位置拐。

其实看样子我们来不来问题都不大。呆瓜瑗得了老张一句"帮我看着 6 床"的指令，大概从我们俩进门起就一直戳在 6 床边上，到现在都没挪窝，见我们俩回来，她笑眯眯地打招呼："回来啦！咦？你们怎么啦？"

我们俩都没说话，只低头查看仪器上的情况。6 床离门口远，是以小呆瓜两耳不闻窗外事，这会儿脑筋慢悠悠地转着，看了看我们，又看了看床上不断呻吟的老人，忽然反应道："他家属欺负你们啦？"

尽管是实话，当着病人的面说出来，我们也不免尴尬，只好冲着她轻轻点头，示意她不要继续问。

老人此刻正趴跪在床上，没扎留置针的手捂着肚子，额上沁着冷汗，脸侧过来抵着枕头，嘴里发出痛苦的呻吟，眼睛半合着，也不知有没有听清刚才的话。

老张瘪了瘪嘴，到底是不忍对病人也拉着脸，还是弯下腰去问他："老爷子，感觉怎么样？"

老人的身体在床上挪动了一下，微微睁开眼睛看着她，声音很含混："疼，疼！受不了了！"

我看着他的脸色，又摸了摸他的皮温，眼神无声地看向老张。刚哭完的劲儿还没过去，她时不时还会抽搭一下，眼睛也是红的，却还是专注地盯着病人，想了一会儿道：

"二线老师去处理问题了。等他回来，我们去给你开点镇痛。"

老人正痛苦地在床上辗转，闻言艰难地问道："我痛死了，他什么时候回来？"

我看着他痛得扭曲的脸，心中感到无比讽刺，看着远处谈话间的门，对老人无奈地笑了笑："这得问您儿子。"

四

全组的一线在办公室里低头站成一排，像一群犯了错的小学生。

老大挥着一卷废病历当教鞭，先对站在侧墙的师兄们开火："一群臭小子，平时蹦跶得欢实，出了事儿就没影儿了！谈话间那边哇哇地吵架，一个去看看的都没有！亏得这死丫头还知道给我发消息，再晚去一会儿，真出事儿怎么办？！"

老大气得不行，纸卷在桌面上拍得啪啪直响："咱组这么多男的，就这几个女生，给人欺负却没人管，像话吗？好意思吗？"

其实老大是气上头了，这话我听了都觉得冤。谈话室离主病区有一段距离，隔音又好，站得稍远点就听不清了；况且事情发生得又快又意外，老大和师兄们已经来得够快了，我们俩连皮都没擦破一点儿，除了挨了顿骂，基本也没什么损失。——何况那顿骂，我一字不落地都录下来了。

"下次再有这种事儿，男的一个都不许怂，有一个算一个，都顶到前头去，别让外头一瞅就觉得我们组没人了！"

我缩着脑袋听了半天，还是受不了良心的谴责，颤巍巍开口："老大，其实……"

刚开了个头，老大的脑袋咻地转过来，他一见是我，立马掉转枪口："你还好意思说！知道喊人我还当你机灵呢，结果你干吗了？你跟人对着掐脖子！你是不是彪？！你一小姑娘怎么那么虎！"

老大怕是一进门就看见我和那个家属互相揪着领子吵架，应该是产生了点误会，我试图解释："不是，他抓我，我想推他来着……"太弱了，没推开。

"你还想推他？！"老大气得地中海闪闪发光，腾地站起来杀到我跟前，"知不知道自己几斤几两？照镜子瞅瞅自己刚哭的那怂样儿，一干仗腿肚子直转筋儿，你瞎逞什么能！你是跟人干仗那块料吗？脑子里都是八宝粥啊！"

我："……"

哪壶不开提哪壶，我彻底熄火，乖乖低头听训。

老大收拾了我后依然不解气，干脆连带着剩下几个女生一起教育："女生自己心里得有数，咱这儿就是高危的地方，这种事儿今天没有，明天也早晚碰上。万一情况不对，打不过就跑是正理儿！以后除非要上台的，其他女生白大褂里头都不用穿洗手衣，砍人的只认白大褂，万一瞧见有事儿，白大褂一脱，马上从后门跑，都听见没有？"

我和老张偷偷对视一眼，彼此眼里都是哭笑不得——师兄们恐怕是充话费送的。

安全教育总算进行完毕，大伙都被放回去干活。我和老张长舒一口气，正打算跟在大伙后面溜走，就听见老大的呵斥响彻耳畔："你俩回来！"

"呵呵，哈哈，老大，还有事儿吗？"我露出狗腿的笑容，心里盼着老大高抬贵手。老大板着脸看着我们俩，很意外地没马上继续训人，而是指指对面的椅子让我们坐下。

我晓得他是要进行单独教育了，忽然想起一样东西，赶忙把手机掏出来，打开录音软件给老大看："老大，刚才整个谈话过程我都录下来了，要视频的话监控应该能调，我这儿录的是声音。"

老大一愣，接过手机，打开那段录音。音频不长，到老大进门就停止了，老大听着一句比一句难听的辱骂，脸色又黑了下来，听到我们俩跟对方讲道理的地方时，又转头看看我们，眼里的神情很复杂，不像不满，倒像是无奈。

"下次遇到这种人，告老大以后转头就走就行了，剩下的我处理。"

我和张悦对视一眼，彼此都感觉有些意外。我试探性地问道："然后呢？"

"然后什么？"

"老大，我们录得挺清楚的，加上谈话间的监控，整件事都有证据，我们为什么不能……"

"想讨个公道？"老大直接打断了张悦的话，依然用那种无奈的神情看着我们，"想告状？跟谁告，谁管这个？"

我张了张嘴，一时却确实不知应该怎么做，只坚持道："反正不能这么便宜他！这么闹了一顿，又骂人又动手的，最后连个说法都没有！"

"你想要什么说法？"

"我……我也说不清楚，反正不应该就这么算了呀！"

老大无奈地捏着睛明穴，拧着眉毛道："这种事儿太多了，别说没造成后果，就是他真给你几下，没打出毛病来你都只能受着。被揪着领子威胁了句，你觉得这事儿警察管还是医院管？"

句句都是实情，可我就是感觉像吃了只苍蝇，吐不出来就要恶心一辈子，还是不死心地问："我们一丁点儿错都没有，我每句话都在斟酌，他骂得那么难听我都没还口，我们完全占理呀！完全就是他不讲理！"

"说对了，他不讲理。"老大点头，"你都知道他不讲理，你还想跟他讲道理？"

我被这话噎住，咬了咬嘴唇，不再说话。老大埋头对着一份病历改了几笔，忽然抬头对我说："你这性子得改。"

老张在桌子后面攥着我的衣摆，偷偷看了我一眼。我心里不以为然，但脸上还保持着虚心受教的样子。

老大继续道："其实不光今天的事儿。老早之前就看出来了，你吃软不吃硬，一看见可怜的就拒绝不了，但做这行要见的可怜人多了，你这样说不定哪天就被人摆一道，但这都不是最要紧的。"

他喝了口水，把杯子蹾在桌面上："你最麻烦的是认死理儿，你看你现在这样儿，空知道讲道理，只要你觉得对的，你就非要跟人争个对错，这没意思。咱们这种地方，不吃亏、不忍事儿过不了日子，哪个大夫没被人恶心过？"

我闷不吭声地低着头，老大心知我没那么容易听进去，继续把语气放缓："我这脾气，头些年就没少吃亏，可咽不下这口气也没办法，法律不管那么宽，这种事儿最终大都是调节。医院要脸面，但凡能息事宁人，面子也好，几个小钱也罢，该认都只能认。遇上不要脸不要命的，你当医院会护着你，还是别人肯帮衬你？"

他的神情里带着深切的后怕："知不知道什么叫好汉不吃眼前亏？能跟你们两个丫头片子动手的，你当那是什么好人？你还咬着牙跟人正面犟，但凡他真打你几下，你觉着边上那群家属能帮你，能站在你这正义一边儿？你挨骂的时候他们帮过腔吗？再严重点儿，他记恨上你了，今晚上就蹲在你回宿舍的路上等着，你犯得上吗？你们真出什么事儿，我怎么跟你们学校和家长交代？"

心头的憋闷一直隐隐烧着，所有的道理我都明白，但这一连串无从反驳的问句下来，火气又顶上来，我也不知道哪来的胆子，居然开始跟老大犟嘴："那我们该怎么办？骂两句不要紧，反正不掉块肉，比画两下也不算什么，没出事儿也没人管，可，可……"

老张紧张得不行，拼命在桌子下面扯我的袖子，我"可"了半天，却什么也没说出来。

"所以才说你这性子得改。该你硬的时候你拒绝不了别人，没办法的人你还非要讨个公道。"老大打断我的话，站起来准备出门，"你心里明白着呢，这行儿现在就这么个环境，真忍不了还是别干这个，不然总有亏等着你吃。"

"可明明做错的不是我，那个人他……"

他的耐心终于耗尽，手里的档案袋重重蹾在桌子上。不知为什么，我却觉得这股怒气并不全是朝着我来。

"谁错要紧吗?最后谁吃亏才要紧!真要事事都能讲道理,那被砍死的那些医生做错什么了?也在北京,也是急诊,杨文大夫死得冤不冤?!家属从头到尾无理取闹,他们那么谨慎了,可到底防不住!这种事讲道理吗?!"

"最后呢,最后正义是到了,可别说就赔那畜生一条贱命,就是把他们家都给人陪葬,有什么用?这种公道有什么意思?!"

老大眼睛瞪得通红,额角上的血管都凸了出来,恨恨地瞪了那堆档案半响,又愤愤地把东西塞进我手里,吼道:"一根筋!平时那点机灵劲儿哪儿去了!"随即便怒气冲冲地开门出去了。

老张心有余悸地看着还在嘎吱作响的门,哆哆嗦嗦捏了把汗:"你胆子是真肥了,敢跟老大顶嘴!没地方说理不说就得了,本来我们也知道没结果的。"

"也对,我还当跟在学校似的呢,骂了人要道歉,打了人要负责。"

"我们早不只是学生了。"

我笑了笑,心里却更加堵得慌,尽量不去回想那些不堪入耳的谩骂,正起身准备出门,角落里却传出一个声音:"老大也不是冲你们来的,他在跟自己置气。"

突然出现的人声把我吓得后背一麻,颤巍巍回过头,才发现是大黄坐在角落里。大概是集体训话结束后,他就一直坐在角落里没出声,我们才都没发现他没走。

大黄见我们不说话,又补上一句:"你们到底没出事,罚不了他的。"

我苦涩地笑了笑,答:"是啊,罚不了他。"

五

事情当然还没结束。

老大端出了最谨慎的态度,后面的谈话全部亲自进行;并且从那以后,张悦每次需要推人出去做检查时,老聂立马放下手头的活寸步不离地跟着。那人到底只是个欺软怕硬的无赖,现在有比他几乎高出一头的老聂全程在侧,路上便再没出过什么幺蛾子。

可老人的病情着实不容乐观。

对于这样严重的肠系膜静脉栓塞,会诊后提供的备选方案有两种:第一种是保守治疗,使用抗凝药,等待栓塞的地方再通,但具体能不能通、需要等多久还是未知数,其间会不会因为广泛的肠管坏死出现意外，谁也说不准；如果选择手术，那么就是开腹把坏死的肠段一律切掉，再做腹壁造瘘，有必要的话，还要坚持观察有没有新的肠管坏死，哪儿坏切哪儿。

像主动脉夹层的林妹妹，她当时的情况是内科治疗效果注定不佳，手术是最可能长治久安的解决方案；但李大爷的情况却是，两种选择各有利弊，无论怎么选都有失败的可能，没有哪一种方案明显优于其他，一旦失败，做决定的人自然就是众矢之的。

开始那场风波，就是因为那人不满医生让他自己二选一，才用上了耍无赖的招数。现下大概也是因为清楚这一点，作为唯一在场的直系亲属，他生生拖了数天都不肯做决定签字。

可如果真的算起来，拖不起的并不是我们，也不是儿子，而是每天痛得死去活来的病危老人。

老张第 8 次叹了口气。

我安抚地拍拍她的肩膀。她依然蹲在 6 床对面发呆，良久才道："怎么总有这些乱七八糟的人？这事儿就没法子了？"

我苦笑道："没法子的事儿，我们见得还少吗？"

"那都是天灾，可这是人祸啊！自己家人祸害自己人！"她气得跳脚，碍于环境又压低了声音，"你说哪有这样的，别人闹事都是因为心疼病人，他这倒好，自己老爹半死不活地晾着，就跟我们干耗！"

我摇摇头："你说的那是在儿科。家长再怎么骚操作，多少也是真心紧张孩子，这儿……不一定。"

老张不是浑人，只是情绪上来了，发发牢骚，听到这儿也半晌无言，最后只剩下一句："可怜病人了，多好一个老爷子，摊上这么个儿子。"

我心里称是。内脏痛经常会伴有情绪反应，何况这种严重的疼痛，持续几天下来，任谁都难免情绪暴躁迁怒旁人，砸东西、骂人、打人的我们都见过，可这老爷子除了痛起来满床打滚以外，从来不折腾别人，甚至每次打针、检查、问病都主动配合。

我起身往外走，正想去补个病情介绍，就听见门口又传来一阵嘈杂。

"凭什么不让我进去，哪个医院还不许陪护了！"我从窗口望过去，只见李大爷的儿子眼睛瞪得溜圆，正在门口指着拦他的梁教员破口大骂。

我脚下直接转个弯儿去找老大，但把各处都转了一圈，才发现老大不在，只有大黄和老聂坐在前台里，正指着片子讨论着什么。

"大黄兄，老大呢？"

"心包压塞那个不行了，老大上去了。什么事儿？"

无论他闹得再厉害，两个头头也不好同时离开病区，我摆摆手："没啥，前头有点儿闹腾，我想叫老大过去看一眼。"

大黄点点头，拎起电话拨了内线，估计是在联系老大。老聂搁下片子站起来，又招呼了几个没在忙的师兄一起去撑场子。我心下稍微定了些，跟着队伍一路去了现场。

梁教员自然比我们老到得多，任那人再怎么辱骂挑衅，都只面无表情地抱臂站在窗口里面，大约是吸取了我的教训，站位离窗口有1米多远，再长的胳膊也伸不进来。

男人依旧是之前那副跋扈模样，身边站着的女人存在感也依然很低，低眉顺眼地听着他的叫骂。见梁教员身后的人多起来，男人总算稍微降低了音量："怎么着，想找几个人来压我？老子怕你们？我今儿还偏要进去了！"

梁教员继续面无表情道："说了三四遍了，抢救间有规定，每天只有半小时统一安排探视，其他时间不接待家属。其他患者也要治疗，探视时间你不来，现在单独放你进去，不怕影响别人？"

这话说得已经很客气了，就这种存在明显攻击倾向的家属，即便他探视时间来，探视全程都有最少两个保安大叔在一旁虎视眈眈的。单独放他进去，谁知道他会不会一发疯就拔别人呼吸机？

"哪来的破规矩，每天半小时，谁知道没家属在你们会怎么弄患者？打两下骂两句都没人知道是吧？你们知道我是谁吗！你们上头的我认识多少，老子今天还就要砸你这破规矩了！"

梁教员用看傻子的眼神看了他半天，然后道："你认识哪个，叫他给护士长打电话。只要我们护士长发话，你住里头我都没意见。"

我站在不远处看着，心里暗笑。

并不是本院家属就不会闹事，恰恰相反，有些人越是觉得自己有关系，越可能显得很蛮横，我们甚至碰见过本院医生来科里闹事。

可实际上真觉得自己有内部关系的，一般在提要求之前就会讲关系，要求给面子。至于这位，扯嗓子喊了这么多天，却到现在也没人听出他所谓的"上面"到底是何方神圣，那多半就只是想吓唬我这种读书少的小喽啰了。

"你算老几，轮得着你跟我说话？把你们那个管事儿的半秃子叫出来！"

本来倚着墙看热闹的一个师兄噌地站起来，推门就要出去："妈的，半秃子也是他叫的？！"

这种时候老聂的作用就体现出来了。他一把把横竖一米八的大块头师兄拉住，看着窗外满脸不屑地道:"这副德行的也就好欺负小姑娘,你要比画他一下,信不信他讹得你裤子都穿不上?坐着,等老大回来再说。"

"心包压塞的抢救,老大上去了,还不知道什么时候能回来。"老大现在不在,我彻底没了主心骨,对着梁教员和老聂无措地问道,"现在怎么办?"

梁教员一脸多看他一眼都浪费的表情,自顾自地翻着护理日志:"怎么办?凉拌。他找你们老大又不是真有什么事儿,敷衍着就行了。"

老聂一头摁着师兄,一头安抚我,一头还能抽空跟外头喊话:"二线去抢救了,这会儿找不到他,你有什么事儿就站这儿说,我们听着。"

"放你妈的屁!什么叫找不到人?他死了你们也找不到他?"

一股火又蹿上来,横竖这回不怕他拽我,我干脆扯大嗓门顶回去:"你说的什么狗话?你爸的命是命,别人就不是人命?"

"小×崽子,信不信我……"

"起来,别挡道。"熟悉的声音忽然传过来,我伸长脖子看过去,果然是老大回来了。他许是刚换回衣服,手里系着白大褂的扣子,一边瞟了那人一眼,一边径直刷卡进门。

那男人马上跟上来,想要进来,被两个保安一把拦在外头,于是又开始叫骂。老大挥挥手,示意我们散了,随即回头冲他道:"喊什么,我不都死了吗,你有事烧纸吧。"

"你知不知道我是……"

"我管你是谁!"老大突然一声暴喝,连我都吓得一哆嗦,"就是天王老子来了,也是人命最大!外头这么多家属,个个知道不进去打扰病人救治,就你隔三岔五来作一回,怎么着,别人爹妈都撂那儿不管,大夫都出来陪你扯皮你就舒服了?成心祸害别人吧!"

那人还要上来摇抢救间的门,身边的女人也似不敢阻拦,只缩着脖子在一边观望。不远处的长椅上终于有人坐不住,一个看上去30出头的大哥当先出声:"你这人也是,这不是普通病房,别总吵吵嚷嚷的!"

大概是终于意识到不好事不关己,有了第一位就有下一位,附近的家属都开始言语声援,有几位男家属起身围过来拉他。那无赖胳膊一甩,却也没再去拽门,只大声嚷嚷:"关你们×事,闲出病了吧!"

为首的男家属大声道:"我妈在里头,怎么就不关我事?"

我正惊奇居然有家属肯出头了,就忽然被人拎着脖领子拽回来:"看什么热闹!"

一听是老大的声音,我赶紧笑嘻嘻把改好的病历端上来,老大将病历仔细批改了一遍，点点头："挺好。对了，张悦在哪儿？叫她过来一趟。"

六

我放好病历，一路跑回6床，却没见老张的人。漫无目的地转了一圈后，我总算在后门外看见了她。

只不过她身旁还有一人，我仔细一瞧，眉头不禁皱起来——就是刚才跟在那个无赖身边的中年妇女。

老张显然不想跟对方单独多聊，脸色并不好看。我朝两人走过去，只听那女人正在低声哀求："我男人脾气不好，真的对不住你们，上回的事儿我给你赔不是！"

女人看上去也是40多岁的样子，说到这儿居然膝盖一软就要往地上跪。老张赶紧架住她，奈何人家跪得太猛，差点把老张带个趔趄，我只得赶快上去架住她另一边胳膊。

"大姐，用不着这样，只要你们决定好了，早点把字签完，该做的我们一样都不会少。"

女人抓着老张的袖子，恳求般晃荡着："我们家日子实在是不容易，我男人性子不好，大事儿小事儿都难办，这回公公又得这么个病，我一个女人家，实在是……"说到这儿，她眼里开始蕴上了泪，"老爷子一辈子不容易啊，现在又遭了这么大罪……"

老大说得很对，我最架不住有人哭，可怜人见了这么多，还是日常同情心泛滥。可是这个女人的诉苦，却没有激起我的任何同情。

老张显然更不同情，毫不客气地翻个白眼，低声嘟囔道："你还知道老爷子在遭罪啊！"

声音虽低，但毕竟离得近，女人把这话听得清楚，含泪的脸上又带上一股惭愧："是我们不孝顺，我男人太拧了，给你们添堵，还误着老爷子的病！"她微微站直身体，一只手揩着眼泪，"我想好了，我男人不出这个头，我出！手术吧，我给老爷子签字，不能把老爷子就这么拖死了！"

我吃了一惊，不由得望向张悦，谁知她却一反常态地没什么表情，语气也淡淡的："哦，好啊，那你去谈话间等着吧。"说罢转身就要走。

那女人果然一把拽住她，身体靠得很近，语句紧张得有点不连贯："我签，我等会儿就签，但你也看见了，我男人那么凶，我一个女人家出这个头，万一治不好落毛病，我日子可怎么过啊……"说罢又开始擦眼睛。

到这儿我终于听出点意思，松开扶着她的手，淡淡地问："你到底想说什么？"

"我，我给你们签，你们也得保证绝对给他治好啊，万一老爷子留啥后遗症，我们这日子就更没法过了，怎么也得能吃能走，跟以前一样硬朗……"

再谈下去就一点儿意思都没有了。

"不可能。拜菩萨都没有包拜包灵的，等你们选了治疗方案，我们会完全按照指南流程救治，技术允许的条件下，我们会努力做到最好，但病情严重程度摆在那里，能不能救活、留不留后遗症，我们不可能保证。"

那女人脸色立刻变了，攥着老张的衣襟道："那你什么意思？"

"意思就是你死心吧，别琢磨这些歪门邪道了。硬的软的都用上，也不会有人给你打这种包票，真想救人就赶快拿主意，你们拖得起，病人拖不起了。"

老张一手拉着我，再不肯看那女人一眼，转身就往大门里走。却只听身后一声尖厉的哭喊，我听得头皮一麻，回头就见那女人已经瘫坐在地上，身体前倾，一把一把拍着地面哭道："你们，你们是大夫啊，一个女人家都来出头给公公签字了，你们竟然也不肯好好治，这是存心要人命啊！"

走廊里人来人往，一时不少人看过来，我心知他家打算玩点新花样了，正急着回去告诉老大，那女人却马上冲过来拽住老张的裤脚，两手攥得紧紧的："你别想跑！每次你们都敷衍着，不肯好好救人，今天你就是踹死我，我也得给老人家要个说法！"

想想刚才她那股可怜劲儿，我真是气得想一盆开水泼过去："怎么就是我们不好好救人了？！送进医院就能治好，那还有死人的吗？一口一个'得保证给老爷子治好'，不然你们就拖着不签字，到底谁不想救人？"

"医院救人是天经地义！"那女人嗓门更高，时不时还朝着围观群众号两句，"人送进来了，生死都捏在你们手里，你们却光想着推卸责任！我们困难人家，好不容易凑了钱给老爷子看病，你们拿着别人血汗钱又治不好病，谋财又害命啊！举头有神明，你们不怕遭报应吗？"

我一时甚至怀疑这是不是请来的专业医闹，上下牙一碰，一整套歪理都不带卡壳的。

我只好又给老大发了消息求助，一边去帮张悦拯救受制于人的裤子："不怕，谁该遭报应自己心里明白！你们家活活拖着亲爹都没愧，我们有什么可惭愧的？只要你们做了该做的决定，应当的治疗我们一样都不会少。医院救人是天经地义，儿子给老爹签字更天经地义！"

"你们，你们是最厉害的大医院啊，你们都推推诿诿地不说给治好，我们老爷子真是命苦啊！大医院就这么见死不救草菅人命，这是生生要把老人家给拖死，逼死我们全家！"

话到这里，我有预感她要拿出撒手锏了，果不其然："要是老爷子有个三长两短，我就死在你们这儿！"

嚯！一哭二闹三上吊，齐了。

老大基本上是接到消息就赶了过来，一手一个把我和老张扔进屋里后，再次一个人善后去了。

老张黑着脸整理着装："倒霉，他们家怎么都是奇葩？差点把我裤子拽掉！"

"没想到这儿媳妇也是个人才，一软一硬，两口子不去唱戏都可惜了。"

"唱戏？唱戏都委屈她了，心眼儿真不少，还知道单独找我套话录音呢。"

我一愣："录音？她还录音了？"

"可不是。就手法烂了点儿，当我瞎吗？拿那么近还不锁屏，红条一直在闪。我咬紧了一字都没松口，不要紧。"

门外隐隐约约的嘈杂声传进来，我们心里更加烦闷，加快脚步离开，不知不觉又走回6床前。

杜冷丁作用时效不长，剂量也要控制得格外小心，现在这会儿正是李大爷每天最难得的平静时光。张悦抱着病历板，习惯性地触着他的皮温："感觉怎么样？"

"不疼了，比刚才好多了。"

这父子俩生得很像，但他的颧骨没有儿子高，两颊看起来也饱满些，微笑时看上去很温和。

奈何我们俩对他儿子的心理阴影已经无法估算，即便老人看着再和善，我们依旧无法放松，只能勉强点点头。

确认情况没什么变化，老张把笔放进兜里，临走前照例嘱咐道："如果不舒服要马上叫人，你儿子给你带的那袋东西在床头，有事就喊我一声……"

老人一一点头应着，忽然问："我儿子是不是闹你们了？"

知子莫若父啊。我心道，随即很专业地回复："是，但您放心，我们不会因此对您区别对待。"

"对不住。他不好相处，说话难听了你们别放在心上，我给你们赔个不是。"

老人已经很虚弱，语调和声音都很低，见我们都不说话，又再次开口："辛苦了，对不住你们。"

老张缓过神来，连忙摇头："一码归一码。您没什么对不起的，只要安心养病就好，我们会尽力的。"

就在这时，我和老张的手机同时一响。我打开屏幕，只见工作群的新消息弹出来："6床转院，自呼救护车，@张悦 去打出科手续吧。"

七

张悦敲出科材料时，老大全程站在一边，一眼不辍地盯着屏幕，时不时加几句进去。末了，老大又把打出来的文件全部重新翻阅一遍，总算放心地交到她手里："回头再把病案仔仔细细看一遍，标点符号都不许错，我说的那几个地方都要完善。"

他顿了顿，似乎斟酌了一下措辞，又道："可能过不了多久就用上了。"

老大一语成谶，这事居然真的没完。

就在我们早就把这家人忘在脑后的一天，熟悉的面孔出现在了楼门口。

李大爷的儿子去而复返，倒霉的是我和老张刚下夜班，正路过急诊楼大门，就被他认出来一把拦住。他依然穿着和之前一样的棕色衣服，但这次，他的臂弯上方挂了一块黑布。

我们同时心头一凛。

"老爷子在急诊交的钱呢？手术也没做，人也走了，钱凭什么不还？"

对方再找上我们俩，摆明了是柿子挑软的捏，但我和老张也并不惊慌，这是夜班下班时段，只要拖一会儿，很快就会有自己组的师兄师姐出来。我冷静地回答："该退的押金一分不少全都退了，出院结算的时候你本人就在场，系统上每条都有记录，不服你自己去收费处查。"

"你说退了就退了？你们系统上还不是自己打啥就是啥？我爸才在你们这儿治了几天，哪儿花那么多钱？病你们治好了吗，老头还不是被你们原样扔出来了！"

想起李大爷，我心里便一阵复杂。老张皱着眉反问："什么叫'扔出来'？出院前我们反复告知出院风险，是你亲笔签的字，自己坚持要走的，真要说扔，那也是你扔的。"

男人额上青筋暴起，嘴里不干不净地骂着，伸手就来推搡张悦。

我们一路后退着，正打算要不要拔腿就跑撤回抢救间，就听见大黄的喝声在身后响起："干什么？"

我们遇到救星一样，赶快跑到大黄身边，低声道："说没退押金，来要钱的。"

大黄向来话少，此刻的反应也很简单："钱用在什么地方我们都有记录，你只管跟我过来查，真短了你的，一分都不会少，全部补给你。"

我低下头，直接拨了老大的电话攥在手里。急诊的费用确实很杂，但即便小到一次查血，系统里都会有清晰记录，如果真短了他的钱，他大可去收费处查，拦我们有什么用？除非他只是想找碴儿闹事——"钱少了，命也没了！你们打算赔多少？"

果不其然，他把手里的瓶子砸出去，直接冲向大黄："狗娘养的，你们还要不要脸？钱和命你们都拿了，老子今天就来替我爸讨公道！"

他比大黄矮了很多，却直接伸手揪住大黄的衣领。大黄身子向前倾了一下，随即狠狠往回一拖，一抬手就拽住了对方前襟，双目通红："松手！"

对方哪里肯放手，我们有些慌了手脚，张悦又试图去拽那人的手，我赶紧趁机朝接通的电话里喊："老大，正楼门口，上次那个家属来打人了！"

那人一听，腾出一只手指着我吼道："叫人是吧？你再多叫几个！老子今天不把你——"

大黄借机一把将那人搡开，那人一个趔趄，退了几步靠在墙上，大黄指着他的鼻子，凶得和平时判若两人："嘴放干净！"

那人转眼又扑过来，嘴里骂得更加难听。两个人推搡着，周围的人迅速避让，我和老张彻底失了分寸，一左一右胡乱伸着手，不知道该怎么帮忙。

大黄显然完全不会打架，全靠体格优势跟对方扭在一起，争执中两人身子突然一起一歪，冷不防撞到了旁边开着的诊室门上，大黄似乎吃痛，短促地叫了一声，跌倒后干脆就势压到那人身上。张悦被带了个跟头，我连滚带爬地把她拽起来，眼角掠过走廊那头，终于看见几个飞奔来的身影，跑得最快的是老聂，后面除了老大和另外几个师兄，还跟着门口的两位保安。

我激动得要哭，拼命朝那头挥手："这儿！这儿！快来啊！！"

老聂近乎是飞过来的，贴地滑出半米才刹住车，扑上去便一脚踩住那人的胳膊，踩得那人嗷的一声，却完全没能从地上起来。大黄就势爬了起来，老聂顺手把我和张悦往身后一挡，随即很利索地扭住那人的胳膊，不知怎么使的劲儿，转了一下那人就哎哟一声翻了个个儿，老聂几下就反剪住他的手，膝盖抵在他背上，把人压了个结实。

老大冲过来扶住大黄，眼光首先在我们两个女生身上转了一圈。张悦眼尖，先瞄见了地上的几滴血印，再往大黄身上一扫，立刻大叫："大黄挂彩了！"

老大赶紧拎起大黄看了一遍，一见大黄手腕上划开的口子，刚抬起的脚立刻又狠狠踩下去:"有没有刀?"

老聂立刻去摸那人的衣服。大黄低着头,隔着衣服摁着伤口:"不是刀,刚才磕在门锁上了。"

老大循声望去,见到门边上突出的锁舌,大概也明白了伤口的来源,却依旧谨慎地把那人口袋和怀里都摸了一遍,确认对方确实没有带刀,才起身查看大黄的伤口。

"得缝两针了,再打个破伤风。"老大从旁边的房间要了纱布,叠好给大黄按压伤处,"你们俩受伤没有?"

张悦摇着头:"没有,他就推了我几下,大黄师兄来得及时,我们,我……"

刚才出事的时候她还没哭,这会儿说着说着,眼眶却开始红起来。老聂把人交给赶过来的保安,起身拍拍她的肩膀,温声道:"没事儿了,这回肯定有人治他了。"

大黄看着那人被保安带走,握着自己的手腕,低声道:"这次可以报警了。"

有老大在外面盯着,情况基本上得到了控制。老聂进屋去找缝合的东西,我问教员要了无菌盘,张悦坐在一旁,小心地给大黄清创。

清创过程在麻醉之前,但大黄的手腕抖都没抖一下,他似乎在思索着,过了一会儿,忽然想起什么一般,不太自然地对我们笑了笑,道:"这回应该能罚他了。"

我心里一酸,努力笑着道:"是啊,这回有人管了。"

张悦眼睛泛红,对着伤口周围擦了几遍,憋了一会儿,忽然迸出一句:"该走。就应该走!"

大黄忽然挪开眼光,过了一会儿才开口:"是我待够了,待不下去了。"

他的目光在屋子里熟悉的设备上掠过去,最后落在不远处一床挨一床的病人身上:"可总有人留下来的。"

一场风波过去,大家的生活各自回到正轨。

在伤口彻底长好之前,大黄就离开科室了。马上要走的,还有定好月底就出国交流的程瑗。

但后来我才明白,这一天,被送走的人不止这些。

离开与坚持

一

天已经很冷了，在编的大佬们都换上统一配发的羽绒服，楼里楼外地走在一起，看上去整齐又有范儿。

"哎，每到这个时候，都感觉自己像没名没分又做牛做马的苦命小妾。"张悦拽了拽自己的外套，发出了辛酸的声音。

这种令人哭笑不得又偏偏贴切到难以反驳的比喻，让我深深感觉膝盖中箭，只得笑道："得啦，反正进病区都脱了，赶紧的，别磨蹭！这阵子人手不够，当心交班迟到，老大拿你祭旗！"

张悦半死不活地哼哼两声，嘟囔道："现在就不错了。过几天我们也走了，老大还不知道得忙成什么样呢。"

我拖着她走得飞快，心下却也明白她说得一点儿都没错——大黄和程瑗都已经走了，这几天连老聂都被派去公差学习一周，老大的工作量瞬间翻倍，如果说以前老大的移动方式是跑，现在大概就是飞了。

在给大黄践行的送别宴上，老大一个劲儿地喝闷酒，到最后，也只对大黄憋出一句"以后保重"。

可最糟的时候还没到。过几天就是出科考，考完试以后，包括我和张悦在内的4个实习生也都要离开急诊。不过，实习生是"可再生资源"，前浪出科，后浪一般也快被分进来了。

"不会那么惨的，实习生跟韭菜似的，我们走了，也还有下一茬。"

"说得也是。只不过新人上手还要一阵呢！别忘了，刚入科那会儿，你的光荣事迹都被传我们组去了。不过老大连你都教得这么好，应该没有他带不出来的学生。"

我点头，深以为然，但觉得不对劲："我怎么感觉你在埋汰我？"

"你神经过敏啦。快快，前头快交班了！"

总算赶在点名之前进屋，我们匆匆换好白大褂，出来后，果然见人堆里多了不少生面孔。老大一反常态，笑得满面春风，完全不像平常交班时板着一张锅底脸："欢迎新同学入科，今天是你们第一次上夜班，大家先学几天，老师马上就安排师兄师姐带你们！"

张悦一阵恶寒，低下头，贼兮兮地问我："你们刚入科那会儿他也这样？"

我不由得抖了抖，老大当初的音容笑貌顿时浮现在眼前——"欢迎各位来到抢救间，我科无值班补贴，无年节福利，365天节假日不休，不得请假、不得迟到、不得旷工，否则扔回训练处，接受总带教再教育——有人有意见吗？"

"大概是被生活感化了。"我感慨一声，从架子上抽出一本病历，坚决不再抬头。

老大开始利索地挑老人带新人。感觉到他的脑袋转向我这边，我立刻把脑袋埋得更低，恨不得埋到两腿中间去。

实在不是我不愿出力，而是本科生和研究生相比，绝不只是少吃几年饭，同样是一线，我自认水平肯定比不上阿瑗和老聂，平时自己磕磕爬爬地也就过来了，现在要是让我去带新人，我实在怕自己不够档次。

谁知老大的大嗓门下一秒就响起来："这个同学，去跟着王婧——对，就躲最后面那个。那个女生，你去跟着张悦。不用紧张，不会的就问，整不明白就来找我。还有问题吗？"

"啊？"我愕然抬头，一时间慌了手脚，"老大，我……"

"都是刚下临床的，你还带不了？该干什么你都熟悉了，快出科了还不发挥点余热？就教一教工作流程，专业问题问我就行了。行了，交班去吧！"

我张口结舌地站在一旁，眼睁睁看着老大潇洒地离开。新人堆里一个很瘦的学弟小心翼翼地挪过来，字正腔圆地道："老师好！"

这声老师喊得我瞬间汗毛倒竖，赶忙摆手："别别别，我不是老师，我也是实习生，叫师姐就好了。"

我尴笑着抬头，目光哀戚地看向老张。同样莫名其妙地承担了教学任务的张同学反而神色淡然，很自来熟地拉着新师妹的手，认命地站起来，拍拍我的肩膀："组织信任，临走前就多出点儿力吧。"

二

临要出科，反倒升格成了半个带教，我十分紧张，但我总觉得这师弟好像更紧张。

大概是刚才的反应给人家造成了误会，我只好趁人群移动的时候尽量跟他解释几句：“那啥，我不是不想带你，关键是我就比你大一届，我们学过的课你应该也学了，能教你的不多，也就是带你熟悉一下科里的规矩和工作流程……"

"没问题！没问题！谢谢师姐！"师弟疯狂点头，奈何用力过猛，老大的目光立刻扫过来。我赶紧拿病历板捅他。这孩子很有眼力见儿，马上缩起脖子，配合着扮老实。

老大的脖子转回去，我轻轻松了口气，却隐隐听见门口一阵渐近的嘈杂声，伸头一看，就见前台附近的梁教员正朝这边招手。

交班还没结束，老大也看见教员示意，扫了眼轮班表，朝我一挥手："后面这几床没你事儿了，先去把这个收进来，我马上过去。"

我点头，带着师弟大步朝门口走过去。梁教员见老大没过来，语气难得有点急："还没交完？叫他快点儿吧，这个你自己处理不了。"

我心里咯噔一下，下意识瞄了一眼旁边不明所以的新人，心道："不会吧？头一天就能赶上大场面？"

我稍思索了下，转头交代师弟去原样转达教员的话，自己开门先行看病人。按说常见的大场面我也经历了一些，连剁手割喉的都见过几个，但这一开门我还是心里一怵。

门口的折叠床上躺着一个人，满头血污下，只勉强辨得出对方是一个年轻男子，他身上深色的外套敞着怀，里面的衬衣已经看不出原色；最显眼的一处伤口在左胸，其余主要在腹部，外套上有很多明显的破损，暂时不好判断外套底下是不是也有伤口。

旁边除了救护车工作人员，就只有一个矮胖的年轻女人，她身上的衣服也沾了不少血迹，不过看上去不像是受了伤，应当是沾了伤者的血，此刻正伏在床边哭得上气不接下气。

梁教员说话果然不带水分，这单靠我的确处理不了，非但我不行，恐怕就是阿瑗和老聂在，也招架不住——多发伤大出血，看意识应该已经处于严重的失血性休克，伤口正当要害，搞不好缝得都没死得快。我再不敢耽搁，直接掩住大门，拖着床就招呼人往里拽。

师弟脚程也快，伤者刚被拽到前台，老大已经应声而至。

老大掀开伤者的衣服看了一眼，就立刻开始下指令："拉进去，放5床，你喊两个人一起去先处理，我开单子叫张悦赶快去取血，单子不能拖，腾出手后马上去找家属签字！"这边话音未落，老大又拎起话筒："急诊抢救间，多发伤急会诊，左前胸加腹壁多处锐器伤，已经休克了，老翟在的话最好……"

我赶快冲进人堆里，拽了两个师兄出来。安顿过程中，病人一直无声无息，触到的皮温也是凉凉的，我心里又是一沉。衣服该脱掉的脱掉，该剪开的剪开，当伤口完整地露出来时，四周的人都不禁吸了口凉气。

除了心前区那道最明显的伤口，其余的伤口大都集中在上腹正中和左下腹，一时看不见有多深，但一眼看过去最少有八九刀，这还没算胳膊上较小的伤口——胳膊上几处都是划伤，还好伤者天冷穿得厚，伤口都不深，比起来几乎可以忽略不计。病人背后大概还有个不小的文身，只在肩头延伸出来一部分，因他仰卧着而没露出全貌，加上露出的地方也有乱七八糟的血和伤，实在辨认不出是什么图案。

老大打完一圈会诊电话后，也迅速围上来帮忙，到我身后的时候，我只听他吼道："愣什么？干活啊！还没签字呢，快去！"

我抽空回头，便看见那个瘦瘦的师弟正一脸惊惶地立在我身后一步多远的地方，神情倒不像是害怕，只是满脸手足无措的惶恐。我赶忙拿胳膊肘朝谈话间指了指："去那屋，拿广播喊家属来签字，找不到人就去门口转一圈……"

"签，签什么？"师弟一副手脚都不知放哪里的样子，神情更加无助。我急道："四联啊！"这一说，我才想起还什么都没来得及教他，只得迅速地交代了一遍："授权委托书、病危通知书、抢救间告知书……"

师弟眼里开始冒蚊香圈。老大一吼打断我："现教能会吗？！这边你不用管了，带着他去做一遍！"

情况紧急，老大的火山性子马上原形毕露，把师弟吓得一愣一愣的。我连声答应，赶快摘了手套，领着他直奔谈话间去了。

系统上的病人基本信息已经刷新——何勇，男，25岁，外地人，在场唯一的家属是他的女朋友。如果不去看衣服上沾染的血渍，他女朋友其实打扮得挺精细，甚至有点用力过猛，头发也染得很鲜亮，只是面容和体态看上去……呃，挺朴实的。

大概是已经哭脱了力，此刻她一副气都喘不匀的样子。我抓紧打开病历页面，问了点关键信息后就一股脑儿把4张单子都打了出来，趁着她签字的工夫，指着系统列表抓紧给师弟解释："四联指的就是这4个，不论什么病人都要签；其他的，比如要输血的，除了拿输血单外，还要让家属签同意，刚才悦悦师姐已经给签过了；还有些特殊病人要签这个……你咋了？不是晕血吧？！"

无意中瞥了他一眼，我立马被他惨白的脸色吓了一跳，赶忙一迭声地问："晕不？要紧不？赶紧坐下歇会儿——"

"不不，不要紧，师姐您继续说。"小伙子摇着头，抿了抿嘴。我仔细确认过他的确不像会倒的样子，总算松了口气，正要继续教学，窗口外的女人有些怯怯地开口："医生，签……签完了。"

我点点头，接过单子，收好，然后调出病历页面，正式开始询问："什么时候出的事？"

女人吸着鼻子，愣愣地直视着我："刚、刚才。"

"具体的时间……"

"来、来这之前呀。"

我望望天花板，再换个问法："患者受伤的时候你在吗？知道当时几点吗？"

"啊，我在，我在的，大概5点钟，我们去吃饭，在饭店遇着我前夫了，后来他们打起来了，我前夫从兜里掏了把刀出来……"

这句话的信息量略大，我明显感觉旁边本来奄奄一息的师弟坐直了些，可惜不管她对我说得再生动详细，拢到病历上都只有一句"因刀刺伤 × 小时入院"。我抑制住熊熊燃烧的八卦之魂，很敬业地温声打断："患者平时身体怎么样？"

"很好，啥病都没有，他还天天健身呢，本来吃完饭他还要带我去健身房……"女人又开始哽咽起来，我连忙再次插话，好容易把病史问得差不多，简单安慰了她几句，又把人指到对面的椅子上后，便想起身回去查看患者。师弟马上站起来，跟在我身后。我想起他刚才似乎被吓着的模样，便摆了摆手："我简单查个体就回来，你先歇会儿，去洗把脸，等会儿我回来教你写病历。"

小伙子听话地拐个弯去洗脸了。等我回来的时候，他正坐在小板凳上，认真地在本子上记些什么，见我进门，便忙不迭地站起来，挠了挠湿漉漉的发际，低声道："对不起，师姐，我拖后腿了。"

"没关系的，刚下临床都这样，谁头回见血都腿软。不会干活也不要紧，好好学很快的，等会儿现病史你来写，写完我帮你看。"我打开病历页面，把记了关键信息的本子撕下一页递给他，努力做着学前动员，"来吧小伙子，迈出你的天才第一步。"

三

事实上，师弟比我想象中给力很多，不知是在校基本功学得扎实，还是前头内分泌的老师教得好，起码这段病历写得是有模有样，基本没有遗漏什么要点，词句稍微改改就能直接送去给老大签字了。

跑了一趟长腿终于杀回来的老张，此刻正比比画画地教小师妹腰穿的技术要点，听见我浮夸的赞美便过来凑热闹，阅毕也击节称赞："详略得当、重点突出，小伙子有前途！"

我郑重点头："是啊，是啊，想当年你们悦悦师姐刚进组那会儿，老大看完她的病历恨不得拎着鞋追她……但架不住人家进步大啊！"

老张收回40米大刀，温柔地挽着我的肘子，领上小师妹一起出门："是啊，所以师弟你要再接再厉。"

师弟端端正正地捧着病历夹，跟在后面点头如捣蒜。

早在我还不会独立收病人的时候，我每天的主要功课就是跟在阿瑗身后学打杂。从认单子、写病历、谈病情，到污染创口的处理、各种常见创口的缝合，都是程瑗一样样手把手地教我，她去哪儿我去哪儿；待到我的打杂水平逐渐提升、能按指令独立看管病人之后，我就转变为在重要会诊场合，寸步不离地跟在老大或者大黄身后，打下手、找东西，抑或跟在他们后面记笔记、抓要点。

如今老大依然挤在一大串的会诊医生中间，我和老张站在从前阿瑗和老聂的位置上，身后也各自跟了一条尾巴。

尾巴们状态很是紧绷，脸上随时都是一副如临大敌的神色，两双眼睛一忽儿紧张地盯着病人，一忽儿茫然地看老师手下的操作。小师妹倒不认生，拽着老张的袖子问个不停；偏我带的这位师弟嘴闭得像蚌壳，只知低头奋笔疾书，虽然时常目露困惑，但半个字的问题也没有。我心下略感惭愧——莫不是因为刚才把我问住了，现在有问题也不敢随便提？

会诊老师们流水样地来了又走，有些干脆直接在里屋等着和老大单独谈，不过大致的诊断已经列出来了。张悦从我手里拿过新打的病情介绍，挨个读着上面初步完善过的诊断："心包损伤，肺挫裂伤，血气胸，腹部空腔脏器损伤、实质脏器损伤，腹腔积液积气，右肩部、左下腹皮肤裂伤，头皮裂伤……妈呀，这得几个科室做？"

我扒拉着指头数着已经来过的会诊："泌尿外、心外、胸外、普外……要是能手术的话，应该是几个科一起上，轮着搞吧。"

师弟低头又是一顿狂记。我正暗自摇头，却见老大从人群里挪出来，脱了手套朝我们这边过来。我赶忙立正，把新打的单子交上去给老大过目。老大一手接过单子，却没有马上看，而是指了指门外："这些先放着，我等会儿看。张悦跟我过去记会诊，你先去跟家属谈病危。"老大抽出病历夹，把单子塞进去，在去会诊室之前，又补上半句，

"往死里谈。"

我会意，转身往谈话间去。师弟听得云里雾里，总算开口问问题了："师姐，不是已经谈过病危了吗？还有什么叫'往死里谈'？"

"进抢救间的个个都下病危病重，无论进来时稳不稳定都得谈一遍，告诉家属'病人之后可能会死掉'，算是提前的风险告知——"

走到谈话间的玻璃门外，我看见那个扒在窗口上喘着气打电话的女人，后半句话便顿了顿："这个不一样。这个是真的可能马上就死，得快点儿了。"

师弟瞬间肃然。我拉开门，朝那女人挥挥手。她马上挤到最近的窗口旁边，一面把手机胡乱塞进提包，一面急切地开口："何勇……何勇怎么样了？"

我明显感觉到旁边的师弟开始紧张了，面对着家属半是绝望半是乞盼的眼神，我心里也是一颤，只好努力保持着不动声色的表情："情况很危险，患者身上有多处重要脏器损伤，失血程度也很严重，从解剖位置上看，不排除患者有肾损伤的可能，如果后面手术探查发现情况比较严重，有可能需要进行左侧肾切除，现在正在大量输血……"把包括DIC（弥散性血管内凝血）在内的各种风险都说了一遍，我抽出一张新的病危通知书递给她，"再签一份这个，里面正在急会诊，等下手术方案出来之后，再来签手术同意书。"

女人瞪大了眼盯着我，我每说一句，她就使劲儿点一下头，似在拼命表示配合，又似是在给自己鼓气。我看着她的表情，一时间甚至不敢确定她是不是听懂了我的意思，咬了咬牙，明确地加上了一句："死亡风险很高，我们只能尽力而为，你要做好心理准备。"

她依然用力而僵硬地点着头，点到后来呼吸越来越急促，搁在窗边上的手臂逐渐开始打颤，喉咙里传出含混的呜咽，很快便放声哭叫出来，一双手勉力扒着窗沿，身体却不受控制般往地上滑。

师弟的手伸过去，在半空中茫然地顿了顿，见我没有动作，又马上收了回去，神情无措地站在原地，眼神里分明写着的不忍，随即眼带询问地望着我。我感觉喉口一阵干涩，斟酌半晌，低声对他说："该交代的说了，能做的做完了，有些事情我们也没办法。"

小伙子眼神依然茫然，却认真地点了点头："我明白，师姐。"

可那眼神分明是不明白。我看着他的表情，很奇异地觉得像是时空错位般，现下面对的是当初的自己。

在还不太久远的过去，第一次面对濒死患者家属的崩溃场面时，我也是如出一辙的心情。抑或所有医生都曾是这样的心情——很想改变结局，却对现实无能为力；安慰显得苍白，束手旁观又绝不甘心。

其实时间久了，我总觉得做医生想在这上面"想通"，是永远不可能的。不成熟到成熟的距离，只是学会难过得不动声色而已。

可这次看着眼前悲恸的家属，我虽然难过，却很奇异地没有产生太多怜悯，只觉得周围的空气都凉凉的，轻轻叹了口气，不再说话，只盯着她身上大片的血迹——她毫发无伤，身上沾着的，都是何勇的血。

直到女人开始无助地打电话叫人，我都没有产生更多的情绪波动。师弟一直深深地低着头，我有意想叫他做点别的来转移注意力，便道："等会儿就要做术前材料准备了，你先看着我做一遍，有不懂的地方就提出来。"

他赶紧抬起眼，梦醒似的点头，又道："对了，师姐，我还有一些问题要问。"

我一喜，赶紧点头鼓励："问吧！随便问！我不会的我回去查资料，回头再探讨。"

10分钟后，我呆滞地看着他本子上写满一页B5纸的问题，心里只想开着拖拉机铲死刚才谜之自信的自己。

这位同学哪是不好意思提问题，估计是想问的太多了，知道不能在病房里问个没完，干脆就都写下来，等待机会找我"一网打尽"。按理说孩子勤学好问是好事，我也一向有耐心，可关键是他问的问题大都触及我的知识盲区——

"开胸电锯什么样……师弟你太看得起我了，我只上过经膈进胸腔的，上电锯的人家用不上我啊，而且知道这个现在也意义不大，感兴趣的话就回去查查文献……"

"开完怎么合上？用线缝肯定不行了，一般都是用钢丝吧。怎么缝？我也没见过啊，我只会缝皮、缝肉、缝筋膜，我也不知道钢丝咋用，用啥器械我就更不知道了……"

"缝头皮？哦，这个我会！清创剃头缝合，然后加压包扎……啊？影不影响发量？头皮还在，一般就不会秃吧……"

就在我即将被"十万个为什么"逼疯的节点，师弟的提问戛然而止，只见他抬头望着窗外，指着走廊那边一个渐近的人影，一半激动一半惊慌地低叫道："警察！警察来了！"

大概我们这代人都对警察叔叔有天生的敬畏感，一看见警服就本能紧张。我被他的模样逗乐了，赶紧把他指着外头的胳膊拽回来，一边起身道："这是行凶来的伤，警察早晚会来的嘛。会诊还没完，老大这会儿腾不出空，得先跟人家说一声。"

说话的工夫，警察同志已经到了谈话窗口，见着白大褂就很礼貌地问了一句："请问何勇的医生在吗?"

"我是何勇的管床医生,主治正在里面会诊,等一会儿才能出来,有事吗?"

"哦,您好、您好,何勇的情况怎么样了?"

我低头翻开病历夹,掏出最新的一张病情介绍,深吸一口气后把诊断一股脑念下来。警察同志面色越发严肃,最后很简要地总结性提问:"还能活吗?"

我苦笑一下,道:"我也想知道,反正确实很凶险,伤得太重了,进来的时候就是严重的失血性休克,血出得跟小喷泉似的,别的都不说,心包那一刀就够他喝一壶了。现在我们正在尽量维持,手术涉及多个科室,里面正在加紧决定手术方案,安排好以后马上就会送过去急诊手术;至于方案的具体问题,你如果想知道得比较详细,还是需要等主治会诊结束以后再谈。"

警察点了点头:"好的,这些就够了,我就是想了解一下伤者现在的状况,麻烦您了。"

我连忙摆手:"没什么,不麻烦,再有新情况我们也会及时告知家属的。"

客气地送走警察,我也悄悄舒了口气。师弟看我的眼神又多了一分敬仰:"师姐你真厉害,见警察也一点儿不怯场。"

"有什么可紧张的?基操勿6①,基操勿6。"我一边装大尾巴狼,一边悄悄抹掉手心的汗,心道:"幸亏这段时间警察见得多,总算长进了些,这次在新人面前才完全没露怯。"

还没偷偷高兴完,我就眼睁睁看着师弟又掏出了那个本,一边端端正正地翻开,一边道:"师姐,那能继续了吗?"

我咽下心酸的泪水,露出老成持重的微笑:"好的,接着问吧。"

四

短暂的宁静之后,很快,又一个忙碌的高潮来了。

大佬们用最快的速度商量出了手术方案,一屋子人刚出会诊室,马上就浩浩荡荡地去了谈话间。

天色已晚,走廊里灯光不甚明亮,那女子始终坐在离窗口不远的地方。我随着人

---

①网络词汇,意思是这只是基本操作,不要大惊小怪。

群进来时，正见她目光茫然地望着突然多了许多人的窗口。

"哪位是……"老大低头在病历上扫了一眼，"何勇家属？"

"我！我！"女人看着一屋子的大夫，颇有些惶恐地立刻从椅子上站起来，可脚下不甚利索，一双腿似不听使唤，以一种十分滑稽的姿势踉跄着朝窗口扑过来。

没人笑得出来。

流程我很熟悉，老大照例做开场白，他先翻翻文件，把一连串的诊断念下来，每念一个词，女人的脸色就白上一分。

总算把那一串瘆人的诊断念完，老大合上纸："我们研究出了初步的手术方案，主体是开胸开腹探查，多科室合作手术，具体内容让各专科医生来跟你解释吧。这位是胸外王老师……"

一位大佬应声上前，随后几位大佬轮番上阵，把手术目的和基本内容尽量通俗地跟女人讲了一遍。她慌乱地点着头，听到差不多有说完的意思，便赶紧扯着最后一位发言的泌尿外老师的袖子，急急道："行，都行，都好，怎么能救活就怎么来，都听大夫的，我都听你们的！"

老大一伸手，我很配合地把还热乎着的单子递过去，便听老大道："不是你听我们的，现在我们要听你的，同意手术方案的话，就签个字吧。"

"签！我签，这就签！"女人一把接过，哆嗦着手从旁边抓过笔，几乎来不及扫一眼，就急忙开始在单子下头签字，末了把纸塞回老大手里，神情中带着哀求："我都，都签完了，我都同意，你们快点救他吧！一定要救活他呀！求求你们了！"

老大并不答话，只对她点了点头。

离开谈话间，我火速杀进办公室，抢了一台电脑，一坐下就开始噼里啪啦地敲字。师弟板着一样严肃认真的面孔跟在后面百米冲刺，直到坐稳了才小心提出问题："咱们来干啥的？"

我一边干活，一边絮絮叨叨地给他解释，师弟很自觉地继续端起本子记笔记。

"术后患者不会再回抢救间了，不是重症医学科就是急诊监护室，所以送去手术就算出科，手续得提前预备，现弄来不及；哦，更急的是手术室要的材料。"

"转去手术室自然不能光把人送过去就结了，全套的东西都得再备上一份儿给人家，里面还有些重要的签字单要新签……这些关键内容上面的要求是标点符号都不能错，病案管理科眼可尖着呢，一个标点符号错了都会叫你再跑一趟！"

"这破打印机就这样，不干活了拍一巴掌就好。老张有个绝技，把芯子拆出来敲两下，塞回去就包治百病，回头你拜她为师……"

"病历还是要看仔细些,有空就多捉几遍虫,这可是个刑案,这堆乱七八糟的材料搞不好哪张就上法庭了……唉,这都是我吓唬人的话,就不要往本上记啦!"

师弟一边小鸡啄米似的点头,一边很听话地划掉了那一行,然后更听话地捧起首诊病历一个字一个字地看了起来。我哭笑不得,又想起刚入科那会儿,我也是这副句句话当圣旨的样儿跟在阿瑷屁股后面转,惹得还没混熟的小师姐红着脸跟我商量:"你不要把我的话都一字字记下来嘛,我会紧张的。我只比你大两届,没多会多少东西,我们互相学习就好啦。"

转眼风水轮流转,从"菜鸟"变成"带妹老鸟"①,我总算体会到了程瑷当初的心情。

五

真正的急诊手术总是快到不可思议。我这厢刚把赶出来的材料过了一遍手,还没来得及切换教学模式,老大的吆喝声就从外头传进来:"王婧!张悦!还有新来的那个——那个——"

没等老大想起来新人到底叫什么,我和老张就各自带着尾巴杀到门口。只见老大端着一整筐待整病历,一边查看,一边一丝不乱地吩咐:"手术室已经协调好了,5床这就要送过去,约了外科楼15号间,你们把人送到入口就行,里面有人接应,镜子负责做交接。把小同学都带上,转运过程能跑多快就多快,尽可能减少中转时间,救护车马上就到;出了我们这儿到进手术室,拢共一扇大门一座电梯,悦悦带上你这师妹,一人一处开好门,给手术梯打电话,联系好让它等着,一秒都别耽搁。行了,各自准备!"

虽说去外科楼就算走路也用不了10分钟,但为了缩短病人脱离监护环境的时间,外加减少转运颠簸,老大依然叫了台救护车。我们拿好设备,跟在折叠床后面迅速上车,司机师傅油门一踩,车子飞快提速,往外科楼奔去。

两座楼直线距离很短,但偏偏拐弯不少,这台救护车老旧了些,里面空气不好,外加减震差劲,我又天生晕一切两轮以上的交通工具,一串大转弯下来,胃里的巨浪已经到了嗓子眼儿,到了目的地时险些走在病人前头。师弟赶紧拉了我一把。几人合力把床放下来,就见小师妹正站在楼门口,扶着开好的大门往手上哈着气。

---

①网络词汇,来源于游戏,指带新人获得胜利的经验丰富的老手。

推床其实不需要太大力气，何况我们人多，但师弟明显使出了运动会的劲儿，快得我险些跟不上，床一眨眼儿就到了老张镇守的电梯跟前。看着手术层的按钮顺利亮起，电梯里的几人总算松了口气。我揞着跑岔气的肚子，给师弟竖大拇指："少年，爆发力可以。"

　　师弟一点儿没喘，衬得我看上去更衰了一点。守着门口的老张回头看看我，又看看师弟，由衷地道："老王，你弱爆了。"

　　小伙子很不好意思地挠着后脑勺："对不起师姐，该等等你的。"

　　我赶紧暴风摇头："不不，不能等，我的锅！我回去就练长跑。"

　　叮的一声，电梯门应声打开，大家马上找回状态，迅速动手连人带床送到门口。入口处早守着几个严阵以待的教员，利索地倒床接了人，然后风一样地在玻璃后头消失了。

　　总算完成了一场生死时速的接力赛，大家都是长长地舒了口气。我把带来的材料交给教员，趁人家一一核对的工夫，正想去老张兜里掏糖吃，旁边的师弟忽然冒出来，手里端着不知道从哪顺来的凳子，庄严地往我旁边一蹾："师姐！坐！"

　　我刚从老张兜里缩回手，差点被吓得连纸一块儿塞进嘴里，连忙摆手："不不不，我不坐了，刚跑岔气儿了，得活动活动，谢了。"

　　师弟守着凳子不知何去何从。老张晓得我的性子，目光落在一旁比阿瑗还弱不禁风的小师妹身上，眼珠滴溜溜一转，随即笑嘻嘻地道："哎呀，我腰间盘突出坐不得嘞，小朋友们谁累了快坐！"

　　徒步跑过来又在门口冻了半天的小师妹，看上去的确很需要歇会儿。不待她推辞，师弟立刻俩手一伸，字正腔圆地道："女士优先，同学！坐！"

　　小师妹傻傻望了一圈儿，大概实在想不出还能让谁，只好客客气气坐下："谢谢同学，谢谢师姐。"

　　老张嚼着糖，把自己不吃的薄荷味的一股脑塞进我兜里，又抓了一把草莓味的往师弟师妹手里搁，然后跟我嘀咕："这小师妹学得比我那会认真多了，教得我都惭愧了，而且人家基本功扎实，学得也快，在学校八成就是学霸，等我出科了应该也不用再找人带她了，她自己就能行。你这师弟怎么样？好带吗？"

　　"还，还成。"

　　"什么叫还成？不认真还是学得慢？"张悦黑白分明的眼睛疑惑地看过来。我瞄了一眼师弟，心里有点发虚："没，学得挺快，挺认真。"我回忆了一下教学经过，心有余悸地补充道，"超认真……"

"那还不好带，要啥自行车？你事儿咋恁多呢！"老张白我一眼，继续给师弟师妹分糖吃去了。

我平复着心情，看着她无知的后脑勺，心中默念："没有被'十万个为什么'支配过的带教，不是一个成熟的医生。"

六

谢天谢地，几个小时的联合大手术结束，何勇活着下了手术台，人被拐个弯儿推回了急诊监护室。

大半夜工夫过去，时间已是早上，总算熬到交完班，大家挤在更衣室换白大褂。老张趁机跟我交流交班期间获取的 5 床新动态："那患者光术中就出了 9000 毫升的血（体重 60 千克的正常成年人，体内血液总量为 4200—4500 毫升），心肌水肿到心包干脆缝不上，泌尿组那个老师说肾几乎给捅成两半了，术中出来告知家属，直接就把左肾切了……才 25 岁的小伙子，后半辈子咋过啊！"

"还后半辈子，先活下来才要紧吧，看情况现在也还是悬着的，但愿他命硬能挺过去吧。"我叹了口气，随即想到些事情，心情更加沉重，"说起来，伤人的还不知抓没抓到呢。"

"抓到了！后半夜那会儿就说已经抓到了，人还没跑出多远呢，人民警察赛高！"张悦总算有点劲头，恶狠狠地道，"病人现在看最少也致残了，什么仇什么怨呀，这么穷凶极恶的人，怎么也得判他个无期！"

我有些惊奇："后半夜？你怎么知道的？"

她露出了一点狡黠的笑容，一边拉着我往门外走，一边小声说："半夜不是去监护室那边借床嘛，我等着拿床那会儿，正碰上警察在走廊里跟家属说这事，就听见说抓着了。"

我心头终于松了些，也有些宽慰："起码命暂时保住了，凶手也抓到了，已经很不错了。"一想到身中数刀的何勇和毫发无损的女友，一整夜我都心头郁郁，无论当时是什么情况，这样一个男人，都不应当就这样死去。

我们慢慢往外走着，出楼门不远，张悦转身，逆着上午的阳光看了一会儿急诊楼的牌子，忽然轻笑道："在这儿的时候总嫌累，要走了还蛮舍不得的。"

我也笑起来："你要舍不得，以后有的是你来的机会，等读研轮转……"

"我不考这个了。"

我累得脑子不转个儿,一时没听明白,顺口接道:"哪个会一志愿考急诊嘛。我是说考了别的科室,轮转的时候还会……"

"我不考临床了。"

我瞬间愣住了,吃惊地转过头,看她脸上神情不似玩笑,不禁大惊又大惑:"你以前……你说过的呀,不是说一起考外科吗?而且你都准备这么久了,眼看再过几个月就考研了,你现在忽然打算放弃临床?!为什么啊?"

张悦面上依然挂着笑嘻嘻的表情,伸手把我吃惊的下巴合回去,却并不迎上我的眼神,语气故作轻松地道:"这么吃惊干吗?我说你也确实笨,我管理学的书都买好了,搁在架子上半个来月,你都没瞧见?"

"那,那你也……你以前那么想做临床,做外科,我们说好要……"

她打断我,脸上的笑意终于褪去,把视线从急诊的牌匾上移开:"以前是说过,但不一样了,大黄都走了,我有什么走不得的?"

此情此景提起大黄,我心里涌上一阵酸楚,可依旧不死心,一起沉默着向前走了一段,还是固执地问道:"可是为什么?"

张悦忽而有些烦躁,直直迎着我的视线看回来,蹙紧了眉头,一字一字地反问:"你怎么可能真不明白?"

我张了张嘴,觉得唇角都是酸的,默默收回视线,渐渐低下头。

我当然是明白的,但总有许多"可是"亘在心里过不去。她心里也是一样。大黄又何尝不是一样?

"我灰心了,太难了,我觉得熬不过去。我就想踏踏实实地工作,踏踏实实地过日子,我以前没想到连这样都会很难。"

我忽而想起大黄受伤那天,她红着眼清理着大黄的伤,倔强的年轻姑娘憋红了脸,咬紧了嘴唇,只说了一句:"该走,就该走!"

第一天穿上白大褂起誓的时候,热血沸腾地立志以后拿刀跟死神抢人的时候,满怀激动地目送第一位患者出院的时候,没人会想到有这样的一天。

失望、委屈、压力的堆积来得比预想中更快,说不定哪一次就越过了理想的长堤。我也猜到过可能会有这一天的,只是没想到这么早、这么快,更没有想到我的同学、我的挚友,她也有了这样的一天。

彼此沉默着走了半响,张悦轻笑了一声,揪住我低下去的脖子:"喂,我是改行,别搞得像给我送葬一样!"

我喷笑出来，抬头瞪了她一眼。她不以为意地笑笑，脸上总算又有了点活力的颜色："再说了，老聂可没打算改行，他们读研的，贼船都上了，肯定没有回头路啦。目光放远一点，我可不想以后两个人都是值夜班的命，那不是要比大黄他们家还难？"

我把背包甩到身后，心情也敞亮了一点，笑道："你想得还挺远，老聂听了估计嘴都乐歪了吧！再说他是搞肿瘤的，以后也没有像大黄那么大的压力。而且大黄家，以后也就好起来了吧。"

老张点点头，忽见不远处有个眼熟的身影——新来的师弟刚脱了白大褂，正顺手帮一个教员推床，远远看见我们，那小伙子腾出一只手，使劲儿跟我们打着招呼。

张悦很开心地笑了起来，挥着手臂目送他离开，末了笑道："你看，会有人留下来的。"

我眯起眼睛，搭着她的肩膀，轻声道："会的。"

七

我的实习期结束于 2019 年年底。2020 年元旦，我和张悦各自离院回家。半个月后全国进入全面抗疫战斗，我们经历了人生中最长的一个寒假，和普通人一样在家隔离、看新闻，盯着疫情地图起了满嘴的泡。

那是我迄今为止最恨自己没早生两年的一段时间，明明已经下过临床、上过一线，却卡在没拿证的一年；别说上前线了，老家发热门诊招工作人员，我都不够资格，最后只好报名去社区值卡口，拿着测温枪和大妈们挤在一起，数着手指盼着春天降临。

我也问过张悦有没有后悔。那时候她在隔离，老聂仍在一线轮转，她每天都给我发隔离宾馆里的状况。回家的那天，她对我说："没有后悔，但每天都在惭愧。"

北京协和医学院教授张宏冰曾说："尽管我国每年培养 60 万医学生，但真正穿上白大褂的只有约 10 万人。"

那些放弃的人，心里会有多少遗憾呢？

我相信无论做什么，张悦都会是个优秀的人。

但她本来可以是最好的医生。

彩蛋

这是个不太美好的日子，阿瑷后天就要出国了。

我们相约下班后去逛沃尔玛，我囤粮，她囤出国必需品。本来这种事是肯定会叫上老张的，谁知我来意还没说完，老张就一口回绝："洒家今晚有约。"

"有约？约谁啊，贺银成还是刘忠宝？"

"去你的！我真有约！而且明天要给阿瑷饯行，我还得买条围巾送她呢。"

"哎哟，真的有约！！"我瞬间激动，要知道这货之前在儿科努力了半年多，愣是饭都没能约成一次，我赶紧追问，"是……是我想的那样吗？"

老张一巴掌差点给我送走，脸一路红到脖子根："你笑那么猥琐干吗！不是那种约！！"

我悻悻然把外套一穿，毫不留恋地挥手："哦，不是约会啊，白吊我胃口。再见、再见。"

阿瑷把生活用品区逛了好几圈，我把零食区逛了好几圈，车筐里已经满满当当，正要去结账的工夫，她忽然哎呀一声："小夹子还没买呢，你等我一下哦，我过去拿。"

我守着一大车东西，专心对着出口的周黑鸭流口水："去吧去吧，我在这儿看堆儿。"

程瑷噔噔噔跑远了，我看着广告板正思考该买几盒锁骨，就瞧见有两个举止挺亲近的人站在收银台附近的货架前挑东西。我抠着手指自言自语："这羽绒服真爆款哎，老张也有……嗯？"

那不就是老张吗？

我放下手指头，跟着人流往那边挤了挤，结果发现老张身边那个人正伸长了胳膊帮她够东西，此人个头甚高，想不注意他都难。

男的！男的！！

冬天来了，春天还会远吗？老张的第二春要来了吗？！

我激动得血压噌噌往脑门飙，激动的手微微颤抖着掏出手机，打开摄像头准备偷拍几张回去好审她。该男子正在跟老张说话……该男子转了个身……唉，又去拿东西了，怎么还不转过来……太好了，转过来了……

我连快门都忘了按，把画面拉到最大，果然看到了一张熟悉的面孔。

老聂？！

呆滞一秒后，我立刻把手机塞回去，一边猥琐大笑一边推车往回跑——怪不得这货既不承认约会也不告诉我是谁，窝边草啊窝边草！快跑快跑，现在就是最恰到好处的情况，我吃到了瓜而他们不知道我在吃瓜，我享受了吃瓜的快感，他们也不会因为我在吃瓜而感到尴尬……

"阿镜？"

车子太重，我没跑出几步，程瑷就已经回来了，见我往跟出口相反的方向跑，便一脸疑惑地拦住我："你怎么往回走呀？我拿完了，我们出去吧！"

脑子里的雷达嘀嘀嘀地报警，"拉皮条"多年的觉悟让我本能地感知到，让程同学看到这个场景绝对是不明智的，我一边暗恨他俩约会不去喝咖啡而是逛什么沃尔玛，一边赶紧把程瑷领走："啊，不、不、不出去，我也有东西没买，我们先回去！"

程瑷一听我也忘买东西，十分善解人意地拽过车往门口走去："好呀，那你去吧，收银台人多，我先去排个队。"

我赶忙拉住她："别、别、别，先别去，我买的东西可大了，我自己拿不了，你得帮我搬一下。"

程瑷疑惑地看着我，又看了看我买的清一色的零食，呆呆地问："可大了？是什么呀，旺旺大礼包吗？"

小祖宗你就别问了！

我只得继续胡说八道："啊，我，我宿舍缺个椅子，买把椅子回去，你帮我过去搬吧。"

这货呆呆地看着一整车东西，又看了一眼自己的小细胳膊，脚底没动，只原地开始掏手机。我想着只要她不回头，这个位置也不容易被发现，拖一会儿等老张他们走了就行了，于是长舒一口气，随口问道："你要干吗？"

"打电话给悦悦呀，东西太多了我们拿不了，你们不是住一个寝室嘛，叫她过来接我们吧。"

我差点原地去世，手忙脚乱地按住她，笑得比哭还砢碜："不用、不用，老张忙，老张有事业，我劲儿老大了，就咱俩就行。"

这家伙当真好哄，也当真不好哄，这个份儿上了都没觉得有啥不对，还很好说话地点头："啊，好呀，那你去搬椅子，车子里的我拿。"说罢又要推车往出口走。

我真的想给她跪下了:"人太多了,挤得慌,咱等会儿再去结账行吗?"

"还好吧,你累了吗?那我去买椅子,你在这里等我哦。"

呃……虽说诓萌妹搬椅子跑来跑去很不厚道,但事已至此,别无选择,我只得十分虚弱地往地上一蹲,指着里面一个超远的角落道:"那辛苦你了,椅子就在那边……哎,你干啥去?"

程瑷一边小跑着往收银台旁边的服务台跑,一边回头对我道:"我去找一个送货员来帮忙……咦?悦悦,你也来啦!"

我几欲以头抢地,随后想反正这傻鸟马上出国,只要别供出我,影响也不大,赶忙冲她打手势。

然而这呆瓜看都没看我一眼,继续高高兴兴道:"啊,老聂你也在!那正好,我和镜子要买椅子,没人给我们搬……镜子呢?镜子,快过来呀!"

别买椅子了,你买个麻袋把我埋了吧……

我从购物车后面的货架中间站起来,每一步都踩在社死的刀尖上,走到他俩面前,半死不活地打招呼:"呵呵,好巧……"

我不敢去看老张的眼神,只听见她从牙缝里挤出来的声音:"呵呵,巧,巧……"

老程这个人牛就牛在,说不明白就是不明白,我不尴尬尴尬的就是别人,她估计真觉得任何人来逛超市都只是为了旺旺大礼包,完全没有我们应该在车底的觉悟,琢磨了一会儿还继续问:"你们怎么也来逛超市了,镜子说你有事……"

"我不是!我没有!"我从地上弹起来,拽着程瑷拖着车往旁边挪,"那个,我们买完了,你们接着逛,接着逛,我还有事,我们先走啦。"

程瑷傻兮兮地问:"你不买椅子了吗?"

"哦,我忽然想扎马步,不买了,不买了……"

"我们也买完了,一起出去吧。"老聂忽然发话了。我脖子咯吱咯吱地扭回去,艰难道:"不、不、不用了,我俩先回去了,你们逛你们逛。"

"到饭点了,我请客。"

在老张"快滚蛋!再影响老娘撩汉就打断你的腿"的眼神里,我求生欲极强地捂了程瑷的嘴,郑重推辞道:"不了,不了,不年不节的咋好意思让你请客,你俩吃你俩吃。"

老张明显淡定了些,然后马上就不淡定了。

老聂的右手搭上了她的肩膀。

老聂一米八六,老张一米六八,这一搭高度刚刚好,我内心发出一万声鸡叫!眼看着老张原地红烧的脸，情商逼近负值的程某人总算意识到了不一样的气氛，吃惊又兴奋地问："原来你们俩成了啊！"

"还没呢，所以打算请你俩吃饭。两位大佬，帮我说说好话呗？"